EDIÇÕES BESTBOLSO

Agora e sempre

Com mais de 15 romances publicados, Judith McNaught vem acumulando prêmios e elogios de jornais de prestígio como o *New York Times* e o *USA Today*. Antes de iniciar a carreira de escritora, trabalhou com comunicação e finanças, tornando-se a primeira mulher a assumir o cargo de produtora executiva da rádio CBS no estado do Texas. *Whitney, meu amor*, seu primeiro romance, foi publicado originalmente em 1985 e logo virou um clássico. A autora também publicou *Em busca do paraíso*, *Até você chegar*, *Sussurros na noite*, *Todo ar que respiras*, entre outros. Uma das escritoras mais amadas dos Estados Unidos, McNaught nasceu no Missouri e vive no Texas.

Judith McNaught

Agora e Sempre

Tradução de
CRISTINA LAGUNA SANGIULIANO BOA

5ª edição

EDIÇÕES
BestBolso
RIO DE JANEIRO – 2018

CIP-BRASIL. CATALOGAÇÃO NA FONTE
SINDICATO NACIONAL DOS EDITORES DE LIVROS, RJ

McNaught, Judith, 1944-
M429a Agora e sempre / Judith McNaught; tradução de Cristina Laguna
5ª ed. Sangiuliano Boa. – 5ª edição – Rio de Janeiro: BestBolso, 2018.
12 × 18 cm

Tradução de: Once and Always
ISBN 978-85-7799-245-4

1. Ficção norte-americana. I. Boa, Cristina Laguna Sangiuliano. II. Título.

CDD: 813
12-3399 CDU: 821.111(73)-3

Agora e sempre, de autoria de Judith McNaught.
Título número 313 das Edições BestBolso.
Quinta edição impressa em maio de 2018.
Texto revisado conforme o Acordo Ortográfico da Língua Portuguesa.

Título original norte-americano:
ONCE AND ALWAYS

www.edicoesbestbolso.com.br

Capa: Simone Villas-Boas sobre imagem Fotolia.

Rua Argentina 171 – 20921-380 – Rio de Janeiro, RJ – Tel.: (21) 2585-2000.

Impresso no Brasil

ISBN 978-85-7799-245-4

A meu pai, que sempre me fez sentir
que se orgulhava de mim,
e
a minha mãe, que me ajudou a alcançar as realizações
que o fizeram sentir-se orgulhoso.
Que equipe vocês formam!

1

Inglaterra, 1815

— Ah, aí está você, Jason – disse a beldade de cabelos negros ao ver o reflexo do marido no espelho sobre a penteadeira.

Com olhar desconfiado, ela examinou o homem alto e atraen-te que se aproximava e, então, voltou-se para as diversas caixas de joias espalhadas a sua frente. Com mãos ligeiramente trêmulas e sorriso forçado, retirou uma espetacular gargantilha de brilhantes de uma delas e estendeu-a para ele.

– Ajude-me a colocá-la, por favor – pediu.

O marido olhou com reprovação para os colares de rubis e esmeraldas que já enfeitavam o decote ousado do vestido.

– Não acha que essa exibição de joias, bem como do seu corpo, é um tanto vulgar para uma mulher que pretende se passar por uma grande dama?

– O que você sabe sobre vulgaridade? – Melissa Fielding retrucou com irreverência. – Este vestido está na última moda. Além do mais, o barão Lacroix gosta tanto dele que me pediu para usá-lo no baile desta noite.

– Sem dúvida ele não quer ter trabalho com uma porção de botões quando chegar o momento de despi-la, mais tarde – o marido replicou, sarcástico.

– Exatamente. Afinal, como todo francês, ele é muito impetuoso.

– Infelizmente ele não tem um tostão.

– Lacroix me acha bonita – Melissa provocou-o, a voz ligeiramente trêmula pela irritação contida.

Jason Fielding estudou a esposa da cabeça aos pés, examinando com profundo desprezo o lindo rosto com pele de alabastro, os olhos verdes levemente amendoados, os lábios carnudos e vermelhos e os seios fartos, expostos pelo decote do vestido de veludo escarlate.

– Ele tem razão. Você é linda, ambiciosa e imoral. – Deu meia-volta e, encaminhou-se para a porta, mas parou, acrescentando com implacável autoridade: – Antes de sair, vá se despedir do nosso filho. Jamie é pequeno demais para compreender que você não passa de uma vagabunda. Ele sente a sua falta. Partirei para a Escócia dentro de uma hora.

– Jamie! – Melissa sibilou, irada. – É tudo o que importa para você. – Como o marido abriu a porta sem se dar ao trabalho de negar a acusação, ela ameaçou: – Quando voltar da Escócia, não estarei mais aqui!

– Ótimo – Jason replicou.

– Bastardo! Vou contar ao mundo quem você realmente é e, então, vou embora. Nunca voltarei. Nunca!

Com a mão na maçaneta, Jason virou-se para encará-la com expressão impassível.

– Vai voltar, sim – zombou –, assim que o seu dinheiro acabar.

Quando a porta se fechou, os olhos de Melissa brilharam em triunfo.

– Nunca voltarei, Jason – murmurou –, porque o meu dinheiro jamais acabará. Você mesmo vai me dar tudo o que eu quiser...

– Boa noite, milorde – o mordomo cumprimentou-o com voz estranhamente tensa.

– Feliz Natal, Northrup – Jason respondeu de maneira automática, enquanto tirava a neve das botas e entregava a capa ao mordomo. O último encontro com Melissa, ocorrido duas semanas antes, voltou-lhe à mente, mas ele afastou a lembrança depressa. – O mau tempo atrasou o meu retorno em um dia. Meu filho já foi para a cama?

O mordomo pareceu petrificado.

– Jason... – um homem atarracado, de meia-idade e a pele bronzeada, chamou da porta que separava o hall de entrada de um dos vários salões, fazendo um sinal para que Jason se juntasse a ele.

– O que está fazendo aqui, Mike? – Jason perguntou com ar surpreso, observando o mais velho fechar a porta atrás de si.

– Jason – Mike Farrell começou com voz tensa –, Melissa se foi. Ela e Lacroix partiram para Barbados, logo depois da sua partida para a Escócia. – Fez uma pausa, esperando por alguma reação, mas não houve nenhuma. Então, respirou fundo e continuou: – Levaram Jamie com eles.

Uma fúria selvagem iluminou os olhos de Jason.

– Vou matá-la por isso! – declarou, já se virando para a porta. – Vou encontrá-la e matá-la...

– É tarde demais para isso – a voz desolada de Mike interrompeu os passos apressados de Jason. – Melissa já está morta. O navio naufragou durante uma tempestade, três dias depois de ter deixado a Inglaterra. – Desviou os olhos da terrível agonia visível nas feições de Jason, antes de acrescentar: – Não houve sobreviventes.

Em silêncio, Jason caminhou até a mesinha de canto, apanhou uma garrafa de cristal, cheia de uísque, e encheu um copo. Bebeu o líquido de um só gole e se serviu de mais uma dose, o olhar perdido no vazio.

– Ela deixou isto para você – Mike Farrell estendeu duas cartas, cujos lacres já haviam sido violados. Como Jason não fez menção de apanhá-las, Mike explicou: – Já as li. Uma delas é um pedido de resgate, endereçado a você, que Melissa deixou no seu quarto. Ela pretendia trocar Jamie por dinheiro.

A segunda carta foi escrita com a intenção de expor você. Ela a entregou a um lacaio, com instruções para que fosse enviada ao *Times*, depois que ela tivesse partido. No entanto, quando Flossie Wilson descobriu que Jamie tinha sido levado, imediatamente interrogou os criados sobre os atos de Melissa na noite anterior e o lacaio entregou a carta a ela, em vez de levá-la para o *Times*. Flossie não conseguiu alcançar você, a fim de informá-lo de que Melissa havia levado o menino. Por isso, mandou me chamar e me entregou as cartas. Jason – Mike falou com voz rouca –, sei quanto o amava. Sinto muito. Eu...

Jason ergueu lentamente o olhar torturado para o quadro sobre o consolo da lareira. Em silêncio, observou o retrato de seu filho, um menininho robusto, com um sorriso angelical nos lábios e um soldadinho de madeira nas mãos.

O copo que Jason segurava se quebrou entre os dedos tensos, mas ele não chorou. A infância de Jason Fielding havia muito lhe roubara todas as lágrimas.

Portage, Nova York, 1815.

As botas que envolviam os pés delicados de Victoria Seaton esmagaram a neve quando ela abriu o portão de madeira branca do jardim da casinha modesta onde havia nascido. A face estava corada e os olhos brilharam quando os ergueu para observar o céu salpicado de estrelas, com o prazer inocente de uma garota de 15 anos, no Natal. Cantarolou as últimas notas de um dos cânticos natalinos que entoara a noite inteira, junto aos demais frequentadores da paróquia. Então, dirigiu-se para a casa, que já se encontrava às escuras.

Sem querer acordar os pais ou a irmã mais nova, abriu a porta com cuidado e entrou na ponta dos pés. Tirou a capa, pendurou-a no cabide ao lado da porta e virou-se. Parou repentinamente, surpresa. O luar que entrava pela janela junto ao patamar da escada iluminava o corredor, onde seus pais se encontravam, diante da porta do quarto de sua mãe.

– Não, Patrick! – A mãe lutava para se desvencilhar dos braços do marido. – Não posso! Simplesmente, não posso!

– Não me recuse, Katherine – Patrick Seaton implorou. – Pelo amor de Deus, não...

– Você prometeu! – Katherine argumentou, tentando desesperadamente libertar-se dos braços do marido. Ele abaixou a cabeça para beijá-la, mas ela virou o rosto depressa, e suas palavras saíram entrecortadas por soluços – Você prometeu, no dia em que Dorothy nasceu, que não me pediria de novo. Você me deu sua palavra!

Imobilizada pela surpresa e pelo horror da cena, Victoria se deu conta de que jamais via seus pais se tocarem. Porém, não fazia ideia do que o pai estava pedindo, que a mãe negava com tamanha veemência.

Patrick finalmente libertou a esposa, deixando os braços caírem ao lado do corpo.

– Desculpe – murmurou.

Katherine correu para o quarto e fechou a porta. Em vez de ir para o próprio quarto, Patrick deu meia-volta e desceu a escada estreita, passando a pouco centímetros da filha.

Victoria colou-se à parede, com o terrível pressentimento de que a segurança e a paz de seu mundo haviam sido ameaçadas pelo que acabara de testemunhar. Temendo que o pai percebesse a sua presença e descobrisse que ela havia testemunhado aquela cena íntima tão humilhante permaneceu em silêncio enquanto ele sentava no sofá e passava a olhar fixamente para as brasas na lareira. Uma garrafa de uísque, que passara anos na prateleira da cozinha, encontrava-se sobre a mesa de centro, ao lado de um copo pela metade. Quando Patrick se inclinou para apanhar o copo, Victoria virou-se e, com todo o cuidado, pousou o pé no primeiro degrau.

– Sei que está aí, Victoria – ele falou com voz desprovida de emoção, sem olhar para trás. – Não faz o menor sentido fingirmos que você não presenciou o que acabou de acontecer entre mim e sua mãe. Por que não vem se sentar ao meu lado? Não sou o bruto que você deve estar imaginando.

A compaixão pelo pai provocou um nó na garganta de Victoria e, imediatamente, ela foi se sentar junto dele.

– Não acho que seja um bruto, papai. Jamais poderia pensar algo assim.

Ele bebeu um longo gole de uísque, antes de dizer:

– Também não deve culpar sua mãe.

A voz de Patrick soou ligeiramente engrolada, como se ele estivesse bebendo havia algum tempo. Com o raciocínio prejudicado pelos efeitos do álcool, examinou a expressão chocada no rosto da filha e concluiu que ela havia compreendido muito mais do que, na realidade, Victoria compreendera. Passando o braço em torno dos ombros dela, com um gesto reconfortante, tentou tranquilizá-la. Porém, o que disse, em seguida apenas a deixou mais preocupada.

– Não é culpa de sua mãe, nem minha. Ela não consegue me amar e eu não consigo deixar de amá-la. Muito simples.

Da maneira mais abrupta, Victoria abandonou a confortável segurança da infância para fazer parte da fria e aterrorizante realidade dos adultos. Boquiaberta, ficou olhando para o pai, enquanto seu mundo parecia desmoronar ao seu redor. Sacudiu a cabeça, tentando negar as palavras horríveis que ele pronunciara. Sua mãe tinha de amar aquele homem maravilhoso!

– O amor não pode ser forçado – Patrick Seaton continuou, confirmando a verdade medonha, sem desviar o olhar amargurado do copo. – Não se trata de algo que passe a existir pela nossa vontade. Se fosse assim, sua mãe me amaria. Ela acreditava que aprenderia a me amar, quando nos casamos. Eu também. Nós queríamos acreditar. Mais tarde, tentei me convencer de que não fazia diferença se ela me amava ou não. Disse a mim mesmo que o casamento poderia ser feliz, mesmo sem amor.

As palavras seguintes foram pronunciadas com tamanha angústia que partiram o coração de Victoria.

– Ah, como fui tolo! Amar alguém que não nos ama é como viver no inferno! Nunca deixe alguém convencê-la de que poderá ser feliz ao lado de um homem que não a ama.

– Eu... não vou deixar – Victoria murmurou, lutando para conter as lágrimas.

– E jamais ame alguém mais do que essa pessoa a ama, Tory. Não faça isso.

– Não... farei. Prometo – Victoria declarou, já incapaz de reprimir as lágrimas provocadas pelo amor e pela piedade que, agora, sentia pelo pai. – Quando me casar, papai, será com alguém exatamente como você.

Em vez de comentar a declaração da filha, Patrick ofereceu-lhe um sorriso terno e disse:

– Nem tudo foi ruim, minha filha. Sua mãe e eu temos Dorothy e você para amar. E esse amor nós compartilhamos.

O CÉU COMEÇAVA a clarear quando Victoria saiu de casa depois de uma noite de insônia. Vestindo uma saia de montaria azul-marinho e uma capa vermelha, retirou seu pônei do estábulo e montou sem dificuldade.

Ao chegar ao riacho que corria ao lado da estrada que levava ao vilarejo, a menos de dois quilômetros de sua casa, desmontou. Desceu com facilidade pela margem escorregadia, coberta pela neve, e foi sentar-se em um rochedo. Com os cotovelos apoiados sobre os joelhos e o queixo nas mãos, pôs-se a observar a água cinzenta que corria lentamente por entre blocos de gelo.

O céu se tornou amarelo e, então, rosado, enquanto ela permanecia ali, tentando recuperar a alegria que costumava sentir naquele lugar, toda vez que assistia ao amanhecer de um novo dia.

Um coelho saiu correndo detrás das árvores, ao mesmo tempo que um cavalo resfolegava e passos sorrateiros se aproximavam. Um sorriso curvou os lábios de Victoria, um segundo antes de uma bola de neve passar zunindo por sobre o seu ombro direito. Desviando-se rapidamente para a esquerda, ela falou, sem se virar:

– Sua mira é péssima, Andrew.

Um par de botas lustrosas parou a seu lado.

– Acordou cedo, hoje – Andrew comentou, sorrindo para a jovem e delicada beldade sentada na pedra.

Os cabelos ruivos, com seus magníficos reflexos dourados, encontravam-se parcialmente presos por um pente de tartaruga, no topo da cabeça, caindo sobre os ombros como uma cascata de fogo. Os olhos ligeiramente puxados nos cantos eram de um azul ainda mais profundo que o dos amores-perfeitos, emoldurados por cílios longos e espessos. O nariz pequeno enfeitava os contornos delicados das faces coradas e saudáveis, realçando a discreta, porém fascinante fenda que lhe marcava o queixo.

A promessa de beleza já se encontrava gravada em cada linha e traço do rosto de Victoria, embora fosse óbvio a qualquer observador que sua beleza estava destinada a ser mais exótica do que frágil, assim como era evidente a teimosia no ângulo do queixo e a alegria em seus olhos. Naquela manhã, porém, aqueles lindos olhos não exibiam o brilho costumeiro.

Victoria se inclinou e apanhou um punhado de neve com as mãos enluvadas. Com um gesto automático, Andrew se abaixou, mas, em vez de atirar a bola de neve sobre ele, como normalmente fazia, Victoria limitou-se a atirá-la no riacho.

– O que há com você, olhos azuis? – ele perguntou em tom de provocação. – Está com medo de errar?

– Claro que não – Victoria respondeu com um suspiro.

– Dê-me espaço para sentar ao seu lado.

Ela obedeceu e, ao estudar sua expressão triste, Andrew inquiriu, preocupado:

– Por que está tão desanimada?

Victoria sentiu-se tentada a contar tudo a ele. Andrew era muito mais sábio do que se poderia esperar de um rapaz de 20 anos. Era o filho único da moradora mais rica do vilarejo, uma viúva de saúde aparentemente delicada, que depositava nos ombros do filho toda a responsabilidade pela administração da imensa mansão, e dos mil acres de terra cultivada em sua fazenda.

Segurando-lhe o queixo entre os dedos delicados, Andrew forçou-a a encará-lo.

– Conte-me o que aconteceu – encorajou-a

Aquele segundo pedido era mais do que o coração partido de Victoria poderia suportar. Andrew era seu amigo. Ao longo dos anos, ele a ensinara a pescar, nadar, atirar com uma pistola e trapacear nos jogos de cartas, alegando que tal conhecimento era importantíssimo para que ela descobrisse de pronto se alguém a tentasse trapacear. Victoria o recompensara tornando-se ainda melhor que ele em cada uma daquelas atividades. Eram amigos e ela sabia que podia confiar nele com relação a quase tudo. Ainda assim, não seria capaz de discutir com Andrew o casamento de seus pais. Por isso, decidiu conversar sobre a outra questão que a preocupava: a advertência de seu pai.

– Andrew, como é possível saber se alguém nos ama de verdade?

– Com o amor de quem você está preocupada?

– Do homem com quem vou me casar.

Se fosse alguns anos mais velha, um pouco mais experiente, Victoria teria sabido interpretar a ternura que iluminou os olhos castanho-dourados de Andrew, antes que eles se desviassem dos dela.

– Você vai ser amada pelo homem com quem se casar – ele prometeu. – Tem minha palavra.

– Mas ele deve me amar, no mínimo, tanto quanto eu o amar.

– E será assim.

– É possível, mas como vou saber se ele realmente me ama?

Andrew lhe lançou um olhar desconfiado.

– Algum dos rapazes da vizinhança foi pedir sua mão a seu pai? – perguntou em tom contrariado.

Claro que não! Só tenho 15 anos e papai faz questão que eu espere até fazer 18, para saber o que quero.

Andrew baixou os olhos para o queixo empinado de Victoria e riu baixinho.

– Se seu pai só quer garantir que você saiba o que quer, pode lhe dar permissão para se casar amanhã mesmo. Você sabe o que quer desde os 10 anos de idade.

– Tem razão – ela concordou com franqueza inocente, antes de indagar: – Andrew, você nunca se pergunta com quem vai se casar?

– Não – ele respondeu com um leve sorriso, voltando a fixar os olhos no riacho.

– Por que não?

– Já sei quem ela é.

Surpresa pela revelação inesperada, Victoria dirigiu-lhe um olhar curioso.

– Verdade? Conte-me quem é ela! Alguém que eu conheço?

Como ele permaneceu calado, Victoria começou a amassar uma grande bola de neve entre as mãos.

– Está pensando em enfiar essa neve por dentro da gola do meu casaco? – ele inquiriu, observando-a com ar divertido.

– Claro que não – ela respondeu com um brilho malicioso no olhar. – Estou pensando em fazermos uma aposta. Se a minha pontaria chegar mais perto daquele rochedo do outro lado, você terá de me contar quem é ela.

– E se a minha pontaria for melhor?

– Nesse caso, você mesmo deve escolher o seu prêmio – Victoria concedeu, com ar magnânimo.

– Cometi um erro gravíssimo ao ensiná-la a apostar – Andrew concluiu com um sorriso, sucumbindo ao charme ingênuo de Victoria.

Andrew errou o alvo por uns poucos centímetros. Victoria fixou os olhos na rocha, em profunda concentração, e, então, atingiu-a em cheio.

– E cometi outro erro, ainda mais grave, quando a ensinei a atirar bolas de neve – ele admitiu.

– Eu já sabia, antes de você me ensinar – Victoria anunciou com petulância, pousando as mãos nos quadris. – Agora, trate de me contar com quem pretende se casar.

Enfiando as mãos nos bolsos, Andrew sorriu com crescente ternura.

– Com quem você acha que pretendo me casar, olhos azuis?

– Não sei – ela respondeu com seriedade –, mas espero que ela seja muito especial, pois você é.

– Ela é muito especial – Andrew garantiu em tom solene. – É tão especial, que pensei nela durante todo o tempo que passei na escola, no inverno. Na verdade, estou muito feliz por ter voltado para casa, pois posso vê-la com maior frequência.

– Da maneira como fala, ela parece ser muito boa – Victoria comentou, sentindo-se subitamente zangada com a desconhecida.

– Eu diria que ela está mais para "maravilhosa" do que para "muito boa". Ela é dócil, corajosa, bonita, autêntica, gentil e teimosa. Todos que a conhecem passam a amá-la.

– Bem, então, por que não se casa com ela de uma vez e põe um ponto final na concorrência? – Victoria indagou, visivelmente irritada.

Andrew sorriu e, em um raro gesto de intimidade, afagou-lhe os cabelos sedosos.

– Porque – murmurou com voz terna – ela ainda é jovem demais. O pai dela quer que espere até completar 18 anos para que saiba o que quer.

Os olhos de Victoria se arregalaram.

– Está falando de mim? – inquiriu, incrédula.

– Você – ele confirmou. – Só você.

O mundo de Victoria, ameaçado pelo que ela vira e ouvira na noite anterior, subitamente voltou a parecer seguro e reconfortante.

– Obrigada, Andrew – murmurou com timidez. – Sera maravilhoso me casar com o meu amigo mais querido.

– Eu não deveria ter mencionado as minhas intenções para você antes de falar com seu pai a respeito. E não posso fazer isso pelos próximos três anos.

– Papai gosta muito de você e não vai fazer nenhuma objeção, desde que respeitemos o prazo imposto por ele. Como ele poderia ser contra, quando vocês dois são tão parecidos?

Alguns minutos mais tarde, Victoria montou seu pônei, sentindo-se alegre e animada. Porém, seu entusiasmo desapareceu no momento em que ela abriu a porta da cozinha.

Sua mãe estava inclinada sobre o fogão, preparando panquecas. Tinha os cabelos presos na nuca e usava um vestido simples, mas muito limpo e impecavelmente passado. Pendurados em ganchos presos ao lado e acima do fogão, encontravam-se panelas, tachos, peneiras, facas e funis, tudo na mais perfeita ordem, conforme o costume de Katherine. Sentado à mesa, Patrick bebericava seu café.

Olhando para eles, Victoria se sentiu constrangida, triste e profundamente zangada com a mãe, por ela negar ao seu maravilhoso pai o amor que ele tanto queria e precisava.

Uma vez que os passeios matinais de Victoria eram bastante comuns, ninguém estranhou a sua chegada. Os pais a fitaram, sorriram e a cumprimentaram. Victoria retribuiu o cumprimento do pai e sorriu para a irmã, mas mal conseguiu olhar para a mãe. Então, começou a arrumar a mesa com todas as louças e talheres, uma formalidade considerada por sua mãe inglesa "necessária a uma refeição civilizada".

Enquanto se ocupava de sua tarefa, Victoria se sentia pouco à vontade, mas quando tomou seu lugar à mesa, a hostilidade foi cedendo lugar a um sentimento de piedade. Observou Katherine Seaton, que tentava de todas as maneiras compensar o marido, conversando em tom animado, servindo-lhe mais café e pães quentinhos, recém-tirados do forno, ao mesmo tempo que se esmerava no preparo das panquecas, que constituíam o item preferido de Patrick Seaton para o café da manhã.

Victoria comeu em silêncio, a mente buscando com certo desespero uma maneira de consolar o pai pelo casamento sem amor.

A solução ficou clara em sua mente no momento em que ele se levantou, anunciando a intenção de cavalgar até a fazenda dos Jackson, a fim de verificar como estava o braço quebrado da pequena Annie.

– Vou com você, papai – Victoria anunciou, pondo-se de pé. – Já faz algum tempo que venho pensando em pedir que me ensine a ajudá-lo no seu trabalho.

Tanto o pai quanto a mãe dirigiram-lhe olhares surpresos. Afinal, Victoria jamais havia manifestado qualquer interesse pelas artes da cura. Na verdade, até aquele momento, ela não passara de uma criança alegre e despreocupada, interessada apenas em diversão. Ainda assim, nenhum dos dois fez objeção alguma.

Victoria e o pai sempre haviam sido muito próximos. Daquele dia em diante, tornaram-se inseparáveis. Ela o acompanhava a quase todos os lugares e, embora ele se recusasse terminantemente a permitir que ela o assistisse no tratamento de pacientes do sexo masculino, mostrava-se mais que feliz com a ajuda da filha em qualquer outra circunstância.

Nenhum dos dois jamais mencionou o assunto triste que haviam discutido na fatídica noite de Natal. Ao contrário, preenchiam o tempo que passavam juntos com conversas tranquilas e brincadeiras inocentes. Apesar da infelicidade que lhe apertava o coração, Patrick Seaton era um homem que apreciava o valor da alegria.

Victoria havia herdado a beleza exótica da mãe, bem como o bom humor e a coragem do pai. Agora, aprendia a desenvolver a compaixão e o idealismo, também características dele. Quando garotinha, ela conquistara com facilidade a simpatia dos habitantes do vilarejo com seu sorriso irresistível. Aqueles que antes gostavam da menina alegre agora adoravam a jovem de fibra que se preocupava com suas dores e se empenhava em diminuir-lhes o sofrimento.

2

— Victoria, tem certeza absoluta de que sua mãe nunca mencionou o duque de Atherton ou a duquesa de Claremont?

Victoria afastou as lembranças dolorosas do funeral de seus pais e ergueu os olhos para o médico de cabelos brancos sentado do outro lado da mesa da cozinha. Sendo o amigo mais antigo de seu pai, o Dr. Morrison havia assumido a responsabilidade de cuidar do futuro das meninas, bem como de tratar dos pacientes do Dr. Seaton, enquanto o novo médico não chegasse.

– Tudo o que Dorothy e eu sabemos é que mamãe foi separada da sua família, na Inglaterra. Ela nunca falava deles.

– É possível que seu pai tivesse parentes na Irlanda?

– Papai cresceu em um orfanato. Não tinha nenhum parente. – Ela se levantou. – Gostaria de tomar um café, Dr. Morrison?

– Pare de se preocupar comigo e vá se sentar lá fora, com Dorothy – sugeriu o Dr. Morrison com ar gentil. – Você está pálida como um fantasma.

– Tem certeza de que não precisa de nada? – Victoria insistiu.

– Preciso ser alguns anos mais jovem – replicou com um sorriso triste, enquanto afiava uma pena. – Estou velho demais para carregar o fardo dos pacientes de seu pai. Meu lugar é na Filadélfia, com um tijolo quente sob os pés e um bom livro nas mãos. Não faço ideia de como serei capaz de fazer tudo o que tem de ser feito durante os próximos quatro meses, até o novo médico chegar.

– Sinto muito – Victoria lamentou com sinceridade. – Sei que está sendo muito difícil para o senhor.

– Está sendo bem pior para você e Dorothy – disse o velho e amável médico. – Agora, vá para fora e aproveite esse agradável sol de inverno. É difícil termos um dia tão quente em janeiro. Enquanto isso, escreverei cartas aos seus parentes.

Uma semana se passara desde que o Dr. Morrison chegara para visitar os Seaton, quando fora chamado ao local do acidente, onde a carruagem que levava Patrick Seaton e a esposa caíra de um barranco e capotara. Patrick Seaton morrera instantaneamente. Katherine havia recobrado a consciência apenas pelo tempo necessário para tentar responder às perguntas desesperadas do Dr. Morrison com relação aos seus parentes na Inglaterra. Com um fio de voz, ela conseguira murmurar:

– ...vovó... duquesa de Claremont.

Então, pouco antes de morrer, ela sussurrara outro nome: Charles. Aflito, o Dr. Morrison implorara que ela lhe desse o nome completo e, abrindo os olhos desfocados por um breve instante, Katherine suspirara:

– Fielding... duque... de... Atherton.

– Ele é seu parente? – o médico perguntara com urgência.

– Primo...

Ao Dr. Morrison restara a árdua tarefa de localizar e contatar aqueles parentes até então desconhecidos, a fim de perguntar-lhes se um dos dois estaria disposto a oferecer um lar para Victoria e Dorothy. Tal tarefa tornava-se ainda mais difícil pelo fato de que, até onde o Dr. Morrison sabia, nem o duque de Atherton, nem a duquesa de Claremont faziam a menor ideia da existência das meninas.

Com uma expressão determinada, o Dr. Morrison mergulhou a pena no tinteiro, escreveu a data no topo da primeira carta e hesitou, franzindo o cenho.

– Como devo me dirigir a uma duquesa? – perguntou a si mesmo.

Após alguns instantes de consideração, tomou uma decisão e começou a escrever.

Cara Madame Duquesa,

Cabe a mim a infeliz tarefa de informá-la sobre a morte trágica de sua neta, Katherine Seaton, além de avisá-la de que as duas filhas da Sra. Seaton, Victoria e Dorothy, encontram-se temporariamente aos meus cuidados. Entretanto, sendo um homem velho e solteiro, não posso continuar a cuidar das duas órfãs de maneira apropriada.

Antes de morrer, a Sra. Seaton mencionou apenas dois nomes: o seu e o de Charles Fielding. Assim, escrevo à madame duquesa e ao Sr. Fielding, na esperança de que um dos dois, ou ambos, possa receber as filhas da Sra. Seaton em seu lar. Devo informá-los de que as meninas não têm para onde ir. Suas finanças são limitadíssimas e elas precisam urgentemente de um lar apropriado.

O Dr. Morrison reclinou-se na cadeira e releu a carta, o cenho franzido de preocupação. Se a duquesa ignorava a existência das bisnetas, era fácil prever uma possível hesitação de sua parte em recebê-las, sem antes saber algo sobre elas. Tentando pensar na melhor maneira de descrevê-las, virou-se para a janela.

Dorothy estava sentada no balanço, os ombros vergados, em uma postura de desespero. Victoria dedicava-se, determinada, a um desenho, na tentativa de afastar a tristeza.

O velho médico decidiu descrever Dorothy em primeiro lugar, pois ela era a mais fácil.

Dorothy é uma menina muito bonita, de cabelos loiros e olhos azuis. É meiga, de maneiras afáveis e simpática. Aos 17 anos, já se encontra próxima da idade apropriada para o casamento, mas não demonstrou, até agora, nenhuma inclinação particular para com qualquer dos jovens das redondezas...

O Dr. Morrisson fez uma pausa. A verdade era que muitos jovens já haviam se apaixonado por Dorothy. E quem poderia culpá-los? Ela era bonita, alegre e muito dócil. Era angelical, o Dr. Morrison pensou, satisfeito por ter finalmente encontrado a palavra exata para descrevê-la.

Porém, quando dirigiu a atenção para Victoria, franziu o cenho em uma expressão desconcertada. Embora Victoria fosse a sua predileta, era também a mais difícil de descrever. Seus cabelos não eram dourados como os de Dorothy, nem eram realmente vermelhos. Na verdade, apresentavam uma viva combinação de ambos. Dorothy era uma coisinha linda, uma jovem agradável e discreta, que virava a cabeça de todos os rapazes da vizinhança. Possuía todos os requisitos para uma boa esposa: era dócil, gentil, dedicada e tranquila. Em resumo, era o tipo de mulher que jamais pensaria em contradizer ou desobedecer a seu marido.

Victoria, por sua vez, passara muito tempo em companhia do pai e, aos 18 anos, era extremamente inteligente, possuía uma mente ativa, além da forte tendência a pensar por si mesma.

Dorothy aceitaria as ideias de seu marido e faria o que ele lhe dissesse para fazer, mas Victoria tomaria suas próprias decisões e, provavelmente, faria o que considerasse melhor.

Dorothy era angelical, o Dr. Morrison concluiu, mas Victoria... não.

Estreitando os olhos por trás dos óculos, observou Victoria, que desenhava mais um retrato do muro coberto de hera, e examinou-lhe o perfil aristocrático, tentando encontrar as palavras certas para descrevê-la. Corajosa, pensou, sabendo que ela desenhava porque preferia se ocupar a se entregar à dor do luto. E compassiva, concluiu, lembrando-se de seus esforços para consolar e alegrar os pacientes do pai.

O Dr. Morrison balançou a cabeça, frustrado. Sendo um velho, apreciava a inteligência e o senso de humor de Victoria, além de admirar-lhe a coragem, a força e a compaixão. Porém, se enfatizasse aquelas qualidades aos parentes ingleses da Sra. Seaton, eles certamente imaginariam uma mulher independente e pedante, para quem seria impossível encontrar um bom marido, e que se transformaria em um fardo em suas vidas. Existia ainda a possibilidade de que quando retornasse da Europa, dentro de alguns meses, Andrew Bainbridge fizesse o pedido formal da mão de Victoria, mas o Dr. Morrison não tinha certeza disso. O pai de Victoria e a mãe de Andrew haviam concordado que, antes que o jovem casal ficasse noivo, os sentimentos de ambos deveriam ser testados durante aquele período de seis meses, nos quais Andrew faria uma versão abreviada do *Grand Tour*, viagem educacional comumente empreendida por jovens da aristocracia britânica.

A afeição de Victoria por Andrew havia permanecido forte e constante, pelo que o Dr. Morrison sabia. Os sentimentos de Andrew, porém, estavam aparentemente oscilando. Segundo o que a Sra. Bainbridge confidenciara ao velho médico, na véspera, Andrew parecia estar desenvolvendo uma forte atração pela prima de segundo grau, cuja família ele visitava, na ocasião, na Suíça.

Com um suspiro infeliz, o Dr. Morrison continuou olhando para as duas irmãs, que usavam vestidos pretos e simples. Apesar dos trajes sombrios, elas formavam um quadro adorável.

E foi então que ele teve a inspiração: resolveria o problema da descrição das meninas com um retrato!

Uma vez tomada a decisão, terminou a carta pedindo à duquesa que discutisse o assunto com o duque de Atherton, que receberia uma carta idêntica, e o informassem sobre o que desejavam que ele fizesse com relação às duas. Depois de escrever outra carta, esta endereçada ao duque de Atherton, redigiu um bilhete ao seu advogado, em Nova York, instruindo para que pedisse a alguém de confiança, em Londres, que localizasse o duque e a duquesa e lhes entregasse as cartas. Com uma pequena prece para que um dos dois nobres lhe reembolsasse tais despesas, o Dr. Morrison se levantou.

No jardim, Dorothy usava a ponta do pé para se balançar de um lado para outro.

– Ainda não consigo acreditar – murmurou com um misto de desespero e empolgação. – Mamãe era neta de uma duquesa! O que somos, então, Tory? Possuímos algum título?

Victoria lançou-lhe um olhar irônico.

– Sim – respondeu. – "Parentes Pobres."

O que era a mais pura verdade, pois embora Patrick Seaton fosse amado e respeitado pelos pacientes, cujas doenças ele tratara por tantos anos, aquela gente do campo raramente possuía recursos para pagá-lo em dinheiro. E, sempre generoso, o Dr. Seaton jamais os havia pressionado. Assim, eles o pagavam com produtos e serviços, como galinhas, peixes, caça, consertos em sua carruagem, em sua casa, com pães frescos e cestos de frutas. Como resultado, a família Seaton jamais precisara se preocupar com comida, mas também jamais havia conseguido juntar algum dinheiro. Prova disso eram os remendos dos vestidos tingidos à mão, que Dorothy e Victoria usavam agora. Até mesmo a casa onde moravam havia sido fornecida pelos moradores do vilarejo, assim como acontecera ao reverendo Milby. As casas eram emprestadas a seus ocupantes em troca de serviços médicos e pastorais.

Ignorando a colocação sensata da irmã quanto ao seu status, Dorothy continuou com seu ar sonhador:

– Nosso primo é um duque e nossa bisavó, uma duquesa! Mal posso acreditar! E você?

– Sempre achei mamãe um tanto misteriosa – Victoria replicou, reprimindo as lágrimas de solidão e desespero que lhe brotaram dos olhos. – Agora, o mistério está desvendado.

– Que mistério?

Victoria hesitou, antes de responder:

– Só quis dizer que mamãe era diferente de todas as outras mulheres que já conheci.

– Acho que tem razão – Dorothy concordou.

Como a irmã retomou o silêncio anterior, Victoria fixou os olhos no desenho que apoiara nas coxas. O mistério estava desvendado. Agora, ela compreendia muitas coisas que a haviam preocupado e confundido. Só agora entendia por que a mãe jamais fora capaz de ficar à vontade com as demais mulheres da região, por que sempre usava a linguagem sofisticada da sociedade inglesa, exigindo que, ao menos na presença dela, Dorothy e Victoria fizessem o mesmo. A origem nobre explicava a insistência de Katherine para que as filhas aprendessem francês, além do inglês. Esclarecia também seu modo exigente, por vezes meticuloso. E explicava, ao menos em parte, a expressão estranha, assombrada, que lhe cobria as feições nas raras ocasiões em que ela mencionava a Inglaterra.

Talvez até explicasse sua reserva para com o marido, a quem tratava com gentil cortesia, mas nada mais. Ainda assim, ela fora, na superfície, uma esposa exemplar. Katherine jamais questionara o marido, jamais se queixara de sua existência de pobre plebeia, jamais discutira com ele. Já fazia muito tempo desde que Victoria conseguira perdoar a mãe por não amar seu pai. Agora, dando-se conta de que a mãe fora provavelmente criada em meio ao luxo e à riqueza, sentia-se inclinada a admirar a postura digna em seus dias de pobreza, sem jamais se queixar das privações.

O Dr. Morrison saiu para o jardim, sorrindo para as duas meninas.

– Já escrevi as cartas e vou enviá-las amanhã. Com um pouco de sorte, receberemos uma resposta de seus parentes dentro de três meses, ou quem sabe, menos.

Parecia satisfeito com o papel que estava desempenhando na tentativa de reunir as irmãs aos nobres parentes ingleses.

– O que acha que eles vão fazer quando receberem as suas cartas, Dr. Morrison? – perguntou Dorothy.

O médico afagou-lhe os cabelos com ar paternal e, erguendo os olhos para o céu, tratou de usar a imaginação.

– Suponho que fiquem surpresos, mas não vão demonstrar, pois, na Inglaterra, as classes mais altas não costumam revelar seus sentimentos, além de serem muito formais. Depois de lerem as cartas, enviarão mensagens cordiais um para o outro e, então, se reunirão para discutir o futuro de vocês. Um mordomo vai servir o chá...

Sorriu ao imaginar o delicioso cenário com todos os detalhes. Formou na mente a visão de dois aristocratas ingleses, muito ricos e amáveis, que se encontrariam em um salão elegante, a fim de partilhar o chá servido em bandeja de prata, antes de discutir o futuro das até então desconhecidas, mas já queridas, jovens parentes. Como o duque de Atherton e a duquesa de Claremont eram parentes distantes de Katherine, certamente seriam amigos, aliados...

3

— Sua alteza, a duquesa de Claremont – o mordomo anunciou em tom majestoso, da porta do salão onde Charles Fielding, duque de Atherton, estava sentado.

Em seguida, o mordomo deu um passo para o lado e uma mulher idosa e imponente entrou, seguida pelo advogado de expressão atormentada. Charles Fielding fitou-a com seus olhos castanho-claros faiscando de ódio.

-- Não precisa se levantar, Atherton – a duquesa falou com sarcasmo quando ele permaneceu sentado, em atitude deliberadamente insolente.

Completamente imóvel, ele continuou a observá-la em silêncio gelado. Com 55 anos, Charles Fielding ainda era um homem atraente, com cabelos fartos e grisalhos, embora a doença tivesse deixado suas marcas. O corpo apresentava-se magro demais para a sua estatura e porte, e o rosto estava vincado pelas linhas de tensão e de fadiga.

Vendo-se incapaz de provocar uma reação, a duquesa lançou sua ira sobre o mordomo.

– Esta sala está quente demais! – queixou-se, batendo com a bengala de cabo cravejado de pedras preciosas no chão. – Abra as cortinas para que tenhamos um pouco de ar fresco – ordenou.

– Deixe as cortinas como estão! – Charles a contradisse, sem esconder o desprezo que a mera visão daquela mulher lhe provocava.

A duquesa lançou-lhe um olhar fulminante.

– Não vim até aqui para sufocar – declarou em tom ameaçador.

– Então, saia.

O corpo esguio e frágil empertigou-se pela indignação.

– Não vim até aqui para sufocar – ela repetiu entre os dentes. – Vim para informá-lo sobre a minha decisão com respeito às filhas de Katherine.

– Diga o que tem a dizer e, então, saia! – Charles retrucou, implacável.

A duquesa estreitou os olhos, furiosa, mas em vez de sair, ela se sentou. Apesar da idade avançada, sua postura era ereta como a de uma rainha. Um turbante púrpura sobre os cabelos brancos ocupava o lugar da coroa e a bengala em sua mão substituía o cetro.

Charles observou-a, surpreso e desconfiado, uma vez que estivera certo de que ela havia insistido naquele encontro apenas para ter a satisfação de dizer, fitando-o nos olhos, que o futuro das filhas de Katherine não lhe dizia respeito. Nem sequer lhe ocorrera que ela fosse se sentar, como quem tivesse algo mais a dizer.

– Você viu o retrato das meninas – a duquesa afirmou.

Ele baixou os olhos para o retrato que tinha nas mãos e seus dedos o envolveram de maneira protetora. A dor cruel obscureceu-lhe o olhar, fixado em Victoria. Ela era a imagem da mãe, a imagem de sua linda e amada Katherine.

– Victoria é a imagem da mãe – a duquesa declarou de súbito.

Charles ergueu os olhos para ela, a expressão endurecendo imediatamente.

– Tenho plena consciência disso.

– Ótimo. Assim, vai compreender meus motivos para não aceitar essa menina em minha casa. Ficarei com a outra. – Levantando-se como se houvesse encerrado o assunto, a duquesa virou-se para seu advogado: – Providencie a quantia necessária para cobrir as despesas do Dr. Morrison e o custo de uma passagem de navio para a menina mais nova.

– Sim, alteza – o advogado assentiu com uma reverência. – Mais alguma coisa?

– Ah, sim, serão muitas coisas! – A duquesa replicou em tom quase rude. – Terei de apresentar a menina à sociedade, providenciar um dote para ela, encontrar um marido adequado...

– E quanto a Victoria? – Charles a interrompeu. – O que planeja fazer com a menina mais velha?

A duquesa lançou-lhe um olhar irado.

– Já disse que ela me lembra a mãe e que não vou aceitá-la em minha casa. Se quiser, fique com ela. Se bem me lembro, você queria a mãe mais do que qualquer outra coisa. E era óbvio que Katherine o queria também. Afinal, até mesmo na hora da morte, ela pronunciou o seu nome. Pode assumir a responsabilidade pela imagem de Katherine, agora. Você bem merece ter de olhar para a menina todos os dias.

A mente de Charles ainda se recuperava da maravilhosa surpresa, quando a velha duquesa acrescentou com arrogância:

– Case-a com quem bem entender, exceto com aquele seu sobrinho. Há vinte anos, não permiti uma aliança entre a sua família e a minha. Continuo a proibir que isso aconteça. Eu... – como se uma ideia súbita lhe ocorresse, ela fez uma pausa, ao mesmo tempo que seus olhos exibiram um brilho de triunfo maligno. – Arranjarei o casamento de Dorothy com o filho de Winston! – anunciou em tom malévolo. – Queria que Katherine se casasse com o pai e ela se recusou a satisfazer a minha vontade por sua causa. Casando Dorothy com o filho, finalmente terei a aliança que sempre desejei para a minha família! – Um sorriso de desdém tornou ainda mais profundas as rugas em seu rosto e ela soltou uma risada de desprezo diante da expressão atormentada de Charles. – Mesmo depois de todos esses anos, serei a responsável pelo casamento mais esplêndido da década!

Com isso, ela deixou o salão, seguida por seu advogado.

Charles ficou olhando para a porta, as emoções oscilando entre amargura, ódio e alegria. Aquela velha maldita havia, inadvertidamente, lhe dado a única coisa que ele desejava mais que a própria vida. Ela lhe dera Victoria, a filha de Katherine, a imagem de Katherine. Uma felicidade quase insuportável o invadiu, seguida imediatamente de um ódio desmedido. Aquela velha sem coração iria finalmente realizar o sonho de ter a família ligada aos Winston. Não hesitara em sacrificar a felicidade de Katherine para atingir aquele objetivo sem sentido e, agora, conseguiria seu intento.

A raiva de Charles diante da constatação de que ela também estava prestes a obter o que sempre quisera quase apagou sua alegria pela oportunidade de ter Victoria. Então, uma ideia súbita cruzou-lhe a mente. Estreitando os olhos, ele a considerou e avaliou. Lentamente, um sorriso curvou-lhe os lábios.

– Dobson – ele chamou o mordomo. – Traga-me pena e papel. Quero escrever um anúncio de noivado. Providencie para que seja entregue ao *Times* imediatamente.

– Sim, alteza.

Charles olhou para o velho criado com olhar de júbilo.

– Ela está errada, Dobson – anunciou. – A bruxa está completamente errada!

– Errada, alteza?

– Sim, errada! Ela não será a responsável pelo casamento mais esplêndido da década. Eu serei!

Era um ritual. Todas as manhãs, por volta das 9 horas, Northrup, o mordomo, abria a pesada porta da frente da mansão de campo do marquês de Wakefield e recebia um exemplar do *Times* das mãos de um lacaio que trazia o jornal de Londres.

Depois de fechar a porta, Northrup atravessava o hall de entrada e entregava o jornal a outro lacaio, à espera no pé da escada.

– O exemplar do *Times* para o lorde – anunciava.

O lacaio levava o jornal até a sala de jantar, onde Jason Fielding geralmente tomava o seu café da manhã e lia a correspondência.

– Seu exemplar do *Times*, milorde – o lacaio murmurava, colocando o jornal ao lado da xícara de café do marquês e retirando seu prato.

Sem dizer uma palavra, Jason apanhava o jornal e o abria.

Tudo isso acontecia com a mais absoluta precisão, uma vez que lorde Fielding era um patrão exigente, que fazia questão de ter tudo funcionando em suas propriedades como máquinas muito bem-reguladas.

Os criados o temiam, tratando-o como a uma divindade assustadora e inatingível, que todos se esforçavam ao máximo para agradar.

As beldades que Jason levava a bailes, óperas, teatro e, claro, para a cama, sentiam o mesmo, uma vez que ele as tratava com apenas um pouco mais de calor humano do que dedicava aos criados. Ainda assim, as mulheres o observavam com olhares desejosos, aonde quer que ele fosse, pois, apesar da atitude cínica, Jason parecia envolvido por uma aura de virilidade que fazia os corações femininos dispararem.

Seus cabelos eram negros como carvão, os olhos penetrantes, verdes como jade, os lábios firmes e sensuais. Uma força implacável parecia esculpida em cada um dos traços que constituíam o rosto bonito e bronzeado, desde as sobrancelhas retas e espessas até o queixo arrogante. Até mesmo sua compleição física era extremamente masculina, com sua estatura de 1,88 metro, ombros largos, quadris estreitos e pernas longas e musculosas. Montado sobre um cavalo, ou dançando em um baile, Jason Fielding destacava-se dos outros homens como um felino selvagem cercado por gatinhos indefesos.

Como lady Wilson-Smyth apontara entre gargalhadas, Jason Fielding era perigosamente atraente como o pecado e, sem dúvida, igualmente perverso.

Tal opinião era partilhada por muitos, uma vez que quem quer que fitasse aqueles cínicos olhos verdes saberia dizer que não restava nem sequer uma fibra de inocência ou ingenuidade naquele corpo espetacular. Apesar disso, ou melhor, justamente por causa disso, as mulheres eram atraídas para ele como mariposas para as chamas, ansiosas para provarem do seu ardor, ou simplesmente se deleitarem com um de seus raros sorrisos. As casadas planejavam ardis para ocupar-lhe a cama, enquanto as solteiras sonhavam em ser aquela que derreteria seu coração de gelo, fazendo-o ajoelhar-se a seus pés.

Alguns dos membros mais sensatos da *ton*, como era designada a alta sociedade inglesa, acreditavam que lorde Fielding possuía razões de sobra para ser cínico no que dizia respeito às mulheres. Todos sabiam que o comportamento de sua esposa, quando ela fora para Londres, quatro anos antes, havia sido escandaloso. A partir do momento em que pusera os pés na cidade, a belíssima marquesa de Wakefield ocupara-se em ter um caso atrás do outro, sem a menor preocupação em ser discreta. Traíra o marido repetidas vezes. Todos sabiam, inclusive Jason Fielding, que parecia não se importar...

O lacaio postou-se ao lado da cadeira de lorde Fielding, segurando um delicado bule de prata.

– Aceita mais café, milorde?

O marquês sacudiu a cabeça e virou a página do jornal. O lacaio curvou-se e começou a se afastar, habituado ao fato de o patrão raramente se dar ao trabalho de falar com os criados. A verdade era que o lorde não lembrava o nome da maioria de seus empregados, não sabia nada sobre eles e não se importava. Mas, ao menos, não era dado a maus-tratos, como a maioria dos nobres. Quando contrariado, o marquês se limitava a dirigir um olhar gelado ao responsável pelo seu desgosto, sempre atingindo o objetivo de deixá-lo petrificado. Nunca, nem mesmo diante da mais grave provocação, lorde Fielding erguia a voz.

E foi justamente por isso que o lacaio quase derrubou o bule de café quando Jason deu um murro na mesa, gritando:

– Aquele miserável! – Pôs-se de pé, o rosto transformado em uma máscara de fúria. – Aquele maldito, patife... Só ele seria capaz de fazer uma coisa dessas!

Lançando um olhar faiscante na direção do pobre lacaio, Jason saiu da sala, apanhou a capa com o mordomo e se dirigiu para os estábulos.

Northrup fechou a porta da frente e correu até a sala de jantar.

– O que aconteceu com o lorde? – inquiriu.

O lacaio, ainda segurando o bule de café, encontrava-se inclinado sobre o jornal aberto.

– Acho que foi este anúncio no *Times* – o rapaz murmurou, apontando para o anúncio de noivado entre Jason Fielding, marquês de Wakefield, e a Srta. Victoria Seaton. – Eu não sabia que o lorde estava pensando em se casar.

– Resta descobrir se o lorde sabia – Northrup questionou, pensativo.

De repente, deu-se conta de que acabara de cometer um deslize imperdoável, envolvendo-se em fofocas com um subalterno. Assim, fechou o jornal com ar autoritário.

– Os assuntos particulares de lorde Fielding não são da sua conta, O'Malley. Trate de se lembrar disso, se pretende manter o emprego.

Duas horas depois, a carruagem de Jason parou diante da residência londrina do duque de Atherton. Com passos firmes, ele entrou na casa.

– Bom dia, milorde – cumprimentou-o Dobson ao abrir a porta. – Sua alteza está a sua espera.

– Aposto que sim – replicou Jason de péssimo humor. – Onde ele está?

– No salão, milorde.

Jason seguiu na direção indicada com passos furiosos. Empurrou com força a porta do salão e se dirigiu para onde o homem grisalho se encontrava sentado, com ares da maior dignidade.

– Imagino que você – acusou sem preâmbulos – tenha sido responsável por aquele anúncio absurdo no *Times*.

Sem se abalar, Charles sustentou-lhe o olhar ameaçador.

– Exatamente.

– Pois vai ter de fazer um novo anúncio, desmentindo o primeiro!

– Não – declarou, implacável. – A jovem se encontra a caminho da Inglaterra e você vai se casar com ela. Entre outras coisas, quero que você me dê um neto. E quero segurá-lo em meus braços, antes de partir deste mundo.

– Se quer um neto, tudo o que tem de fazer é localizar os seus outros bastardos. Tenho certeza de que eles poderão lhe proporcionar uma dezena de netos.

Uma sombra cruzou rapidamente o semblante de Charles, mas ele logo recuperou o controle e declarou em voz baixa:

– Quero um neto legítimo, para apresentar ao mundo como meu herdeiro.

– Um neto legítimo! – Jason repetiu com sarcasmo. – Quer que eu, seu filho ilegítimo, lhe dê um neto legítimo?

Diga-me uma coisa. Se todos acreditam que sou seu sobrinho, como espera apresentar meu filho como seu neto?

– Vou apresentá-lo como meu sobrinho-neto, mas saberei que é meu neto e é só isso o que importa. – Sem se impressionar com a fúria do filho, Charles concluiu: – Quero um herdeiro de você, Jason.

Lutando para se controlar, Jason inclinou-se e apoiou as mãos nos braços da poltrona de Charles, parando a poucos centímetros do rosto do pai. Com um sussurro lento, anunciou:

– Já lhe disse antes, mas vou repetir pela última vez: nunca voltarei a me casar. Compreendeu? Nunca voltarei a me casar!

– Por quê? – perguntou Charles, irritado. – Não se pode dizer que você detesta as mulheres, pois todos sabem que tem amantes e que as trata muito bem. Na verdade, todas elas parecem se apaixonar perdidamente por você. É óbvio que as moças gostam de partilhar a sua cama e, mais óbvio ainda, que você gosta de tê-las lá...

– Chega! – Jason explodiu.

Um espasmo de dor contorceu as feições de Charles, que levou a mão ao peito, antes de abaixá-la lentamente.

Jason estreitou os olhos, mas embora suspeitasse que Charles estava apenas fingindo, forçou-se a permanecer em silêncio, enquanto o pai continuava:

– A jovem que escolhi para ser sua esposa deve chegar dentro de três meses. Enviarei uma carruagem ao porto, para transportá-la diretamente para Wakefield Park. Em nome da decência, também irei para lá, onde permanecerei até que o casamento seja realizado. Conheci a mãe dela há muito tempo e vi a semelhança de Victoria. Você não vai se decepcionar. – Ergueu o retrato. – Ora, Jason – falou com voz subitamente macia e persuasiva –, não está nem um pouco curioso a respeito dela?

As feições de Jason se tornaram ainda mais duras.

– Esta perdendo seu tempo. Não vou aceitar isso.

– Vai, sim – Charles garantiu, apelando para a ameaça. – Se não aceitar, vou deserdá-lo. Você já gastou meio milhão de libras em reformas nas minhas propriedades, que jamais pertencerão a você, a menos que se case com Victoria Seaton.

A reação de Jason foi de puro desprezo.

– Suas preciosas propriedades podem ir para o inferno, no que me diz respeito. Meu filho está morto. Não preciso de herança alguma.

Percebendo a dor no olhar de Jason ao mencionar o garotinho, Charles suavizou o tom de voz:

– Admito que fui precipitado em anunciar o seu noivado, Jason, mas tive razões para fazer isso. Talvez eu não possa forçá-lo a se casar com Victoria, mas, pelo menos, não crie preconceitos contra ela. Prometo que não vai encontrar defeitos na moça. Veja, tenho um retrato de Victoria. Pode ver com os seus próprios olhos como ela é bonita... – Charles parou de falar ao ver Jason dar meia-volta e sair da sala, batendo a porta atrás de si.

Então, fixando o olhar irado na porta fechada, falou em voz alta para o aposento vazio:

– Você vai se casar com ela, Jason, nem que eu tenha de fazê-lo entrar na igreja com uma arma apontada para a sua cabeça!

Poucos minutos depois, Dobson entrou, carregando uma bandeja de prata com uma garrafa de champanhe e duas taças.

– Tomei a liberdade de selecionar algo apropriado à ocasião – declarou o mordomo alegremente.

– Pois então deveria ter selecionado cicuta – Charles replicou. – Jason já se foi.

– Já? Mas nem tive tempo de parabenizar o lorde pelo noivado!

– O que foi muita sorte – Charles comentou com uma risadinha marota. – Ele teria sido capaz de acabar com seus dentes.

Quando Dobson saiu, Charles encheu uma taça de champanhe e, com um sorriso determinado, ergueu-a em um brinde solitário.

– Ao seu casamento, Jason.

– SÓ VOU DEMORAR um minuto, Sr. Borowski – Victoria informou, descendo da carroça de fazenda, carregada com a bagagem dela e de Dorothy.

– Não tenha pressa – respondeu com um sorriso. – Sua irmã e eu não partiremos sem você.

– Apresse-se, sim, Tory – Dorothy pediu. – O navio não vai esperar por nós.

– Temos tempo de sobra – o Sr. Borowski garantiu. – Chegaremos à cidade antes do anoitecer, eu prometo.

Victoria subiu correndo os degraus da entrada da casa de Andrew e bateu na porta.

– Bom dia, Sra. Tilden – ela cumprimentou a governanta. – Posso falar com a Sra. Bainbridge por um momento? Gostaria de me despedir e entregar uma carta para ela enviar a Andrew. Assim, ele saberá para onde escrever, na Inglaterra.

– Vou dizer a ela que você está aqui, Victoria, mas não garanto que ela vá recebê-la – a simpática governanta informou, sem jeito. – Você sabe como ela se comporta quando não está se sentindo bem.

Victoria assentiu. Conhecia muito bem os mal-estares da Sra. Bainbridge. Segundo Patrick Seaton, a mãe de Andrew era uma queixosa crônica, que inventava doenças a fim de não ter de fazer o que não deseja fazer e, acima de tudo, para manipular e controlar o filho. O médico dissera isso a ela, diante de Victoria, anos antes. Evidentemente, a Sra. Bainbridge jamais perdoara os dois por isso.

Victoria sabia, assim como Andrew, que a Sra. Bainbridge era uma mentirosa. As palpitações, tonturas e formigamentos da mãe dele exerciam pouco efeito sobre os dois, o que aumentava ainda mais a desaprovação da mulher em relação à escolha do filho para esposa.

A governanta voltou com expressão contrariada.

– Sinto muito, Victoria. A Sra. Bainbridge diz não estar em condições de recebê-la. Entregarei a ela a carta que escreveu para o Sr. Andrew. Ela me pediu para chamar o Dr. Morrison. Disse que está com um zumbido fortíssimo no ouvido – acrescentou em tom impaciente.

– O Dr. Morrison se preocupa com as doenças da Sra. Bainbridge, em vez de mandá-la levantar da cama e fazer algo útil – Victoria comentou com um sorriso, lamentando que o correio fosse tão caro e ela fosse obrigada a dar suas cartas para que a mãe de Andrew as incluísse na própria correspondência. – Acho que ela prefere a atitude do Dr. Morrison à atitude de meu pai.

– Na minha opinião – a Sra. Tilden sussurrou, torcendo o nariz –, ela gostava do seu pai mais do que deveria. Eu chegava a me cansar de observá-la se arrumar, antes de chamá-lo no meio da noite e... – a governanta interrompeu a frase, corrigindo-se depressa: – Não que seu pai, um homem tão maravilhoso, encorajasse o comportamento dela.

Quando Victoria se foi, a Sra. Tilden levou a carta para cima.

– Sra. Bainbridge, aqui está a carta de Victoria para o Sr. Andrew.

– Dê-me isso e mande chamar o Dr. Morrison – a patroa ordenou com voz surpreendentemente forte para uma inválida. – Estou sentido tonturas. Quando o novo médico vai chegar?

– Dentro de uma semana – a governanta respondeu, estendendo-lhe a carta.

Quando a Sra. Tilden saiu, a patroa lançou um olhar de desgosto mesclado a desprezo para a carta deixada sobre a cama.

– Andrew não vai se casar com essa camponesa – declarou com arrogância para a criada. – Ela não é nada! Ele escreveu duas vezes, dizendo que a prima Madeline, da Suíça, é adorável. Contei isso para Victoria, mas a tola não me deu ouvidos.

– Acha que ele vai trazer a Srta. Madeline para casa, como sua esposa? – a criada perguntou, ajeitando os travesseiros da Sra. Bainbridge.

As feições da patroa se contorceram de raiva.

– Não seja tola você também! Andrew não tem tempo para uma esposa. Eu já disse isso a ele. Esta propriedade é mais que suficiente para mantê-lo ocupado e, além do mais, ele tem que cuidar de mim. – Apanhou a carta de Victoria entre dois dedos, como se estivesse contaminada, e estendeu-a para a moça. – Você sabe o que fazer com isto.

– EU NÃO SABIA QUE PODIA haver tanta gente, ou tanto barulho, em um único lugar – comentou Dorothy, impressionada, parada no porto de Nova York.

Estivadores com baús sobre os ombros iam e vinham pelas pranchas de embarque, enquanto grossas correntes rangiam nas alturas, içando cargas pesadas a bordo. Os gritos de ordens dos oficiais dos navios misturavam-se às gargalhadas de marujos e aos convites imorais de mulheres vestidas sem a menor decência, espalhadas pelas docas.

– É tão empolgante – declarou Victoria, observando os dois baús que continham todos os pertences de ambas sendo carregados a bordo do *Gull* por dois estivadores grandalhões.

Embora assentisse em concordância, Dorothy parecia perturbada.

– Sim, é muito empolgante, mas fico me lembrando a todo momento que, no final da nossa viagem, seremos separadas por culpa de nossa bisavó. Que motivo ela pode ter para recusar receber você na casa dela?

– Não sei, mas você não deve se preocupar com isso – Victoria afirmou com um sorriso encorajador. – Pense em coisas boas. Olhe para o rio East, feche os olhos e respire fundo. Sinta o cheiro do mar.

Dorothy obedeceu, mas torceu o nariz com uma careta.

– Tudo o que consigo sentir é o fedor de peixe podre! Tory, se a nossa bisavó souber mais sobre você, tenho certeza de que vai querer que se junte a nós. Ela não pode ser cruel e insensível a ponto de insistir em nos manter separadas. Vou falar muito de você e fazê-la mudar de ideia.

– Não deve dizer ou fazer nada que possa ofendê-la – Victoria advertiu-a. – Ao menos por enquanto, somos inteiramente dependentes dos nossos parentes.

– Não vou ofendê-la, se puder evitar, mas cuidarei de deixar bem claro, por todos os meios possíveis, que ela deve voltar atrás e mandar chamar você. – Como Victoria se limitava a sorrir, sem dizer nada, Dorothy suspirou. – Existe um consolo nesta viagem para a Inglaterra. O Sr. Wilheim me disse que, com mais prática e muita dedicação, poderei me tornar uma pianista. Ele garantiu que, em Londres, será fácil encontrar excelentes professores. Vou pedir, ou melhor, insistir para que nossa bisavó me permita seguir a carreira musical – concluiu Dorothy, exibindo a determinação que pouquíssimas pessoas sabiam existir por trás daquela fachada de docilidade.

Victoria decidiu não enumerar os possíveis obstáculos que a irmã poderia encontrar. Com a sabedoria de alguns anos a mais, limitou-se a sugerir:

– Não insista demais, querida.

– Serei discreta – Dorothy concordou.

4

— Srta. Dorothy Seaton? – chamou o cavalheiro com cortesia.

– Sou eu – Dorothy se adiantou, fitando o homem de cabelos brancos e trajes impecáveis.

– Fui instruído por sua alteza, a duquesa de Claremont, a levá-la à casa dela. Onde está a sua bagagem?

– Ali.

Ele só teve de olhar por cima do ombro para que dois criados, também impecavelmente uniformizados, saíssem da luxuosa carruagem preta, com brasão dourado pintado na porta, e corressem até onde se encontrava o baú.

– Nesse caso, creio que podemos partir – voltou a se dirigir a Dorothy.

– E quanto a minha irmã? – Dorothy indagou, apertando a mão de Victoria com evidente pavor.

– Tenho certeza de que os encarregados de levar sua irmã não tardarão. Seu navio chegou quatro dias antes da data prevista.

– Não se preocupe comigo – Victoria declarou com uma confiança que não sentia. – A carruagem do duque deve chegar a qualquer momento. Enquanto isso, o capitão Gardiner permitirá que eu espere a bordo.

Dorothy abraçou a irmã.

– Tory, prometo convencer nossa bisavó a convidá-la para ficar conosco. Estou assustada. Não se esqueça de escrever todos os dias!

Victoria ficou onde estava, observando a carruagem se afastar, enquanto Dorothy acenava da janela. Acotovelada pelo fluxo de marinheiros ansiosos por algumas doses de bebida e pela companhia de mulheres de reputação duvidosa, sentiu-se mais solitária do que jamais se sentira antes.

Passou os dois dias seguintes sozinha em sua cabine, interrompendo as longas horas de tédio apenas com breves caminhadas no convés e refeições na companhia do capitão Gardiner, um homem afável e paternal, que parecia apreciar a companhia de Victoria. Ela logo passou a considerá-lo um novo amigo.

Quando, na manhã do terceiro dia, nenhuma carruagem chegou para levar Victoria até Wakefield Park, o capitão assumiu o controle da situação e alugou uma.

– Chegamos antes da data prevista, o que é uma ocorrência rara – ele explicou. – Seu primo pode demorar dias para mandar alguém vir buscá-la. Preciso resolver assuntos importantes em Londres e não posso deixá-la a bordo, desprotegida. O tempo que uma mensagem levaria para chegar a seu primo é o mesmo que sua viagem até lá vai durar.

Durante horas, Victoria apreciou a paisagem dos campos ingleses em todo o seu esplendor primaveril. Flores coloridas cobriam vales e colinas. Apesar dos solavancos provocados pelas pedras e raízes no caminho, o ânimo de Victoria melhorava a cada quilômetro percorrido. O cocheiro apareceu na janela dianteira.

– Estamos a menos de três quilômetros da propriedade, madame. Se quiser...

Tudo aconteceu muito depressa. A roda atingiu uma grande raiz, a carruagem foi atirada para o lado, o cocheiro desapareceu da janela e Victoria foi atirada no chão. Um minuto depois, a porta se abriu e o cocheiro a ajudou a se levantar.

– Está ferida? – indagou, preocupado.

Victoria balançou a cabeça, mas antes que pudesse pronunciar uma palavra sequer, ele já se virava para lançar sua ira sobre dois camponeses, parados timidamente enquanto segurava os chapéus apertados contra o peito.

– Maldidos idiotas! Como entram na estrada daquela maneira? Vejam o que fizeram! O eixo da minha carruagem se quebrou!

Continuou esbravejando, recitando uma ladainha de palavrões.

Delicadamente, Victoria deu as costas ao homem irado e seu linguajar ofensivo, e tentou sem o menor sucesso limpar a sujeira da saia. O cocheiro deslizou para debaixo da carruagem, a fim de verificar o eixo quebrado, e um dos camponeses se aproximou de Victoria, torcendo o chapéu nas mãos.

– Jack e eu sentimos muito pelo que aconteceu, madame. Nós a levaremos até Wakefield Park, isto é, se não se importar de colocarmos o seu baú na carroça, junto dos leitões.

Grata por não ter de caminhar os quase três quilômetros restantes, Victoria aceitou prontamente. Pagou o cocheiro com parte do dinheiro que Charles Fielding enviara para as despesas de viagem e se acomodou no banco da carroça, entre os dois camponeses. Viajar de carroça, apesar de dar menos prestígio que uma carruagem, era muito mais confortável. A brisa acariciava-lhe o rosto e ela tinha visão ampla e irrestrita dos campos floridos.

Com suas maneiras amigáveis e sem afetação, Victoria não demorou a se engajar em uma animada conversa sobre agricultura. Apesar de não dominar o assunto, ela sempre ficava feliz em aprender algo novo. Evidentemente, camponeses ingleses eram violentamente contra a implementação de máquinas agrícolas.

– Elas nos deixam desempregados – um deles argumentou, justificando sua apaixonada condenação das "coisas malditas".

Victoria mal ouviu o comentário, pois haviam acabado de atravessar os pesados portões que se abriam para os jardins cuidadosamente tratados que se estendiam até onde a vista alcançava. Os gramados eram recortados por canteiros de flores e riachos.

– Parece um conto de fadas! – Victoria murmurou, fascinada pela paisagem espetacular. – Devem ser necessários dezenas de jardineiros para cuidar de um lugar assim.

– Verdade – Jack confirmou. – O lorde emprega quarenta deles, sendo que dez cuidam só dos jardins da casa. – Depois de rodarem pela estrada bem-cuidada por 15 minutos, dobraram uma curva e Jack apontou à frente, anunciando: – Aí está Wakefield Park. Ouvi dizer que tem 160 cômodos.

Victoria respirou fundo. Sentia-se desnorteada, enquanto o estômago, completamente vazio, se contorcia de nervoso. Diante de seus olhos estava a casa de três andares mais espetacular que ela já vira, cujo esplendor superava todas as suas expectativas. A construção de tijolos, com suas chaminés, pairava sobre ela como um palácio, e as janelas refletiam o brilho dourado do sol.

A carroça parou diante da entrada, também magnífica, e Victoria teve de se forçar a desviar o olhar da mansão, enquanto um dos camponeses a ajudava a descer.

– Obrigada. Os senhores foram muito gentis – agradeceu e começou a subir os degraus com dificuldade, pois a apreensão tornara seus joelhos trêmulos.

Atrás dela, os dois camponeses se viraram para pegar o baú de Victoria. Infelizmente, quando abriram a parte traseira da carroça, os dois leitõezinhos saltaram para o chão e saíram correndo pelo gramado.

Victoria virou-se ao ouvir os gritos dos camponeses e caiu na risada ao vê-los correndo atrás dos velozes animaizinhos.

Naquele momento, a porta da mansão se abriu e um homem de expressão rígida e uniforme impecável lançou um olhar indignado para os camponeses, para os leitões e, claro para a jovem despenteada, de vestido sujo, a sua frente.

– As entregas – ele falou em voz alta e ameaçadora – devem ser feitas na porta dos fundos.

Erguendo o braço, ele apontou para o caminho que dava a volta na casa.

Victoria abriu a boca para explicar que não estava fazendo nenhuma entrega, mas teve a atenção distraída por um dos leitõezinhos que, mudando de direção, agora corria diretamente para ela.

– Tire essa carroça, esses porcos e saia daqui imediatamente! – o homem uniformizado explodiu.

Lágrimas provocadas pelo riso embaçaram a visão de Victoria, que se abaixou para apanhar o leitão, antes de começar:

– O senhor não enten...

Ignorando-a, Northrup virou-se para o lacaio e falou por cima do ombro:

– Livre-se de todos eles! Agora!

– Que diabo está acontecendo aqui? – um homem de seus trinta anos, cabelos negros, inquiriu.

O mordomo apontou para Victoria, os olhos faiscando.

– Essa mulher é...

– Victoria Seaton – ela falou depressa, tentando conter o riso.

Um misto de tensão, cansaço e fome ameaçavam levá-la à histeria. Quando viu o choque estampado nas feições do homem de cabelos negros, uma vez mencionado o seu nome, ela foi invadida por profundo alarme que, em uma fração de segundo, resultou em uma explosão de gargalhadas.

Esforçando-se ao máximo para conter o riso, Victoria virou-se e entregou o leitão para o camponês. Então, alisou a saia e fez uma pequena referência.

– Acho que houve um engano – falou com voz sufocada. – Eu vim...

A voz gelada do homem alto interrompeu-a:

– Foi você quem se enganou em vir para cá, Srta. Seaton. Entretanto, estamos muito próximos do anoitecer para mandá-la de volta para o lugar de onde veio.

Segurando-a pelo braço, ele a puxou para dentro da casa com gestos rudes.

Victoria recuperou a seriedade no mesmo instante. A situação já não lhe parecia nada engraçada. Ao contrário, acabara de se tornar assustadora. Foi invadida pela timidez ao se ver em um hall de entrada, todo revestido de mármore, maior do que a casa inteira onde morara, em Nova York. Do lado oposto à porta de entrada, duas escadas curvas levavam aos andares superiores. Acima de sua cabeça, a uma altura vertiginosa, uma abóbada de vidro filtrava a luz do sol, que banhava o ambiente magnífico. Victoria ficou alguns segundos olhando para cima, até lágrimas brotarem de seus olhos e a abóbada começar a dançar, ao mesmo tempo em a angústia lhe apertava o peito. Viajara milhares de quilômetros, por mar e por terra, esperando ser recebida por um cavalheiro gentil. Porém, seria mandada de volta, para longe de Dorothy... A abóbada girou mais depressa, formando um caleidoscópio de cores brilhantes.

– Ela vai desmaiar – o mordomo previu.

– Ah, meu Deus! – o homem de cabelos negros exclamou com impaciência, tomando-a em seus braços.

O mundo já começava a recuperar o foco para Victoria, quando ele subiu os primeiros degraus da escada de mármore.

– Ponha-me no chão – ela pediu com voz fraca, contorcendo-se. – Estou perfeitamente...

– Fique quieta! – ele ordenou.

Ao alcançar o primeiro patamar, virou à direita e entrou no primeiro quarto, dirigindo-se para a cama imensa, coberta por um acolchoado azul e prateado que combinava com as cortinas. Sem dizer uma palavra, deitou-a sem a menor cerimônia. Quando ela tentou se levantar, ele a forçou a permanecer deitada, pousando as mãos em seus ombros, sem a menor delicadeza.

O mordomo entrou correndo.

– Aqui, milorde, amoníaco – anunciou.

Milorde apanhou o vidro e aproximou-o do nariz de Victoria.

– Não! – ela gritou, tentando virar a cabeça para escapar do cheiro horrível, sem sucesso. Agarrou o pulso dele, tentando empurrá-lo para longe de seu rosto, mas o homem era forte demais. Desesperada, inquiriu: – O que está tentando fazer? Quer que eu beba isso?

– Excelente ideia – ele replicou, mal-humorado, mas diminuiu a pressão da mão que a segurava pela nuca e afastou o vidro de seu rosto.

Exausta e humilhada, Victoria virou-se, fechou os olhos e engoliu em seco, ao mesmo tempo que lutava para reprimir as lágrimas que haviam formado um nó em sua garganta.

– Espero, sinceramente – ele falou em tom de profundo desgosto –, que você não esteja pensando em vomitar nesta cama, pois devo informá-la de que você mesma terá de limpá-la.

Victoria Elizabeth Seaton, produto de 18 anos de educação cuidadosa que, até então, havia produzido uma jovem gentil e amável, virou a cabeça lentamente no travesseiro e fitou-o com olhar assassino.

– Você é Charles Fielding?

– Não.

– Nesse caso, faça o favor de sair desta cama, ou permitir que eu saia!

Franzindo o cenho, ele examinou a jovem rebelde que o fitava com um brilho de ódio nos olhos excepcionalmente azuis. Seus cabelos espalhados sobre o travesseiro mais pareciam chamas douradas, emoldurando um rosto que lembrava uma escultura em porcelana feita por um artista. Os cílios eram incrivelmente longos, os lábios rosados eram macios e...

De maneira abrupta, ele se pôs de pé e saiu do quarto, seguido pelo mordomo. A porta se fechou atrás deles, deixando Victoria no mais absoluto silêncio.

Lentamente, ela se sentou na cama e, então, pôs os pés no chão e se levantou, temerosa de que a tontura voltasse a atacá-la. O desespero fez com que sentisse frio, mas suas pernas continuaram firmes enquanto ela olhava em volta. À sua esquerda, cortinas azuis encontravam-se atadas por delicadas faixas prateadas, revelando uma parede quase totalmente coberta de janelas. No extremo oposto do quarto, um par de canapés, também azul e prata, formavam um ângulo aconchegante diante da lareira. A expressão "esplendor decadente" cruzou-lhe a mente, enquanto ela alisava a saia, lançava mais um olhar ao seu redor e voltava a se sentar na cama.

Um nó se formou em sua garganta. Desolada, Victoria cruzou as mãos sobre as coxas e tentou pensar no que fazer a seguir. Era evidente que seria mandada de volta para Nova York, como uma encomenda indesejada. Ora, mas então, por que seu primo, o duque, a levara até ali? Onde ele estava? Quem era ele?

Victoria não poderia recorrer à irmã, ou à bisavó, uma vez que a duquesa escrevera uma carta para o Dr. Morrison deixando muito claro que Dorothy, e somente Dorothy, seria bem-recebida em sua casa. Confusa, Victoria franziu o cenho. Refletiu que, tendo sido o homem alto, de cabelos negros, quem a carregara nos braços até o quarto, talvez ele fosse um criado e o outro, de expressão rígida, fosse o duque. À primeira vista, o mais velho lhe parecera um criado de alta posição, como a Sra. Tilden, governanta da casa de Andrew.

Alguém bateu na porta e Victoria se levantou de um pulo, antes de dizer:

– Entre.

Uma criada usando um vestido preto engomado, avental e touca brancos, entrou, carregando uma bandeja de prata.

Seis outras criadas a seguiram, vestindo uniformes idênticos, parecendo marionetes com baldes de água quente nas mãos. Em seguida, foi a vez de dois lacaios, em uniformes verdes, com galões dourados, parecidos com o do homem que abrira a porta para Victoria, trazendo seu baú.

A primeira criada depositou a bandeja na mesa entre os canapés, enquanto as outras desapareceram atrás de uma porta que Victoria não vira antes e os lacaios colocavam o baú ao pé da cama. Um minuto depois, todos eles deixaram o quarto, em fila, fazendo Victoria se lembrar de soldadinhos de chumbo animados. A única criada que ficou, a mesma que trouxera a bandeja, virou-se para Victoria, que permanecera imóvel ao lado da cama.

– Trouxe algo para a senhorita comer – informou-a com rosto inexpressivo, apesar da voz suave e agradável.

Victoria foi se sentar no canapé e a visão de torradas com manteiga e chocolate quente a deixou com água na boca.

– O lorde mandou dizer que a senhorita deve tomar um banho – a criada anunciou, dirigindo-se para onde as outras haviam levado a água quente.

Victoria imobilizou a mão que levava a xícara a seus lábios.

– Lorde? – repetiu. – Está se referindo ao... cavalheiro... que abriu a porta, quando cheguei? Aquele de cabelos brancos?

– Não! – a criada replicou em tom de surpresa. – Aquele é o senhor Northrup, o mordomo, senhorita.

O alívio de Victoria durou pouco, apenas até a criada continuar:

– O lorde é um homem alto, de cabelos negros e encaracolados.

– E ele mandou dizer que eu deveria tomar um banho? – Victoria indagou, furiosa.

A moça assentiu, corando.

– Bem, estou mesmo precisando – Victoria admitiu com certa relutância.

Depois de comer as torradas e tomar o chocolate, foi até o banheiro, onde a criada despejava sais de banho na água fumegante. Enquanto tirava o vestido de viagem, extremamente sujo, Victoria pensou na carta breve que Charles Fielding lhe enviara, convidando-a para se mudar para a Inglaterra. Ele parecera tão ansioso para recebê-la. *Venha imediatamente, minha querida*, escrevera. *Será muito bem-vinda aqui. Esperamos ansiosos por sua chegada.* Talvez ela não fosse mandada de volta. Talvez o "lorde" houvesse cometido um engano.

A criada a ajudou a lavar os cabelos e, depois de lhe entregar uma toalha felpuda, ajudou-a a sair da banheira.

– Já guardei suas roupas e arrumei a cama, caso a senhorita deseje descansar um pouco.

Victoria sorriu e perguntou-lhe o nome.

– Meu nome? – a moça repetiu, incrédula. – Bem, é... Ruth.

– Muito obrigada, Ruth, por ter guardado minhas roupas.

Um leve rubor cobriu as faces pontilhadas de sardas de Ruth, ao mesmo tempo que ela se curvava em uma reverência.

– O jantar é servido às 20 horas – ela informou. – O lorde não costuma obedecer aos horários do campo, em Wakefield.

– Ruth – Victoria chamou, um pouco constrangida –, existem dois "lordes" aqui? Estou me referindo a Charles Fielding...

– Ah, está falando de sua alteza! – Ruth reconheceu, olhando ansiosa por cima do ombro, como se tivesse medo de ser ouvida. – Ele ainda não chegou, mas está sendo esperado ainda esta noite. Ouvi o lorde ordenar a Northrup que enviasse uma mensagem a sua alteza, informando-o sobre a chegada da senhorita.

– E como é... sua alteza? – Victoria perguntou, sentindo-se ridícula por usar aqueles títulos esquisitos.

Ruth pareceu prestes a descrevê-lo, mas mudou de ideia.

– Sinto muito, senhorita, mas o lorde não permite que os criados façam mexericos. Nem estamos autorizados a conversar com hóspedes.

Curvando-se mais uma vez, ela saiu do quarto.

Victoria ficou chocada por saber que, naquela casa, duas pessoas eram proibidas de conversar só porque uma era da criadagem e a outra, hóspede. Porém, considerando seu breve contato com o "lorde", não era difícil imaginá-lo estabelecendo regras absolutamente desumanas.

Retirando a camisola do guarda-roupa, Victoria vestiu-a e se deitou. Deleitando-se com os lençóis macios que lhe afagaram a pele, fez uma prece, pedindo que Charles Fielding fosse mais gentil e simpático do que o outro lorde. Então, seus olhos se fecharam e ela adormeceu imediatamente.

5

A luz do sol banhou o quarto através das janelas abertas, ao mesmo tempo em que a brisa suave acariciou o rosto de Victoria. Em algum lugar perto dali, os cascos de um cavalo esmagaram o cascalho e dois passarinhos pousaram no parapeito da janela, iniciando imediatamente o que parecia uma ruidosa discussão sobre direitos territoriais. Tudo isso foi penetrando lentamente na mente de Victoria, despertando-a de sonhos alegres sobre seu lar.

Ainda semiadormecida, ela virou de bruços e enterrou o rosto no travesseiro. Em lugar do tecido ligeiramente áspero que cobria o seu travesseiro, em casa, cheirando a sol e sabão, seu rosto encontrou a seda macia. Tomando consciência de que não estava em sua própria cama, com sua mãe preparando o desjejum, lá embaixo, Victoria apertou os olhos com força, tentando recapturar os sonhos tranquilos, mas era tarde demais. Com relutância, virou a cabeça e abriu os olhos.

À luz clara da manhã, observou as cortinas azuladas e sua mente clareou. Estava em Wakefield Park. Dormira a noite inteira.

Afastando os cabelos dos olhos, sentou-se na cama e se reclinou nos travesseiros.

– Bom dia, senhorita – Ruth cumprimentou-a, postando-se ao lado da cama.

Victoria quase gritou de susto.

– Desculpe! Não tive a intenção de assustá-la – a criada explicou, apressada –, mas sua alteza está lá embaixo e pediu que eu perguntasse à senhorita se gostaria de tomar o café da manhã com ele.

Encorajada pela notícia de que seu primo, o duque, queria vê-la, Victoria afastou as cobertas.

– Passei os seus vestidos – Ruth disse, abrindo o armário. – Qual deles quer vestir?

Victoria escolheu o melhor dos cinco, um vestido de musselina preta, com decote quadrado, enfeitado nas mangas e na bainha com delicadas flores brancas, que ela mesma bordara durante a tediosa viagem de navio. Recusando a oferta de Ruth, que se prontificou a ajudá-la a se vestir, Victoria pôs o vestido e prendeu a faixa preta larga em torno da cintura delgada.

Enquanto Ruth arrumava a cama e limpava o quarto imaculado, Victoria sentou-se diante da penteadeira e escovou os cabelos.

– Estou pronta – anunciou ao se levantar. – Pode me dizer onde encontrar... sua alteza?

Afundando os pés no espesso tapete vermelho que cobria o corredor e as escadas, Victoria seguiu Ruth até uma porta dupla de mogno entalhado, guardada por dois lacaios. Antes que ela tivesse tempo de respirar fundo para se acalmar, os lacaios abriram a porta com um floreio silencioso e Victoria se viu na entrada de uma sala de, aproximadamente, vinte metros de comprimento, cujo centro era ocupado por uma mesa imensa, também de mogno, encimada por três gigantescos lustres de cristal. Em princípio, pensou que a sala estivesse deserta, enquanto passava os olhos pelas cadeiras de espaldar alto e assento de veludo dourado, alinhadas em torno da mesa interminável. Então, ouviu o farfalhar de papel e aproximou-se da origem do som.

– Bom dia – murmurou.

Charles ergueu os olhos para fitá-la e empalideceu.

– Deus todo-poderoso! – exclamou, levantando-se devagar, os olhos esquadrinhando cada detalhe do rosto jovem e exótico a sua frente.

Viu Katherine, exatamente como a vira tantos anos antes. Ah, com que clareza, e com que prazer, se lembrava daquele rosto lindo, bem-desenhado, com suas sobrancelhas arqueadas e cílios espessos circundando olhos da cor das mais valiosas safiras! Reconheceu os lábios suaves e sorridentes, o nariz pequeno e elegante, a fenda minúscula a repartir o queixo de linhas obstinadas, além dos gloriosos cabelos vermelho-dourados que caíam sobre os ombros como cascatas de fogo.

Pousando a mão esquerda no encosto da cadeira, a fim de se firmar, ele estendeu a direita para ela.

– Katherine... – murmurou.

Sem saber como agir, Victoria pousou a mão na dele, sentindo os dedos longos apertarem os seus.

– Katherine – ele repetiu, com um sussurro emocionado, enquanto lágrimas brilhavam em seus olhos castanhos.

– O nome de minha mãe era Katherine – Victoria falou com suavidade.

Ele apertou ainda mais a mão dela, sacudiu a cabeça e limpou a garganta.

– Sim, sim, claro. Você é a filha de Katherine.

Victoria assentiu, notando que o duque era um homem muito alto e magro, com olhos castanho-claros que a estudavam em cada detalhe.

– Meu nome é Victoria.

Uma estranha ternura iluminou os olhos dele.

– O meu é Charles Victor Fielding.

– Eu... compreendo – ela gaguejou.

– Não, você não compreende – ele a corrigiu com um sorriso afável. Então, envolveu-a em um abraço inesperadamente carinhoso. – Seja bem-vinda – declarou.

E Victoria foi invadida pela estranha sensação de estar em casa.

Ele a libertou com um sorriso tímido e puxou uma cadeira.

– Deve estar faminta. O'Malley! – ele chamou o lacaio que se encontrava plantado ao lado da mesa junto à parede, coberta de travessas de prata. – Estamos famintos, os dois.

– Sim, alteza – o lacaio respondeu prontamente, virando-se para servir dois pratos.

– Peço sinceras desculpas por não haver uma carruagem a sua espera, quando chegou – Charles voltou a se dirigir a Victoria. – Não me ocorreu que pudesse chegar antes da data, uma vez que fui informado de que os navios que vêm da América costumam se atrasar. Fez boa viagem? – perguntou, enquanto o lacaio colocava diante de Victoria um prato com ovos, batatas, rins, presunto e pãezinhos crocantes.

Lançando um olhar para o conjunto completo de talheres arranjado ao lado de seu prato, Victoria agradeceu em silêncio pela insistência de sua mãe para que ela e Dorothy aprendessem a usar cada um deles da maneira apropriada.

– Sim, a viagem foi muito agradável – respondeu com um sorriso, antes de acrescentar com timidez: –, alteza.

– Pelo amor de Deus! – Charles protestou e riu. – Não creio que tanta formalidade seja necessária entre nós. Se for assim, serei obrigado a chamá-la de condessa de Langston, ou *lady* Victoria. E acho que não vou gostar muito disso. Prefiro ser "tio Charles" e, você, Victoria. O que acha?

– Concordo plenamente. Tenho certeza de que jamais me lembraria de responder quando me chamasse de condessa de Langston, seja ela quem for. E *lady* Victoria não se parece comigo em nada! – ela respondeu de bom humor, descobrindo que a atitude gentil e amigável do duque já fazia brotar uma profunda afeição em seu coração.

Charles fitou-a de maneira estranha.

– Mas você é tanto uma coisa, quanto outra. Sua mãe era filha única do conde e da condessa de Langston. Eles morreram quando ela ainda era uma criança, mas o título de origem escocesa passou para ela, por direito de herança. Sendo a filha mais velha de Katherine, o título é seu, agora.

Victoria pareceu se divertir com a informação.

– E o que devo fazer com ele? – indagou.

– Faça o que todos nós fazemos: ostente-o – o primo respondeu com uma risada e, então, fez uma pausa enquanto O'Malley finalmente serviu seu prato. – Na verdade, se não estou enganado, além do título você é herdeira de uma pequena propriedade na Escócia, mas não tenho certeza disso. O que sua mãe lhe disse?

– Nada. Mamãe jamais falava da Inglaterra, ou de sua vida aqui. Dorothy e eu imaginávamos que ela fosse... bem, uma pessoa comum.

– Não havia nada de comum em relação a sua mãe – ele a corrigiu com voz emocionada, mas tratou de se esquivar das perguntas que Victoria estava prestes a fazer. – Um dia, prometo contar tudo a você. Agora, acho que devemos nos conhecer melhor.

Uma hora se passou com rapidez incrível, enquanto Victoria respondia às perguntas de Charles. Quando terminaram o desjejum, ela se deu conta de que ele conseguira um relato preciso da história de sua vida, até o momento em que ela batera na porta da mansão Wakefield, com um leitãozinho nos braços. Victoria havia falado dos residentes do vilarejo onde morava antes, do pai e de Andrew. Por alguma razão que ela não pôde compreender, ouvir sobre os dois últimos havia deixado o duque ligeiramente abalado, embora ele houvesse se mostrado muito interessado em saber de ambos. Sobre Katherine, ele evitara qualquer interrogatório.

– Confesso que estou confuso quanto ao seu noivado com Andrew Bainbridge – Charles admitiu, quando ela terminou. – A carta que recebi de seu amigo, o Dr. Morrison, não fazia nenhuma menção a isso. Ao contrário, dizia que você e sua irmã encontravam-se sozinhas no mundo. Seu pai chegou a dar permissão para que ficassem noivos?

– Sim e não – Victoria respondeu com honestidade, perguntando-se por que o assunto parecia perturbá-lo tanto. – Andrew e eu nos conhecemos desde que éramos crianças, mas papai acreditava que eu deveria esperar até completar 18 anos, para então ficar noiva. Na opinião dele, trata-se de um compromisso sério demais para ser assumido antes disso.

– Um homem muito sensato, seu pai. Por outro lado, você completou 18 anos antes de ele morrer, mas ainda não está oficialmente noiva de Bainbridge. Estou certo?

– Bem, sim.

– Seu pai estava relutante em dar seu consentimento?

– Não exatamente. Pouco antes do meu aniversário de 18 anos, a senhora Bainbridge, mãe de Andrew, propôs a meu pai que Andrew fizesse uma versão abreviada do *Grand Tour*, a fim de testar nossos sentimentos e, também, para dar a ele sua última chance de desfrutar da vida de solteiro. Embora Andrew considerasse a ideia completamente sem sentido, papai concordou plenamente com a Sra. Bainbridge.

– Ao que me parece, seu pai definitivamente relutava em permitir que você se casasse com esse rapaz. Afinal, se vocês já se conheciam há anos, não havia a menor necessidade de um teste de sentimentos. Isso mais me parece uma desculpa do que uma razão. Além disso, estou com a impressão de que a mãe de Andrew se opõe ao noivado.

Como o duque parecia decidido a desaprovar Andrew, Victoria descobriu-se obrigada a explicar a embaraçosa verdade.

– Papai não tinha nenhuma reserva quanto à perspectiva de Andrew ser um excelente marido para mim. Porém, tinha sérias dúvidas quanto a minha vida com minha futura sogra. Ela é viúva e muito ligada a Andrew. Além disso, está sempre doente e, em consequência, nunca está de bom humor.

– Ah! – o duque exclamou, finalmente compreendo a situação. – E as doenças dela são graves?

Victoria corou.

– Segundo o que meu pai disse a ela em uma ocasião, quando eu estava presente, todas as doenças da Sra. Bainbridge não passavam de fingimento. Quando jovem, ela realmente sofria de uma certa fraqueza do coração, mas papai afirmou que sair da cama ajudaria muito mais a saúde dela do que ficar enclausurada, fazendo-se de vítima. Como pode imaginar, eles não se davam muito bem.

– Não só imagino, como também compreendo os motivos! Seu pai estava certo ao fazer objeções ao seu casamento, minha querida. Sua vida teria sido muito infeliz.

– Não serei infeliz – Victoria afirmou, convicta, decidida a se casar com Andrew com ou sem a aprovação do duque. – Andrew está consciente de que a mãe usa as doenças para tentar manipulá-lo e não permite que tal ardil o impeça de fazer o que quer. Só concordou com a viagem porque meu pai insistiu que seria o melhor para nós.

– Você recebeu alguma carta dele?

– Só uma, mas Andrew partiu apenas 15 dias antes do acidente de meus pais, há três meses. As cartas enviadas para a Europa demoram mais ou menos o mesmo período para chegar ao seu destino. Escrevi para ele, contando o que aconteceu e, ainda outra vez, pouco antes de tomar o navio para cá, a fim de lhe dar meu endereço aqui. Imagino que ele esteja voltando para casa agora, certo de que está indo ao meu encontro. Eu queria ficar em Nova York e esperar por ele, mas o Dr. Morrison não me deu ouvidos. Por alguma razão, ele estava convencido de que os sentimentos de Andrew não resistiriam ao teste do tempo. Sem dúvida, foi o que a Sra. Bainbridge disse a ele. – Victoria suspirou e olhou para a janela. – Ela prefere que o filho se case com alguém de maior importância do que com a filha de um médico sem vintém.

– Eu diria que ela prefere que o filho não se case com ninguém e permaneça preso ao leito da mãe – o duque arriscou. – Uma viúva que se finge de doente só pode ser uma mãe possessiva e dominadora.

Como não podia negar tal afirmação, em vez de condenar a futura sogra, Victoria decidiu guardar silêncio sobre o assunto.

– Algumas das famílias da vizinhança me ofereceram hospedagem, até Andrew voltar, mas não era uma boa solução. Entre outras coisas, se Andrew me encontrasse na casa de um deles, ficaria furioso.

– Com você?

– Não. Com a mãe, por ela não ter me acolhido em sua casa.

– Ora, o jovem parece um modelo de virtude – Charles murmurou, contrafeito, mesmo depois de todas as explicações de Victoria, que deveriam redimir Andrew de qualquer culpa.

– Vai gostar dele – Victoria garantiu. – Ele virá me buscar a fim de me levar para casa.

Charles pousou a mão na dela.

– Vamos esquecer Andrew e ficarmos felizes por você estar na Inglaterra. Conte-me o que está achando daqui.

Victoria lhe disse que havia gostado muito do que vira e Charles se pôs a descrever a vida que havia planejado para ela. Para começar, ele queria que ela tivesse um novo guarda-roupa, bem como uma criada treinada para assisti-la. Victoria estava prestes a recusar as duas sugestões, quando viu a figura assustadora encaminhando-se para a mesa com a firmeza de um selvagem perigoso, vestindo uma calça de couro de gamo colada às pernas musculosas e uma camisa branca, aberta no colarinho. Ele lhe pareceu ainda mais alto e forte do que na véspera. Os cabelos negros eram espessos e levemente encaracolados, o nariz reto, os lábios bem-desenhados. Não fosse a arrogância da linha do queixo e o cinismo indisfarçável daqueles olhos verdes e frios, Victoria o teria considerado o homem mais atraente que já vira.

– Jason! – Charles cumprimentou-o com entusiasmo. – Permita-me apresentá-lo formalmente a Victoria. Jason é meu sobrinho – explicou, virando-se para ela.

Sobrinho! Ela havia cultivado a esperança de que ele fosse um mero visitante e, agora, descobria que se tratava de um parente, que provavelmente vivia com Charles. A constatação a deixou desolada, ao mesmo tempo que o orgulho a forçou a empinar o queixo e sustentar o olhar de desafio de Jason. Ele a cumprimentou com um breve aceno de cabeça, antes de se sentar e virar-se para O'Malley.

– Restou alguma comida para mim? – indagou com frieza.

O lacaio hesitou.

– Sim, milorde. Há bastante comida, mas já está fria. Vou até a cozinha, agora mesmo, para providenciar algo quente.

Com isso, saiu da sala de jantar quase correndo.

– Jason – Charles falou –, acabei de dizer a Victoria que ela deve contar com uma criada particular, além de providenciar um guarda-roupa apropriado a...

– Não – Jason o interrompeu.

O ímpeto de fugir imediatamente superou todos os demais instintos de Victoria.

– Se me der licença, tio Charles, eu... tenho algumas coisas para fazer.

Charles lhe lançou um olhar que transmitia gratidão e ao mesmo tempo lhe pedia desculpas. Então, como um verdadeiro cavalheiro, levantou-se. O sobrinho, porém, reclinou-se na cadeira, observando-a sair com ar de tédio.

– Nada disso é culpa de Victoria – Charles protestou, assim que os lacaios começaram a fechar a porta atrás dela. – Você tem de compreender...

– Compreender? – Jason voltou a interrompê-lo. – E, por acaso, aquela mendiga chorona compreende que esta é a minha casa e que não a quero aqui?

A porta se fechou, mas Victoria já ouvira o bastante. "Mendiga chorona!" Sentiu-se completamente humilhada. Aparentemente, Charles a convidara sem o consentimento do sobrinho.

Quando Victoria entrou no quarto, com rosto pálido, mas controlado, encaminhou-se até seu baú e o abriu.

Na sala de jantar, Charles tentava persuadir o homem frio e cínico a sua frente.

– Jason, você não compreende...

– Foi você quem a trouxe para a Inglaterra. Se a quer tanto, leve-a para Londres a fim de morar com você.

– Não posso fazer isso! – Charles argumentou com veemência. – Ela ainda não está pronta para enfrentar a *ton*. Há muitas providências a tomar, antes que ela possa debutar em Londres. Entre outras coisas, Victoria vai precisar de uma acompanhante, em nome das aparências.

Jason fez um sinal impaciente para o lacaio, que mantinha o bule de café suspenso no ar, esperando pela permissão do patrão para servi-lo. Então, virou-se para Charles e vociferou:

– Quero-a fora daqui amanhã! Fui claro? Leve-a para Londres ou mande-a de volta para casa, mas tire-a daqui! Não gastarei um centavo com ela. Se quer proporcionar a ela uma temporada londrina, encontre outro meio de arcar com as despesas.

Charles massageou as têmporas.

– Jason, sei que não é tão insensível e desumano quanto está tentando parecer. Deixe-me ao menos lhe contar sobre ela.

Recostando-se na cadeira, Jason fitou-o com ar contrariado, mas ouviu o que Charles tinha a dizer.

– Os pais dela morreram há alguns meses em um acidente. Em um único dia, Victoria perdeu a mãe, o pai, o lar, a segurança... tudo. – Como Jason permaneceu em silêncio, Charles perdeu a paciência. – Diabos! Já se esqueceu de como se sentiu quando perdeu Jamie? Victoria perdeu as três pessoas que mais amava, incluindo o jovem com quem iria ficar noiva. Ela é ingênua o bastante para acreditar que o rapaz virá correndo buscá-la dentro de algumas semanas, mas a mãe dele não aprova o casamento. Pode escrever minhas palavras: ele vai ceder às pressões da mãe, agora que Victoria está separada dele por um oceano. A irmã se encontra aos cuidados da duquesa de Claremont. Portanto, até mesmo a companhia da irmã é negada a Victoria, agora. Pense em como ela se sente, Jason! Você sabe o que é enfrentar a morte e a perda... ou já se esqueceu da dor?

Percebendo que suas palavras haviam exercido o efeito desejado, pois Jason estremeceu diante das lembranças amargas, Charles suavizou o tom de voz.

– Ela é como uma criança inocente e perdida, Jason. Não tem mais ninguém no mundo além de mim... e de você, goste disso ou não. Pense nela como pensaria em Jaime nas mesmas circunstâncias. Mas Victoria possui coragem e orgulho. Por exemplo, embora ela tenha rido ao me contar, percebi que a recepção que teve aqui, ontem, a humilhou terrivelmente. Se Victoria sentir que não é desejada, encontrará um meio de partir. E se isso acontecer, jamais serei capaz de perdoá-lo, Jason.

Com expressão sombria, Jason se levantou.

– Por acaso, ela é mais um de seus filhos bastardos?

Charles empalideceu.

– Meu Deus! Claro que não! Pense no que está dizendo! Acha que eu anunciaria o noivado de vocês, caso ela fosse minha filha?

Em vez de acalmar Jason, o argumento o fez lembrar do anúncio de noivado que o enfurecera.

– Se o seu anjinho é tão corajoso e inocente, por que aceitou entregar o corpo para mim em troca de um casamento?

– Ora, ela não tem conhecimento do anúncio que fiz – Charles replicou, como se aquele fosse um detalhe sem a menor importância. – Pode-se dizer que eu me entusiasmei demais com a ideia. Garanto uma coisa: Victoria não tem o menor desejo de se casar com você.

A expressão glacial de Jason começou a amolecer e Charles se agarrou à oportunidade.

– Duvido que Victoria o aceitasse, mesmo que você a quisesse. Você é muito cínico e endurecido para uma moça idealista e tão bem-educada quanto ela. Victoria admirava o pai e me disse abertamente que pretende se casar com um homem como ele: sensível, gentil e idealista. E você, meu caro, não é nada disso. Arrisco-me a dizer que se Victoria soubesse que está supostamente noiva de você, preferiria a morte a...

– Acho que já entendi – Jason o interrompeu.

– Ótimo – Charles concluiu com um sorriso satisfeito. – Agora, posso sugerir mantermos o anúncio de noivado em segredo, por enquanto? Pensarei em uma maneira de rescindi-lo, sem causar embaraços a nenhum de vocês dois, mas não podemos fazer isso imediatamente. Ela é uma criança, Jason, uma criança orgulhosa e cheia de coragem, que está se esforçando para sobreviver em um mundo cruel, para o qual não está preparada. Se revogarmos o noivado cedo demais, ela vai ser objeto de chacotas em Londres. Vão dizer que você bateu os olhos nela e desistiu do compromisso.

A visão de um par de olhos azuis, circundados por cílios longos e espessos, em um rosto bonito demais para ser real, ocupou a mente de Jason. Ele se lembrou do sorriso encantador que lhe curvara os lábios, pouco antes de ela se dar conta da presença dele na sala. Pensando melhor, Victoria realmente parecia uma criança vulnerável.

– Por favor, fale com ela – Charles implorou.

– Farei isso – Jason concordou em tom seco.

– Mas tente fazê-la se sentir bem-vinda.

– Isso vai depender de como ela vai se comportar quando eu a encontrar.

No quarto, Victoria retirou mais algumas roupas do armário e atirou-as no baú, enquanto as palavras de Jason Fielding ecoavam em sua mente. *Mendiga chorona... Não a quero aqui.. Mendiga chorona...* Deu-se conta, mais uma vez se sentindo à beira da histeria, de que não encontrara um novo lar. O destino estivera apenas fazendo uma brincadeira cruel com seu coração. Endireitou-se para voltar ao armário e retirar o restante de suas roupas, mas teve um sobressalto ao deparar com a figura ameaçadora à porta, de braços cruzados. Furiosa consigo mesma por ter permitido que ele percebesse o seu susto, Victoria empinou o queixo com ousadia, determinada a impedir que ele voltasse a intimidá-la.

– Alguém deveria tê-lo ensinado a bater antes de entrar – declarou.

– Bater? – ele repetiu em tom sarcástico. – Mesmo quando a porta estiver aberta? – Baixou os olhos para o baú. – Está de partida?

– É evidente que sim.

– Por quê?

– Porque *não sou* uma mendiga chorona e detesto ser um fardo para quem quer que seja.

Em vez de se mostrar culpado por ela ter ouvido suas palavras cruéis, Jason reprimiu um sorriso divertido.

– Ninguém a ensinou a não ouvir atrás das portas?

– Não fiz isso! – Victoria protestou, irada. – Você insultou o meu caráter em voz tão alta, que devem ter ouvido em Londres!

– Para onde pretende ir? – ele perguntou, ignorando a crítica.

– Não é da sua conta.

– Responda a minha pergunta! – Jason ordenou com frieza.

Victoria estudou-o da cabeça aos pés. Apoiado no batente da porta, ele parecia perigoso e invencível. Na verdade, parecia disposto a arrancar aquela resposta a qualquer preço. Em vez de lhe proporcionar tal satisfação, ela declarou:

– Tenho algum dinheiro. Encontrarei um lugar para morar, na vila.

– É mesmo? – ele indagou com sarcasmo. – Só por curiosidade, o que vai fazer quando esse "algum dinheiro" acabar?

– Vou trabalhar!

Jason continuou a encará-la com ar irônico.

– Que ideia interessante! Uma mulher que realmente deseja trabalhar! Diga-me que tipo de trabalho sabe fazer. Pode puxar um arado?

– Não...

– Pregar uma tábua?

– Não.

– Ordenhar uma vaca?

– Não!

– Vejo que é inútil, tanto para si mesma, quanto para qualquer outra pessoa.

– Não é verdade! – Victoria defendeu-se. – Sou capaz de fazer muitas coisas, como costurar, cozinhar e...

– E fazer com que todos os habitantes da vila comentem sobre os monstruosos Fielding, que a expulsaram da sua propriedade? Esqueça. Não vou permitir.

– Não me lembro de ter pedido a sua permissão – Victoria retrucou com arrogância.

Apanhado de surpresa, Jason permaneceu em silêncio por alguns instantes. Homens adultos raramente se atreviam a desafiá-lo, mas ali estava uma garota que não hesitara em fazê-lo. Se não estivesse tão contrariado com a situação, Jason teria lhe dado um tapinha no ombro, com um sorriso de admiração pela coragem. Reprimindo o impulso incomum de suavizar o tom de voz, tratou de mantê-lo frio.

– Se está tão ansiosa para pagar pelo próprio sustento, o que eu duvido, pode fazer isso aqui mesmo.

– Sinto muito – ela anunciou com calma estudada –, mas não vai dar certo.

– Por que não?

– Porque simplesmente não consigo me imaginar fazendo reverências, me encolhendo e tremendo de medo, toda vez que você passa, como seus criados fazem. Aquele pobre homem com o dente inflamado quase desmaiou quando você...

– Quem? – Jason indagou, confuso.

– O Sr. O'Malley.

– E quem é o Sr. O'Malley?

Victoria revirou os olhos.

– Nem sabe os nomes de seus criados, não é? O Sr. O'Malley é o lacaio que foi providenciar o seu desjejum e está com o rosto tão inchado...

Jason se virou para sair.

– Charles quer que você fique aqui. Ponto final. – Já à porta, voltou-se para fitá-la com seu olhar duro e ameaçador. – Se está pensando em partir, contrariando minhas ordens, devo avisá-la para não fazê-lo. Vai me obrigar a persegui-la e garanto que não vai gostar nem um pouco do que acontecerá quando eu a encontrar. Acredite em mim.

– Não tenho medo das suas ameaças – Victoria mentiu, tentando pensar depressa nas alternativas de que dispunha. Não queria magoar Charles com sua partida, mas seu orgulho não lhe permitiria ser uma "mendiga" na casa de Jason. Ignorando o brilho perigoso naqueles fascinantes olhos verdes, declarou: – Ficarei, mas pretendo trabalhar pelo meu sustento.

– Certo – Jason falou, com a estranha sensação de que ela estava saindo vitoriosa daquele conflito.

Virou-se para sair, quando Victoria perguntou em tom profissional:

– Posso saber quanto vou receber de salário?

Jason respirou fundo, preste a perder a paciência.

– Está tentando me irritar?

– De maneira alguma. Só quero saber quanto vou ganhar, a fim de poder fazer meus planos para o dia em que... – Victoria calou-se ao vê-lo sair sem dizer mais nada.

Charles mandou a criada convidá-la para almoçar com ele. O almoço foi muito agradável, uma vez que Jason estava ausente. Porém, a tarde se arrastou lentamente e, sem mais suportar a inquietação, Victoria decidiu sair para um passeio. Ao vê-la descer a escada, o mordomo abriu a porta da frente. A fim de mostrar a ele que não guardava ressentimento pelo que acontecera na véspera, Victoria sorriu.

– Muito obrigada, senhor...

– Northrup – ele completou com expressão cuidadosamente contida.

– Northrup? – Victoria repetiu, na tentativa de puxar conversa. – É seu nome de batismo ou sobrenome?

– É... meu sobrenome, senhorita – ele respondeu, parecendo surpreso e constrangido.

– Há quanto tempo trabalha aqui? – ela persistiu.

Northrup cruzou as mãos atrás das costas com ar solene.

– Há nove gerações minha família serve os Fielding, senhorita. Espero cumprir essa tradição honrosa como meus antepassados.

– Compreendo – Victoria murmurou, contendo o impulso de rir diante do profundo orgulho que ele revelava pelo trabalho que parecia não envolver nada mais que abrir e fechar portas para as pessoas.

Como se pudesse ler seus pensamentos, ele acrescentou:

– Se tiver qualquer problema com os criados, basta me comunicar, senhorita. Como chefe da criadagem, cabe a mim providenciar para que quaisquer falhas sejam imediatamente corrigidas.

– Tenho certeza de que isso não vai acontecer. Todos aqui são muito eficientes – Victoria elogiou com gentileza.

Eficientes demais, pensou, ao sair para o jardim banhado pelo sol.

Atravessou os gramados e deu a volta na casa, decidida a visitar os estábulos e conhecer os cavalos. Como pretendia se aproximar deles, lembrou-se de que maçãs eram excelentes para amansá-los. Assim, encaminhou-se para a cozinha, seguindo as orientações fornecidas pelos jardineiros.

A cozinha gigantesca encontrava-se repleta de criadas. Umas preparavam massa de pão, outras mexiam em panelas ou cortavam verduras. No centro da confusão, um homem muito gordo, vestindo um imenso avental branco e empunhando uma colher de pau, gritava instruções em inglês e francês.

Victoria se aproximou de uma mulher que trabalhava na mesa mais próxima.

– Por favor, pode me dizer onde encontrar maçãs e cenouras?

A mulher lançou um olhar hesitante para o homem do avental branco, que fitava Victoria como se estivesse prestes a atacá-la com sua colher. Então, desapareceu por uma porta, retornando um minuto depois trazendo duas maçãs e duas cenouras.

– Obrigada, senhora...

– Northrup, senhorita – a mulher informou, constrangida.

– Ora, já conheci o seu marido, o mordomo – Victoria comentou com um sorriso –, mas ele não me disse que a senhora também trabalhava aqui.

– O Sr. Northrup é meu cunhado – a outra corrigiu-a.

– Ah, sim – Victoria murmurou, percebendo a relutância da mulher em conversar diante do homem gordo e temperamental que parecia ser o chefe. – Bem, tenha um bom dia, Sra. Northrup.

Um caminho de pedras que seguia ao lado do bosque levava aos estábulos. Victoria caminhou sem pressa, admirando a vista dos gramados e jardins espetaculares a sua esquerda. De repente, um movimento súbito a poucos metros dali a fez parar. Mais à frente, no local onde parte do lixo era tratado para se transformar em adubo, um grande animal cinzento farejava o chão. Ao sentir a presença de Victoria, ele ergueu a cabeça, encarando-a com um olhar feroz. Victoria sentiu o sangue gelar. Era um lobo!

Paralisada pelo terror, Victoria ficou onde estava, com medo de fazer qualquer movimento ou ruído. Os pelos cinzentos do lobo, apesar de muito espessos, não escondiam suas costelas protuberantes, o que indicava magreza excessiva. Portanto, a conclusão de Victoria foi que o animal estava faminto e, provavelmente, disposto a comer o que encontrasse. Inclusive ela mesma. Cuidadosamente, Victoria deu um passo para trás, na direção da casa.

O animal rosnou, exibindo os dentes enormes e brancos. Victoria reagiu automaticamente, atirando as maçãs e as cenouras na direção dele, a fim de distraí-lo da intenção óbvia de atacá-la. Porém, em vez de se atirar sobre o alimento, como ela esperava, o lobo correu para o bosque, com o rabo entre as pernas. Victoria deu meia-volta e correu na direção da casa, entrando pela primeira porta que avistou. Então, foi até a janela e descobriu que o animal, parcialmente escondido pelas árvores, observava as maçãs e cenouras com olhar faminto.

– Algo errado, senhorita? – um lacaio perguntou, interrompendo sua caminhada apressada na direção da cozinha.

– Vi um animal – Victoria explicou, ofegante. – Acho que é um... – Viu o lobo deixar sorrateiramente seu esconderijo, abocanhar os alimentos atirados por ela e correr de volta para o bosque, ainda com o rabo entre as pernas. Ora, ele estava assustado! E faminto. – Vocês têm cães aqui? – perguntou, achando que poderia ter cometido um erro que a faria parecer extremamente ignorante.

– Sim, senhorita, muitos.

– Algum deles é grande, magro e cinzento?

– Esse é o velho cachorro do lorde, Willie. Está sempre por aí, implorando comida. Não é perigoso, se é isso o que a preocupa. A senhorita o viu?

– Sim – Victoria respondeu, sentindo a raiva crescer dentro de si, ao se lembrar do pobre animal procurando por comida em meio ao lixo. – Ele está morrendo de fome! Alguém deveria alimentá-lo.

– Willie sempre se comporta como se estivesse faminto – o lacaio esclareceu em tom indiferente. – O lorde diz que se ele comer mais, vai acabar gordo demais para andar.

– Se comer menos, ficará fraco demais para viver – Victoria retrucou, furiosa.

Não era difícil imaginar aquele sujeito sem coração deixando o próprio cachorro morrer de fome. Irada, voltou à cozinha e pediu mais maçãs, cenouras e um prato com restos de comida.

Apesar da simpatia que sentia pelo animal, Victoria teve de lutar para dominar o medo, enquanto se aproximava do bosque, de onde ele a observava. Lembrando-se da garantia do lacaio sobre o cachorro, sim, apenas um cachorro, não ser perigoso, ela se aproximou o máximo que sua coragem lhe permitiu, estendendo o prato.

– Aqui, Willie – chamou com voz suave. – Trouxe comida para você.

Com passos tímidos, aproximou-se mais um pouco. Willie empinou as orelhas e voltou a exibir os dentes afiados. Perdendo de vez a coragem, Victoria deixou o prato no chão, virou-se e correu para os estábulos.

Jantou com Charles e, como Jason estava ausente de novo, a refeição foi muito agradável. Porém, quando Charles se retirou, ela se viu mais uma vez sem ter o que fazer. Além do passeio até os estábulos e de sua aventura com Willie, Victoria não fizera nada além de passear para lá e para cá, completamente ociosa. Decidiu começar a trabalhar na manhã seguinte. Estava habituada a estar ocupada e precisava desesperadamente encontrar um modo de preencher o seu tempo. Não mencionara a Charles sua intenção de trabalhar por seu sustento ali, mas tinha certeza de que quando ele ficasse sabendo, se sentiria aliviado pelo fato de ela se tornar útil, poupando-o de novas explosões iradas do sobrinho temperamental.

Subiu para o quarto e passou o resto da noite tentando escrever uma carta alegre e otimista para Dorothy.

6

Na manhã seguinte, Victoria acordou cedo, ao som do canto dos pássaros. Virando-se na cama, olhou pela janela aberta e deparou com o céu muito azul, pontilhado de nuvens brancas. Definitivamente, o dia a convidava a uma passeio ao ar livre.

Sem perder tempo, lavou-se e se vestiu, e antes de sair foi à cozinha à procura de comida para Willie. Jason Fielding fora sarcástico ao perguntar se ela era capaz de puxar um arado, pregar uma tábua ou ordenhar uma vaca. Bem, Victoria não se acreditava capaz de fazer as duas primeiras atividades, mas vira vacas serem ordenhadas, várias vezes, em casa. A tarefa não lhe parecera difícil. Além do mais, depois de seis semanas confinada em um navio, qualquer atividade física seria bem-vinda.

Estava prestes a sair da cozinha, quando um pensamento súbito lhe ocorreu. Ignorando o olhar irado do homem de avental, que a observava como se ela fosse uma louca invadindo o seu reino, ela se dirigiu à Sra. Northrup.

– Há algo que eu possa fazer para ajudar, aqui na cozinha? – perguntou.

A Sra. Northrup arregalou os olhos.

– Não, claro que não.

Victoria suspirou.

– Nesse caso, pode me dizer onde encontrar as vacas?

– As vacas? – a outra repetiu, chocada. – Para quê?

– Vou ordenhá-las.

A mulher empalideceu, mas não disse nada. Após um momento, Victoria deu de ombros e saiu, decidida a descobrir por si mesma onde ficavam as vacas. Seguiu na direção do bosque, à procura de Willie. Assim que a viu sair, a Sra. Northrup limpou a farinha das mãos e foi procurar o Sr. Northrup, na porta da frente.

Ao se aproximar das árvores, Victoria avistou Willie. Por um momento, distraiu-se com o pensamento de que tal nome não combinava muito bem com um animal tão grande, de aspecto tão feroz. Embora ainda sentisse medo, aproximou-se mais do que na véspera, antes de colocar o prato de sobras no chão e murmurar:

– Veja, Willie, eu trouxe o café da manhã. Venha comer.

Os olhos do animal pousaram na comida, mas ele não se moveu.

– Não quer chegar um pouquinho mais perto? – Victoria insistiu, determinada a fazer amizade com o cachorro de Jason Fielding, já que o dono era inatingível.

Infelizmente, o cão não se mostrou mais amigável que o dono, limitando-se a fitá-la com olhar desconfiado e ameaçador. Com um suspiro, Victoria se afastou, deixando o prato no chão.

Um jardineiro lhe explicou onde encontrar as vacas e Victoria foi até o celeiro, impecavelmente limpo e bem-cuidado. Então, parou diante de uma dúzia de vacas, que a observavam com seus olhos grandes e brilhantes. Apanhou um banquinho e um balde e se aproximou da mais gorda.

– Bom dia – cumprimentou-a e afagou-lhe a cabeça, enquanto tentava reunir coragem.

Agora que se via diante da tarefa imposta por si mesma, já não tinha certeza de que sabia como proceder. Após alguns instantes de hesitação, Victoria se sentou no banquinho e posicionou o balde sob as tetas da vaca. Lentamente, arregaçou as mangas do vestido e ajeitou a saia em torno de si. Sem perceber a presença do homem que acabara de entrar, afagou o flanco do animal e respirou fundo.

– Devo ser totalmente honesta com você – confessou em voz alta. – A verdade é que nunca fiz isso antes.

Tal admissão interrompeu as passadas largas de Jason, que parou para observá-la com olhar divertido. Sentada no banquinho, ela mais parecia uma princesa ocupando seu trono. Seu perfil bem-desenhado era realçado pelos cabelos vermelho-dourados que brilhavam aos raios do sol que invadiam o celeiro.

Quando Victoria se abaixou para ajeitar melhor o balde, Jason não pode deixar de notar as curvas promissoras dos seios fartos, insinuados pelo decote do vestido preto. As palavras que ela pronunciou a seguir forçaram-no a reprimir uma gargalhada.

– Isto vai ser tão embaraçoso para mim quanto para você.

Victoria estendeu as mãos e tocou as tetas da vaca, encolhendo-se com uma careta de desgosto. Respirou fundo e tentou novamente, apertando com rapidez, duas vezes seguidas, antes de se encolher de novo. Então, espiou dentro do balde, cheia de esperança. Não havia nem uma gota de leite.

– Ah, por favor, não torne as coisas ainda mais difíceis – implorou à vaca.

Repetiu o processo mais duas vezes, mas nada aconteceu. Frustrada, na terceira tentativa, apertou as tetas com força excessiva, fazendo a vaca virar a cabeça e lhe lançar um olhar furioso.

– Estou fazendo a minha parte – Victoria declarou, devolvendo o olhar de reprovação. – O mínimo que você poderia fazer é a sua!

Atrás dela, uma voz masculina advertiu:

– O leite vai coalhar, se continuar olhando para ela desse jeito.

Sobressaltada, Victoria virou-se no banquinho.

– Você! -- exclamou, mortificada pela cena que ele acabara de testemunhar. – Por que tem de ser sempre tão sorrateiro? O mínimo que poderia fazer é...

– Bater? – ele sugeriu, esforçando-se para não rir. Lentamente, ergueu o punho e bateu duas vezes em uma viga de madeira. – Costuma conversar com animais com frequência? – perguntou casualmente.

Victoria não sentia a menor disposição para se submeter a zombarias e, pelo brilho nos olhos dele, era exatamente o que Jason estava fazendo. Com toda a dignidade que lhe restava, ela se levantou e alisou a saia. Então, tentou passar por ele.

Com um movimento rápido, Jason a segurou pelo braço.

– Não vai terminar a ordenha?

– Você já sabe que não posso.

– Por que não?

Victoria empinou o queixo e fitou-o diretamente nos olhos.

– Porque não sei como fazê-lo.

– Quer aprender?

– Não. Se tirar a mão do meu braço – ela falou, ao mesmo tempo que arrancava o braço do aperto firme –, vou procurar outra coisa que eu possa fazer para pagar pela minha estada aqui.

Enquanto saía do celeiro sentiu o olhar dele segui-la, mas sua atenção foi desviada quando ela avistou Willie, em seu esconderijo atrás das árvores, a observá-la. Sentiu um arrepio na espinha, mas decidiu ignorá-lo. Acabara de ser intimidada por uma vaca e por nada no mundo permitiria que um cachorro fizesse o mesmo.

Jason observou-a desaparecer e, então, afastou da mente a imagem da garota angelical e voltou ao trabalho que abandonara quando Northrup o informara de que a Srta. Seaton fora ordenhar as vacas.

Retomando seu lugar atrás da escrivaninha, dirigiu-se ao seu secretário.

– Onde estávamos, Benjamin?

– O senhor estava ditando uma carta para o seu homem em Delhi, milorde.

Tendo falhado em sua tentativa com a vaca, Victoria procurou pelo jardineiro que lhe explicara como chegar ao celeiro. Aproximou-se dele e perguntou se poderia ajudar a plantar os bulbos que os demais estavam colocando nos canteiros circulares.

– Cuide dos seus afazeres no celeiro e fique fora do nosso caminho, mulher! – ele respondeu, mal-humorado.

Victoria desistiu. Sem se dar ao trabalho de explicar que não tinha afazeres no celeiro, deu a volta na casa e foi para o único lugar onde estaria realmente capacitada a realizar algo útil: a cozinha.

Assim que a viu desaparecer no caminho de pedra, o jardineiro largou sua pá e saiu à procura de Northrup.

Sem ser notada, Victoria permaneceu ao lado da porta da cozinha por algum tempo. Oito criadas trabalhavam, preparando uma refeição, cujo prato principal parecia ser ensopado de carne com verduras, além de pão e meia dúzia de outros acompanhamentos. Desolada pelas duas tentativas frustradas de ser útil, tratou de se certificar de que seria realmente capaz de desempenhar aquela tarefa. Então, aproximou-se do temperamental cozinheiro francês.

– Eu gostaria de ajudar.

– *Non*! – ele gritou, evidentemente confundindo-a com uma criada, por causa do vestido preto simples. – Saia! Saia daqui! Vá cuidar do seu trabalho!

Victoria já estava cansada de ser tratada como uma idiota inútil. Com voz educada, porém firme, argumentou:

– Posso ajudar aqui e é óbvio, pelo modo como todas estão trabalhando, que o senhor está precisando de mais gente.

O cozinheiro pareceu prestes a explodir.

– Você não foi treinada! – o outro trovejou. – Saia! Quando André precisar, ele pedirá ajuda e ele mesmo cuidará do seu treinamento.

– Não há absolutamente nada de complicado na preparação de um ensopado, *monsieur* – Victoria persistiu, exasperada. Ignorando a tonalidade escarlate que tomara conta das faces do homem, diante da maneira insolente como ela se referia a sua culinária complexa, continuou: – Tudo o que se tem de fazer é cortar as verduras nesta mesa e jogá-las naquela panela.

O cozinheiro emitiu um som abafado, antes de arrancar o avental.

– Farei com que seja expulsa desta casa dentro de cinco minutos! – ele anunciou, ao sair da cozinha.

Nos momentos de silêncio tenso que se seguiram, Victoria olhou em volta, para as criadas que a fitavam, petrificadas, com expressões que iam da pena ao divertimento.

– Meus Deus, menina – uma senhora de meia-idade falou, limpando a farinha das mãos. – O que deu em você para provocá-lo? Ele vai mesmo exigir que seja expulsa desta casa.

Exceto por Ruth, a criada que cuidava do quarto de Victoria, aquela era a primeira voz amigável que ela ouvia entre os criados da propriedade. Infelizmente, estava tão arrasada por ter criado problemas, quando só queria ajudar, que a simpatia da mulher quase a reduziu às lágrimas.

– Não que você estivesse errada ao dizer que é simples fazer um ensopado – a criada continuou, dando-lhe um tapinha no ombro. – Qualquer uma de nós poderia se encarregar da cozinha sem André, mas o lorde faz questão do melhor e André é considerado o melhor cozinheiro do país. Agora, é hora de você arrumar as suas coisas, pois não há dúvida de que será demitida imediatamente.

– Não sou uma criada, mas sim uma hóspede – explicou Victoria em voz baixa. – Pensei que a Sra. Northrup tivesse informado vocês sobre isso.

A mulher se limitou a fitá-la, boquiaberta.

– Não, senhorita, ela não disse nada. Os criados são proibidos de conversar e a Sra. Northrup seria a última a desobedecer às ordens, pois é parente do Sr. Northrup, o mordomo. Eu sabia que tínhamos uma hóspede, mas... – Lançou um olhar para o vestido simples de Victoria, provocando-lhe intenso rubor nas faces. – Quer comer alguma coisa?

Os ombros de Victoria vergaram de frustração e desespero.

– Não, mas gostaria de preparar um cataplasma para aliviar a dor de dente do Sr. O'Malley. Só preciso de alguns ingredientes simples.

A mulher se apresentou como Sra. Craddock e lhe mostrou onde encontrar os ingredientes que desejava. Victoria se pôs a trabalhar, temendo que o "lorde" entrasse na cozinha a qualquer momento e a humilhasse publicamente.

Jason acabara de retomar a carta que havia parado de ditar ao ser informado de que Victoria fora ordenhar as vacas, quando Northrup bateu na porta de novo,

– O que foi, agora? – indagou, impaciente, ao ver o mordomo entrar.

– Foi a Srta. Seaton novamente, milorde. Ela... bem... ela tentou ajudar o jardineiro-chefe a plantar bulbos. Ele a confundiu com uma criada e, agora que o informei de que ela é uma hóspede, está preocupado em saber se o senhor está descontente com o trabalho dele e, por isso, mandou-a até lá para...

– Diga ao jardineiro – Jason o interrompeu com voz gelada – que volte ao trabalho. Então, diga à Srta. Seaton para ficar fora do caminho dele. E você – acrescentou em tom ameaçador – fique fora do meu! Tenho trabalho a fazer. – Virou-se para o secretário e inquiriu: – Onde estávamos, Benjamin?

– Na carta para o seu homem em Delhi, milorde.

Jason havia ditado apenas duas linhas, quando ouviu uma comoção do outro lado da porta de seu escritório. Um segundo depois, a porta se abriu e o cozinheiro entrou, seguido pelo desesperado Northrup, que tentava impedi-lo de todas as maneiras.

– Ou ela sai ou saio eu! – *monsieur* André declarou aos brados, encaminhando-se para a escrivaninha de Jason. – Não admito que aquela ruivinha ponha os pés na minha cozinha!

Com uma calma assustadora, Jason colocou a pena na mesa e ergueu os olhos para o cozinheiro.

– O que disse?

– Disse que não admito...

– Saia – Jason ordenou com voz macia.

O cozinheiro empalideceu.

– *Oui* – respondeu, apressado, recuando alguns passos. – Voltarei para a cozinha...

– Saia da minha casa – Jason esclareceu – e da minha propriedade. Agora!

Pondo-se de pé, Jason saiu do escritório e marchou para a cozinha.

As criadas ficaram petrificadas ao vê-lo.

– Alguma de vocês sabe cozinhar? – ele perguntou, sem preâmbulos.

Imediatamente, Victoria percebeu que o cozinheiro pedira demissão por causa dela. Horrorizada com o que fizera, adiantou-se, mas o olhar de Jason indicou que se ela se oferecesse para ocupar a posição, enfrentaria sérias consequências. Ele olhou em volta, furioso e contrariado.

– Será possível que ninguém aqui sabe cozinhar? – repetiu.

A Sra. Craddock hesitou e, então, falou:

– Eu sei, milorde.

– Ótimo. A partir de agora, é a responsável pela cozinha. No futuro, por favor, dispense aqueles molhos franceses horríveis que tenho sido obrigado a comer. – Com isso, Jason virou-se para Victoria e ordenou: – Fique longe do celeiro, dos jardins e da cozinha!

Ele saiu e as criadas se viraram para Victoria com um misto de choque e gratidão. Envergonhada pelos problemas que havia causado, ela se limitou a abaixar a cabeça e continuar a preparar o cataplasma para o Sr. O'Malley.

– Ao trabalho! – a Sra. Craddock ordenou a todas com um sorriso. – Temos de provar ao lorde que somos capazes de cuidar da cozinha, sem enfrentarmos gritarias, ou termos nossas mãos atingidas pelas colheres de pau de André!

Victoria interrompeu a preparação do cataplasma, fitando a mulher com olhar surpreso e horrorizado.

– Ele é um tirano cruel – a Sra. Craddock explicou, referindo-se ao cozinheiro francês. – Somos profundamente gratas por ter nos livrado dele.

Com exceção do dia em que seus pais haviam morrido, Victoria não se lembrava de ter tido um dia pior em sua vida. Apanhou a mistura que seu pai a ensinara preparar para aliviar dores de dente e saiu.

Como não encontrava O'Malley, procurou por Northrup e o viu saindo de um aposento repleto de livros. Lá dentro, avistou Jason sentado a uma escrivaninha, conversando com um homem de óculos.

– Sr. Northrup – chamou com voz sufocada e estendeu-lhe a mistura –, poderia fazer a gentileza de entregar isto ao Sr. O'Malley? Diga a ele para aplicar o cataplasma sobre o dente e a gengiva, várias vezes ao dia. Vai ajudar a aliviar a dor e diminuir o inchaço.

Distraído mais uma vez pelo som de vozes próximas à porta de seu escritório, Jason largou o papel que estivera lendo, levantou-se e abriu a porta. Sem perceber a presença de Victoria, que já subia a escada, dirigiu-se a Northrup:

– Que diabo ela fez desta vez?

– Ela... ela fez um remédio para o dente de O'Malley, milorde – o mordomo respondeu com voz tensa, apontando um dedo trêmulo para a escada.

Jason virou-se e estreitou os olhos ao ver a jovem de vestido preto que subia os degraus.

– Victoria – chamou.

Ela virou-se, preparada para ouvir um sermão rude, mas ele falou com voz controlada, embora autoritária.

– Não use mais roupas pretas. Não gosto.

– Sinto muito se as minhas roupas o ofendem – ela respondeu com dignidade –, mas estou de luto pela morte de meus pais.

Jason franziu o cenho, porém esperou que ela desaparecesse para voltar a se dirigir a Northrup.

– Mande alguém até Londres para comprar roupas decentes para ela. Então, livre-se daqueles trapos pretos.

Quando Charles desceu para o almoço, Victoria se sentou ao lado dele, parecendo desanimada.

– Meu Deus, menina! O que aconteceu? Está pálida como um fantasma.

Victoria confessou suas desventuras da manhã e Charles ouviu com os lábios trêmulos de riso.

– Excelente! – exclamou quando ela terminou. – Vá em frente e vire a vida de Jason de pernas para o ar, minha querida. É exatamente do que ele precisa. Na superfície, ele pode parecer frio e duro, mas se trata de mera aparência. A mulher certa será capaz de descobrir a gentileza que se esconde dentro dele. E quando isso acontecer, Jason vai fazê-la muito feliz. Entre outras coisas, ele é um homem muito generoso...

Charles ergueu as sobrancelhas, deixando a frase interrompida no ar. Victoria se sentiu constrangida diante do olhar atento do primo e se perguntou se Charles poderia estar acalentando alguma esperança de que ela fosse essa mulher. Além de não acreditar que houvesse nem sequer uma gota de gentileza em Jason Fielding, ela não queria nenhum tipo de envolvimento com ele. Porém, em vez de dizer isso ao bondoso Charles, mudou de assunto com muito tato.

– Devo receber notícias de Andrew nas próximas semanas.

– Ah, sim... Andrew – ele murmurou com expressão sombria.

7

No dia seguinte, Charles levou Victoria para um passeio de carruagem pela vila mais próxima e, embora o que visse provocasse imensa saudade de casa, Victoria adorou a saída. Flores desabrochavam em todos os lugares: em floreiras, onde eram tratadas com cuidado e carinho, e nas montanhas e campos, onde ficavam aos cuidados somente da mãe natureza. A vila era linda, com suas casinhas caiadas e ruas de paralelepípedos. Victoria se apaixonou instantaneamente pelo lugar.

Toda vez que saíam de uma das pequenas lojas, os habitantes da vila paravam, tiravam o chapéu e se curvavam. Dirigiam-se a Charles como "alteza" e, embora ele não soubesse o nome de nenhum deles, tratava a todos com simpatia e simplicidade, sem dar a menor atenção à diferença social que os separava.

Quando retornaram a Wakefield Park, naquela tarde, Victoria já se sentia bem mais otimista com relação a sua nova vida e nutria esperanças de poder conhecer melhor os habitantes da vila.

A fim de não causar novos problemas, limitou as atividades do restante do dia à leitura em seu quarto, além de duas excursões ao bosque, onde tentou sem sucesso maior aproximação de Willie.

Antes do jantar, deitou-se e dormiu, refletindo que novos conflitos entre ela e Jason Fielding poderiam ser evitados, se ela se mantivesse fora do caminho dele, como fizera o dia todo.

Estava enganada. Quando acordou, Ruth guardava uma porção de vestidos coloridos no armário.

– Não são meus – Victoria informou-a com voz sonolenta, ao se levantar.

– São, sim, senhorita! – Ruth corrigiu-a com entusiasmo. – O lorde mandou comprá-los em Londres.

– Por favor, diga a ele que não vou usá-los – Victoria pediu com gentileza, apesar do tom firme.

– Ah, não, senhorita! Não posso fazer isso!

– Pois eu posso! – Victoria declarou, abrindo o outro armário, a fim de apanhar um de seus vestidos.

– Não estão mais aí – Ruth explicou, aflita. – Eu os levei embora. Foram ordens do lorde...

– Entendo – Victoria tranquilizou-a, embora fosse invadida por uma fúria que jamais se imaginara capaz de sentir.

– Senhorita – a criada chamou, torcendo as mãos –, o lorde disse que poderei assumir a posição de sua criada pessoal, se meus serviços forem satisfatórios.

– Não preciso de uma criada, Ruth.

A moça pareceu desapontada.

– Seria bem melhor do que minhas tarefas atuais...

– Está bem – Victoria concedeu, incapaz de resistir ao tom de súplica de Ruth. – O que uma "criada pessoal" faz?

– Bem, devo ajudá-la a se vestir e cuidar para que seus vestidos estejam sempre limpos e passados. E também devo arrumar seus cabelos. Posso? A senhorita tem cabelos tão lindos e minha mãe sempre diz que tenho jeito para isso.

Victoria concordou, não porque fizesse questão de ter os cabelos arrumados, mas porque precisava de tempo para se acalmar, antes de enfrentar Jason Fielding. Uma hora depois, usando um vestido de seda cor de pêssego, com delicados laços de cetim da mesma cor, Victoria examinou seu reflexo no espelho. Seus cabelos estavam presos no topo da cabeça, de onde cachos cor de cobre saltavam em um arranjo sofisticado, entremeados por fitas idênticas às do vestido. Suas faces apresentavam-se coradas pela raiva e seus olhos azuis faiscavam de ressentimento e vergonha.

Nunca vira, nem imaginara, um vestido tão maravilhoso quanto aquele e, também, jamais sentira tamanho desprazer com sua própria aparência. Não a agradava em nada ser forçada a quebrar o luto pela morte recente de seus pais.

– Ah, senhorita! – Ruth exclamou, cruzando as mãos diante do peito. – Está tão linda! O lorde não vai acreditar quando a vir!

A previsão de Ruth mostrou-se acertada, mas Victoria estava furiosa demais para se sentir gratificada pela expressão de fascínio nos olhos de Jason, quando ele entrou na sala de jantar.

– Boa noite, tio Charles – cumprimentou o primo com um beijo no rosto, notando que Jason se pusera de pé.

Invadida por profunda rebeldia, Victoria virou-se para ele e permaneceu calada, fitando-o com ressentimento e desprezo, enquanto os olhos verdes do lorde passeavam com insolência por seu corpo. Embora estivesse habituada a receber olhares de admiração de diversos cavalheiros, Victoria reconheceu que não havia nada de cavalheiresco no modo como Jason a examinava.

– Terminou? – indagou, furiosa.

Sem pressa, ele ergueu os olhos para ela, ao mesmo tempo que um sorriso maroto lhe curvava os lábios, diante do antagonismo que Victoria nem sequer tentara disfarçar. Jason estendeu a mão e, em uma reação automática, Victoria recuou um passo, antes de se dar conta de que ele só pretendia puxar a cadeira para que ela se sentasse.

– Cometi mais uma gafe, como não bater na porta? – ele perguntou em tom divertido, aproximando perigosamente os lábios da face de Victoria, quando ela se sentava. – Não é costume na América um cavalheiro ajudar uma dama a se sentar?

Victoria afastou a cabeça com um gesto brusco.

– Está me ajudando a sentar, ou tentando comer a minha orelha?

Jason não conteve um sorriso.

– Talvez eu faça isso, caso a nova cozinheira tenha preparado uma refeição insatisfatória. – Ao se sentar, virou-se para Charles e explicou: – Despedi aquele francês gordo.

Victoria se sentiu culpada pelo papel que desempenhara no incidente, mas estava tão zangada com a atitude de Jason ao ordenar que se livrassem de seus vestidos que nem mesmo o sentimento de culpa diminuiu sua ira. Decidida a tratar do assunto em particular, mais tarde, dirigiu-se exclusivamente a Charles, durante o jantar. Porém, à medida que a refeição prosseguia, foi se tornando constrangida pelo modo como Jason Fielding a observava, por entre as velas do castiçal que ocupava o centro da mesa.

Jason levou o copo aos lábios, estudando-a. Sabia que Victoria estava furiosa por ele ter mandado a criada dar fim àqueles trapos pretos. Tanto que, a julgar pelo brilho assassino naqueles espetaculares olhos azuis, ela não hesitaria em agredi-lo, caso tivesse a oportunidade.

Ali estava uma verdadeira beldade, orgulhosa e cheia de coragem, Jason pensou com imparcialidade. Antes, ela lhe parecera uma garota bonita, mas ele não imaginara uma transformação tão fascinante, resultante da simples mudança nos trajes. Talvez, seu ódio da cor do luto fosse tão intenso, que os vestidos houvessem prejudicado a sua percepção. De qualquer maneira, Jason não tinha dúvidas de que Victoria Seaton enlouquecera os rapazes, na América. E também não tinha dúvidas de que ela repetiria a façanha na Inglaterra. Ora, ela arrasaria os rapazes e os homens, Jason se corrigiu.

E era justamente esse o seu problema. Apesar das curvas sedutoras e do rosto perfeito, Jason começava a se convencer de que Victoria era mesmo a garota inocente e inexperiente que Charles defendera. Uma inocente que fora parar à porta de sua casa e por quem Jason se tornara involuntariamente responsável. A imagem de si mesmo no papel de protetor de

Victoria, guardião da virtude de uma moça solteira, era tão ridícula que ele quase riu alto. Porém, era exatamente aquele papel que ele seria forçado a desempenhar. Qualquer pessoa que o conhecesse acharia a situação tão ridícula quanto ele, considerando-se a sua reputação infame com as mulheres.

O'Malley serviu-lhe mais vinho e Jason bebeu, pensativo, tentando imaginar uma maneira rápida e eficiente de se livrar de Victoria o mais depressa possível. Quanto mais considerava a questão, mais se convencia de que deveria providenciar a temporada londrina que Charles estava tão ansioso para proporcionar a ela.

Com a beleza exuberante de Victoria, seria muito fácil lançá-la com sucesso na sociedade. E, com a ajuda de um pequeno dote, proporcionado por ele mesmo, seria igualmente fácil conseguir-lhe um casamento seguro. Por outro lado, se Victoria realmente acreditava que o tal de Andrew iria buscá-la, poderia insistir em esperar meses, ou quem sabe anos, antes de aceitar a proposta de outro homem. E tal possibilidade não satisfazia as necessidades de Jason de maneira nenhuma.

A fim de avaliar seu plano, ele aproveitou a primeira pausa na conversa de Victoria e Charles.

– Charles me contou que você está praticamente noiva de... Anson? Albert?

– Andrew – ela corrigiu-o de pronto.

– Como ele é? – Jason perguntou.

Um sorriso afetuoso surgiu nos lábios de Victoria.

– Ele é gentil, atraente, inteligente, bondoso amável...

– Acho que já entendi – Jason a interrompeu, contrariado. – Aceite um conselho: esqueça-o.

Reprimindo o impulso de atirar algum objeto pesado nele, Victoria indagou:

– Por quê?

– Ele não é o homem certo para você. Em quatro dias, você virou minha casa de pernas para o ar. Que tipo de casamento teria com um aldeão sereno, determinado a levar uma vida calma e organizada? O melhor a fazer é esquecê-lo e aproveitar ao máximo as suas oportunidades aqui.

– Em primeiro lugar... – Victoria começou, mas foi prontamente interrompida por Jason, que parecia determinado a semear a discórdia.

– É claro que existe a possibilidade de você não conseguir esquecê-lo, mas será esquecida por Albert assim mesmo. Como é mesmo o ditado? "Longe dos olhos, longe do coração."

Fazendo um esforço sobre-humano para se controlar, Victoria permaneceu calada.

– Não vai discutir? – Jason provocou-a, admirando o modo como a raiva fazia os olhos dela escurecerem. – Não acredito!

Victoria empinou o queixo.

– No meu país, Sr. Fielding, discutir à mesa é considerado uma grande falta de educação.

A reprimenda fez Jason se divertir ainda mais.

– O que deve ser uma grande inconveniência para você – retrucou com voz macia.

Charles reclinou-se na cadeira, com um sorriso nos lábios, observando a discussão acalorada do filho com a jovem beldade que o fazia lembrar-se da mãe dela. Eram perfeitos um para o outro. Ao contrário da maioria das mulheres, Victoria não se deixava impressionar por Jason. Sua coragem e generosidade o tornariam mais gentil e, uma vez domado, Jason se transformaria no tipo de marido que todas as moças sonhavam encontrar. Juntos, os dois seriam felizes e Victoria daria um filho a Jason.

Invadido por profunda alegria, Charles imaginou o neto que eles lhe dariam, depois que se casassem. Após tantos anos de vazio e desespero, ele e Katherine finalmente teriam um neto juntos. Bem, era verdade que Jason e Victoria não estavam se dando muito bem no momento, mas isso já era esperado. Jason era um homem experiente, endurecido e amargo, e tinha bons motivos para isso. Victoria, por sua vez, tinha coragem, o espírito e a generosidade de Katherine. E Katherine havia mudado a vida do próprio Charles. Ela lhe ensinara o significado do amor. Assim como da perda. A mente de Charles vagou pelos eventos do passado, que haviam levado ao que acontecia agora...

Ao completar 22 anos, Charles já conquistara a merecida reputação de libertino, jogador e encrenqueiro. Não tinha responsabilidades, restrições e absolutamente nenhuma perspectiva de vida, uma vez que o irmão mais velho herdara o título de duque, juntamente com as propriedades e a fortuna da família. O dinheiro, na verdade, não era muito, pois durante quatrocentos anos, os homens da família Fielding haviam demonstrado uma forte tendência para todo tipo de excessos. De fato, Charles não era pior que o pai, ou que o avô. O irmão mais novo de Charles foi o único Fielding a manifestar o desejo de combater as tentações do demônio, mas fez isso com o excesso típico dos Fielding, tornando-se missionário e se mudando para a Índia.

Mais ou menos na mesma época, a amante francesa de Charles anunciara que estava grávida. Quando Charles lhe ofereceu dinheiro, sem mencionar casamento, ela chorou e brigou, mas não conseguiu fazê-lo mudar de ideia. Finalmente, decidiu abandoná-lo, furiosa. Uma semana depois do nascimento de Jason, ela visitou Charles e, sem a menor cerimônia, abandonou o filho e desapareceu. Embora não desejasse arcar com a responsabilidade de criar um filho, Charles não foi capaz de simplesmente abandonar o menino em um orfanato. Em um momento de grande inspiração, teve a brilhante ideia de entregar Jason para o irmão missionário e sua feia esposa, que estavam de partida para a Índia, a fim de "converter os pagãos".

Sem nenhuma hesitação, dera o bebê àqueles dois fanáticos religiosos, tementes a Deus, junto com praticamente todo o dinheiro que possuía, para ser usado nas despesas com Jason. Com isso, lavou as mãos.

Até então, Charles conseguira se sustentar com o dinheiro que obtinha nas mesas de jogos. A sorte, porém, caprichosa que era, acabou por abandoná-lo. Aos 32 anos, Charles foi obrigado a encarar o fato de que já não era possível manter o padrão de vida adequado a um homem da sua posição apenas com os rendimentos de jogos e apostas. Tratava-se de um problema comum entre os filhos mais novos de famílias nobres e Charles o resolveu da mesma maneira que a maioria deles fazia: decidiu trocar o nome ilustre por um bom dote. Com indisfarçável indiferença, pediu em casamento a filha de um mercador, uma moça de muito dinheiro, alguma beleza e pouquíssima inteligência.

Tanto a jovem quanto o pai aceitaram prontamente o pedido. Até mesmo o irmão mais velho de Charles, o duque, concordou em patrocinar uma festa para comemorar as bodas.

E fora exatamente naquela ocasião que Charles reencontrou sua prima distante, Katherine Langston, a neta de 18 anos da duquesa de Claremont. Quando a vira pela última vez, estava fazendo uma de suas raras visitas ao irmão, em Wakefield, e Katherine, então com 10 anos, passava as férias em uma propriedade vizinha. Durante duas semanas inteiras, ela o seguiu a todos os lugares, sem esconder o brilho de grande admiração nos olhos incrivelmente azuis. Charles a considerava uma garota muito bonita, dona de coragem infinitamente maior que muitas mulheres com o dobro da idade dela. Juntos, saltaram obstáculos em seus cavalos e empinaram papagaios.

Agora, ela havia se transformado em uma mulher de beleza ímpar e Charles não era capaz de desviar os olhos dos dela.

Fingindo-se impassível e indiferente, ele estudara aquela mulher fascinante, seus traços perfeitos, os cabelos vermelho-dourados, enquanto ela se mantinha à margem da verdadeira multidão que apinhava o salão, parecendo serena e etérea. Então, Charles se aproximou e, com ar casual, apoiou um braço no consolo da lareira, admirando a beleza de Katherine com olhar franco e ousado. Esperava que ela manifestasse algum tipo de objeção às suas maneiras diretas, mas Katherine não fez nenhuma. Não corou, nem tentou fugir ao escrutínio. Ao contrário, encarou-o desafiadoramente, como se estivesse esperando que ele terminasse a sua avaliação.

– Olá, Katherine – Charles finalmente a cumprimentara.

– Olá, Charles.

– Está achando a festa tão tediosa quanto eu, querida?

Em vez de balbuciar alguma tolice sobre a festa estar maravilhosa, Katherine fixara os olhos nos dele e respondera com calma e tranquilidade:

– É o prelúdio perfeito para um casamento que vai acontecer por interesses exclusivamente financeiros.

A franqueza dela o apanhara de surpresa, embora o que realmente o desarmasse fosse a estranha sombra de acusação que obscureceu os olhos de Katherine, antes que ela se virasse e começasse a se afastar. Sem pensar, Charles a segurou pelo braço. O contato físico inocente provocou uma reação inesperada em ambos. Então, Charles a levou para o jardim. À luz do luar, ele a fitou nos olhos e, porque a acusação dela o atingira em cheio, sua voz soou rude:

– É muita presunção de sua parte concluir que o dinheiro é a única razão pela qual vou me casar com Amélia. As pessoas têm inúmeras razões para tomar decisões como essa.

Mais uma vez, aquele olhar desconcertante sustentara o dele.

– Não em se tratando de pessoas como nós – ela argumentara. – Nós nos casamos para aumentar a riqueza, ou o poder de nossas famílias, ou para melhorar nossa posição social. No seu caso, o casamento servirá para aumentar a sua riqueza.

Ora, era evidente que Charles estava trocando sua linhagem aristocrática por dinheiro e, embora tal prática fosse comumente aceita, Katherine o fizera sentir-se indigno.

– E quanto a você? – ele reagira. – Não vai se casar por uma dessas razões, também?

– Não. Vou me casar por amar alguém e ser amada por esta pessoa. Não vou aceitar um casamento como o que meus pais tiveram. Quero mais da vida e tenho muito mais para dar.

As palavras pronunciadas em tom suave carregavam tamanha convicção que Charles permanecera em silêncio por um longo momento, antes de dizer:

– Sua avó não vai ficar nada satisfeita se você se casar por amor, em vez de por posição social, minha cara. Correm boatos de que ela quer uma aliança com os Winston e que pretende obtê-la através do seu casamento.

Katherine sorrira pela primeira vez, fazendo o coração de Charles disparar.

– Minha avó e eu – replicara em tom casual – já discutimos esse assunto diversas vezes. Estou tão determinada quanto ela a fazer as coisas a meu modo.

Ela era tão linda, franca e honesta, que a armadura de cinismo que isolara Charles durante trinta anos começou a derreter, fazendo-o sentir-se subitamente vazio e solitário. Sem se dar conta do que fazia, ele ergueu a mão e, com a ponta do dedo, tocou de leve a face de Katherine, murmurando com ternura:

– Espero que o homem que venha a amar seja digno de você.

Por um momento interminável, Katherine estudara-lhe as feições, como se fosse capaz de enxergar-lhe a alma. Então, sussurrara baixinho:

– Eu acho que é mais uma questão de saber se eu posso ser digna dele. Ele precisa muito de mim, mas só está começando a perceber isso agora.

Após um breve instante, o significado das palavras de Katherine haviam atingido a mente de Charles e ele ouviu a própria voz murmurar o nome dela com o desespero febril de um homem que acabara de descobrir o que estivera procurando, sem nem sequer se dar conta, por toda a sua vida: uma mulher que o amasse pelo que ele era, pelo que queria ser. E Katherine não tinha outra razão para amá-lo, pois sua linhagem era tão aristocrática quanto a dele, seu círculo de amizades muito superior, sua riqueza, infinitamente maior.

Charles a fitara, tentando negar os sentimentos que o invadiam. Aquilo era uma grande loucura, disse a si mesmo. Afinal, eles mal se conheciam. Não era o tipo de jovem tolo que acreditava que um homem e uma mulher podiam se apaixonar à primeira vista. Aliás, até aquele momento, Charles nem sequer acreditara em amor. Agora, porém, acreditava, pois queria que aquela mulher bonita, inteligente e idealista o amasse. Pela primeira vez em sua vida, encontrara algo raro e valioso, e estava determinado a manter aquela mulher exatamente como era. Queria se casar com ela e mimá-la, protegê-la contra o cinismo que parecia corromper todos os membros de sua classe social.

A ideia de pôr um fim ao seu noivado com Amélia não pesava em sua consciência, pois Charles não acalentava ilusão alguma com relação às razões pelas quais ela aceitara se casar com ele. Era verdade que Amélia sentia uma certa atração por Charles, mas iria se casar porque o pai desejava se unir à nobreza.

Por duas semanas inesquecíveis, Charles e Katherine haviam conseguido manter seu amor em segredo. Foram duas semanas de preciosos momentos a sós, de longas caminhadas pelos campos, de muito riso e sonhos sobre o futuro.

Ao final daquele período, Charles já não podia mais adiar um encontro com a duquesa de Claremont. Queria se casar com Katherine.

Estava preparado para as objeções da duquesa, pois, embora sua família fosse nobre e tradicional, ele era um mero segundo filho, sem título. Ainda assim, tais casamentos ocorriam com frequência e Charles imaginava que após algumas discussões, a duquesa cederia porque Katherine desejava aquela união tanto quanto ele. Nem lhe passara pela cabeça que ela ficaria enlouquecida de raiva, que o chamasse de "oportunista libertino" e "degenerado corrupto e devasso". Também não esperava que ela mencionasse o comportamento promíscuo de seus ancestrais, bem como o dele mesmo, e muito menos que rotulasse os homens de sua família como "loucos irresponsáveis".

Acima de tudo, Charles não imaginara que ela fosse capaz de jurar que se Katherine se casasse com ele, seria deserdada e ficaria sem um tostão. Afinal, esse tipo de coisa não ocorria na sociedade londrina. Porém, ao sair daquela casa, Charles tinha a mais absoluta certeza de que a duquesa faria exatamente o que havia ameaçado. Uma vez em seus aposentos, ele passou a noite em claro, alternando momentos de ódio e desespero. Ao amanhecer, Charles sabia que não poderia se casar com Katherine, pois mesmo estando disposto a ganhar a vida honestamente, com as próprias mãos, se fosse necessário, jamais admitiria que a sua bela e orgulhosa Katherine fosse rebaixada por sua causa. Não seria o responsável por ela ser deserdada pela família e marginalizada pela sociedade.

Simplesmente não poderia permitir que ela se transformasse em uma dona de casa comum. Katherine era jovem e idealista, além de estar apaixonada por ele, mas também estava habituada a vestidos bonitos e criados para satisfazer todas as suas vontades. E não seria com o fruto de seu trabalho que Charles conseguiria oferecer essas coisas à esposa. Katherine jamais lavara um prato, ou esfregara um chão, ou passara uma peça de roupa, e ele não a veria reduzida a esse tipo de vida só por ter sido tola o bastante para amá-lo.

Quando, finalmente, conseguira marcar um encontro clandestino com ela, no dia seguinte, Charles a informou de sua decisão. Katherine argumentou que o luxo não significava nada para ela, implorou que ele a levasse para a América, onde ouvira dizer que qualquer homem era capaz de estabelecer uma vida decente, desde que estivesse disposto a trabalhar.

Sentindo-se incapaz de suportar as lágrimas dela, ou a própria angústia, Charles fora rude ao dizer que tais ideias não passavam de tolices e que ela jamais sobreviveria na América. Katherine lhe lançou um olhar amargo, como se ele não estivesse realmente disposto a trabalhar para viver. Então, acusou-o de estar interessado em seu dote, não nela... exatamente como a avó dissera.

Para Charles, que estava sacrificando a própria felicidade por Katherine, a acusação tivera o efeito de uma punhalada no peito.

– Acredite no que quiser – havia declarado, virando-se e partindo, antes que sua determinação falhasse e ele fugisse com ela naquele mesmo dia. Ao alcançar a porta, Charles descobriu não ser capaz de permitir que Katherine acreditasse que ele queria apenas o seu dinheiro. – Por favor, Katherine, não pense isso de mim.

– Não penso – ela confessara.

Katherine também não acreditava que Charles poria um fim àquele tormento casando-se com Amélia na semana seguinte. Porém, foi exatamente o que ele fez, tomando pela primeira vez em sua vida uma atitude inteiramente desprovida de egoísmo.

Katherine comparecera ao casamento na companhia da avó e, enquanto vivesse, Charles jamais se esqueceria da expressão nos olhos dela, ao final da cerimônia.

Dois meses depois, ela se casara com um médico irlandês e partira com ele para a América. Katherine fez isso porque estava furiosa com a avó e não suportaria continuar vivendo na Inglaterra, tão perto de Charles e sua esposa. Também agiu assim para provar a ele que seu amor teria sobrevivido a tudo, mesmo à vida na América.

Naquele mesmo ano, o irmão mais velho de Charles morrera em um duelo de bêbados e Charles herdou o título de duque. Embora não houvesse herdado muito dinheiro, teria sido o bastante para dar a Katherine um padrão de vida muito próximo ao que ela estava habituada. Mas Katherine se fora. Charles não havia acreditado que o amor dela por ele fosse forte o bastante para sobreviver a alguns desconfortos. Não deu a menor importância ao dinheiro que herdou. Já não dava a menor importância a nada.

Não muito tempo depois, o irmão missionário de Charles morrera na Índia. Dezesseis anos mais tarde, Amélia também morreu.

Na noite do funeral de Amélia, Charles se embriagara, como vinha fazendo com frequência naquela época. Porém, ao se sentar na sala vazia de sua casa, um pensamento sombrio cruzou-lhe a mente: ele também não demoraria muito a morrer. E, quando isso acontecesse, o ducado sairia das mãos dos Fielding para sempre, pois Charles não tinha um herdeiro.

Durante 16 anos, vivera em um estranho limbo. Naquela noite, porém, enquanto contemplava sua vida vazia, algo começou a crescer dentro dele. No início, tratava-se apenas de uma vaga inquietação, que foi se transformando em profundo desgosto, depois em ressentimento e, por fim, em fúria. Perdera Katherine, perdera 16 anos de sua vida. Suportara uma esposa insípida, um casamento sem amor e, agora, morreria sem ter produzido um herdeiro. Pela primeira vez em quatrocentos anos, o ducado corria o risco de deixar a família Fielding e Charles foi invadido por uma forte determinação de não jogá-lo fora, como fizera com o resto de sua vida.

Era verdade que os Fielding não haviam sido uma família particularmente honrada e digna, mas o título lhes pertencia e ele faria tudo para mantê-lo.

Para isso, precisava de um herdeiro, o que significava que teria de se casar de novo. Depois de tantas aventuras na juventude, a ideia de dormir com uma mulher, àquela altura, a fim de produzir um herdeiro, parecia-lhe mais cansativa do que excitante. Pensou em todas as belas mulheres que levara para a sua cama, tantos anos antes, lembrou-se da bailarina francesa que fora sua amante e que lhe entregara um bastardo...

Uma súbita explosão de alegria o pusera de pé. Não precisaria se casar de novo, pois já tinha um herdeiro! Tinha Jason. Charles não sabia ao certo se as leis de sucessão permitiam que o título de duque fosse herdado por um filho bastardo, mas isso não fazia diferença. Jason era um Fielding e as poucas pessoas que sabiam de sua existência na Índia acreditavam ser ele o filho legítimo do irmão mais novo de Charles. Além do mais, o rei Charles concedera o ducado a três de seus bastardos e, agora, Charles Fielding, duque de Atherton, faria o mesmo.

No dia seguinte, Charles contratara detetives, mas dois longos anos haviam se passado quando um deles finalmente enviou um relatório. Não haviam encontrado o menor sinal da cunhada de Charles na Índia, mas Jason fora localizado em Delhi, onde aparentemente fizera fortuna no ramo de comércio e navegação. O relatório começava com o atual paradeiro de Jason e terminava com todas as informações que o detetive conseguira reunir sobre o passado do rapaz.

O orgulho exultante de Charles diante do sucesso financeiro de Jason havia se transformado rapidamente em horror e, então, em fúria, à medida que ele lia sobre o abuso depravado que a cunhada impusera à criança inocente que ele entregara aos cuidados dela. Ao terminar a leitura, Charles vomitou.

Mais determinado do que nunca a fazer de Jason seu herdeiro legítimo, Charles enviara uma carta, pedindo que retornasse imediatamente à Inglaterra, para que ele pudesse reconhecê-lo formalmente.

Como não obteve resposta, Charles partira para Delhi. Encorajado pelo remorso profundo, foi à magnífica casa de Jason. No primeiro encontro, Charles constatou o que o relatório do detetive já lhe dissera: Jason havia se casado e tido um filho, e vivia como um rei. Também deixou claro que não queria nenhum tipo de relacionamento com Charles, ou com o legado que ele estava lhe oferecendo. Nos meses que se seguiram, Charles permaneceu na Índia e, lentamente, foi convencendo o filho frio e reticente de que ele jamais suspeitara dos abusos terríveis que Jason havia sofrido quando criança. Porém, não conseguiu convencê-lo a voltar para a Inglaterra como seu herdeiro.

Melissa, a linda esposa de Jason, ficara maravilhada com a ideia de viver em Londres, na posição de marquesa de Wakefield, mas nem seus acessos de raiva, nem as súplicas de Charles exerceram o menor efeito em Jason, já que ele não dava a menor importância a títulos, nem alimentava simpatia alguma pelos Fielding no tocante à iminente perda do ducado.

Charles já estava prestes a desistir, quando se deparou com o argumento perfeito. Uma noite, enquanto observava Jason brincar com o filho pequeno, deu-se conta de que havia uma pessoa no mundo por quem Jason faria qualquer coisa: Jamie. Assim, Charles mudou imediatamente sua tática. Em vez de tentar convencer Jason dos benefícios que ele mesmo teria se voltasse para a Inglaterra, passou a mostrar que, ao recusar que Charles o reconhecesse como herdeiro, Jason estaria negando a Jamie seu direito por nascimento. Afinal, o título, as propriedades e tudo o mais seriam de Jamie um dia.

E dera resultado.

Depois de contratar um profissional competente para cuidar de seus negócios em Delhi, Jason se mudara com a família para a Inglaterra. Na intenção de construir um "império" para o filho, Jason gastou de bom grado quantias astronômicas na restauração das propriedades quase abandonadas por Charles, proporcionando-lhe um esplendor que elas jamais haviam tido.

Enquanto Jason se ocupava em supervisionar as reformas, Melissa passava seu tempo em Londres, assumindo seu lugar de marquesa de Wakefield. Um ano depois, a cidade fervilhava com os mexericos sobre seus casos amorosos extraconjugais. Poucos meses mais tarde, ela e o filho estavam mortos...

Charles despertou das lembranças tristes quando a toalha estava sendo removida da mesa.

– Podemos quebrar o hábito esta noite? – sugeriu a Victoria. – Em vez de os homens permanecerem à mesa, bebendo vinho do Porto e fumando charuto, podemos fazer isso com você, no salão? Não estou disposto a abrir mão da sua companhia.

Embora não conhecesse o hábito, Victoria aceitou quebrá-lo. Quando entrava no salão, decorado em tons de rosa e dourado, Charles a segurou pelo braço, falando em voz baixa:

– Percebi que você abandonou o luto antes da data prevista, minha querida. Se a decisão foi sua, devo aplaudi-la. Sua mãe detestava preto. Ela me disse isso quando ainda era criança e foi obrigada a usar roupas pretas, em luto pela morte dos pais. A decisão foi sua, Victoria?

– Não – ela admitiu. – O Sr. Fielding mandou a criada retirar as minhas roupas do armário e substituí-las por outras.

Charles assentiu.

– Jason tem aversão a todos os símbolos de luto. A julgar pelos olhares fulminantes que dirigiu a ele durante o jantar, você não gostou do que ele fez. Deve dizer isso a Jason. Não o deixe intimidá-la, menina, pois ele detesta pessoas covardes.

– Não quero perturbar o senhor, tio Charles. Disse que seu coração é fraco.

– Não se preocupe comigo – ele replicou com um sorriso. – Meu coração é um pouco fraco, mas não a ponto de não suportar um pouco de agitação. Na verdade, isso vai me fazer bem. A vida aqui era muito desinteressante antes de você chegar.

Quando Jason estava sentado, desfrutando de uma dose de vinho do Porto e de um bom charuto, Victoria tentou várias vezes fazer o que Charles sugerira. Porém, cada vez que olhava para Jason, a coragem a abandonava. Ele havia escolhido uma calça cinza-escuro, combinando com o paletó, e uma camisa pérola. Apesar do traje elegante e da postura casual, Jason parecia irradiar um poder devastador. Havia algo de primitivo naquele homem e Victoria suspeitou que as roupas caras e o ar indolente serviam apenas como disfarces para enganar as pessoas, dando-lhes a impressão de que ele era civilizado, quando, na realidade, não passava de um selvagem.

Mais uma vez, Victoria estudou-o pelo canto do olho e imediatamente sentiu um arrepio. Quais seriam os segredos escondidos no passado de Jason? Certamente, eram muitos, pois essa era a única explicação para ele ser tão cínico e frio. Ao que parecia, Jason já vira e fizera todo tipo de coisas terríveis e proibidas, que o haviam endurecido tanto. Ainda assim, era bonito, com seus cabelos negros, olhos verdes e físico soberbo. Victoria não poderia negar que, se não passasse a maior parte do tempo com medo daquele homem, gostaria de conversar com ele. Sentia-se tentada a conquistar-lhe a amizade, o que seria tolice tão grande quanto conquistar a amizade do diabo. E igualmente perigoso.

Victoria respirou fundo, preparando-se para insistir com firme gentileza que suas roupas de luto fossem devolvidas ao seu armário. Naquele exato momento, porém, Northrup entrou no salão, anunciando a chegada de lady Kirby e da Srta. Kirby.

Jason lançou um olhar cínico para Charles, que deu de ombros e ordenou ao mordomo:

– Mande-as embora.

– Não precisa nos anunciar, Northrup – declarou uma voz firme. Uma mulher roliça entrou no salão, seguida por uma jovem bonita, mais ou menos da mesma idade de Victoria. – Charles! Ouvi dizer que você estava na vila hoje, em companhia de uma Srta. Seaton. Por isso, decidi vir conhecê-la. – Fazendo uma pausa tão breve que mal teve tempo de respirar, a mulher se virou para Victoria: – Você deve ser a Srta. Seaton. – Examinou-a da cabeça aos pés, como se estivesse procurando por algum defeito. E encontrou. – Ora, que marca estranha essa que tem no queixo, querida! Como isso aconteceu? Foi um acidente?

– De nascimento – Victoria respondeu com um sorriso, perguntando-se se a Inglaterra estaria repleta de pessoas como lady Kirby, extremamente mal-educadas, cujas excentricidades eram aceitas por causa de seus títulos e riqueza.

– Que pena! – prosseguiu lady Kirby. – Isso a incomoda?

– Só quando me olho no espelho, madame – Victoria respondeu, esforçando-se para conter o riso.

Evidentemente insatisfeita, a mais velha virou-se para Jason, que havia se levantado e, agora, se encontrava de pé, com o cotovelo apoiado na lareira.

– Bem, Wakefield, pelo que vejo, o anúncio no jornal era verdadeiro. Para ser sincera, não acreditei. E então? Era mesmo?

– Era mesmo o quê? – Jason inquiriu, com ar inocente.

– Northrup – a voz de Charles abafou a de lady Kirby –, sirva refresco às senhoras.

Todos se sentaram e Charles deu início a uma animada discussão sobre o tempo. A Sra. Kirby ouviu o monólogo com impaciência e, na primeira oportunidade, voltou a atacar, virando-se para Jason e perguntando à queima-roupa:

– Wakefield, seu noivado está de pé, ou não?

Jason levou o copo ao lábios.

– Não.

Victoria observou as reações diversas à resposta nos rostos a sua volta. Lady Kirby se mostrou satisfeita, enquanto a filha pareceu deliciada. Charles não escondeu o profundo desgosto e Jason, como sempre, manteve o rosto inexpressivo. O coração generoso de Victoria logo se derreteu por ele. Ora, não era de admirar que Jason se comportasse daquela maneira. Ao que parecia, a mulher que ele amava o abandonara, pondo um fim ao noivado. Ao mesmo tempo, estranhou o fato de as duas Kirby a fitarem imediatamente, esperando que ela dissesse alguma coisa.

Sem compreender o que se passava, Victoria exibiu um sorriso confuso, o que levou lady Kirby a reiniciar a conversa:

– Bem, Charles, se é assim, imagino que você vá apresentar a pobre Srta. Seaton à sociedade londrina, na próxima temporada.

– Pretendo tomar as providências necessárias para que a *condessa de Langston* assuma o seu lugar na sociedade – Charles a corrigiu.

– Condessa de Langston... – lady Kirby repetiu, arregalando os olhos.

Charles assentiu.

– Victoria é a filha mais velha de Katherine Langston. A menos que eu esteja enganado quanto às leis de sucessão, é a herdeira do título escocês de sua mãe.

– Mesmo assim, não vai ser fácil encontrar um bom partido para ela – a mulher declarou para, então, lançar um olhar de falsa compaixão para Victoria. – Sua mãe provocou um escândalo e tanto quando fugiu com aquele trabalhador irlandês.

O comentário ofensivo com relação à mãe fez Victoria fervilhar de raiva.

– Minha mãe se casou com um médico irlandês – corrigiu-a.

– Sem a permissão da avó – argumentou lady Kirby. – Moças respeitáveis não se casam contra a vontade de suas famílias neste país.

Ora, a implicação era clara: Katherine não fora uma moça respeitável!

– Bem, a sociedade acaba se esquecendo dessas coisas – lady Kirby continuou em tom de falsa generosidade. – Enquanto isso, você terá muito que aprender, antes de ser formalmente apresentada. Precisa saber a maneira correta de se dirigir a cada membro da nobreza, bem como a suas esposas e filhos, e, claro, terá de ser instruída sobre como dispor lugares à mesa, em visitas e jantares, o que é bem mais complicado. Vai precisar de meses para aprender tudo. O pessoal das colônias é totalmente ignorante sobre as regras de etiqueta, mas nós, ingleses, damos extrema importância às normas de convivência social.

– Talvez isso explique por que nós sempre os derrotamos na guerra – Victoria sugeriu com um sorriso inocente.

Lady Kirby estreitou os olhos.

– Não tive a intenção de ofendê-la, mas vejo que terá de aprender a dominar sua língua ferina, se pretende encontrar um bom marido e redimir a reputação de sua mãe.

Victoria se pôs de pé e, com grande dignidade, declarou:

– Mais difícil será imitar a reputação de minha mãe. Ela foi a mulher mais gentil e amável que já existiu. Agora, se me derem licença, tenho algumas cartas para escrever.

Victoria fechou a porta atrás de si e foi para a biblioteca, uma sala enorme, cujo assoalho de madeira encerada era quase totalmente coberto por tapetes persas, enquanto prateleiras repletas de livros escondiam as paredes. Furiosa demais para se sentar a uma das mesas e escrever uma carta para Dorothy, ou Andrew, Victoria pôs-se a examinar os livros, à procura de algo que pudesse acalmá-la. Depois de passar por diversos volumes de história, mitologia e comércio, chegou à seção de poesia, onde encontrou obras de vários autores, inclusive alguns que conhecia, como Milton, Shelly, Keats e Byron. Como não estava particularmente interessada em ler, apanhou um livro fino, simplesmente porque se encontrava desalinhado em relação aos demais. Então, acomodou-se em uma poltrona confortável e acendeu o lampião a óleo sobre a mesinha ao lado.

Ao abrir o livro, uma folha de papel cor-de-rosa e perfumada caiu no chão. Com um gesto automático, Victoria se abaixou para apanhá-la e já ia devolvê-la ao seu lugar, quando as primeiras palavras da mensagem escrita em francês chamaram-lhe a atenção

Querido Jason,

Sinto sua falta. Espero, impaciente, contando as horas, pelo momento de vê-lo novamente...

Victoria disse a si mesma que ler uma carta endereçada a outra pessoa era uma grande falta de educação, imperdoável e muito abaixo de sua dignidade. Porém, a ideia de uma mulher esperando impacientemente por Jason Fielding era tão incrível, que ela não foi capaz de controlar a curiosidade

No que lhe dizia respeito, sentia-se mais inclinada a esperar impacientemente que ele desaparecesse! Envolveu-se com tamanha intensidade na descoberta, que nem percebeu a aproximação de Jason e da Srta. Kirby no corredor.

> Estou enviando estes belos poemas na esperança de que você os leia e pense em mim e nas noites maravilhosas que passamos nos braços um do outro...

– Victoria! – Jason chamou-a em tom irritado.

Subitamente nervosa e sentindo-se culpada, Victoria se levantou de um pulo, deixou o livro cair, apanhou-o do chão e voltou a se sentar. Tentando parecer absorvida pela leitura, abriu o volume e fixou os olhos na página, sem se dar conta de que o livro estava de cabeça para baixo.

– Por que não respondeu, quando chamei? – Jason indagou, ao entrar na biblioteca com a bela Srta. Kirby a seu lado. – Johanna queria se despedir e lhe dar sugestões, caso você deseje fazer compras na vila.

Depois do ataque inexplicável de lady Kirby, Victoria não pôde deixar de se perguntar se a Srta. Kirby estaria insinuando que ela não saberia escolher suas próprias compras.

– Desculpe, mas não ouvi você me chamar – respondeu, esforçando-se para não parecer zangada, ou culpada. – Como vê, eu estava lendo e me distraí. – Fechou o livro e colocou-o sobre a mesa, encarando os dois com expressão tranquila, que logo se dissolveu, pois o semblante de Jason se contorceu em profundo desgosto. – Algo errado? – perguntou com voz tensa, acreditando que ele acabara de se lembrar do bilhete guardado dentro do livro.

– Sim – ele respondeu, antes de se virar para a Srta. Kirby, que exibia expressão muito semelhante à dele. – Johanna, pode recomendar um bom professor da vila que possa ensinar Victoria a ler?

– Ensinar-me a ler? – Victoria repetiu, incrédula e ao mesmo tempo irritada pelo sorriso de desprezo que curvou os lábios da moça. – Não seja tolo! Não preciso de um professor. Sei ler perfeitamente.

Ignorando-a, Jason continuou olhando para a outra e repetiu:

– Pode recomendar um bom professor que venha ensiná-la?

– Sim, milorde. Tenho certeza de que o Sr. Watkins, o vigário, aceitará a tarefa.

Com a firmeza de quem já se submeteu a insultos demais e não pretende aceitar mais nenhum, Victoria declarou:

– Francamente, isso é absurdo. Não preciso de professor. Eu sei ler.

Jason dirigiu-lhe um olhar gelado.

– Nunca mais minta para mim – advertiu em tom ameaçador. – Detesto mentirosos, especialmente mulheres mentirosas. Você não é capaz de ler uma palavra e sabe muito bem disso!

– Não acredito no que está acontecendo aqui! – Victoria elevou o tom de voz, sem dar a menor importância para a expressão horrorizada da Srta. Kirby. – Estou dizendo que sei ler!

Furioso por achar que ela estava ultrapassando os limites em sua tentativa de enganá-lo, Jason deu três passos largos até a mesa, apanhou o livro e o pôs nas mãos dela, sem a menor gentileza.

– Então, leia! – ordenou.

Sentindo-se profundamente humilhada por ser tratada daquela maneira diante de uma estranha, Victoria abriu o livro e deparou com o bilhete cor-de-rosa.

– Vamos! – Jason insistiu em tom de zombaria. – Leia!

Victoria lançou-lhe um olhar de desafio.

– Tem absoluta certeza de que deseja ouvir o que está escrito aqui? – indagou.

– Leia.

– Diante da Srta. Kirby?

– Leia ou admita, de uma vez por todas, que você não sabe ler.

– Muito bem – Victoria concordou e, forçando-se a controlar o riso, leu em tom dramático: – *Querido Jason, sinto sua falta. Espero, impaciente, contando as horas, pelo momento de vê-lo novamente. Estou enviando estes belos poemas na esperança de que você os leia e pense em mim, e nas noites maravilhosas que passamos nos braços um do outro...*

Jason arrancou o livro das mãos dela. Com ar inocente, Victoria fitou-o diretamente nos olhos e explicou:

– O bilhete está escrito em francês. Traduzi à medida que lia. – Virou-se para a Srta. Kirby, antes de acrescentar com um sorriso: – O bilhete continua, mas não creio que esse seja o tipo de leitura que deva ser deixado por aí, especialmente quando existem moças decentes por perto. Você concorda?

Antes que qualquer dos dois tivesse tempo de responder, Victoria deu meia-volta e saiu da biblioteca de cabeça erguida.

Lady Kirby esperava no hall de entrada, pronta para partir. Victoria se despediu friamente das duas mulheres e começou a subir a escada, na esperança de escapar à ira de Jason que, certamente, pretendia manifestá-la assim que as visitantes se fossem. Infelizmente, o último comentário de lady Kirby fez com que Victoria ficasse desconcertada.

– Não fique chateada com a rejeição de lorde Fielding, minha cara – a mulher falou, enquanto Northrup colocava a capa em seus ombros. – Pouca gente acreditou no anúncio de noivado publicado no jornal. Todos tinham certeza de que, assim que você chegasse, ele encontraria um meio de escapar ao compromisso. Afinal, ele já deixou bem claro que não pretende se casar com ninguém...

Charles empurrou-a para fora, sob o pretexto de acompanhá-la até a carruagem. Victoria deu meia-volta e, como uma deusa ultrajada, encarou Jason com olhar irado.

– Devo entender – indagou em tom perigosamente controlado – que o noivado que você disse estar terminado era o nosso noivado?

Jason não respondeu, mas a tensão que tomou conta de seu semblante era uma resposta inconfundível.

– Como se atreve? – Victoria sibilou, ignorando os criados que os observavam, paralisados de terror. – Como se atreve a insinuar que eu consideraria me casar com você? Eu não me casaria com um homem como você, mesmo que fosse...

– Não me lembro de ter pedido você em casamento – Jason a interrompeu com sarcasmo. – Mas não deixa de ser um grande alívio saber que, se um dia eu perdesse o juízo e lhe fizesse uma proposta tão absurda, você teria a consideração de me recusar.

Prestes a explodir em lágrimas, ela o examinou da cabeça aos pés, com ar de repulsa.

– Você é um monstro frio e arrogante, sem o menor respeito por ninguém, nem mesmo pelos mortos! Qualquer mulher em seu juízo perfeito preferiria morrer a se casar com você! Você é um...

Como a voz vacilava, Victoria virou-se e correu para cima.

Parado no meio do hall, Jason observou-a desaparecer na escada. Atrás dele, dois lacaios e o mordomo esperavam, com olhos fixos no chão, o patrão explodir e desabafar neles a ira provocada por aquela garota insolente, que acabara de cometer um ato imperdoável. Após um longo momento, Jason enfiou as mãos nos bolsos e virou-se para o mordomo:

– Acho que acabo de ouvir um sermão arrasador, Northrup.

Com isso, desapareceu no corredor.

Boquiaberto, O'Malley contou ao outro lacaio:

– Ela preparou um cataplasma para o meu dente inflamado e, agora, estou curado. Talvez ela tenha preparado algum remédio para o mau humor do lorde, também.

Sem esperar pela resposta, dirigiu-se à cozinha, a fim de contar à Sra. Craddock e suas ajudantes o incidente inacreditável que acabara de testemunhar. Depois da demissão de *monsieur* André, graças à jovem americana, a cozinha havia se transformado em um lugar bastante agradável para se passar breves momentos de descanso, quando os olhos de águia de Northrup se encontravam ocupados com outra coisa.

Uma hora depois, a criadagem perfeitamente discreta e bem-treinada da mansão Wakefield já ouvira o relato do que havia acontecido na escada. Mais meia hora e a história já alcançara os estábulos e os jardins.

No andar de cima, as mãos de Victoria tremiam, enquanto ela retirava os grampos dos cabelos e despia o vestido cor de pêssego. Ainda lutando para conter as lágrimas, ela o pendurou no guarda-roupa, vestiu uma camisola e se deitou. No mesmo instante, foi invadida por uma insuportável saudade de casa. Queria fugir dali, colocar um oceano entre si mesma e gente como Jason Fielding e lady Kirby. Provavelmente, sua mãe deixara a Inglaterra pelo mesmo motivo. Pensando na mulher linda e gentil que fora Katherine, Victoria não conteve um soluço.

Lembranças da vida feliz que tivera antes preencheram a mente de Victoria. Ela se lembrou do dia em que apanhara um buquê de flores-do-campo para a mãe e sujou o vestido ao fazê-lo.

– Veja, mamãe. Não são lindas? – indagara. – Eu as apanhei para você, mas sujei o meu vestido.

– São as flores mais lindas que já vi – a mãe respondera –, mas você é muito mais linda do que elas.

Lembrou-se da febre que a acometera aos 7 anos de idade, quase lhe tirando a vida. Noite após noite, a mãe se sentou na beirada de sua cama, aplicando panos úmidos sobre sua pele escaldante, enquanto Victoria oscilava entre a consciência e o delírio. Na quinta noite, acordou nos braços da mãe, sentindo o próprio rosto molhado pelas lágrimas de Katherine, que a embalava e implorava entre soluços:

– Por favor, meu Deus, não deixe minha filhinha morrer. Ela é tão pequena e tem tanto medo do escuro...

Envolta pelos lençóis macios da cama que agora era sua, em Wakefield, Victoria afundou o rosto no travesseiro, entregando-se ao pranto.

– Ah, mamãe – balbuciou –, sinto tanto a sua falta...

Jason parou diante da porta do quarto de Victoria e ergueu a mão para bater. Porém, imobilizou-a no ar ao ouvir os soluços lá dentro. Depois de refletir por alguns instantes, concluiu que ela se sentiria bem melhor se chorasse todas as lágrimas que possuísse. Por outro lado, se continuasse chorando daquele jeito, certamente acabaria doente. Assim, ele foi até o próprio quarto, encheu um cálice de conhaque e voltou.

Seguindo as instruções arrogantes que ela lhe dera, bateu na porta. Como Victoria não respondeu, Jason entrou e ficou parado à porta, observando os ombros dela sacudirem pelos soluços angustiados. Embora já houvesse visto mulheres chorando, suas lágrimas eram sempre falsas e deliberadas, destinadas a manipular um homem. Victoria, porém, mantivera a compostura e a dignidade, na escada, enquanto dizia em alto e bom tom o que pensava dele. Então, havia se refugiado em seu quarto, a fim de chorar em segredo.

Jason pousou a mão de leve no ombro dela.

– Victoria...

Ela se apoiou nos cotovelos, fitando-o com seus enormes olhos azuis.

– Saia daqui! – ordenou com voz rouca. – Saia antes que alguém o veja!

Jason estudou a beldade de temperamento forte a sua frente. As faces de Victoria estavam coradas de raiva, seus cabelos vermelhos espalhavam-se sobre os ombros. Usando uma camisola branca, fechada até o pescoço, parecia uma criança inocente e abandonada. Ainda assim, havia um ar de desafio na posição em que ela mantinha o queixo, bem como no brilho daqueles fascinantes olhos azuis. Era como se eles advertissem Jason para que não a subestimasse. Ele se lembrou da impertinência ousada de Victoria, na biblioteca, quando ela lera o bilhete em voz alta, sem esconder a satisfação que sentia por desconcertá-lo. Melissa fora a única mulher com coragem bastante para desafiar Jason, mas só o fizera pelas costas. Victoria Seaton o desafiava cara a cara, o que provocava nele um sentimento muito próximo de admiração.

Como Jason não se movia, Victoria secou as lágrimas do rosto, puxou as cobertas até o queixo e se sentou.

– Faz ideia do que as pessoas vão dizer, se souberem que você está aqui? – indagou, furiosa. – Não tem princípios?

– Nenhum – Jason admitiu, tranquilo. – Prefiro objetividade a princípios. Agora, beba isto.

Ele aproximou o cálice do rosto de Victoria e ela sentiu o cheiro forte do álcool.

– De jeito nenhum! – protestou.

– Beba, ou serei obrigado a forçá-la – Jason insistiu, sem se alterar.

– Você não faria isso!

– Faria, sim, Victoria. Agora, beba como uma boa menina. Vai se sentir melhor.

Percebendo que de nada adiantaria discutir e cansada demais para lutar, Victoria bebeu um gole e tentou devolver o cálice, alegando:

– Já me sinto bem melhor.

Apesar do brilho divertido que iluminou os olhos de Jason por um breve instante, a voz dele se manteve implacável:

– Beba o resto.

– Se eu beber, você sairá do quarto? – Victoria perguntou, irritada.

Como ele assentiu, ela decidiu pôr um ponto final à história e, como se tivesse de engolir um remédio amargo, bebeu dois grandes goles. Depois de engasgar e tossir, sentindo o líquido traçar um caminho de fogo até chegar a seu estômago, Victoria murmurou:

– É horrível!

Então, voltou a se reclinar nos travesseiros.

Jason permaneceu em silêncio por um longo momento, esperando que o efeito reconfortante do conhaque se espalhasse pelo corpo de Victoria. Então, falou:

– Em primeiro lugar, foi Charles quem anunciou o nosso noivado no jornal. Segundo, você quer se casar comigo tanto quanto eu com você. Estou certo?

– Perfeitamente.

– Se é assim, pode me explicar por que está chorando por saber que não estamos noivos?

Victoria dirigiu-lhe um olhar de desdém.

– Eu não estava chorando – declarou.

– Não? – Com um sorriso, Jason estendeu-lhe um lenço. – Então, por que o seu nariz está vermelho e seus olhos, inchados?

Victoria conteve o riso provocado pelo conhaque e secou os olhos com o lenço.

– Seu comentário não foi nada cavalheiresco.

Jason exibiu um dos raros sorrisos, que lhe suavizavam as feições duras.

– Tenho certeza de que, até agora, não fiz nada que pudesse lhe dar a impressão de que sou um cavalheiro!

O tom de incredulidade zombeteira fez Victoria dar um sorriso relutante.

– Absolutamente nada – ela confirmou. – Eu não estava chorando por causa desse noivado ridículo. Isso só me deixou furiosa.

– Então, por que estava chorando?

Victoria baixou os olhos para as mãos.

– Estava chorando por minha mãe. Lady Kirby disse que eu teria de redimir a reputação dela e isso me deixou tão furiosa, que nem fui capaz de responder à altura. – Lançou um olhar rápido para Jason e, como ele parecia sinceramente preocupado e, pela primeira vez, humano, ela continuou: – Minha mãe era carinhosa, gentil e muito meiga. Comecei a me lembrar de quanto ela era maravilhosa e acabei chorando. Desde que meus pais morreram, tenho esses... momentos de descontrole. Ora estou bem, ora sinto uma falta insuportável deles. Quando isso acontece, eu choro.

– É natural chorar pelas pessoas que se ama – Jason falou com tamanha ternura, que Victoria mal acreditou que as palavras haviam mesmo sido pronunciadas por ele.

Sentindo-se estranhamente reconfortada pela presença dele e por sua voz calma e profunda, Victoria sacudiu a cabeça e confessou:

– A verdade é que choro por mim mesma. Choro por autopiedade, por ter perdido meus pais. Não sabia que era tão covarde.

– Já vi homens de muita coragem chorarem, Victoria.

Victoria estudou-lhe os traços bem-desenhados. Mesmo sob o efeito suavizante da luz das velas, Jason continuava parecendo invulnerável. Era impossível imaginá-lo com lágrimas nos olhos.

– Você já chorou? – ela indagou, com sua reserva natural sensivelmente diminuída pelo conhaque.

– Não – Jason respondeu, ao mesmo tempo que seus olhos voltavam a exibir aquele brilho frio que ela já vira antes.

– Nem mesmo quando era um garotinho? – Victoria insistiu, tentando provocá-lo para manter o bom humor da conversa.

– Nem mesmo então.

Com um movimento abrupto, Jason tentou se levantar, mas Victoria pousou a mão em seu braço, impedindo-o.

– Sr. Fielding – falou, hesitante, tentando preservar a pequena trégua que haviam conseguido estabelecer –, sei que não me quer aqui, mas não ficarei por muito tempo... apenas até Andrew vir me buscar.

– Fique quanto tempo quiser – ele replicou, dando de ombros.

– Obrigada – Victoria agradeceu, sem esconder a confusão resultante das mudanças súbitas de humor que ele apresentava. – O que eu quis dizer foi que... bem, eu gostaria muito se nós dois pudéssemos ser... amigos.

– Que tipo de amizade tem em mente, *milady*?

Já totalmente alterada pelos efeitos do álcool, Victoria não percebeu a pontada de sarcasmo na voz de Jason.

– Bem, somos primos distantes e não tenho parentes vivos, exceto por tio Charles e você. Acha que podemos nos tratar como primos?

Jason pareceu surpreso e, então, divertido com a proposta.

– Acho que sim.

– Obrigada.

– Agora, trate de dormir.

Ela assentiu e se acomodou na cama.

– Ah! Já ia me esquecendo de pedir desculpas pelas coisas horríveis que disse, quando fiquei zangada.

Jason sorriu.

– Está arrependida do que disse?

Victoria ergueu as sobrancelhas e sorriu com impertinência, apesar da expressão sonolenta.

– Você mereceu cada palavra.

– Tem razão – ele admitiu, ainda sorrindo. – Mas não abuse da sorte.

Reprimindo o impulso de afagar os cabelos de Victoria, Jason foi para o seu próprio quarto, serviu-se de uma dose de conhaque e se sentou na poltrona. Perguntou-se por que Victoria Seaton lhe despertava aquele instinto protetor, havia tanto tempo adormecido. Chegara a planejar mandá-la de volta para a América assim que chegasse, e isso fora antes de ela virar sua casa e sua vida de pernas para o ar. Talvez fosse o fato de ela parecer tão perdida e vulnerável, de ser tão jovem e ingênua, que o fizesse sentir paternal. Ou, então, fosse aquela franqueza inocente que o havia apanhado de surpresa. Ou, quem sabe, aqueles espetaculares olhos azuis, que o observavam como se ela estivesse tentando enxergar-lhe a alma. Victoria não tinha malícia, nem precisava dela, pois aqueles olhos seriam capazes de seduzir um santo.

8

— Não tenho palavras para dizer quanto lamento o que aconteceu ontem à noite – Charles se desculpou com Victoria, durante o café da manhã, no dia seguinte. – Errei ao anunciar o seu noivado com Jason, mas tinha esperança de que vocês dois pudessem se entender. Quanto a lady Kirby... Bem, a mulher é uma bruxa velha e a filha vem tentando conquistar Jason há dois anos. Foi por isso que as duas vieram vê-la, assim que souberam da sua chegada.

– Não há necessidade de explicar tudo de novo, tio Charles – Victoria falou em tom gentil. – Nenhum grande mal foi feito.

– Talvez não, mas além de todos os defeitos que você já pôde constatar, lady Kirby é a maior mexeriqueira da região. Agora que sabe que você está aqui, vai se encarregar de contar isso para todos os conhecidos. O que significa que, em breve, teremos uma fila de visitantes, todos ansiosos para dar uma olhada em você. Em consequência, teremos de providenciar uma acompanhante adequada, para que ninguém se ponha a questionar o fato de você estar morando com dois homens solteiros.

Charles ergueu os olhos quando Jason entrou na sala de jantar. Victoria ficou imediatamente tensa, rezando para que a trégua da noite anterior resistisse à luz do dia.

– Jason, eu estava explicando a Victoria sobre a necessidade de uma acompanhante. Mandei um recado para Flossie Wilson – acrescentou, referindo-se à tia solteira que, no passado, ajudara a cuidar do pequeno Jamie. – Sei que ela não tem muito bom senso, mas é a única parente viva que possuo, além de ser a única acompanhante aceitável para Victoria que conheço. E, também, Flossie conhece bem as regras sociais.

– Tudo bem – Jason respondeu, distraído, antes de se aproximar de Victoria. – Espero que não esteja sofrendo nenhum efeito indesejável da sua primeira experiência com conhaque.

– Nenhum – ela respondeu com um sorriso. – Na verdade, até gostei da bebida, depois que me acostumei àquele gosto horrível!

Um sorriso lento curvou os lábios de Jason e Victoria sentiu o coração disparar. Jason Fielding possuía um sorriso capaz de derreter geleiras!

– Cuidado para não gostar demais – ele advertiu em tom de provocação, acrescentando: –, prima.

Distraída com planos de transformar Jason em um verdadeiro amigo, Victoria não prestou atenção à conversa entre os dois homens, até Jason se dirigir a ela:

– Está me ouvindo, Victoria?

Ela ergueu os olhos, confusa.

– Desculpe, não estava prestando atenção.

– Na sexta-feira, receberei a visita de um vizinho que acaba de retornar da França – Jason explicou. – Se ele trouxer a esposa, gostaria de apresentá-la a você. A condessa de Collingwood é um excelente exemplo de como uma mulher deve se comportar na sociedade. Espero que você a observe e a imite.

Victoria corou, sentindo-se como uma criança malcomportada, que acabara de receber uma ordem de seguir o exemplo de outra. Além do mais, já conhecera quatro aristocratas ingleses: Charles, Jason, lady Kirby e Johanna Kirby. Com exceção de Charles, eram todos pessoas extremamente difíceis de se conviver, o que não a tornava nem um pouco ansiosa para conhecer mais dois. Ainda assim, tratou de reprimir os maus sentimentos e afastar o medo.

– Obrigada – falou com delicadeza. – Estou ansiosa para conhecê-los.

Victoria passou os quatro dias seguintes ocupada em escrever cartas, ou desfrutando da companhia agradável de Charles. Na tarde do quinto dia, foi até a cozinha, a fim de apanhar restos de comida para Willie.

– Aquele animal logo terá peso suficiente para sustentar um cavaleiro no lombo, se continuar a alimentá-lo com tamanha fartura! – comentou a Sra. Craddock de bom humor.

– Ele ainda tem muito o que engordar, antes de chegar a esse ponto – Victoria replicou, retribuindo o sorriso. – Posso pegar aquele osso grande, ou pretende usá-lo para fazer sopa?

Assegurando que não, a Sra. Craddock entregou-lhe o osso. Victoria agradeceu e já estava na porta, quando se lembrou de algo e voltou a encarar a cozinheira.

– Ontem à noite, o Sr. Fielding, ou melhor, o lorde – corrigiu-se, notando que as criadas ficavam tensas só de ouvir o nome do patrão – disse que o pato assado foi o melhor que já comeu na vida. Não sei se ele se lembrou de dizer isso à senhora, mas achei que gostaria de saber.

As faces gorduchas da Sra. Craddock coraram de prazer.

– Obrigada, *milady*.

Com um sorriso, Victoria saiu à procura de Willie.

– Aí está uma *verdadeira lady* – a cozinheira disse às outras criadas. – É gentil e amável e não se parece nem um pouco com aquelas mulheres insípidas de Londres, nem com as criaturas antipáticas que o lorde traz para Wakefield, de tempos em tempos. O'Malley ouviu sua alteza dizer a lady Kirby que ela é condessa.

Victoria levou a comida ao lugar onde vinha deixando pratos com sobras durante os últimos nove dias. Em vez de espiá-la de seu esconderijo, atrás das árvores, como geralmente fazia, Willie se adiantou alguns passos, assim que a viu.

– Veja o que eu trouxe hoje – ela falou, tentando atraí-lo para mais perto. Sentiu o coração disparar ao vê-lo aproximar-se ainda mais. – Se me deixar afagá-lo, Willie, trarei outro osso depois do jantar.

Ele permaneceu imóvel, observando-a com desconfiança e medo. Dando um passo na direção do animal, Victoria se abaixou para colocar o prato no chão, continuando:

– Sei que você quer comer. E eu quero ser sua amiga. Provavelmente, está pensando que a comida é algum tipo de suborno. E tem toda a razão! Sou tão solitária quanto você e acho que poderíamos ser amigos. Nunca tive um cachorro antes, sabia?

Willie olhou para a comida e, então, voltou a fixar os olhos em Victoria, sem desviá-los, nem mesmo enquanto se inclinava sobre o prato e devorava o alimento. Victoria continuou falando em tom suave, na esperança de tranquilizá-lo:

– Não sei no que o Sr. Fielding estava pensando quando decidiu chamá-lo de Willie. Você não tem cara de Willie! Eu o chamaria de Lobo, ou Imperador, ou qualquer outro nome tão forte e feroz quanto a sua aparência.

Assim que acabou de comer, Willie começou a se afastar, mas Victoria estendeu a mão esquerda, apresentando-lhe o osso enorme.

– Vai ter de tirá-lo da minha mão, se quiser comê-lo – avisou.

O cachorro examinou o osso por um breve instante, antes de abocanhá-lo da mão de Victoria. Ela pensou que ele fosse correr para o bosque imediatamente, mas, para sua surpresa e profunda satisfação, ele se acomodou a seus pés e se pôs a roê-lo.

Victoria foi invadida por uma súbita sensação de que, finalmente, os céus estavam sorrindo para ela. Já não se sentia indesejada em Wakefield, uma vez que os dois Fielding eram, agora, seus amigos. E, em breve, ela teria Willie como companhia, também. Ajoelhou-se e afagou a cabeça do cachorro.

– Você está precisando de uma boa escovada nos pelos – diagnosticou. – Gostaria que Dorothy o visse. Ela adora animais e tem um jeito especial de tratá-los. Tenho certeza de que ela o ensinaria a fazer uma porção de truques, em pouquíssimo tempo – acrescentou sorrindo e ao mesmo tempo sentindo o coração doer de saudade da irmã.

No meio da tarde do dia seguinte, Northrup foi à procura de Victoria, a fim de informá-la de que lorde Collingwood acabara de chegar e lorde Fielding pedia que ela fosse até o escritório.

Apreensiva, Victoria examinou a própria imagem refletida no espelho. Então, sentou-se à penteadeira e prendeu os cabelos em um coque impecável, preparando-se para ser apresentada a um aristocrata frio e orgulhoso, da idade de lady Kirby.

– A CARRUAGEM DELA QUEBROU perto daqui e dois camponeses a trouxeram de carroça – Jason contava a Robert Collingwood, com um sorriso seco. – Quando retiravam o baú de Victoria da carroça, dois leitões escaparam e ela apanhou um deles no exato momento em que Northrup abriu a porta. Ao vê-la com um leitão nos braços, ele a confundiu com uma camponesa e mandou que fosse fazer sua entrega na porta dos fundos. Quando Victoria tentou explicar quem era, Northrup ordenou a um lacaio que a expulsasse da propriedade – terminou, entregando um copo de vinho clarete ao amigo.

O conde riu.

– Meu Deus! Que recepção! – Ergueu o copo em um brinde. – A sua felicidade e à paciência de sua noiva.

Jason franziu o cenho e Robert explicou:

– Como ela não deu meia-volta e pegou o primeiro navio de volta para a América, só posso concluir que a Srta. Seaton é uma moça muito paciente. O que é uma qualidade mais que desejável em uma noiva.

– O anúncio de noivado no *Times* foi obra de Charles – Jason esclareceu imediatamente. – Victoria é uma prima distante e, quando soube que ela vinha para a Inglaterra, ele decidiu que eu deveria me casar com ela.

– Sem consultá-lo antes? – Robert indagou, incrédulo.

– Fiquei sabendo que estava noivo exatamente como todos souberam: lendo o jornal.

Os olhos castanhos do conde iluminaram-se com um brilho divertido.

– Imagino que tenha ficado um tanto surpreso.

– Furioso – Jason corrigiu. – Já que entramos nesse assunto, eu esperava que você trouxesse sua esposa hoje, para que Victoria pudesse conhecê-la. Caroline é poucos anos mais velha que Victoria e acho que as duas poderiam se tornar amigas. Para ser franco, Victoria vai precisar de uma amiga, aqui. Foi um escândalo quando a mãe dela decidiu se casar com um médico irlandês e tenho certeza de que lady Kirby planeja reavivar o mexerico. Além disso, Victoria é neta da duquesa de Claremont, que não se mostrou disposta a reconhecer a garota. Victoria é condessa por direito, mas o título não vai garantir que seja aceita pela sociedade. É claro que Charles vai lhe dar todo o apoio necessário, o que garantirá que, ao menos, ninguém a rejeite abertamente.

– Ela contará com o peso da sua influência também, o que é considerável – Collingwood comentou.

– Não em se tratando de estabelecer a reputação de uma jovem inocente e virtuosa – Jason lembrou-o.

– Verdade – Robert concordou com uma risada.

– De qualquer maneira, Victoria conheceu apenas as duas Kirby como amostra da aristocracia inglesa. Achei que sua esposa poderia lhe dar uma impressão melhor. Na verdade, sugeri a Victoria que observasse Caroline como sendo um bom exemplo de comportamento...

Robert Collingwood atirou a cabeça para trás, emitindo uma sonora gargalhada.

– Disse isso a ela? Nesse caso, trate de começar a rezar para que lady Victoria não siga o seu conselho. O comportamento de Caroline é excelente... tanto que ela enganou até mesmo você, fazendo-o acreditar que é um modelo de virtude. Acontece que vivo resgatando minha doce esposa de terríveis encrencas. Nunca vi jovem mais determinada e teimosa.

– Nesse caso, Victoria e Caroline vão se dar muito bem – Jason concluiu.

– Vejo que está muito interessado nela – Robert comentou.

– Somente como guardião, embora tenha recebido tal incumbência contra a minha vontade.

Victoria parou diante da porta do escritório, alisou a saia do vestido de musselina verde-claro, bateu e entrou. Encontrou Jason sentado em uma poltrona, conversando com um homem mais ou menos da mesma idade que ele. Quando a viram, os dois pararam de falar e se puseram de pé, o que acentuou as semelhanças entre eles. Assim como Jason, o conde era alto, atraente e possuía porte atlético. Somente os cabelos e os olhos eram diferentes, de um castanho não muito escuro. Por outro lado, ele possuía a mesma aura de calma autoridade que Jason exibia, embora fosse menos assustador.

Havia em seus olhos um brilho de humor e seu sorriso era mais amigável do que irônico. Ainda assim, não parecia ser um homem que qualquer pessoa em sã consciência pretendesse ter como inimigo.

– Desculpe-me por ter encarado o senhor – Victoria falou, quando Jason terminou as apresentações. – Quando vi os dois juntos, reconheci algumas semelhanças.

– Tenho certeza de que isso foi um elogio, *milady* – Robert Collingwood comentou, sorrindo.

– Não foi, não – Jason corrigiu-o em tom de brincadeira.

Victoria tentou desesperadamente pensar em algo para dizer, mas nada lhe ocorreu. Felizmente, foi poupada de maior embaraço pelo conde, que lançou um olhar indignado para Jason, inquirindo:

– Ora, que resposta lady Seaton poderia dar a tal comentário?

Victoria não ouviu a resposta de Jason, pois sua atenção se desviou para outro ocupante do aposento: um garotinho adorável, de uns três anos de idade, que a fitava com fascinação muda, segurando um barquinho nos braços. Com cabelos e olhos castanho-claros, era uma miniatura do pai, até mesmo nas roupas que usava. Victoria sorriu para o menino.

– Acho que ninguém nos apresentou – comentou.

– Desculpe-me – o conde falou. – Lady Victoria, permita-me apresentar-lhe meu filho, John.

O menino depositou o barquinho na cadeira a seu lado e curvou-se com uma reverência. Victoria retribuiu o gesto, segurando a saia, abaixando-se e inclinando a cabeça. O menino soltou uma risada infantil e, apontando para os cabelos dela, olhou para o pai.

– Vermelho? – indagou.

– Sim – Robert confirmou.

– Bonito – John sussurrou, provocando uma gargalhada do pai.

– John, você é jovem demais para tentar conquistar uma lady!

– Ora, mas não sou uma *lady* – Victoria corrigiu-o, já apaixonada pelo garotinho. – Sou marinheira! – Como John a estudava com ares de dúvidas, ela acrescentou: – E muito boa. Meu amigo Andrew e eu costumávamos construir barquinhos e fazê-los navegar pelo rio, quando éramos crianças. Que tal levarmos o seu barco até o riacho?

John assentiu e Victoria virou-se para o conde, em busca de permissão.

– Tomarei conta dele – assegurou – e do barco, é claro.

Assim que Robert consentiu, John deu a mão a Victoria e os dois saíram do escritório.

– É evidente que ela adora crianças – o conde observou.

– Ela mesma é pouco mais que isso. – Jason replicou com indiferença.

Robert virou-se e observou a bela jovem que atravessava o hall. Então, voltou a encarar Jason, erguendo as sobrancelhas com ar de discordância. Porém, não disse nada.

Victoria passou quase uma hora sentada em um cobertor estendido à margem do riacho que cortava os jardins. Com o sol a banhar-lhe o rosto, inventava histórias sobre piratas e tempestades que, supostamente, haviam atacado seu navio durante a viagem da América para a Inglaterra. John ouviu, encantado, segurando com firmeza a linha de pesca que Victoria amarrara ao barquinho, que flutuava na água. Quando o menino se cansou das águas calmas em que seu barquinho navegava, Victoria tomou a linha e os dois seguiram pela margem, até onde o riacho se tornava fundo, passando por debaixo de uma ponte de pedras. Ali, as águas eram um pouco turbulentas, graças a um tronco de árvore caído havia tempos.

Então, Victoria devolveu a linha a John, instruindo-o:

– Segure com firmeza, ou o barco vai bater contra aquele tronco.

– Vou segurar – ele prometeu, sorrindo.

Victoria havia se afastado alguns passos, a fim de colher algumas das flores coloridas que cresciam à margem do riacho, quando John gritou, aflito por ter soltado a linha em um momento de distração.

– Fique onde está! – Victoria ordenou em tom urgente, correndo para o menino.

Esforçando-se para não chorar, John apontou para o barquinho, que deslizava diretamente para os galhos da árvore caída debaixo da ponte.

– Escapou – ele balbuciou, enquanto as lágrimas faziam seus olhos brilharem. – Foi tio George quem fez o barquinho para mim. Ele vai ficar triste.

Victoria hesitou. Embora aquele trecho fosse fundo, ela e Andrew haviam resgatado seus barquinhos do rio muito mais perigoso, onde costumavam brincar. Olhou para os lados e para a margem, certificando-se de que ficaria fora de vista. Então, tomou sua decisão.

– Ainda podemos salvá-lo – declarou com firmeza, já tirando o vestido e os sapatos. – Sente-se aqui e espere. Vou buscar o seu barquinho.

Vestindo apenas a combinação, Victoria entrou na água e, quando já não podia sentir o leito do riacho sob os pés, pôs-se a nadar com braçadas vigorosas. Foi fácil encontrar o barquinho. A única dificuldade consistiu em libertar a linha de pesca resistente que havia se enroscado nos galhos da árvore. Assim, Victoria mergulhou diversas vezes, para delícia de John que, aparentemente, nunca antes vira alguém nadar ou mergulhar. Apesar da água fria e turbulenta, o exercício era revigorante e Victoria deu as boas-vindas à quase esquecida sensação de liberdade que a invadiu.

Preocupada em verificar que John não tentaria juntar-se a ela, Victoria acenou e gritou:

– Vou conseguir desta vez! Fique onde está e espere que o nosso navio receba socorro!

Depois de vê-lo assentir com grave obediência, Victoria se sentiu mais tranquila e voltou a mergulhar.

– Northrup disse que os dois vieram na direção da ponte e... – Jason parou de falar quando a palavra "socorro" alcançou seus ouvidos.

Os dois homens dispararam na direção da ponte. Tropeçando e escorregando, desceram até a margem, correndo na direção de John. Ao alcançá-lo, Robert segurou o filho pelos ombros.

– Onde está ela? – indagou, alarmado.

– Debaixo da ponte – o garotinho respondeu com um sorriso. – Ela mergulhou para salvar o barco que tio George fez para mim.

– Ah, meu Deus! Aquela maluca! – Jason murmurou, aflito, já tirando o casaco e correndo para a água.

De repente, uma sereia de cabelos vermelhos emergiu na superfície, o corpo em arco. Com os cabelos, molhados ainda cobrindo os olhos, Victoria sorriu, triunfante.

– Consegui, John! – gritou, alegre.

– Maravilha! – o menino gritou em resposta, batendo palmas.

Jason imobilizou-se, sentindo o terror se transformar imediatamente em fúria cega, enquanto observava Victoria nadar com facilidade para a margem, seguida pelo barquinho. Com as pernas afastadas, as mãos na cintura e uma expressão aterrorizante no rosto, aguardou com impaciência a chegada dela à margem.

Compreendendo e até mesmo partilhando os sentimentos do amigo, Robert Collingwood lançou-lhe um olhar de simpatia, antes de puxar o filho pela mão.

– Vamos voltar para dentro da casa, John – ordenou com gentil firmeza. – Acho que lorde Fielding quer dizer alguma coisa à Srta. Victoria.

– Ele vai dizer "obrigado"?

– Não exatamente.

Victoria saiu da água de costas e continuou assim, dando passos para trás, enquanto içava o barquinho para a terra firme.

– Viu, John? Eu não disse que conseguiríamos salvar o seu...

Suas costas colidiram em cheio com algo grande, imóvel e resistente, ao mesmo tempo em que um par de mãos fortes seguravam seus ombros, forçando-a a se virar.

– Sua maluca! – Jason declarou entre os dentes. – Maluca! Poderia ter se afogado!

– Não... não, eu não estava correndo o menor perigo – ela explicou depressa, assustada pela ira que obscurecia os olhos dele. – Sei nadar muito bem... você deve ter visto...

– Assim como o criado que quase morreu, neste mesmo ponto, no ano passado! – ele a interrompeu.

– Ora, quebrar meus braços não vai ajudar em nada! – Victoria queixou-se, esforçando-se em vão para se libertar das mãos implacáveis que a mantinham prisioneira. – Vejo que o assustei e sinto muito por isso, mas não corri nenhum risco... não fiz nada errado.

– Não fez nada errado? Não correu nenhum risco? – Jason repetiu, em tom cada vez mais assustador, ao mesmo tempo que baixava os olhos para o decote profundo da combinação, fazendo Victoria se lembrar de que, além de muito molhada, estava quase nua. – Imagine que outro homem estivesse aqui, agora, olhando para você desse jeito. O que acha que poderia acontecer?

Victoria engoliu em seco, lembrando-se de uma vez em que chegara em casa muito depois do anoitecer. Seu pai já havia organizado um grupo para procurá-la pelos bosques. A primeira reação dele fora de profundo alívio e alegria. Depois... Victoria passara alguns dias sem conseguir se sentar confortavelmente.

– Não sei o que poderia acontecer... Acho que qualquer pessoa que me encontrasse aqui me daria minhas roupas e...

Os olhos de Jason voltaram a baixar para o decote que expunha boa parte dos seios fartos, que subiam e desciam rapidamente, acompanhando a respiração ofegante de Victoria. Suas curvas eram prova de que ela era uma mulher extremamente desejável, e não a criança que Jason tentara se convencer que era.

– Pois vou lhe mostrar o que poderia acontecer! – ele anunciou com voz rude e, no instante seguinte, seus lábios fechavam-se com violência sobre os dela.

Victoria se contorceu, tentando escapar aos braços de ferro e ao beijo doloroso. Porém, sua luta pareceu deixá-lo ainda mais furioso e cruel.

– Por favor – ela implorou, quase chorando. – Sinto muito se o assustei...

Lentamente, as mãos de Jason afrouxaram o aperto nos ombros de Victoria. Então, ele ergueu a cabeça e fitou-a diretamente nos olhos. Com um gesto automático, ela cruzou os braços sobre o peito. Seus cabelos caíam como um lençol de rubis sobre os ombros, seus olhos, mais azuis que safiras, não disfarçavam o medo e o arrependimento.

– Por favor – ela balbuciou com voz trêmula, tentando desesperadamente recuperar a trégua que haviam mantido durante quase cinco dias. – Não fique zangado. Não tive a intenção de assustá-lo. Aprendi a nadar quando era criança, mas só agora percebo que não deveria ter feito o que fiz hoje.

A admissão franca e direta de Victoria apanhou Jason de surpresa. Todos os ardis femininos já haviam sido usados com ele, desde que fizera fortuna e conquistara um título de nobreza, mas sempre sem sucesso. A total ausência de malícia de Victoria, somada àquele rosto bonito e inocente e à sensação do corpo delicado pressionado contra o dele, atuaram como um potente afrodisíaco. O desejo tomou conta de

Jason, fazendo o sangue ferver em suas veias, e seus braços apertarem-na contra si.

Victoria viu algo primitivo e assustador nos olhos dele, que não soube reconhecer. Sobressaltada, abriu a boca para gritar, mas não teve tempo para isso, pois os lábios de Jason voltaram a cobrir os dela, deixando-a atordoada. Victoria resistiu por alguns momentos, mas foi lentamente invadida por uma sensação também desconhecida, ao sentir as mãos dele deslizarem com ternura por suas costas.

Buscando o equilíbrio que aquele contato destruía, ela pousou as mãos no peito largo, despertando nele a reação imediata de apertá-la ainda mais. Tomada por ímpetos mais intensos a cada momento, Victoria se deixou apoiar no corpo dele, entregando-se àquela exploração deliciosa de seus lábios. Então, ele aprofundou o beijo, tornando o contato mais íntimo, de uma maneira que ela jamais experimentara, nem sequer imaginara possível.

Apavorada, atirou a cabeça para trás, empurrando-o.

– Não! – gritou.

Ele a soltou de súbito e respirou fundo, os olhos fixos no chão. Victoria encarou-o, furiosa, já esperando que Jason pusesse a culpa por aquele beijo indecoroso sobre seus ombros.

– Imagino que eu tenha sido culpada por isso – declarou, zangada. – Sem dúvida, você vai dizer que eu estava pedindo para ser tratada dessa maneira!

Ao ver os lábios de Jason se curvarem em um esboço de sorriso, Victoria teve a impressão de que ele estava lutando para recuperar a compostura.

– Você cometeu o primeiro erro – ele finalmente murmurou. – O último foi meu. Desculpe.

– O quê? – ela inquiriu, sem acreditar no que ouvira.

– Ao contrário do que você evidentemente pensa de mim, não tenho o hábito de seduzir garotas inocentes...

– Eu não estava correndo o risco de ser seduzida – Victoria mentiu.

Um brilho zombeteiro iluminou os olhos de Jason.

– Não? – ele indagou com uma pontada de divertimento.

– De jeito nenhum!

– Nesse caso, é melhor você se vestir, antes que eu me sinta tentado a provar que está completamente enganada.

Victoria abriu a boca, pensando em dar uma resposta à altura do comentário insolente, mas o sorriso de Jason foi mais do que sua indignação era capaz de enfrentar.

– Você é impossível! – limitou-se a declarar, sem grande convicção.

– Tem razão – Jason concordou e lhe deu as costas, para que ela pudesse se vestir.

Lutando desesperadamente para controlar as emoções, Victoria se vestiu depressa. Andrew a beijara várias vezes antes, mas nunca daquela maneira. Jason não devia ter feito o que fizera, assim como não deveria estar se mostrando tão indiferente, agora. Victoria estava convencida de que tinha todos os motivos para se sentir furiosa com ele, mas lhe ocorreu que, talvez, na Inglaterra os costumes fossem outros. Era possível que as mulheres dali reagissem a beijos como aquele com naturalidade. O que a faria parecer tola, se desse maior importância ao fato. E, mesmo que o fizesse, Jason trataria o assunto como sendo insignificante, como, aliás, já estava fazendo. Concluiu que não teria nada a ganhar, irritando-o mais do que já fizera naquela tarde. Ainda assim, não pôde controlar por completo a sua raiva.

– Você é mesmo impossível! – repetiu.

– Já concordamos sobre isso.

– E, também, é imprevisível.

– Em que sentido?

– Ora, cheguei a pensar que fosse me bater por eu ter assustado você. Ao contrário, você me beijou! Estou começando a pensar que você e o seu cachorro são muito parecidos. Os dois aparentam ser muito mais ferozes do que realmente são.

– Meu cachorro? – Jason indagou, aparentemente sem saber do que ela estava falando.

– Willie – Victoria esclareceu.

– Você deve ter pavor de passarinhos, se acha que Willie parece feroz.

– Estou chegando à conclusão de que não há motivo para ter medo de nenhum de vocês dois.

Um sorriso maroto curvou os lábios sensuais de Jason, enquanto ele se abaixava para apanhar o barquinho de John.

– Não conte isso a ninguém, ou vai arruinar a minha reputação.

Victoria ajeitou o cobertor sobre os ombros e, então, empinou o queixo.

– E você tem reputação?

– A pior possível. Quer que eu lhe conte os detalhes sórdidos?

– É claro que não! – Victoria respondeu de imediato e, torcendo para que seu leve arrependimento por tê-la beijado de maneira tão atrevida fosse deixá-lo mais flexível, decidiu tomar coragem e tocar no assunto que a incomodava havia dias: – Existe uma maneira de você redimir o seu erro.

Jason lançou-lhe um olhar desconfiado.

– Eu diria que um erro justifica o outro, mas diga o que você quer.

– Quero minhas roupas de volta.

– Não.

– Você não compreende! Estou de luto pela morte de meus pais.

– Compreendo muito bem, mas não acredito que a dor possa ser grande a ponto de não ser guardada dentro de nós. Não acredito nas exibições de luto. Além do mais, Charles e eu queremos que você construa uma vida nova aqui.

– Não preciso de uma vida nova! Ficarei aqui somente até Andrew vir me buscar e...

– Ele não virá, Victoria – Jason a interrompeu em tom implacável. – Ele não escreveu uma única carta em todos esses meses.

As palavras atingiram Victoria como uma lâmina afiada.

– Ele virá! Sei que virá. Não houve tempo para as cartas chegarem.

A expressão de Jason se tornou mais dura.

– Espero que esteja certa, mas continua proibida de vestir roupas pretas. O luto deve ser guardado no coração.

– Como você sabe? Se tivesse coração, não me forçaria a usar estas roupas, como se meus pais não tivessem existido. Você não tem coração!

– Tem razão. Não tenho coração. Trate de se lembrar disso e não cometa o erro de acreditar que, por baixo da máscara feroz, sou tão manso quanto um cãozinho de estimação. Muitas mulheres pensaram assim e se arrependeram.

Victoria se afastou com pernas trêmulas. Como fora acreditar que poderiam ser amigos? Jason era frio, cínico e amargo, além de ser dono de um temperamento irascível e, claro, de ser completamente desequilibrado! Nenhum homem em sã consciência seria capaz de beijar uma mulher com ternura e paixão, para se tornar frio e cruel alguns instantes depois. Não, Jason não era um cãozinho de estimação, mas sim tão perigoso quanto a pantera que a fazia lembrar, com seus cabelos negros e olhos verdes.

Chegaram juntos aos degraus que levavam à porta da frente da mansão. O conde de Collingwood encontrava-se à espera deles, já montado em seu esplêndido cavalo alazão, com John confortavelmente instalado a sua frente.

Zangada e envergonhada, Victoria balbuciou uma breve despedida para o conde e, forçando um sorriso, devolveu o barquinho a John. Então, correu para dentro de casa.

John observou-a desaparecer e, então, olhou para Jason e, em seguida, para o pai.

– Ele não a repreendeu, não é, papai? – perguntou, ansioso.

Robert ergueu o olhar divertido da camisa molhada de Jason para o seu rosto.

– Não, John. Lorde Fielding não repreendeu a Srta. Victoria. – Então, dirigiu-se a Jason: – Devo pedir a Caroline que venha visitar a Srta. Seaton amanhã?

– Venha com ela para que possamos terminar a nossa discussão de negócios.

Robert assentiu. Passando um braço protetor em torno do filho, esporeou de leve o alazão, que saiu em trote suave pelo jardim.

Jason observou-os partir, a expressão se tornando amarga à medida que, pela primeira vez, ele se permitia encarar o que realmente acontecera na margem do riacho.

9

No meio da tarde seguinte, Victoria ainda não conseguira tirar o beijo arrasador de Jason da cabeça. Sentada na grama, ao lado de Willie, afagava a cabeça do animal, enquanto ele roía o osso trazido por ela. Observando-o, voltou a se lembrar da atitude de Jason depois do beijo e sentiu o estômago se contorcer quando comparou a própria inocência com a experiência e sofisticação dele.

Como ele fora capaz de beijá-la e abraçá-la, como se estivesse prestes a devorá-la com paixão, para então fazer piadas a respeito? E como ela conseguira se fingir indiferente, quando se sentia atordoada e seus joelhos ainda tremiam? E, depois de tudo isso, como ele podia fitá-la com aquele olhar frio e adverti-la para que não cometesse o mesmo erro de "muitas outras mulheres"?

O que o levara a pensar assim? Definitivamente, Jason era impossível de compreender! Victoria se esforçara para se tornar amiga dele e tudo o que conseguira fora ser beijada de maneira inesperada e... arrasadora. Tudo lhe parecia muito diferente na Inglaterra. Refletiu que, talvez, aquele tipo de beijo fosse comum entre os ingleses. Se fosse assim, ela não teria motivo para se sentir zangada, ou culpada. Infelizmente, não conseguia se livrar de nenhum dos dois sentimentos. Ao mesmo tempo que foi invadida por uma intensa saudade de Andrew, sentiu-se envergonhada por ter retribuído, ao menos em parte, o beijo de Jason.

Ergueu os olhos ao ouvir o som de cascos a distância e constatou que Jason cavalgava para o estábulo. Como ele fora caçar pela manhã, Victoria conseguira evitar o confronto, ganhando tempo para se recompor. Porém, seu sossego estava chegando ao fim, pois a carruagem do conde Collingwood estacionava diante da mansão. Com um suspiro resignado, Victoria se pôs de pé.

– Venha, Willie. Vamos avisar lorde Fielding que o conde e a condessa chegaram. Assim, pouparemos o pobre Sr. O'Malley de uma caminhada inútil até o estábulo.

O cachorro fitou-a com seus olhos inteligentes, mas não se moveu.

– Já está na hora de você parar de se esconder das pessoas! Não sou sua criada, sabia? Logo vou me recusar a trazer sua comida até aqui. Northrup me contou que você costumava ser alimentado no estábulo. Venha, Willie! – ela repetiu, decidida a controlar ao menos aquela pequena parte de sua vida.

Vendo que ele se punha de pé, deixando claro que compreendera o comando, insistiu com voz irritada:

– Willie, estou começando a ficar impaciente com machos arrogantes. Venha! – Deu alguns passos adiante, antes de chamar de novo: – Venha, Willie!

Desta vez, o cachorro obedeceu e a seguiu. Encorajada por aquela pequena conquista, Victoria caminhou em direção ao estábulo, de onde Jason saía, carregando seu rifle de caça.

Diante da mansão, o conde de Collingwood ajudou a esposa a sair da carruagem.

– Lá estão eles – apontou na direção do estábulo e, tomando o braço da esposa com um gesto carinhoso, começou a atravessar os gramados, sussurrando-lhe ao ouvido: – Sorria. Você parece estar caminhando para um carrasco!

– Pois é como me sinto – Caroline admitiu com um sorriso maroto. – Sei que vai rir de mim, mas lorde Fielding me assusta. E não sou a única a ter medo dele!

– Jason é um homem brilhante, Caroline. Obtive lucros enormes com os investimentos que ele gentilmente me recomendou.

– Acredito, mas continua sendo uma figura ameaçadora. Além do mais, ele tem a capacidade de dar respostas desconcertantes, que deixam as pessoas profundamente embaraçadas. No mês passado, ele disse à Srta. Farraday que detesta mulheres que passam o tempo todo com um sorriso tímido nos lábios, especialmente quando seguram seu braço enquanto sorriem.

– E como a Srta. Farraday reagiu?

– O que ela poderia fazer, se estava justamente segurando o braço dele e sorrindo naquele exato momento? Foi extremamente embaraçoso! – Ignorando a gargalhada do marido, Caroline continuou: – Simplesmente não consigo entender o que as mulheres veem nele, para se derreter toda vez que ele está por perto. É verdade que lorde Fielding é rico como um rei, com seis grandes propriedades e uma renda de... Deus sabe quantas libras por ano. E, é claro, será o próximo duque de Atherton. E sou obrigada a admitir que é um homem muito atraente e...

– E você não entende o que as mulheres veem nele? – Robert a interrompeu em tom de zombaria.

Caroline sacudiu a cabeça e baixou o tom de voz, uma vez que se aproximavam do casal.

– Ele não tem boas maneiras. Ao contrário, é direto demais em suas respostas e comentários, completamente sem tato!

– Quando um homem é perseguido, sem trégua, por sua fortuna e título, deve ser desculpado por perder a paciência vez por outra.

– Você pode pensar assim, mas, de minha parte, sinto profunda solidariedade pela pobre Srta. Seaton. Imagine como a pobrezinha deve estar aterrorizada por ter de viver sob o mesmo teto que ele!

– Não sei se ela está aterrorizada, mas tive a impressão de que se sente muito solitária e que está precisando de uma amiga que a ajude a compreender os costumes ingleses.

– A menina deve estar muito infeliz – Caroline comentou com compaixão, observando Victoria que, agora, falava com Jason.

– O conde e a condessa acabaram de chegar – ela o informava em tom neutro.

– Já vi. Estão vindo para cá – Jason replicou, olhando para o casal que se aproximava, e, quando voltou a encarar Victoria, ficou petrificado, os olhos fixos em algo atrás dela. – Saia daí! – ordenou em voz baixa, empurrando-a para o lado e levando o rifle ao ombro.

No mesmo instante, Victoria ouviu Willie rosnar e, de súbito, compreendeu o que Jason pretendia fazer.

– Não! – gritou, atingindo o rifle com a mão e, em seguida, caindo de joelhos e passando os braços em torno do cachorro. – Você está louco! O que Willie lhe fez para ser privado de alimento e agora, morto? Por acaso, ele também nadou no seu riacho... ou se atreveu a desobedecer a uma de suas ordens?

Jason baixou o rifle lentamente, até o cano estar apontado para o chão. Então, com voz excessivamente calma, que contradizia a expressão tensa e a palidez em seu rosto, falou:

– Victoria, este não é Willie. Willie é um *collie* que emprestei aos Collingwood há três dias, para reproduzir.

A mão de Victoria, que afagava carinhosamente a cabeça de "Willie", imobilizou-se no ar.

– A menos que minha vista, ou meu raciocínio, não esteja funcionando bem – Jason continuou –, o animal que você está abraçando, como uma mãe protegendo o seu bebê, é pelo menos metade lobo.

Vitoria se levantou bem devagar.

– Mesmo que não seja Willie, ainda é um cachorro, não um lobo – persistiu com teimosia. – Ele reconhece o comando "venha".

– É *parte* cachorro – Jason a corrigiu.

Então, na intenção de afastá-la dali, segurou-a pelo braço. O gesto provocou a reação imediata do animal, que se colocou em posição de ataque, rosnando e exibindo as presas. Jason soltou o braço de Victoria e moveu a mão lentamente na direção do gatilho.

– Afaste-se dele, Victoria – comandou.

Os olhos de Victoria encontravam-se fixos na arma.

– Não faça isso! – ela o advertiu, histérica. – Não vou permitir! Se atirar nele, atirarei em você. Sei atirar melhor do que sei nadar. Jason! Esse animal é um cachorro e só está tentando me proteger de você. Qualquer um perceberia isso. Ele é meu amigo. Por favor, não atire.

Aliviada, viu Jason retirar o dedo do gatilho e voltar a baixar o rifle.

– Muito bem, pare com isso – ele resmungou. – Não vou atirar nele.

– Vai me dar sua palavra de cavalheiro? – Victoria persistiu, ainda mantendo o corpo entre Jason e o corajoso animal que tentava protegê-la.

– Dou minha palavra.

Victoria começou a se mover, mas a lembrança de um comentário de Jason a fez parar.

– Você me disse que não é um cavalheiro e que não tem princípios. Como posso ter certeza de que vai manter a sua palavra?

Jason teve se esforçar para esconder o divertimento e a admiração provocados pela jovem que não só defendia a vida de um lobo, mas também se atrevia a desafiá-lo, cara a cara.

– Prometo manter minha palavra. Agora, pare de se comportar como Joana D'Arc.

– Não sei se posso acreditar em você. Faria a mesma promessa ao conde de Collingwood? – Victoria insistiu.

– Está abusando da sorte, minha cara – Jason a advertiu com voz macia.

Embora pronunciada com suavidade, a frase soou extremamente ameaçadora. Percebendo que Jason não estava brincando, Victoria obedeceu e deu um passo para o lado, mas o animal se manteve em posição de ataque, o olhar feroz fixo no suposto agressor.

Jason, por sua vez, também observava o animal, o rifle ainda em punho. Desesperada, Victoria ordenou ao seu mais novo amigo:

– Sente-se!

Para sua surpresa, depois de hesitar por um segundo apenas, ele obedeceu.

– Viu? – ela virou para Jason, aliviada. – Ele foi bem-treinado por alguém. E sabe que a sua arma pode feri-lo. É por isso que continua observando você com desconfiança. É um cão inteligente.

– Muito inteligente – Jason confirmou com ironia. – O bastante para viver na minha propriedade, bem debaixo do meu nariz, enquanto eu e todos os habitantes da região tentamos caçar o "lobo" que vem invadindo galinheiros e aterrorizando a vila.

– É por isso que sai para caçar todas as manhãs? – Quando Jason assentiu, Victoria pôs-se imediatamente contra a possibilidade de o animal ser expulso dali. – Bem, ele não é um lobo, é um cachorro, como você pode ver. Além disso, eu mesma tenho cuidado de alimentá-lo todos os dias. Portanto, ele não terá mais motivos para invadir galinheiros. E é inteligente e compreende o que eu digo.

– Nesse caso, talvez deva dizer a ele que é, no mínimo, falta de educação ficar aí sentado, esperando pela oportunidade de morder a mão que, indiretamente, o está alimentando.

Victoria lançou um olhar para o fiel protetor, antes de voltar a encarar Jason.

– Acho que, se você estender a mão para mim de novo e eu disser a ele que não deve rosnar, ele vai compreender. Vamos, tente. Estenda a mão na minha direção.

– O que eu gostaria mesmo de fazer é estender a mão para o seu pescoço e esganá-la – Jason murmurou, mas fez o que ela pediu e segurou-lhe o braço.

Imediatamente, o animal retomou a posição de ataque e se pôs a rosnar.

– Não! – Victoria comandou com firmeza.

No mesmo instante, o lobo chamado Willie hesitou, relaxou e lambeu a mão dela.

– Pronto. Deu certo. Cuidarei dele e garanto que ninguém mais terá preocupações com um lobo na vizinhança.

Jason não resistiu à coragem, nem ao olhar de súplica que Victoria lhe dirigiu.

– Trate de acorrentá-lo – falou com um suspiro resignado. – Pedirei a Northrup que informe os criados de que ele não deve ser incomodado, mas se o seu cachorro se aventurar em outras propriedades, será morto. Embora ele nunca tenha atacado ninguém, os fazendeiros costumam valorizar suas galinhas, além de suas famílias.

A fim de evitar discussão, Jason virou-se para cumprimentar os Collingwood e, só então, Victoria se lembrou da presença deles.

Mortificada, forçou-se a virar para encarar a mulher que Jason considerava um modelo de bom comportamento. Em vez do desdém que Victoria esperava encontrar no semblante da condessa, lady Collingwood a fitava com aparente admiração, além do esforço para conter o riso, é claro. Depois de fazer as apresentações, Jason se afastou com o conde, discutindo assuntos de negócios, deixando Victoria sozinha com a condessa.

Lady Collingwood foi a primeira a quebrar o silêncio:

– Posso acompanhá-la, enquanto acorrenta seu cão?

Victoria assentiu, torcendo as mãos.

– Deve pensar que sou a mulher mais mal-educada do mundo – murmurou, embaraçada.

– Não – disse Caroline Collingwood, mordendo o lábio inferior para conter uma risada. – Acho que é a mais corajosa.

– Só porque não tenho medo de Willie? – Victoria indagou, surpresa.

– Porque não tem medo de lorde Fielding – a condessa a corrigiu, sem mais poder conter o riso.

Examinando a bela morena e seus trajes elegantes, Victoria reconheceu a malícia divertida em seus olhos, bem como a oferta de amizade em seu sorriso. Dando-se conta de que finalmente encontrara uma alma gentil naquele país pouco amigável, sentiu-se mais animada.

– Para ser sincera, estava aterrorizada! – admitiu, enquanto tomava o caminho para os fundos da casa, onde amarraria seu cachorro, até convencer Jason a permitir que ele entrasse em casa.

– Mas não demonstrou, o que é muito bom, pois tenho a impressão de que toda vez que um homem se dá conta de que uma mulher tem medo de alguma coisa, ele usa isso das maneiras mais horríveis. Por exemplo, quando meu irmão Carlton descobriu que eu tinha medo de cobras, colocou uma na minha gaveta de lenços. Eu ainda nem tinha me recuperado do susto, quando meu outro irmão, Abbott, colocou outra na minha sapatilha de dança.

Victoria estremeceu.

– Tenho pavor de cobras – confessou. – Quantos irmãos a senhora tem?

– Seis, todos homens, e capazes de fazer as piores coisas para mim, até que aprendi a me vingar à altura. E a senhorita, tem irmãos?

– Não, só uma irmã.

Quando os cavalheiros terminaram sua discussão de negócios e se juntaram às damas para o jantar, Victoria e Caroline já se tratavam pelo primeiro nome e se encontravam a apenas um passo de um amizade sólida. Victoria já explicara à condessa que seu noivado com lorde Fielding não passara de um grande erro cometido por Charles, embora com a melhor das intenções, e falara sobre Andrew. Caroline, por sua vez, confidenciara que seus pais haviam escolhido lorde Collingwood para seu marido, mas, pelo modo como os olhos dela brilhavam cada vez que o mencionava, era evidente que o adorava.

O jantar transcorreu em meio a um clima alegre, enquanto Victoria e Caroline comparavam suas aventuras de infância. Até mesmo lorde Collingwood contribuiu para a conversa descontraída, contando seus feitos de garoto. Ficou claro para Victoria que os três guardavam lembranças adoráveis da infância, tendo vivido cercados pelo carinho dos pais. Jason, porém, nada disse a respeito de suas próprias experiências, embora demonstrasse interesse genuíno no relato dos demais.

– Sabe mesmo usar uma arma de fogo? – Caroline perguntou a Victoria, com ar de admiração.

– Sim. Andrew me ensinou a atirar, pois queria ter com quem competir, quando praticasse tiro ao alvo.

– E você conseguiu se transformar em uma adversária para ele?

– Sim. Na primeira vez em que ele colocou uma arma em minhas mãos, segui as instruções, mirei e acertei o alvo. Não me pareceu nada difícil.

– E depois disso?

– Foi se tornando cada vez mais fácil.

– Gosto de esgrima – Caroline contou. – Meu irmão, Richard, costumava praticar comigo. Basta ter alguma força no braço.

– E vista boa – Victoria completou.

Lorde Collingwood sorriu.

– Eu costumava fingir que era um cavaleiro medieval e criava torneios para combater os cavalariços. Geralmente, eu me saía muito bem, mas é claro que um criado jamais teria coragem de derrubar um futuro conde de seu cavalo. Portanto, creio que não era tão bom quanto pensava ser.

– Costumava brincar de cabo de guerra, na América? – Caroline voltou a se dirigir a Victoria.

– Claro! Invariavelmente, eram os meninos contra as meninas.

– Isso não é justo! Os meninos são sempre mais fortes.

– Não se as meninas escolherem um local onde exista uma árvore e passarem a corda, sem querer, é claro, pelo tronco – Victoria corrigiu com uma piscadela marota.

– Que vergonha! – Jason protestou às gargalhadas. – Vocês trapaceavam!

– Verdade, mas como as probabilidades estavam sempre contra nós, não se pode considerar tal artifício uma verdadeira trapaça.

– O que sabe sobre probabilidades? – ele inquiriu em tom de provocação.

– Está se referindo aos jogos de cartas? Para dizer a verdade, não só sou capaz de calcular as probabilidades de várias rodadas, como também sei distribuir as cartas de maneira a produzir os resultados desejados. Em outras palavras, sei exatamente como roubar no jogo.

– Quem a ensinou? – perguntou Jason, franzindo do cenho.

– Andrew. Ele dizia serem apenas "truques" que havia aprendido na escola.

– Lembre-me de nunca apresentar esse tal de Andrew em nenhum dos clubes que frequento – lorde Collingwood comentou. – Ele não viveria por muito tempo.

– Andrew não trapaceia – Victoria apressou-se em defender o noivo. – Acha importante saber como a trapaça é feita, para que não nos tornemos vítimas de jogadores inescrupulosos.

Reclinando-se na cadeira, Jason estudou Victoria com interesse. Era fascinante a naturalidade com que ela se comportava diante dos convidados, deixando-os totalmente à vontade e garantindo que todos participassem da conversa. Também notou a maneira como seus olhos se iluminavam todas as vezes que ela mencionava Andrew e como aquele sorriso radiante contagiava o ambiente.

Victoria era inocente, cheia de vida, sem o menor traço de uma menina mimada. Apesar de jovem, seu comportamento apresentava uma sofisticação natural, certamente nascida de uma mente sagaz e de uma inteligência invejável.

Jason sorriu consigo mesmo ao se lembrar da coragem com que Victoria se lançara na defesa do cão que, como ela havia anunciado antes do jantar, passaria a se chamar Lobo. Ele conhecera alguns homens corajosos, mas jamais encontrara uma mulher de verdadeira coragem. Lembrou-se da reação tímida de Victoria ao seu beijo e do desejo arrasador que ela provocara em seu corpo.

Victoria Seaton era cheia de surpresas e promessas, Jason concluiu, continuando a estudá-la atentamente. Havia um toque de beleza exótica em cada traço de seu rosto, mas seu encanto ia muito além, com seu riso musical e gestos graciosos. Algo dentro dela a fazia brilhar como uma joia perfeita, que precisava apenas dos complementos necessários, como roupas elegantes que lhe enaltecessem a beleza, uma casa magnífica onde ela reinaria como soberana absoluta, um marido capaz de domar-lhe os impulsos mais ousados, uma criança ao seio...

Absorvido em sua observação detalhada, Jason se lembrou de seu próprio sonho, havia tanto tempo perdido, de ter uma esposa para alegrar sua mesa, uma mulher para ter nos braços, à noite, e afastar o escuro vazio que lhe ocupava o peito, uma mulher capaz de amar os filhos que ele lhe desse...

Afastou esses pensamentos deixando de lado os tolos e ingênuos sonhos da juventude, bem como os desejos jamais satisfeitos. Havia levado tais sonhos a sério, carregando-os para a vida adulta e se casando com Melissa. Fora mesmo tolo ao acreditar que uma mulher bonita pudesse transformar aqueles sonhos em realidade. Ora, fora muito mais que tolo por imaginar que uma mulher se importasse com amor e filhos, ou com qualquer coisa que não fosse dinheiro, joias ou poder. Franziu o cenho com expressão sombria ao se dar conta de que a bela Victoria Seaton era responsável pelo súbito retorno daquelas lembranças a sua mente.

10

No momento em que os Collingwood partiram, Jason se dirigiu à biblioteca, onde Charles havia passado a última hora.

Ao vê-lo, Charles pôs de lado o livro que estava lendo e sorriu.

– Prestou atenção ao comportamento de Victoria, durante o jantar? – indagou, ansioso. – Ela não é esplêndida? Possui tamanho charme, desenvoltura, conhecimento... quase explodi de orgulho! Ora, ela é...

– Leve-a para Londres amanhã – Jason o interrompeu em tom rude. – Flossie Wilson poderá encontrá-los lá, para a temporada.

– Londres? Por que a pressa?

– Quero Victoria longe de Wakefield e da minha responsabilidade. Leve-a para Londres e trate de encontrar um bom marido para ela. A temporada terá início dentro de duas semanas.

Embora empalidecesse, Charles manteve a voz firme.

– Creio que mereço uma explicação para essa sua decisão repentina.

– Já dei uma: quero Victoria longe daqui e da minha responsabilidade.

– As coisas não são tão simples – Charles protestou, desesperado. – Não posso simplesmente colocar um anúncio no jornal, à procura de um marido para ela. Temos de seguir as convenções sociais e apresentá-la à sociedade da maneira apropriada.

– Pode fazer isso depois de levá-la para Londres.

Charles sacudiu a cabeça e, mais uma vez, tentou dissuadir Jason.

– Minha casa não está em condições de recepcionar convidados...

– Use a minha.

– Então, você não poderá aparecer por lá – Charles argumentou, buscando desesperadamente opor obstáculos ao plano de Jason. – Se fizer isso, todos vão pensar que Victoria não passa de mais uma de suas conquistas. O fato de vocês estarem supostamente noivos não terá importância alguma.

– Quando precisar ir a Londres, ficarei na sua casa. Leve meus criados daqui. Eles são capazes de organizar uma festa em 24 horas. Já fizeram isso antes.

– E quanto aos vestidos, às aulas de etiqueta e...

– Peça a Flossie Wilson que leve Victoria ao ateliê de madame Dumosse, com instruções minhas para que Victoria tenha o melhor... imediatamente. Flossie saberá o que fazer com relação às aulas de etiqueta. O que mais?

– O que mais? – Charles explodiu. – Para começar, madame Dumosse é tão famosa, que até *eu* já ouvi falar dela. Duas semanas não será tempo suficiente para providenciar um guarda-roupa adequado para Victoria, ainda mais estando tão perto do início da temporada.

– Diga a madame Dumosse que eu sugeri que ela obedeça ao seu próprio julgamento para o guarda-roupa de Victoria e não deve poupar despesas. Os cabelos vermelhos e o tipo *mignon* de Victoria serão um desafio para madame Dumosse. Vai vesti-la com o objetivo de fazê-la ofuscar todas as loiras e morenas de Londres. Fará isso, mesmo que tenha que passar as próximas duas semanas sem dormir. Então, cuidará de me cobrar o dobro de seus preços já exorbitantes, a fim de compensar o inconveniente. Já passei por isso antes. Agora que está tudo resolvido – Jason concluiu com frieza –, tenho muito trabalho a fazer.

Charles emitiu um longo suspiro de frustração.

– Está bem, mas partiremos dentro de três dias, em vez de um. Isso me dará tempo de avisar Flossie Wilson para nos encontrar em Londres. Sendo solteiro, não posso viver na mesma casa que Victoria, sem a presença de uma acompanhante apropriada, especialmente em Londres. Mande seus criados na frente, para que organizem a casa. Enquanto isso, enviarei uma mensagem para Flossie Wilson, para que nos encontre em Londres, depois de amanhã. Agora preciso lhe pedir um favor.

– Que favor?

Escolhendo cuidadosamente as palavras, Charles falou devagar:

– Não quero que ninguém saiba que o seu noivado com Victoria não é real. Ao menos não por enquanto.

– Por que não? – Jason indagou, impaciente.

– Bem, se os membros da *ton* acreditarem que Victoria é sua noiva, não vão abordá-la de imediato. Assim, ela terá maior liberdade para conhecer os cavalheiros disponíveis, antes de se decidir por um deles. – Como Jason parecia prestes a contra-argumentar, Charles acrescentou depressa: – Victoria será muito mais admirada e desejada se os homens solteiros de Londres acreditarem que ela recebeu uma proposta de casamento sua. Todos vão pensar que ela é muito especial, para que você, justamente você, queira se casar com ela. Por outro lado, se imaginarem que a rejeitou, vão rejeitá-la também.

– A esta altura, a sua amiga lady Kirby já se encarregou de espalhar que o noivado foi desfeito – Jason lembrou-o.

– Ora, ninguém dará a menor atenção a Kirby se você confirmar o noivado quando for a Londres.

– Muito bem – Jason cedeu, disposto a concordar com qualquer coisa, a fim de encontrar um marido para Victoria. – Leve-a para Londres e apresente-a à sociedade. Providenciarei um dote razoável para ela. Organize algumas festas e convide todos os solteiros de boa posição da Europa. Irei ao *début* pessoalmente e ficarei em Londres para entrevistar os candidatos. Não será difícil encontrar alguém que a tire de nossas mãos.

Sentia-se tão aliviado por ter resolvido o problema de Victoria, que nem sequer se deu conta das inconsistências nos argumentos apaixonados de Charles em favor de manter o noivado de pé.

Victoria entrou na biblioteca ao mesmo tempo que Jason saía. Os dois trocaram sorrisos e, quando ele se foi, ela se aproximou de Charles.

– Está disposto a jogar damas comigo, hoje, tio Charles?

– O que disse? – ele perguntou, distraído. – Ah, sim, minha querida. Esperei por este momento o dia todo.

Os dois se sentaram diante do tabuleiro, um de cada lado. Enquanto arrumava as pedras em seus devidos lugares, Victoria observou o homem alto e elegante, de cabelos grisalhos, a sua frente. Durante o jantar, ele se mostrara alegre e descontraído, rindo muito das histórias contadas pelos mais jovens. Agora, porém, parecia preocupado.

– Está se sentindo bem, tio Charles? – ela indagou.

– Estou ótimo, minha querida.

Porém, em menos de cinco minutos de jogo, Victoria já vencia a partida com grande facilidade.

– Parece que não estou conseguindo me concentrar – Charles admitiu.

– Por que não conversamos, em vez de jogar? – Victoria sugeriu.

Assim que ele concordou, Victoria se pôs a pensar em um meio de descobrir, com muito tato, o que o estava preocupando. Seu pai sempre defendera a tese de que as pessoas deveriam desabafar o que quer que as incomodasse, especialmente aquelas que possuíam um coração fraco, pois assim evitariam o estresse que poderia provocar outro ataque cardíaco. Lembrando-se de que Jason estivera na biblioteca pouco antes de ela chegar, Victoria concluiu que o lorde fora a causa mais provável do aborrecimento de Charles.

– O senhor se divertiu durante o jantar? – perguntou em tom casual.

– Muito – ele respondeu com sinceridade.

– Acha que Jason também gostou?

– Ah, sim, sem dúvida. Por que pergunta?

– Bem, não pude deixar de notar que, ao contrário de todos nós, ele não contou histórias da infância.

Charles desviou os olhos dos dela.

– Talvez ele não tenha conseguido se lembrar de nenhuma história divertida para contar.

Victoria mal prestou atenção à resposta, pois continuava empenhada em descobrir um meio de dirigir a conversa ao ponto que desejava.

– Achei que, talvez, ele estivesse contrariado com algo que eu fiz, ou disse, e por isso veio conversar com o senhor.

Charles voltou a fitá-la, mas, dessa vez, seu olhar e seu sorriso brilhavam de ternura.

– Está preocupada comigo, não é, minha querida? Quer saber se algo está me perturbando?

Victoria caiu na risada.

– Sou tão transparente assim?

Ele pousou a mão sobre a dela.

– Você não é transparente, Victoria. É maravilhosa. Importa-se de verdade com as pessoas. Quando olho para você, sinto uma forte esperança no futuro. Apesar de todo o sofrimento que enfrentou nos últimos meses, ainda é capaz de perceber quando um velho parece cansado e se preocupa com ele.

– O senhor não é velho – ela protestou.

– Às vezes, sinto-me bem mais velho do que sou. Esta noite é uma dessas ocasiões, mas você conseguiu me alegrar. Posso lhe dizer uma coisa?

– O que quiser.

– Muitas vezes em minha vida desejei ter uma filha. Você é exatamente como imaginei que ela seria. Quando a vejo passeando pelo jardim, ou conversando com os criados, meu coração se enche de orgulho. Sei que deve parecer estranho, já que não contribuí em nada para você ser o que é, mas é assim que me sinto. Tenho vontade de gritar para todos os cínicos do mundo: "Olhem para ela e aprendam o significado da vida, da coragem e da beleza. Ela é o que Deus tinha em mente quando deu ao primeiro homem a sua companheira. Ela lutará por aquilo em que acredita, se defenderá quando for injustiçada e, ainda assim, aceitará um gesto de desculpa pela injustiça feita e perdoará sem o menor rancor". – Victoria sentiu um nó se formar na garganta, enquanto Charles acrescentava: – Sei que perdoou Jason mais de uma vez, pela maneira como ele tratou você. Eu penso em tudo isso e, então, me pergunto: "O que posso lhe dar, a fim de mostrar quanto carinho tenho por ela? Que presente um homem pode dar a uma deusa?"

Victoria teve a impressão de ver o brilho das lágrimas nos olhos de Charles, mas não poderia ter certeza, uma vez que seus próprios olhos encontravam-se embaçados por elas.

– Ora, vejam! – Charles exclamou com uma risada um tanto constrangida. – Vamos acabar chorando como crianças e derramando nossas lágrimas sobre o tabuleiro de damas! Já que respondi a sua pergunta, posso lhe fazer outra? O que você acha de Jason?

Victoria exibiu um sorriso nervoso.

– Ele tem sido generoso comigo – começou com cuidado, mas Charles a interrompeu com um aceno de mão.

– Não é disso que estou falando. Quero saber o que acha dele em termos pessoais. Diga-me a verdade.

– Eu... acho que não entendi a sua pergunta.

– Muito bem, serei mais específico. Acha Jason atraente?

Victoria reprimiu uma risadinha infantil.

– A maioria das mulheres parece pensar assim – Charles persistiu com um sorriso que, para Victoria, pareceu de orgulho. – E você?

Recuperando-se do choque provocado pela pergunta direta, Victoria assentiu, tentando não demonstrar o embaraço que sentia.

– Bom, bom. E concorda que ele é muito... másculo?

Para horror de Victoria, sua memória escolheu aquele exato momento para trazer à tona a lembrança do beijo que Jason lhe dera à beira do riacho. Imediatamente, suas faces adquiriram uma tonalidade rosada.

– Vejo que concorda – Charles concluiu erroneamente, com uma risadinha marota. – Ótimo. Agora, vou lhe contar um segredo: Jason é um dos melhores homens que você já conheceu. A vida dele não foi nada feliz, mas ele segue adiante porque é dono de uma incrível força de vontade e possui muito caráter. Leonardo da Vinci disse: "Quanto mais grandiosa for a alma de um homem, mais profundamente ele amará". Essas palavras sempre me fizeram pensar em Jason. Ele sente as coisas em grande profundidade, mas quase nunca demonstra seus sentimentos. E por ser tão forte, raramente encontra oposição de alguém... menos ainda de jovens mulheres. É por isso que você deve achá-lo um tanto... prepotente.

A curiosidade de Victoria foi maior que seu desejo de se manter discreta.

– De que maneira a vida dele não foi feliz?

– É Jason quem deve contar a você sobre a vida dele. Não tenho o direito de fazer isso. Eu sei, no fundo do meu coração, que um dia ele a colocará a par de tudo. No entanto, tenho algo para lhe contar: Jason decidiu que você deve passar a próxima temporada em Londres, com toda a pompa e *glamour*. Partiremos dentro de três dias. Flossie Wilson nos encontrará lá e, durante a quinzena que precede a abertura da temporada, ensinará tudo o que você tiver de aprender sobre como se comportar na sociedade londrina. Ficaremos hospedados na casa de Jason, que é bem mais adequada a festas e recepções do que a minha, e Jason ficará na minha casa, quando for a Londres. Não vi maiores problemas no fato de morarmos juntos, os três, aqui na privacidade do campo. Em Londres, porém, seria impossível.

Victoria não fazia ideia do que significava uma temporada londrina e ouviu atentamente enquanto Charles descrevia os bailes, festas, saraus, óperas e peças teatrais que a esperavam. Sua ansiedade já beirava a histeria quando ele finalmente a informou de que Caroline Collingwood também estaria em Londres.

– Embora você não tenha dado atenção especial ao comentário – ele concluiu –, lady Caroline mencionou duas vezes que esperava vê-la em Londres, para que vocês duas pudessem se conhecer melhor. Vai gostar disso, não vai?

Victoria refletiu que gostaria muito, ao menos daquele aspecto da temporada londrina, e manifestou tal sentimento. Porém, detestou a ideia de deixar Wakefield e enfrentar centenas de desconhecidos, especialmente se eles fossem como as duas Kirby.

– Muito bem, já que está tudo resolvido – Charles falou, abrindo uma gaveta da mesa e retirando um baralho –, diga-me uma coisa. Quando seu amigo Andrew a ensinou jogar cartas, ele incluiu o jogo *piquet* em suas lições?

Victoria assentiu.

– Ótimo! Vamos jogar, então. – Como Victoria concordou imediatamente, Charles lhe lançou um olhar de fingida reprovação. – Não vai trapacear, vai?

– De jeito nenhum – ela prometeu em tom solene.

Charles entregou-lhe o baralho.

– Primeiro, mostre-me a sua habilidade em embaralhar e dar as cartas. Vamos comparar nossas técnicas.

Caindo na risada, Victoria se pôs a embaralhar com destreza invejável.

– Para começar, vou deixá-lo pensar que esta é a sua noite de sorte – ela explicou, distribuindo 12 cartas para cada um.

Charles examinou as cartas que tinha na mão e assobiou baixinho.

– Quatro reis! Eu apostaria uma fortuna nesta mão.

– E perderia – Victoria garantiu com um sorriso malicioso, exibindo suas cartas, que incluíam quatro ases.

– Agora, é a minha vez – Charles anunciou, observando-a pelo canto do olho e passando a dar as cartas.

O que deveria ter sido um jogo sério de *piquet* se degenerou em uma grande piada, na qual cada um se servia de cartas vencedoras, sempre que as distribuía. Suas gargalhadas faziam a biblioteca vibrar.

Incapaz de se concentrar no trabalho por causa do barulho no aposento ao lado, Jason decidiu ir até a biblioteca para investigar o que se passava. Quando abriu a porta, o relógio anunciava 21 horas. Ao entrar, encontrou Charles e Victoria ainda rindo, secando as lágrimas do rosto, um baralho no centro da mesa entre os dois.

– As histórias que estão partilhando no momento devem ser ainda mais engraçadas do que as que contaram durante o jantar – comentou, sem esconder um leve desagrado. – Posso ouvir suas gargalhadas do meu escritório.

– A culpa é toda minha – Charles mentiu, piscando para Victoria e se levantando. – Victoria queria jogar baralho, mas não parei de distraí-la com brincadeiras. Não estou conseguindo me manter sério esta noite. Por que não joga com ela?

Victoria esperava que Jason recusasse a sugestão, mas, para sua surpresa, depois de lançar um olhar curioso para Charles, ele se sentou diante dela. Imediatamente, Charles posicionou-se atrás de Jason e encarou Victoria com um olhar divertido, que dizia claramente: "Derrote-o sem dó! Trapaceie!".

Animada pelas trapaças que haviam praticado até então, especialmente pelos novos truques que Charles lhe ensinara, Victoria aceitou a sugestão sem hesitar.

– Quer dar as cartas, ou prefere que eu dê? – perguntou a Jason com ar inocente.

– Dê as cartas você – ele respondeu com cortesia.

Tendo o cuidado de fazê-lo se sentir seguro, Victoria embaralhou as cartas sem demonstrar grande habilidade. Então, começou a distribuí-las. Jason pediu que Charles lhe servisse uma dose de conhaque, acendeu um dos charutos finos que gostava de fumar à noite e se acomodou na cadeira.

– Não vai olhar as suas cartas? – Victoria indagou.

Jason enfiou as mãos nos bolsos, segurando o charuto entre os dentes e fitando-a com olhar especulativo.

– Normalmente, prefiro que minhas cartas sejam retiradas do topo do baralho, não de baixo – murmurou.

Reprimindo o riso, Victoria tentou blefar.

– Não sei do que está falando – defendeu-se.

Jason ergueu uma sobrancelha.

– Sabe o que acontece a trapaceiros nos clubes de jogo?

Desistindo de fingir inocência, Victoria apoiou os cotovelos na mesa e o queixo nas mãos. Então, fitou-o com olhar divertido.

– Não. O que acontece?

– O trapaceado geralmente desafia o trapaceiro para um duelo.

– Pretende me desafiar para um duelo? – Victoria arriscou, divertindo-se como nunca.

Jason estudou-a por alguns momentos, como se considerasse a possibilidade.

– Atira tão bem quanto disse, quando me ameaçou, esta tarde?

– Melhor – ela declarou com ousadia.

– E como se sai na esgrima?

– Nunca empunhei uma espada, mas talvez lady Caroline se ofereça para tomar o meu lugar. Ela é ótima esgrimista.

O sorriso estonteante de Jason provocou reações estranhas em Victoria, quando ele comentou:

– Não sei onde estava com a cabeça quando achei que você e Caroline Collingwood seriam boas companhias seguras uma para a outra. – Então, Jason acrescentou o que Victoria considerou um grande elogio: – Que Deus ajude todos os homens solteiros de Londres, nesta temporada. Não restará um só coração intacto, quando você tiver conhecido todos eles.

Victoria ainda se recuperava da surpresa provocada pela opinião de Jason sobre o efeito que ela exercia sobre os homens, quando ele se endireitou na cadeira e declarou:

– Agora, vamos ao jogo.

Como ela assentiu, Jason tomou-lhe o baralho.

– Cuidarei disso, se não se importar – falou em tom de brincadeira.

Jason já vencera três mãos, quando Victoria o viu retirar uma carta de que precisava do monte das que já havia descartado e que não deveria voltar a tocar.

– Trapaceiro! – acusou-o com uma risada indignada. – Estou vivendo com dois bandidos! Vi o que você fez! Está roubando nesta mão!

– Está redondamente enganada, minha cara – Jason a corrigiu com um sorriso, enquanto se punha de pé com movimentos ágeis. – Trapaceei desde o início do jogo.

Então, ele se inclinou e beijou-lhe a testa, antes de afagar-lhe os cabelos com um gesto afetuoso e sair da biblioteca.

Victoria estava tão atordoada pelas atitudes de Jason que não viu a expressão de prazer e satisfação no rosto de Charles.

11

Dois dias depois, a *Gazette* e o *Times* anunciaram que lady Victoria Seaton, condessa de Langston, cujo noivado com Jason Fielding, marquês de Wakefield, fora previamente anunciado, seria formalmente apresentada à sociedade em um baile a ser oferecido dentro de duas semanas, a contar daquela data, por seu primo, o duque de Atherton.

A *ton* mal havia digerido a notícia e já testemunhava uma explosão de atividade na residência londrina do marquês de Wakefield, localizada na Book Street.

Primeiro chegaram duas carruagens trazendo, além de criados de menor importância, Northrup, o mordomo, O'Malley, chefe dos lacaios e a Sra. Craddock, a cozinheira. Em seguida chegou o imenso furgão que transportava a governanta, várias criadas, três ajudantes de cozinha, quatro lacaios subordinados e uma verdadeira montanha de baús.

Pouco depois, mais uma carruagem chegou, trazendo a Srta. Flossie Wilson, a tia solteira do duque. Tratava-se de uma senhora gorducha, de rosto redondo e corado, emoldurado por cachos dourados. No topo da cabeça, ela usava um chapeuzinho colorido, mais apropriado a uma moça bem mais jovem, o que fazia a Srta. Flossie parecer uma boneca envelhecida. Conhecida pela sociedade londrina, a Srta. Flossie saiu da carruagem, acenou alegremente para dois amigos que passavam na rua e subiu apressada os degraus da porta de entrada da mansão do sobrinho-neto.

Toda essa atividade foi notada pelas damas e cavalheiros elegantes que passeavam pela Brook Street, mas nada causou mais furor do que a chegada, no dia seguinte, da carruagem de Jason Fielding, puxada por quatro magníficos garanhões. De seu luxuoso interior, saiu Charles Fielding, duque de Atherton, seguido por uma jovem que só podia ser a noiva de Jason Fielding. A jovem desceu os degraus da carruagem com movimentos graciosos, aceitou o braço oferecido pelo duque e exibiu um sorriso fascinado ao erguer os olhos para a lindíssima mansão de quatro andares.

– Meu Deus! É ela! – o jovem lorde Wiltshire exclamou, do outro lado da rua, acotovelando com entusiasmo o amigo que o acompanhava. – É a condessa de Langston.

– Como pode ter certeza? – indagou lorde Crowley, fingindo desamassar o paletó.

– É evidente, mesmo a uma criatura totalmente desprovida de inteligência, que ela é. Olhe para ela... é uma beldade. É incomparável!

– Não podemos ver o rosto dela – o amigo argumentou, com razão.

– Não precisamos, seu idiota. Se ela não fosse bonita, jamais teria recebido uma proposta de casamento de Wakefield. Alguma vez você o viu em companhia de uma mulher que não fosse uma beldade?

– Não – lorde Crowley admitiu, antes de assobiar baixinho. – Ela tem cabelos vermelhos! Por essa eu não esperava.

– Não são vermelhos. Estão mais para dourados do que para ruivos.

– Não, são acobreados. Aliás, uma cor encantadora. Sempre preferi as ruivas.

– Bobagem! Você nunca teve preferência por ruivas, pois elas nunca estiveram na moda.

– A partir de agora, estarão – lorde Crowley previu com um sorriso. – Se não me engano, minha tia Mersley é amiga de Atherton. Vai conseguir um convite para o baile de apresentação da condessa de Langston. Acho que vou abordá-la e... – parou de falar quando a beldade em discussão virou-se para a carruagem, chamando alguém. Um instante depois, um animal imenso, coberto de pelos cinzentos, saltou da carruagem e, então, o trio se encaminhou para a mansão. – Meu Deus! É um lobo!

– Ela tem estilo – lorde Wiltshire decretou, assim que recuperou a voz. – Nunca ouvi falar de uma mulher que tivesse um lobo de estimação. Ela é original.

Ansiosos para espalhar a notícia de que haviam sido os primeiros a terem um vislumbre da misteriosa lady Victoria Seaton, os dois jovens se separaram e correram em direções opostas, cada um para o seu clube.

Na noite seguinte, quando Jason chegou a Londres e se dirigiu ao White's pela primeira vez em muitos meses, pretendendo divertir-se por algumas horas à mesa de jogo antes de sair para o teatro, já era fato notório que sua noiva era uma beldade magnífica, além de confirmada lançadora de moda. Como resultado, em vez de jogar em paz, Jason era interrompido a todo momento por amigos e conhecidos, que insistiam em elogiar-lhe o bom gosto e a boa sorte, além de parabenizá-lo e desejar-lhe felicidades para o futuro.

Depois de enfrentar aquela farsa por duas horas, recebendo apertos de mãos e tapinhas no ombro, ocorreu a Jason que, apesar dos argumentos veementes de Charles, não era boa ideia deixar a sociedade continuar acreditando que Victoria era sua noiva. Jason chegou a essa conclusão depois de refletir que nenhum dos homens solteiros que lhe haviam dado os parabéns se arriscaria a ofendê-lo, cortejando sua noiva. Assim, tratou de encorajá-los a abordá-la, agradecendo os cumprimentos, mas acrescentando uma pequena informação: "O casamento ainda não está definitivamente acertado entre nós", ou "Lady Seaton não tem certeza absoluta de que seu afeto pode ser meu em caráter permanente, uma vez que ainda não me conhece muito bem".

Dizia essas coisas por julgá-las necessárias, mas se sentia profundamente desgostoso com aquela farsa e irritadíssimo por se ver obrigado a representar o papel do noivo prestes a ser rejeitado pela noiva.

À meia-noite, quando sua carruagem parou diante da casa elegante que ele mantinha para a sua amante, na Williams Street, Jason encontrava-se de péssimo humor. Subiu os degraus da entrada e bateu na porta com impaciência.

A criada que abriu a porta lançou um olhar para suas feições sombrias e recuou, alarmada.

– A Srta. Sybil instruiu-me para lhe dizer que... não deseja vê-lo novamente.

– É mesmo? – Jason falou com voz macia.

A moça, sabendo muito bem que seu salário era pago pelo homem alto e ameaçador parado a sua frente, assentiu, engoliu em seco e balbuciou:

– Sim... Sim, senhor... A Srta. Sybil leu sobre o baile de sua noiva e se deitou. Está na cama, agora.

– Ótimo! – Jason exclamou em tom rude.

Sem paciência para mais um dos ataques de Sybil, passou pela criada, subiu a escada e entrou no quarto, sem bater. Estreitou os olhos ao deparar com a bela mulher reclinada sobre uma montanha de travesseiros revestidos de cetim.

– Mais uma crise depressiva, doçura? – inquiriu com frieza, apoiando-se no batente da porta.

Embora Sybil lhe lançasse um olhar faiscante, ela não respondeu.

Jason estava, ele mesmo, prestes a explodir em um ataque de ira.

– Saia da cama e vista-se – ordenou com voz perigosamente baixa. – Vamos a uma festa, esta noite, conforme o recado que lhe enviei.

– Não vou a lugar algum com você! Nunca mais!

Com gestos casuais, Jason começou a desabotoar o paletó.

– Nesse caso, chegue para lá. Passaremos a noite onde você está.

– Animal! – a beldade irada explodiu, saltando para fora da cama. – Como se atreve? Como pode pensar em se aproximar de mim, depois daquele artigo no *Times*? Saia da minha casa!

Jason limitou-se a estudá-la, impassível.

– Preciso lembrá-la de que esta casa é minha?

– Então eu mesma sairei! – ela declarou, mas, ao mesmo tempo, seu lábio começou a tremer. Em seguida, Sybil se desfez em pranto. – Jason, como pôde fazer isso comigo? Você me disse que o seu noivado não passava de uma farsa... e eu acreditei! Jamais o perdoarei...

A raiva abandonou a expressão de Jason, dando lugar a certo arrependimento, à medida que ele reconhecia os soluços de verdadeiro sofrimento.

– Acha que isto pode ajudá-la a me perdoar? – perguntou, retirando do bolso uma caixinha forrada de veludo.

Ela espiou por entre as lágrimas e o pranto cessou imediatamente, diante do esplendor do bracelete de brilhantes que repousava na caixinha. Erguendo a joia com reverência nos dedos trêmulos, ela murmurou:

– Jason, por um colar que combine com este bracelete, posso perdoar qualquer coisa!

Jason, que estivera prestes a jurar que não tinha a menor intenção de se casar com Victoria, atirou a cabeça para trás e soltou uma estrondosa gargalhada.

– Sybil, essa é a qualidade que mais me atrai em você.

– Que qualidade?

– A cobiça descarada! Todas as mulheres são interesseiras, mas você, ao menos, é honesta. Agora, venha cá e me mostre como está feliz com o novo presente.

Sybil obedeceu, mas continuou a fitá-lo com olhar ligeiramente magoado.

– Você não tem uma opinião muito boa a respeito das mulheres, não é, Jason? Não é só por mim que nutre esse desprezo secreto, mas por todas nós, não é?

– Acho – ele respondeu em tom evasivo, enquanto desfazia os laços do robe de Sybil – que as mulheres são maravilhosas... na cama.

– E fora da cama?

Ignorando a pergunta, Jason a despiu, acariciando-lhe os seios com mãos experientes e beijando-a com ardor quase selvagem. Então, tomou-a nos braços e levou-a para a cama. Sybil nem percebeu que Jason não respondera a sua pergunta.

12

Victoria estava sentada no canapé em seu quarto, cercada de caixas recém-chegadas do ateliê de madame Dumosse. As novas roupas, se somariam à variedade já imensa de vestidos para o dia e para a noite, trajes de montaria, capas, casacos, chapéus, luvas, xales e sapatos que tomavam conta de seu guarda-roupa.

– *Milady*! – Ruth exclamou, ao desembrulhar uma capa de cetim azul royal, com capuz orlado de arminho. – Já viu coisa mais linda?

Victoria ergueu os olhos da carta de Dorothy.

– É bonita – murmurou sem muito entusiasmo. – Quantas capas já tenho?

– Onze. Não, 12. Já ia me esquecendo da amarela, de veludo. Ou seriam 13? Deixe-me pensar... São quatro de veludo, cinco de cetim, duas de pele e três de lã. Catorze, ao todo!

– É difícil acreditar que eu costumava viver muito bem com apenas duas capas – Victoria lembrou-se, sorrindo. – E, quando voltar para casa, três ou quatro serão mais que suficientes. Acho um desperdício lorde Fielding gastar tanto dinheiro com roupas que nem terei onde usar, dentro de algumas semanas. Em Portage, Nova York, as mulheres não usam trajes tão sofisticados - concluiu, retomando a leitura da carta da irmã.

- Quando vai voltar para casa? - Ruth perguntou, alarmada. - O que está querendo dizer? Desculpe, *milady*, por ter perguntado.

Na verdade, Victoria nem sequer ouvira a criada, pois já se encontrava profundamente concentrada na carta que recebera havia pouco.

Querida Tory,

Recebi sua carta há uma semana e fiquei muito feliz por saber que viria para Londres, pois não vejo a hora de vê-la. Eu disse à vovó que pretendia encontrar você assim que chegasse, mas, em vez de ficarmos em Londres, partimos no dia seguinte para a casa de campo de vovó, que fica a menos de uma hora a cavalo de Wakefield Park. Agora, eu estou no campo e você, na cidade. Tory, tenho a impressão de que vovó pretende nos manter completamente separadas, e isso me deixa muito triste e furiosa. Precisamos descobrir um meio de nos encontrarmos, mas deixarei a questão a seu encargo, uma vez que é bem melhor do que eu para arquitetar planos.

Talvez eu esteja apenas imaginando as intenções de vovó. Não posso afirmar com certeza. Apesar de rígida, ela não foi cruel comigo, nem uma vez. Planeja me arranjar o que chama de um bom casamento e, para isso, parece já ter escolhido um cavalheiro chamado Winston. Tenho dezenas de vestidos maravilhosos, embora não possa usar a maioria deles enquanto não fizer meu *début*, o que parece ser uma tradição muito esquisita. E vovó afirma que não posso debutar enquanto você não estiver noiva de alguém, o que é mais uma tradição por aqui. As coisas eram muito mais simples em casa, não acha?

Já perdi a conta de quantas vezes expliquei à vovó que você está praticamente noiva de Andrew Bainbridge e que eu desejo seguir a carreira musical, porém ela parece simplesmente não ouvir.

Ela nunca menciona seu nome, mas falo de você o tempo todo, de propósito, pois pretendo vencê-la pelo cansaço e fazer com que a convide para ficar conosco. Vovó não me proíbe de falar em você, mas nunca pronuncia nem uma palavra sequer quando o faço. É como se ela preferisse fingir que você não existe. Limita-se a me ouvir, mantendo o rosto completamente inexpressivo.

Para ser honesta, eu a estou torturando, de tanto falar de você, embora me mantenha discreta, conforme prometi. No início, eu me limitava a incluir seu nome na conversa, sempre que possível. Quando vovó disse que tenho um rosto bonito, fiz questão de dizer que você é muito mais bonita; quando ela comentou meu dom para tocar piano, eu disse que você toca muito melhor; quando ela elogiou meus modos à mesa, garanti que você é uma verdadeira dama.

Quando todas as minhas tentativas de fazê-la entender quanto sinto a sua falta falharam, fui obrigada a tomar medidas mais drásticas. Assim, levei aquele seu retrato de que tanto gosto para a sala e o coloquei sobre a lareira. Vovó não comentou, mas, no dia seguinte, providenciou para que eu fizesse um passeio pela cidade de Londres e, quando voltei, o retrato estava de volta ao meu quarto.

Alguns dias depois, sabendo que ela esperava algumas amigas para o chá, entrei sorrateiramente no salão preferido de vovó e preparei uma pequena exposição dos desenhos que você fez, retratando paisagens de Portage. Quando as amigas de vovó entraram, ficaram maravilhadas e não paravam de elogiar o seu talento. Vovó, porém, não disse nada e, no dia seguinte, mandou-me para Yorkshire. Quando voltei, dois dias depois, os desenhos haviam sido guardados no armário do meu quarto.

Esta noite, ela recebeu amigos novamente e pediu que eu tocasse piano para entretê-los. Obedeci, mas enquanto tocava, cantei a canção que eu e você compusemos juntas. Demos o título de *Irmãs para Sempre*, lembra-se? A julgar pela expressão de vovó, ela estava furiosa comigo. Quando seus amigos se foram, ela me informou de que vai me mandar para Devonshire, onde deverei ficar por uma semana inteira.

Se continuar a provocá-la, tenho a impressão de que ela será capaz de me mandar para Bruxelas, ou para qualquer outro lugar, por um mês! Mesmo assim, não vou desistir.

Bem, vamos mudar de assunto. Você deve ter ficado chocada ao saber que seu noivado com lorde Fielding havia sido anunciado. Imagine como Andrew se sentiria se soubesse! No entanto, agora que está tudo esclarecido e essa história não vai dar em nada, acho que você deve se alegrar com seu novo guarda-roupa e não se sentir culpada por não ter observado o período de luto apropriado por papai e mamãe. Tenho usado luvas pretas, pois vovó disse que é assim que se demonstra luto na Inglaterra, embora algumas pessoas se vistam de preto durante seis meses e de cinza nos seis meses seguintes.

Vovó é do tipo que se recusa a quebrar convenções e tradições. Por isso, de nada adiantou eu garantir que você está noiva de Andrew, pois não poderei debutar antes da próxima primavera. Ela diz que um ano deve se passar desde a morte de um parente próximo, antes que alguém frequente eventos sociais, exceto por reuniões pequenas e informais. A verdade é que não estou me importando com isso, pois a perspectiva de grandes bailes me assusta. Peço que você me escreva, contando se é mesmo tão ruim.

Vovó irá a Londres com certa frequência, durante a temporada, para ir ao teatro, que ela adora. Prometeu me levar de vez em quando. Assim que eu souber quando isso vai acontecer, enviarei uma mensagem para você e descobriremos um meio de nos encontrarmos.

Preciso encerrar por aqui, pois vovó contratou um professor de etiqueta para me ensinar como deverei me comportar em sociedade, quando finalmente debutar. Há tanto o que aprender, que chego a ficar atordoada...

Victoria guardou a carta em uma gaveta, olhou para o relógio sobre a lareira e suspirou. Sabia muito bem a que Dorothy se referia no último parágrafo, pois a Srta. Flossie Wilson passara as duas últimas semanas lhe ensinando regras de etiqueta. Agora, estava na hora de mais uma aula.

– Aí está você – a Srta. Flossie declarou com um sorriso, ao ver Victoria entrar no salão. – Hoje, vamos repassar as formas corretas de se dirigir aos membros da nobreza, pois seria um desastre você cometer um erro desse tipo no seu baile, amanhã.

Reprimindo o impulso de fugir dali, Victoria se sentou ao lado de Charles, de frente para a Srta. Flossie. Durante quase duas semanas, a mais velha a arrastara de ateliê para ateliê, incluindo visitas intermináveis à costureira, ao chapeleiro, ao sapateiro... tudo isso entre as também intermináveis aulas de etiqueta, dança e francês. Durante as últimas, a Srta. Flossie prestava muita atenção aos mínimos erros de Victoria, conduzindo verdadeiros interrogatórios sobre seus interesses e planos para o futuro.

– Muito bem – a Srta. Flossie começou. – Vamos iniciar nossa aula pelos duques. Como já lhe disse, um duque possui o título mais alto da nobreza inglesa, superado apenas pelos títulos da realeza. Tecnicamente, duques são "príncipes". Pode parecer que a posição do príncipe seja superior à do duque, mas devo lembrá-la de que os filhos da realeza já nascem príncipes, mas são educados para serem duques. Nosso querido Charles é um duque! – acrescentou, com um sorriso triunfante, a informação absolutamente desnecessária.

– Certo – Victoria concordou, retribuindo o sorriso solidário de Charles.

– Logo abaixo do duque vem o marquês. Um marquês é herdeiro de um ducado. E é por isso que o nosso querido Jason é um marquês! Então, vem o conde, o visconde e, finalmente, o barão. Quer que eu faça uma lista por escrito, querida?

– Não, não – Victoria apressou-se em responder. – Já sei a ordem dos títulos de cor.

– Você é tão inteligente! Muito bem, então, vamos às maneiras de se dirigir a cada um deles. Quando falar a um duque, deve chamá-lo de "alteza". Nunca – a Srta. Flossie pronunciou em tom enfático – se dirija a um duque como "milorde". Uma duquesa também deve ser chamada de "alteza". Todos os demais podem ser chamados de "milorde" e "*milady*", que é a forma apropriada de se dirigir a eles. Quando for duquesa, você será chamada de "alteza"! Não é maravilhoso?

– Sim – Victoria balbuciou, embaraçada.

Charles havia lhe explicado os motivos pelos quais era tão importante que a sociedade londrina continuasse acreditando que Victoria e Jason estavam noivos. E, como Flossie Wilson falava demais, ela devia pensar o mesmo.

– Já obtive a permissão necessária das matriarcas para você dançar a valsa, amanhã, mas isso não tem importância agora. O que acha de repassarmos a linhagem Debrett?

Para profundo alívio de Victoria, Northrup entrou no salão naquele exato momento, a fim de anunciar a chegada da condessa de Collingwood.

– Traga-a até nós, Northrup – Charles instruiu-o em tom jovial.

Caroline Collingwood entrou no salão, percebeu os livros de etiqueta e o grosso volume a respeito dos Debrett abertos sobre a mesa e olhou para Victoria com ar conspiratório.

– Vim convidá-la para passear comigo no parque – declarou.

– Ah, eu adoraria! – Victoria respondeu de imediato, levantando-se. – Importa-se se eu sair, Srta. Flossie? Tio Charles?

Ambos deram sua permissão e Victoria correu até seu quarto, a fim de apanhar o chapéu.

Enquanto esperava pela amiga, Caroline tratou de exibir maneiras impecáveis.

– Imagino que estejam ansiosos pelo baile de amanhã – comentou.

– Ah, sim, muito! – a Srta. Flossie confirmou, sacudindo os cachos dourados com muita energia. – Victoria é uma jovem adorável, o que não preciso dizer a você, que já a conhece. Ela é tão simpática e agradável para se ter como companhia! E que olhos! Tem um rosto lindo, também. Tenho a mais absoluta certeza de que vai fazer muito sucesso. Só acho uma pena que Victoria não seja loira – lamentou com um suspiro, sem se aperceber dos cachos castanho-avermelhados de lady Collingwood. – As loiras estão definitivamente na moda. – Então, virou-se para Charles: – Lembra-se de lorde

Hornby, quando era jovem? Eu o considerava o homem mais atraente do mundo. Ele tinha cabelos ruivos e porte invejável. O irmão dele era tão baixinho... – E assim ela continuou, pulando de um assunto para outro, como um passarinho de galho em galho.

Victoria olhou para o parque a sua volta e respirou fundo.

– É tão quieto aqui – comentou com Caroline. – Tem sido muita bondade sua me salvar da Srta. Flossie quase todas as tardes com esses passeios.

– O que estavam estudando, quando cheguei?

– A maneira correta de se dirigir aos membros da nobreza.

– E você já decorou todos os títulos e tratamentos?

– Claro! Tudo o que tenho de fazer é chamar os homens de "milorde", como se fossem deuses, e suas esposas de "*milady*", como se eu fosse sua criada! – As duas caíram na risada, antes de Victoria continuar: – Minha maior dificuldade é o francês. Minha mãe ensinou a mim e a Dorothy a ler muito bem em francês, mas não consigo me lembrar das palavras adequadas quando falo.

Caroline, que falava francês fluentemente, tentou ajudar:

– Às vezes, é mais fácil aprender uma língua em frases úteis, do que em palavras soltas. Assim, você não precisa pensar em como colocá-las juntas. O resto vem depois, naturalmente. Por exemplo, como você me pediria o material necessário para escrever uma carta?

– *Mon pot d'encre veut vous emprunter votre stylo?* – Victoria arriscou.

Caroline mal pôde conter o riso.

– Você disse: "Meu tinteiro deseja tomar a sua pena emprestada".

– Pelo menos, cheguei perto – Victoria concluiu às gargalhadas.

Os ocupantes de outras carruagens que passeavam pelo parque viraram-se ao som musical das risadas alegres das duas. E, mais uma vez, confirmaram o interesse especial da fabulosa condessa de Collingwood por lady Victoria Deaton. Tal fato já aumentara em muito o prestígio de Victoria entre os membros da *ton* que ainda não a conheciam pessoalmente.

Victoria afagou a cabeça de Lobo, que invariavelmente as acompanhava nos passeios, antes de murmurar, pensativa:

– É incrível que eu tenha aprendido matemática e química com meu pai sem a menor dificuldade e, por outro lado, tenha tantos problemas com o francês. Talvez eu não consiga aprender por achar a tarefa tão sem sentido.

– Por que é sem sentido?

– Porque Andrew chegará em breve e me levará para casa.

– Sentirei a sua falta – Caroline declarou com uma ponta de melancolia. – A maioria das amizades leva anos para se tornar tão fortes quanto a nossa é agora. Quando, exatamente, acha que Andrew vai chegar?

– Enviei-lhe uma carta uma semana depois da morte de meus pais. A carta levaria aproximadamente seis semanas para chegar ao seu destino e Andrew demoraria mais seis semanas para chegar à América. Então, precisaria de quatro a seis semanas para voltar para cá. O total ficaria entre 16 e 18 semanas. Amanhã completam-se exatamente 18 semanas desde que enviei a carta.

– Seus cálculos pressupõem que ele recebeu a carta na Suíça, mas o correio europeu nem sempre é confiável. Além disso, Andrew poderia já ter partido para a França, quando a carta chegou.

– Entreguei uma segunda carta à Sra. Bainbridge, mãe de Andrew, com o endereço dele na França, para o caso de isso acontecer – Victoria explicou. – Se eu soubesse, na ocasião, que viria para a Inglaterra, ele poderia ter ficado na Europa, o que teria sido muito mais conveniente. Infelizmente, eu não sabia e, assim, escrevi apenas que meus pais haviam morrido em um acidente. Tenho certeza de que ele partiu para a América imediatamente, quando recebeu a notícia.

– Então, por que ele não chegou lá, antes de você partir?

– Provavelmente, não houve tempo. Calculo que ele tenha chegado uma ou duas semanas depois da minha partida.

Caroline observou a amiga por um momento, antes de perguntar:

– Victoria, já disse ao duque de Atherton que tem certeza de que Andrew virá buscá-la?

– Sim, mas ele se recusa a acreditar. E é por não acreditar que faz questão que eu tenha essa temporada londrina.

– Não acha estranho ele querer que você e lorde Fielding finjam estarem noivos? Não quero me intrometer – Caroline desculpou-se depressa. – Se você preferir não discutir o assunto, entendo perfeitamente.

– Não! Já faz algum tempo que desejo conversar sobre isso com você, mas não queria abusar da nossa amizade, desabafando todos os meus problemas.

– Ora, eu já lhe contei tudo sobre a minha vida – Caroline argumentou. – Afinal, é para isso que servem os amigos. Você não faz ideia de como é bom me relacionar com um membro da *ton* que não vai sair por aí espalhando tudo o que eu disser.

Victoria sorriu.

– Nesse caso... Tio Charles diz que o motivo pelo qual ele quer que todos acreditem que estou noiva é porque isso me manterá livre de outras "complicações". Na condição de noiva, segundo ele, poderei desfrutar de todos os prazeres de meu *début*, sem ser pressionada por pretendentes, ou pela sociedade, para escolher um noivo.

– Ele não deixa de ter razão – Caroline admitiu. – Ainda assim, está se esforçando demais só para evitar que os cavalheiros a pressionem com propostas de casamento.

– Sei disso – Victoria confessou, pensativa. – Estive pensando... Tio Charles gosta muito de mim e, às vezes, acho que ele ainda tem esperanças de que lorde Fielding e eu nos casemos, caso Andrew não venha me buscar.

– Acha que isso é possível? – Caroline inquiriu, preocupada.

– De jeito nenhum – Victoria garantiu, convicta.

– Ótimo – a amiga não escondeu o alívio. – Eu ficaria preocupada com você se se casasse com lorde Fielding.

A curiosidade tomou conta de Victoria.

– Por quê?

– Eu não deveria ter dito isso, mas como já disse, é melhor esclarecer a questão. Se Andrew não vier buscá-la, você precisa saber que tipo de homem lorde Fielding realmente é. Existem residências onde ele é recebido, mas não é bem-vindo...

– Por que motivo?

– Ao que parece, houve algum tipo de escândalo, há quatro anos. Não conheço detalhes porque era jovem demais para ter acesso às fofocas mais escandalosas. Na semana passada, perguntei ao meu marido, mas ele é amigo de lorde Fielding e se recusa a tocar no assunto. Disse apenas que tudo não passou de boatos sem fundamento, espalhados por uma mulher vingativa. Além disso, ele me proibiu de perguntar a quem quer que fosse por achar que isso poderia trazer à tona o velho mexerico novamente.

– A Srta. Flossie diz que a *ton* está sempre fervilhando com alguma fofoca e que, na maioria das vezes, tudo não passa de boatos sem fundamento – Victoria comentou. – Seja o que for, tenho certeza de que saberei de tudo nas próximas duas semanas.

– Está enganada – Caroline afirmou, convicta. – Em primeiro lugar, como você é jovem e solteira, ninguém vai comentar nada escandaloso perto de você, com medo de ferir sua sensibilidade. Em segundo, as pessoas falam dos outros, mas raramente contam suas histórias para quem está envolvido. Faz parte da natureza do mexerico ser espalhado pelas costas daqueles mais intimamente ligados à história.

– Porque, assim, a fofoca alcança mais pessoas e causa maiores danos – Victoria concordou. – Também tínhamos mexericos em Portage e, em geral, não passavam de boatos sem fundamento.

– Talvez, mas quero avisá-la sobre outra coisa – Caroline continuou, parecendo sentir-se culpada, mas determinada a proteger a amiga. – Por causa de seu título e de sua fortuna, lorde Fielding ainda é considerado um excelente partido e as mulheres o consideram extremamente atraente. Por essas três razões, as solteiras não poupam esforços para agradá-lo. No entanto, ele não lhes dispensa um tratamento gentil. Na verdade, chega a ser completamente rude em diversas situações. Victoria, lorde Fielding não é um cavalheiro.

Com essa conclusão, a condessa esperou por alguma reação de Victoria, mas uma vez que esta se limitava a fitá-la, como se aquele defeito de caráter não tivesse maior importância, Caroline prosseguiu:

– Os homens o temem tanto quanto muitas mulheres, não só por sua frieza e cinismo, mas por causa dos rumores sobre seus duelos, na Índia. Dizem que ele participou de dezenas de duelos e matou seus oponentes a sangue-frio, sem demonstrar o menor traço de emoção ou arrependimento. Dizem que é capaz de desafiar um homem para um duelo pela ofensa mais banal...

– Não acredito – Victoria interrompeu-a com uma lealdade que não sabia possuir.

– Você pode não acreditar, mas muita gente acredita e tem medo dele.

– Ele é marginalizado por isso?

– Muito pelo contrário. As pessoas literalmente se curvam diante dele. Ninguém tem coragem de enfrentá-lo.

– Não é possível que todos que o conheçam tenham medo dele! – Victoria exclamou, incrédula.

– Quase todos. Robert gosta dele com sinceridade e ri quando digo que há algo sinistro em lorde Fielding. Uma vez, porém, ouvi a mãe de Robert dizer a um grupo de amigas que lorde Fielding é depravado, que usa as mulheres e, então, as abandona.

– Ele não pode ser tão ruim. Você mesma disse que é considerado um excelente partido.

– Na verdade, é considerado o melhor partido da Inglaterra.

– Está vendo? Se as pessoas acreditassem que ele é tão terrível quanto você pensa, nenhuma jovem, ou sua mãe, jamais pensaria em um casamento com ele.

Caroline sorriu ironicamente.

– Por um título de duquesa e uma grande fortuna, existem mulheres dispostas a se casarem até mesmo com o Barba-Azul! – Como Victoria pareceu achar graça, a amiga persistiu: – Ele não lhe parece estranho e assustador?

Victoria considerou a pergunta com cuidado. Lembrou-se dos modos rudes de Jason quando ela chegara a Wakefield e de sua ira incontrolada ao surpreendê-la nadando no riacho. Também se lembrou da facilidade com que ele trapaceara no jogo de cartas, a consolara na noite em que a encontrara chorando e rira de sua tentativa de ordenhar a vaca. E, ainda, do modo como ele a apertara contra si e a beijara com paixão e ternura, mas tratou de afastar tal lembrança bem depressa.

– Lorde Fielding é, sem dúvida, muito temperamental – começou. – Por outro lado, já notei que ele não guarda rancor e, pouco tempo depois, se mostra disposto a realmente deixar para trás o que já passou. Sou muito parecida com ele nesse aspecto, embora não me zangue com tanta facilidade e rapidez. E posso afirmar que lorde Fielding não me desafiou para um duelo, quando ameacei atirar nele – acrescentou com uma risada. – Portanto, não acredito que ele goste tanto de matar pessoas. Se me pedisse para descrevê-lo, eu provavelmente diria que se trata de um homem extremamente generoso, que pode até mesmo ser gentil, por trás de sua...

– Você só pode estar brincando!

– Não. Só o vejo de maneira diferente de você. Sempre tento ver as pessoas como meu pai me ensinou.

– E seu pai a ensinou a ser cega para os defeitos das pessoas?

– Meu pai era médico e me ensinou a procurar pelas causas e não só pelos sintomas. Por isso, sempre que alguém se comporta de maneira estranha, começo a me perguntar por que a pessoa age assim. Acredite, sempre existe uma razão. Por exemplo, já notou que quando alguém não se sente fisicamente bem, em geral se mostra irritado?

Caroline assentiu.

– Meus irmãos ficavam de mau humor diante da mais leve dor de cabeça.

– É disso que estou falando: seus irmãos não são más pessoas, mas quando não se sentem bem, ficam mal-humorados.

– Quer dizer que você acha que lorde Fielding é doente?

– Acho que ele não é feliz, o que equivale a não se sentir bem. Além disso, meu pai também me ensinou a dar mais importância ao que as pessoas fazem do que ao que elas dizem. Se você analisar lorde Fielding desse ângulo, verá que ele tem sido muito bom para mim. Ele me deu um lar e mais roupas bonitas do que serei capaz de usar em toda a minha vida. E me deixou levar Lobo para dentro de casa.

– Você deve possuir uma compreensão superior da natureza humana – Caroline concluiu, pensativa.

– Não é verdade – Victoria protestou com um sorriso maroto. – Fico mal-humorada e magoada com a mesma facilidade que os outros. É só "depois" que me lembro de tentar compreender o motivo pelo qual a pessoa me tratou de tal maneira.

– E não tem medo de lorde Fielding, nem mesmo quando ele está zangado?

– Só um pouquinho, mas não o vejo desde que vim para Londres e, portanto, posso estar cheia de coragem devido a distância que nos separa, no momento.

– Separava – Caroline corrigiu-a, pois, naquele momento, a carruagem entrou no jardim da mansão Wakefield, onde outra carruagem estava estacionada. – Aquele é o brasão de lorde Fielding – explicou e, apontando para uma terceira carruagem, continuou: – E aquela é nossa. O que significa que meu marido já resolveu seus negócios e decidiu vir me buscar.

Victoria sentiu o coração disparar diante da notícia de que Jason estava em casa. Porém, atribuiu tal reação ao sentimento de culpa por ter falado dele com Caroline.

Os dois homens estavam no salão, ouvindo pacientemente o relato da Srta. Flossie sobre os progressos de Victoria naquelas duas semanas, frequentemente interrompido por comentários nostálgicos sobre o *début* dela mesma, cerca de cinquenta anos antes. Bastou um olhar para as feições de Jason para que Victoria concluísse que, mentalmente, ele estava estrangulando a pobre mulher.

– Victoria! – a Srta. Flossie exclamou ao vê-la. – Finalmente! Estive contando a estes cavalheiros sobre seu talento ao piano e os dois estão mais que ansiosos para ouvi-la tocar. – Sem perceber a expressão irônica que tomou conta do semblante de Jason, ao ser descrito como "mais que ansioso", ela conduziu Victoria até o piano, insistindo para que tocasse imediatamente.

Sem saber o que fazer, Victoria se sentou no banquinho e lançou um olhar para Jason, que se concentrava em retirar um fiapo de lã da calça preta. Parecia mais entediado do que nunca e, também, mais bonito do que nunca. Victoria sentiu outra onda de nervosismo quando ele ergueu os olhos para fitá-la com um sorriso zombeteiro.

– Nunca tive a oportunidade de conhecer uma mulher capaz de nadar, atirar, domesticar animais selvagens e, ainda, tocar piano – ele gracejou.

Pelo tom de voz, Victoria deu-se conta de que ele esperava que ela tocasse muito mal. Desejou ardentemente adiar aquele recital para um momento em que não se sentisse tão nervosa.

– O Sr. Wilheim deu aulas de piano para Dorothy e para mim, como pagamento pelo tratamento que meu pai lhe proporcionava para os pulmões, mas Dorothy toca muito melhor do que eu. Passei meses sem tocar e só recomecei a praticar há duas semanas. Ainda não recuperei a forma – tentou se desculpar. – Minha interpretação de Beethoven é medíocre e...

A esperança de ser dispensada morreu quando Jason ergueu uma sobrancelha e apontou para o teclado.

Victoria suspirou e se rendeu.

– Gostaria de ouvir algo em particular?

– Beethoven – ele respondeu.

Victoria lançou-lhe um olhar exasperado, que só serviu para tornar o sorriso de Jason mais irônico. Em seguida, ela abaixou a cabeça e se preparou para tocar. Quando pousou os dedos sobre o teclado, o aposento vibrou com a melodia contagiante da *Sonata em Fá Menor para Piano*, de Beethoven.

No corredor, Northrup interrompeu o polimento de uma peça de prata e fechou os olhos, extasiado. No hall de entrada, O'Malley suspendeu o sermão que passava em um subordinado e virou-se na direção do salão, com um sorriso de prazer.

Quando Victoria terminou, todos no salão explodiram em aplausos espontâneos. Exceto Jason, que se reclinou na poltrona, com um sorriso maroto nos lábios.

– Você possui mais algum dote "medíocre"? – indagou em tom de provocação, embora houvesse um brilho de sincera admiração em seus olhos, o que proporcionou a Victoria um prazer imenso.

Caroline e o marido partiram em seguida, prometendo comparecer ao baile, no dia seguinte. A Srta. Flossie foi acompanhá-los até a porta. Ao se ver sozinha com Jason, Victoria ficou extremamente nervosa e, para esconder os sentimentos, desatou a falar:

– Estou surpresa por vê-lo aqui.

– Não pensou que eu ficaria ausente no seu *début*, pensou? Não sou totalmente indiferente às convenções sociais. Se todos acreditam que estamos noivos, o que iriam pensar se eu não viesse?

– Milorde... – Victoria começou a falar.

– Isso soa muito bem – ele a interrompeu com uma risada. – Respeitoso. Você nunca me chamou assim, antes.

– E não teria chamado agora, se a Srta. Flossie não tivesse passado os últimos dias me torturando com títulos e maneiras de me dirigir aos nobres. Mas o que quero dizer é que não sei mentir muito bem e a ideia de dizer às pessoas que estamos noivos me faz sentir péssima. Tio Charles não dá ouvidos as minhas objeções, mas não creio que essa farsa seja uma boa ideia.

– Não é – Jason concordou. – O motivo para lhe proporcionar esta temporada londrina é justamente apresentá-la a pretendentes em potencial...

Victoria abriu a boca para insistir que Andrew se tornaria seu marido, mas Jason a impediu com um gesto.

– O motivo é apresentá-la a pretendentes em potencial, caso Ambrose não venha resgatá-la logo.

– Andrew – Victoria corrigiu. – Andrew Bainbridge.

Jason deu de ombros.

– Quando alguém tocar no assunto do nosso noivado, quero que diga o que estou dizendo.

– O quê?

– Tenho dito que nada está decidido porque você ainda não me conhece o bastante para ter certeza de seus sentimentos por mim. Assim, deixaremos a porta aberta para qualquer futuro pretendente, e nem mesmo Charles poderá se queixar.

– Ainda prefiro dizer a verdade e contar que não estamos noivos.

– Não podemos fazer isso. Se um de nós dois der o suposto noivado por encerrado, tão pouco tempo depois da sua chegada à Inglaterra, todos começarão a especular sobre qual dos dois foi rejeitado e os mexericos vão correr soltos.

No mesmo instante, Victoria lembrou-se do que Caroline lhe contara a respeito da opinião da *ton* sobre Jason e adivinhou o que iriam dizer se pensassem que ela o rejeitara. Ao pensar nisso, sentiu-se imediatamente disposta a levar a farsa adiante. Por nada no mundo retribuiria a atenção e a generosidade de Jason permitindo que pensassem que ela o achava repugnante ou assustador como futuro marido.

– Muito bem – disse. – Direi que nada está decidido.

– Boa menina. Charles já teve um ataque cardíaco quase fatal e o seu coração é fraco. Não quero lhe causar preocupações desnecessárias e ele está determinado a vê-la bem-casada.

– Mas... O que vai acontecer a ele quando Andrew vier me buscar? – Victoria inquiriu, aflita. – E o que as pessoas vão dizer quando eu... quando eu rejeitar você para me casar com outro?

Jason fitou-a com olhar divertido.

– Se isso acontecer, diremos que você tem de honrar um compromisso assumido por seu falecido pai. Na Inglaterra, o dever de uma filha é se casar com o homem escolhido por sua família. Todos irão compreender. Charles sentirá a sua falta, mas se acreditar que você está feliz, o golpe será mais suave. No entanto, não creio que nada disso vá acontecer. Charles me falou sobre Bainbridge e, ao que parece, trata-se de um homem fraco, dominado pela mãe viúva. Sem a sua presença na América para lhe reforçar a coragem, ele certamente não terá a fibra necessária para desafiar a mãe e vir buscar você.

– Ora, pelo amor... – Victoria começou a protestar com veemência, mas Jason a interrompeu em tom autoritário.

– Ainda não terminei. Aparentemente, seu pai não estava certo de que esse casamento seria o melhor para você. Afinal, ele insistiu em uma separação para testar os sentimentos de vocês dois, sabendo que já se conheciam desde crianças. Quando seu pai morreu, você não estava noiva de Bainbridge, Victoria. Portanto, se ele bater a nossa porta, terá de conquistar *a minha* aprovação para poder se casar com você e levá-la de volta para a América.

Victoria se sentiu dividida entre a fúria e um acesso de riso.

– Quanta petulância! – exclamou. – Você nem conhece Andrew, mas já acredita saber que tipo de homem ele é. E, agora, diz que não poderei me casar com ele, a menos que *você* o aprove. Justamente você, que quase me expulsou da sua casa, quando cheguei a Wakefield! – A situação era tão absurda, que ela começou a rir. – Francamente, nunca sei o que você vai dizer ou fazer a seguir, para me surpreender. Não tenho a menor ideia de como agir com você.

– Tudo o que tem a fazer – Jason respondeu com um sorriso – é prestar bastante atenção a todos os jovens solteiros que conhecer durante a temporada, escolher o que mais lhe agrada e trazê-lo para que eu o conheça, aprove e lhe dê minha bênção. Nada poderá ser mais fácil, pois estarei trabalhando no meu escritório, aqui, na maior parte do tempo.

– Aqui? – Victoria repetiu, sufocando o riso provocado pela descrição de como ela deveria escolher um marido. – Pensei que fosse se hospedar na casa de tio Charles.

– Dormirei lá, mas trabalharei aqui. A casa de Charles é extremamente desconfortável. A mobília é muito velha e os aposentos são pequenos e escuros. Além disso, ninguém pensará tolices se eu ficar aqui durante o dia, desde que você tenha uma acompanhante adequada, o que já acontece. Assim, não há motivo para que eu seja perturbado enquanto trabalho. Falando em companhia, Flossie Wilson já a enlouqueceu com sua tagarelice?

– Ela é adorável – Victoria respondeu, esforçando-se para não rir.

– Nunca vi uma mulher capaz de falar tanto e dizer tão pouco.

– Ela tem um bom coração.

– Verdade – Jason concordou, distraído, e olhou para o relógio. – Tenho ingressos para a ópera, esta noite. Quando Charles chegar, diga-lhe que estive aqui e que voltarei a tempo de receber os convidados, amanhã.

– Está bem, mas quero avisá-lo de que ficarei mais que satisfeita quando Andrew chegar e você for forçado a admitir que errou em seu julgamento.

– Não conte com isso.

– Ah, mas já estou contando! E pensarei nas maneiras mais humilhantes de forçá-lo a essa admissão!

Por um momento, Jason se limitou a estudá-la com uma pontada de surpresa e admiração no olhar. Então, indagou devagar:

– Você não tem medo de nada?

– Não tenho medo de você – anunciou alegremente.

– Pois deveria – ele concluiu em tom enigmático e saiu.

13

— Quase todos os convidados já chegaram – a Srta. Flossie anunciou, extasiada, enquanto Ruth dava os últimos retoques no penteado de Victoria. – Está na hora de fazer a sua entrada triunfal, querida.

Victoria levantou-se, obediente, mas sentiu os joelhos trêmulos.

– Eu teria preferido receber os convidados junto a tio Charles e lorde Fielding. Assim, poderia conhecer um de cada vez e não estaria tão nervosa, agora.

– E também não causaria metade do impacto que vai causar!

Victoria examinou-se pela última vez no espelho, aceitou o leque que Ruth lhe entregou e ajeitou a saia.

– Estou pronta – falou sem muita convicção.

Quando passavam pela balaustrada, Victoria parou para observar o imenso hall de entrada, transformado em um magnífico jardim, com vasos de samambaias gigantes e enormes cestos de rosas brancas. Respirou fundo e começou a subir a escada para o andar superior, onde se localizava o salão de baile. Lacaios vestindo uniformes formais, de veludo verde, ornados com galões dourados, ocupavam posições estratégicas, ao lado de pedestais de mármore que davam suporte a outros cestos de rosas. Victoria sorriu para os criados que conhecia e cumprimentou os demais com um discreto aceno de cabeça. O'Malley encontrava-se no topo da escada e, ao alcançá-lo, Victoria perguntou:

– Seu dente não voltou a incomodá-lo? Não deixe de me avisar, se isso acontecer, pois não é trabalho nenhum preparar outro cataplasma.

Ele sorriu com profunda devoção.

– Não senti mais nada, depois que a senhorita preparou o último, *milady*.

– Ótimo, mas não vai esconder de mim se voltar a doer, vai?

– Não, *milady*.

O'Malley esperou até que Victoria se afastasse, para murmurar ao lacaio a seu lado:

– Ela é uma grande dama, não acha?

– A mais grandiosa que já vi – o outro concordou. – Exatamente como você previu no primeiro dia.

– Ela vai tornar a vida muito melhor para todos nós, até para o patrão, assim que passar a dormir na cama dele. Vai lhe dar um herdeiro, e isso o fará feliz.

Northrup encontrava-se na entrada do salão, as costas eretas, pronto para anunciar o nome de quem chegasse. Victoria se aproximou, sentindo as pernas mais trêmulas do que nunca.

– Dê-me um instante para recuperar o fôlego – pediu. – Então, poderá nos anunciar. Estou muito nervosa – confessou.

Um esboço de sorriso iluminou as rígidas feições do mordomo, ao examinar a mulher espetacular a sua frente.

– Enquanto recupera o fôlego, *milady*, permita-me dizer que adorei ouvi-la tocar Beethoven, ontem à tarde. Aquela sonata é uma das minhas favoritas.

Victoria ficou tão satisfeita e surpresa pela inesperada cordialidade do austero Northrup, que quase se esqueceu da multidão assustadora que apinhava o salão.

– Obrigada – agradeceu com um sorriso. – E qual é a sua predileta?

Embora parecesse chocado pela demonstração de interesse dela, ele respondeu.

– Tocarei para você, amanhã – Victoria prometeu.

– É muita gentileza sua, *milady*! – Northrup replicou, um tanto tenso; mas, quando se virou para anunciá-la, sua voz transbordava de orgulho: – Lady Victoria Seaton, condessa de Langston... e Srta. Florence Wilson.

A atmosfera do salão era carregada de expectativa. Cerca de quinhentos convidados se viraram ao mesmo tempo, ansiosos para ver pela primeira vez a americana que, agora, usava o título da mãe e que, em breve, receberia outro, ainda mais cobiçado, de Jason, lorde Fielding.

Viram uma exótica deusa ruiva, envolta por um vestido em estilo grego, de seda azul, que combinava com seus olhos brilhantes e realçava as curvas voluptuosas de seu corpo. Luvas longas cobriam-lhe os braços, e os cabelos sedosos encontravam-se presos no topo da cabeça, de onde caíam em uma profusão de cachos avermelhados, entremeados de fios de safiras e brilhantes. Também viram o rosto delicado, de beleza inesquecível, com seus contornos bem-definidos, o nariz perfeito, lábios generosos e uma fenda minúscula e intrigante no queixo.

Ninguém que a observasse suspeitaria que os joelhos da jovem beldade estavam prestes a vergar de nervosismo.

O mar de rostos sem nome, com olhos fixos nela, pareceu se abrir à medida que ela desceu a escada. Então, Jason surgiu do meio da multidão, aproximou-se e estendeu-lhe a mão. Victoria aceitou-a com um gesto automático e ergueu um par de olhos arregalados de pânico, em um silencioso pedido de socorro.

Inclinando-se para ela, como se tivesse um elogio muito particular a fazer, Jason murmurou-lhe ao ouvido:

– Está apavorada, não está? Quer que eu comece a apresentá-la aos convidados agora, ou prefere dançar comigo e deixar que a observem mais um pouco?

– Que alternativa! – Victoria sussurrou com uma risada quase histérica.

– Mandarei a orquestra começar – Jason decidiu sabiamente, ordenando com um aceno de cabeça que os músicos dessem início a uma valsa. Levou Victoria até o centro da pista de dança e tomou-a nos braços. – Sabe dançar valsa?

– Isto é hora de perguntar?

– Victoria! – Jason pronunciou-lhe o nome em tom severo, embora continuasse sorrindo para manter as aparências. – Você é a mesma jovem que ameaçou, com incrível frieza, estourar os meus miolos com uma arma. Não se atreva a se acovardar justamente agora!

– Não, milorde – ela replicou, tentando desesperadamente acompanhá-lo, à medida que ele iniciava os passos da valsa.

Percebeu que Jason dançava com a mesma elegância e naturalidade com que usava o caríssimo traje de gala.

De repente, os braços dele se apertaram em torno da cintura de Victoria, forçando-a a uma proximidade de tirar o fôlego.

– Quando um casal dança – explicou –, os dois costumam conversar, ou flertar. Do contrário, quem estiver olhando vai concluir que nenhum dos dois está satisfeito com seu parceiro.

Victoria se limitou a fitá-lo, sentindo a boca muito seca.

– Diga alguma coisa, diabos!

A imprecação, pronunciada com um sorriso tão galante, fez Victoria soltar uma gargalhada e, por um momento, ela se esqueceu da audiência. Tentando obedecer-lhe, disse a primeira coisa que lhe veio à cabeça:

– Dança muito bem, milorde.

Jason relaxou e seu sorriso tornou-se mais largo.

– Isso é o que eu deveria dizer a você.

– Vocês, ingleses, têm regras para tudo! – ela retrucou em tom de zombaria.

– Não se esqueça de que, agora, você também é inglesa, minha cara. A Srta. Flossie a ensinou a dançar muito bem. O que mais aprendeu?

Ligeiramente contrariada pela insinuação de que ela não sabia dançar, Victoria respondeu:

– Pode ficar tranquilo, pois garanto que já sei tudo o que os ingleses consideram necessário a uma jovem refinada, de bom nascimento.

– Pode ser mais específica?

– Além de tocar piano, sou capaz de cantar, dançar sem tropeçar e bordar com pontos precisos. Além disso, sei ler em francês e me curvar diante de membros da realeza com profunda reverência. Ao que me parece, na Inglaterra, espera-se que uma mulher seja absolutamente inútil.

Jason atirou a cabeça para trás e soltou uma sonora gargalhada. Em sua opinião, Victoria era uma incrível combinação de contrastes intrigantes: sofisticação e inocência, feminilidade e coragem, beleza e humor. Possuía um corpo criado para as carícias masculinas, um par de olhos que poderiam levar qualquer homem à loucura, um sorriso que era ao mesmo tempo ingênuo e sensual, além de uma boca... uma boca que, definitivamente, convidava a um beijo.

– É falta de educação olhar para uma mulher assim – Victoria protestou, mais preocupada em manter as aparências do que com a direção do olhar de Jason.

Ele ergueu os olhos depressa.

– Desculpe.

– Disse que devemos flertar enquanto dançamos – ela lembrou-o. – Não tenho nenhuma experiência no assunto. E você?

– Mais que suficiente.

– Muito bem. Vá em frente e mostre-me como se faz.

Surpreso pelo convite, Jason fitou os olhos incrivelmente azuis e se perdeu neles. O desejo tomou conta de seu corpo e seus braços a apertaram.

– Você não precisa de aulas – murmurou com voz rouca. – Está se saindo muito bem.

– Do que está falando?

A evidente confusão de Victoria devolveu a sanidade a Jason.

– De que você está prestes a se meter em encrencas que nem sequer sonhou.

A um canto do salão, lorde Crowley examinou lady Victoria da cabeça aos pés.

– Linda – concluiu, dirigindo-se ao amigo. – Eu lhe disse que ela era magnífica, na primeira vez em que a vimos, no dia em que chegou a Londres. Nunca vi mulher igual. Ela é divina... um anjo.

– Uma beldade! – lorde Wiltshire concordou.

– Não fosse por Wakefield, eu a cortejaria – Crowley anunciou.

– Mas, para conquistá-la, você teria de ser dez anos mais velho e vinte vezes mais rico, embora eu tenha ouvido dizer que o casamento ainda não está decidido.

– Nesse caso, cuidarei para que ela me seja apresentada, ainda esta noite.

– Farei o mesmo – lorde Crowley replicou.

Então, os dois saíram à procura de suas respectivas mães, a fim de providenciar as apresentações adequadas.

Para Victoria, a noite foi um grande sucesso. Temera que os membros da *ton* fossem iguais a lady Kirby, mas a maioria deles pareceu aceitá-la de bom grado em seu círculo fechado. Na verdade, alguns, particularmente os cavalheiros, se mostraram bastantes efusivos em suas atenções e elogios. Mantiveram-na cercada praticamente o tempo todo, solicitando apresentações e danças, disputando a sua atenção e pedindo permissão para visitá-la. Embora não levasse tais manifestações muito a sério, Victoria tratou a todos com gentileza e cortesia.

Ocasionalmente, avistava Jason em meio aos convidados e sorria consigo mesma. Ele estava mais atraente do que nunca, no impecável traje preto, que combinava com os cabelos fartos e contrastava com a camisa branca e o sorriso arrasador. Perto dele, os outros homens pareciam pálidos e insignificantes.

Muitas outras mulheres pensavam o mesmo. Victoria percebeu isso, quatro horas depois, quando dançava com mais um de seus admiradores, notando que várias delas flertavam com Jason ostensivamente, ignorando o fato de ele ser, supostamente, o noivo de Victoria. Com secreta compaixão, ela observou uma loira muito bonita esforçar-se para prender a atenção dele, com olhares e sorrisos insinuantes, enquanto Jason permanecia apoiado a uma pilastra, sem esconder o profundo tédio que a acompanhante lhe causava.

Até então, Victoria imaginara que ele só tratava a ela com aquela atitude de zombaria que tanto a irritava. Porém, deu-se conta de que Jason parecia tratar todas as mulheres com frieza. Sem dúvida, era a isso que Caroline havia se referido ao dizer que ele era rude e nem um pouco cavalheiro. Mesmo assim, as mulheres eram atraídas para ele como mariposas para uma chama perigosa. E por que não?, Victoria perguntou-se ao vê-lo livrar-se da loira e se encaminhar para lorde Collingwood. Jason era definitivamente irresistível.

Robert Collingwood olhou para Jason e, então, apontou para os admiradores de Victoria, que se acotovelavam ao lado de Flossie Wilson, esperando que a musa retornasse da pista de dança.

– Se ainda pretende encontrar um marido para ela, Jason, não vai ter de esperar muito. Ela acaba de se transformar na grande sensação da temporada.

– Ótimo – Jason replicou, lançando um olhar indiferente para os rapazes e dando de ombros.

14

A previsão de Robert sobre o sucesso de Victoria se confirmou. No dia seguinte ao baile, 12 cavalheiros e sete jovens damas foram visitá-la, fazendo-lhe convites e suplicando que Victoria lhes mostrasse Lobo de perto. Northrup viveu seu dia de glória, conduzindo visitantes de um salão para outro e distribuindo tarefas entre os lacaios, que carregavam bandejas de chá para todos os lados.

Quando o jantar foi servido, às 21 horas, Victoria estava exausta, sem a menor condição de comparecer a qualquer dos bailes e saraus para os quais fora convidada. Fora dormir quando o dia estava prestes a amanhecer e mal conseguia manter os olhos abertos, enquanto saboreava a sobremesa. Jason, por sua vez, mostrava-se cheio de energia, como sempre, mesmo depois de ter trabalhado em seu escritório a tarde inteira.

– Victoria, você foi um sucesso incomparável, ontem à noite – ele disse. – Ficou evidente que Crowley e Wiltshire já estão apaixonados. Assim como lorde Makepeace, que é considerado o partido mais apetitoso da temporada.

Os olhos sonolentos de Victoria brilharam de divertimento.

– Essa expressão me fez pensar em um suculento linguado!

Um minuto depois, ela pediu licença para se retirar. Jason desejou-lhe boa noite, ainda sorrindo pelo gracejo de Victoria. Ela era capaz de iluminar um ambiente com seu sorriso, mesmo que fosse sonolento. Por trás daquela sofisticação natural, havia também docilidade e inteligência. Jason bebericou o seu conhaque, lembrando-se de como ela encantara a *ton*, na noite anterior, com sua beleza e simpatia. Também conquistara Northrup de maneira definitiva, ao tocar Mozart especialmente para ele, antes do jantar. Quando Victoria terminara, o mordomo tinha lágrimas nos olhos. Em seguida, ela mandara chamar O'Malley e tocara uma animada jiga irlandesa para o chefe dos lacaios. Ao final da apresentação, havia uma dúzia de criados junto à porta do salão, ouvindo fascinados o concerto improvisado. Em vez de ordenar que se dispersassem e se ocupassem de suas tarefas, como Jason estivera prestes a fazer, Victoria perguntou-lhes se algum deles gostaria de ouvir alguma canção em particular. Sabia os nomes de cada um e indagou-lhes sobre sua saúde e suas famílias. E, apesar de exausta, permanecera ao piano por mais de uma hora.

Jason deu-se conta de que todos os criados tinham profunda devoção por ela. Lacaios sorriam e faziam qualquer coisa para agradá-la; criadas se apressavam a satisfazer seus mínimos desejos. E Victoria agradecia a cada um deles com atenção especial por seus serviços. Sabia lidar com as pessoas e era capaz de conquistar barões e mordomos com igual facilidade, talvez por tratar a todos com o mesmo interesse sincero.

Distraído, Jason girou o copo entre os dedos, refletindo que depois da saída de Victoria, o salão parecia escuro e vazio. Não percebeu que Charles o observava com um brilho de profunda satisfação no olhar.

– Ela é uma jovem extraordinária, não é? – Charles comentou em tom casual.

– Sim.

– Além da beleza exótica, possui inteligência rara. Ora, você riu mais desde que Victoria chegou à Inglaterra do que riu em um ano! Não negue: a garota é esplêndida.

– Não vou negar – Jason respondeu, lembrando-se da incrível facilidade com que ela se comportava como uma condessa, uma camponesa, uma criança travessa, ou uma mulher sofisticada, dependendo de seu estado de espírito e do ambiente a sua volta.

– Ela é charmosa e inocente, mas também tem força e coragem. O homem certo poderá transformar Victoria em uma mulher ardente e apaixonada, para aquecer-lhe a cama e a vida. – Charles fez uma pausa, mas como Jason não disse nada, continuou: – O tal de Andrew não tem a menor intenção de se casar com ela. Não tenho mais nenhuma dúvida quanto a isto. Se fosse diferente, já teria entrado em contato com ela, a esta altura. – Fez outra pausa e Jason permaneceu em silêncio. – Lamento muito mais por Andrew do que pela própria Victoria. Aliás, tenho pena de qualquer homem que seja tolo o bastante para ignorar a única mulher que pode fazê-lo feliz. Jason, está me ouvindo?

Jason fitou-o com ar impaciente e ligeiramente confuso.

– Ouvi cada palavra. O que tudo isso tem a ver comigo?

– O quê...? – Charles começou, frustrado, mas tratou de se controlar. – Ora, tem tudo a ver com você e comigo, também. Victoria é uma jovem solteira. Mesmo com a presença da Srta. Flossie como sua acompanhante, ela não pode continuar vivendo indefinidamente na companhia de um homem solteiro, tendo outro solteiro que passa os dias aqui. Se continuarmos assim por muito tempo, as pessoas vão achar que ela realmente não passa de mais uma de suas conquistas e, então, será marginalizada. Você não quer ser motivo de humilhação para a garota, quer?

– Claro que não.

– Então, resta uma única solução: ela terá de se casar o mais depressa possível. – Charles esperou, mas Jason ficou quieto. – Não acha, Jason?

– Sim, sim.

– E com quem ela deve se casar, Jason? – Charles indagou, triunfante. – Quem poderá transformá-la em uma mulher ardente e apaixonada? Quem precisa de uma esposa para aquecer-lhe a cama e lhe dar um herdeiro?

Jason deu de ombros, visivelmente irritado.

– Como vou saber? Não sou o alcoviteiro da família!

– Está dizendo que não é capaz de pensar em um único homem com quem Victoria deveria se casar? – Charles inquiriu, boquiaberto.

Jason esvaziou seu copo de conhaque de um só gole e, então, se levantou.

– Victoria sabe cantar, tocar piano, costurar e se comportar na sociedade – resumiu. – Encontre um homem com bom ouvido para música, bons olhos para a beleza e amor por cachorros. Mas certifique-se de que ele seja de natureza muito tranquila, ou Victoria acabará por enlouquecê-lo. Simples, não acha?

Como Charles continuou a fitá-lo, boquiaberto, Jason acrescentou em tom irritado:

– Tenho seis propriedades para administrar, uma frota de navios para supervisionar e uma centena de detalhes para cuidar. Cuidarei dessas coisas. Você tratará de encontrar um bom marido para Victoria. Farei minha parte, acompanhando-a a alguns bailes e saraus, durante as duas próximas semanas. Ela já é um sucesso. Basta que apareça mais algumas vezes, em diferentes eventos sociais, para que tenha uma fila de pretendentes maior do que você seria capaz de sonhar. Trate de estudá-los quando vierem visitá-la e, então, faça uma lista dos melhores candidatos. Examinarei a sua lista e escolherei um.

Os ombros de Charles vergaram sob o peso da derrota.

– Como desejar.

15

— Não vejo uma jovem causar tamanha euforia em Londres, desde o *début* de Caroline – Robert Collingwood comentou com Jason, enquanto ambos observavam Victoria em um baile, uma semana depois. – Ela foi o assunto mais comentado da semana. É verdade que Victoria disse a Roddy Carstairs que seria capaz de vencê-lo em um torneio de tiro ao alvo, usando a própria pistola dele?

– Não. Victoria disse que se Roddy Carstairs tentasse tomar mais alguma liberdade indesejada, ela atiraria nele... e se errasse o alvo, atiçaria Lobo contra ele. E, caso Lobo não terminasse o serviço, ela garantiu que eu o faria. – Jason riu e sacudiu a cabeça. – Foi a primeira vez que alguém me indicou para o papel de herói. Só fiquei um pouco decepcionado por ter sido a segunda escolha, depois do cachorro.

Robert lançou um olhar estranho para Jason, que não notou, pois observava Victoria atentamente. Cercada por admiradores que disputavam suas atenções, ela se mostrava serena e imperturbável, como uma rainha ruiva sendo cortejada por seus vassalos. Usando um vestido de cetim azul-claro e luvas do mesmo tecido, os cabelos vermelhos caindo em cascatas sobre os ombros, ela dominava o baile com sua presença.

Enquanto observava, Jason notou lorde Warren muito próximo de Victoria, os olhos fixos no decote profundo do vestido. Pálido de raiva, se ele virou para Robert:

– Com licença. Preciso ter uma conversinha com Warren.

Foi a primeira de muitas vezes, durante a quinzena seguinte, que a *ton* assistiu ao incomparável espetáculo do marquês de Wakefield investindo furiosamente, como falcão feroz, sobre algum pretendente entusiasmado, cujas atenções para com lady Victoria se tornavam marcantes demais.

TRÊS SEMANAS DEPOIS do *début* de Victoria, Charles entrou no escritório de Jason.

– Já fiz a lista que você gostaria de examinar de candidatos a marido para Victoria – anunciou no tom de quem foi forçado a realizar uma tarefa repugnante e, então, não via a hora de se livrar da incumbência.

Jason parou de ler o relatório que tinha nas mãos e estreitou os olhos na direção do papel que Charles segurava.

– Estou ocupado, agora.

– Mesmo assim, eu gostaria de examinar a lista com você. A tarefa de prepará-la não foi nada agradável. Selecionei diversos candidatos aceitáveis, mas não foi fácil.

– Tenho certeza disso – Jason comentou com sarcasmo. – Afinal, todos os almofadinhas de Londres estiveram aqui, como cachorrinhos abanando suas caudas para Victoria! – Com isso, voltou a se concentrar no relatório. – Muito bem, leia os nomes, se assim deseja.

Franzindo o cenho diante da atitude indiferente de Jason, Charles se sentou diante dele e colocou os óculos.

– Em primeiro lugar, selecionei lorde Crowley, que já me pediu permissão para cortejá-la.

– Não. Muito impulsivo – Jason decretou.

– Por que diz isso? – Charles indagou, confuso.

– Crowley não conhece Victoria o suficiente para querer "cortejá-la", como você mencionou.

– Não seja ridículo! Os quatros primeiros jovens desta lista já me pediram permissão para cortejar Victoria, desde que, é claro, seu casamento com ela não esteja realmente decidido.

– Risque os quatro... pelo mesmo motivo – Jason persistiu, sem tirar os olhos do relatório. – Quem é o próximo?

– Lorde Wiltshire.

– Jovem demais. O próximo?

– Arthur Landcaster.

– Baixo demais. O próximo?

– William Rogers, que é alto, conservador, maduro, inteligente e atraente – Charles recitou em tom de desafio. – Além disso, é herdeiro de uma das melhores e maiores propriedades da Inglaterra. Acho que daria um excelente marido para Victoria.

– Não.

– Por que não? – Charles explodiu.

– Não gosto da maneira como Roger monta.

– Não gosta... Muito bem. O último nome da lista é de lorde Terrance, excelente cavaleiro, bom camarada, também alto, atraente, inteligente e rico. Que defeito pode apontar nele? – Charles inquiriu, triunfante.

– Não gosto dele. – Jason parecia cada vez mais ameaçador, o maxilar contraído em uma expressão de desagrado.

– Não é você quem vai se casar com Terrance – exclamou Charles, erguendo a voz.

Jason inclinou-se na cadeira e deu um murro na mesa.

– Já disse que não gosto dele. Assunto encerrado.

Lentamente, a irritação de Charles deu lugar à surpresa e, então, a um sorriso malicioso.

– Você não a quer, mas também não quer que ninguém mais a tenha... Certo?

– Certo – Jason retrucou em tom ácido. – Não a quero.

A voz baixa e furiosa de Victoria se fez ouvir da porta:

– Também não quero você!

Os dois homens viraram-se para ela, mas seu olhar faiscante se manteve fixo em Jason, enquanto Victoria se aproximava e plantava as mãos na mesa.

– Já que está tão preocupado em se livrar de mim, caso Andrew não venha me buscar, tratarei de me esforçar para encontrar vários substitutos para ele, mas você jamais seria um deles! Você não vale um décimo do que Andrew vale. Ele é amável, gentil e bom de coração, enquanto você é frio, cínico, convencido e... um bastardo!

A palavra "bastardo" acendeu a chama da fúria nos olhos de Jason.

– Se eu fosse você – ele retrucou em tom perigosamente baixo –, começaria a procurar os tais substitutos, pois o seu querido Andrew não a quer mais do que eu quero.

Mais humilhada do que podia suportar, Victoria deu meia-volta e disparou para fora do escritório, determinada a provar a Jason Fielding que outros homens a queriam. E nunca mais se permitiria confiar nele de novo. Durante as últimas semanas, chegara a acreditar que eram amigos, que Jason gostava dela. Lembrou-se do que o chamara havia pouco e corou de vergonha. Como pudera deixar que ele a provocasse, a ponto de fazê-la xingá-lo?

Assim que Victoria saiu, Charles virou-se para Jason com expressão amarga.

– Parabéns! Percebi que você queria fazê-la desprezá-lo desde o dia em que ela pôs os pés em Wakefield, mas só agora compreendi o porquê. Vi o modo como olha para Victoria, quando pensa que não está sendo observado. Você a deseja e tem medo de que, em um momento de fraqueza, a peça em cas...

– Chega!

– Você a deseja – Charles continuou, furioso. – Você a quer, gosta dela e se odeia por isso, pois se considera fraco. Bem, não precisa mais se preocupar, pois acabou de humilhá-la tão profundamente que ela jamais o perdoará. Os dois acertaram. Você é mesmo um bastardo e Andrew não virá buscá-la. Pode comemorar, Jason, pois não precisa mais se preocupar com suas fraquezas. Victoria vai odiá-lo ainda mais quando se der conta de que Andrew não virá. Espero que desfrute do seu triunfo.

Jason apanhou o relatório que estivera lendo, mantendo a expressão impassível.

– Faça outra lista na semana que vem e, então, traga-a para mim.

16

A tarefa de selecionar os melhores candidatos para marido de Victoria, a fim de preparar uma lista, se tornou bem mais difícil para Charles. Ao final da semana seguinte, a mansão se encontrava repleta de buquês de flores, levados por uma verdadeira multidão de cavalheiros entusiasmados, na esperança de conquistar as atenções e os favores de Victoria.

Até mesmo o elegante francês, marquês De Salle, curvou-se aos encantos dela. E não foi por culpa da barreira da língua, mas sim por causa disso. Ele apareceu na mansão, um dia, na companhia do barão Arnoff e de outro amigo que decidira fazer uma visita matinal a Victoria.

– Seu francês é excelente – o marquês mentiu em inglês, em tom de galanteio.

Victoria fitou-o, divertida.

– Meu francês é medíocre! – protestou. – Tenho tanta dificuldade para imitar os sons anasalados do francês quanto os tons guturais dos apaches.

– O que são apaches?

– Uma tribo de índios americanos.

– Está se referindo a selvagens americanos? – interferiu o barão russo, lendário cavaleiro do Exército da Rússia, demonstrando interesse imediato. – Ouvi dizer que esses selvagens são cavaleiros soberbos. É verdade?

– Só conheci um índio, barão Arnoff, já bem velho e muito educado. Meu pai o encontrou doente, na floresta, e o levou para casa a fim de tratá-lo. Seu nome era Rushing River e ele ficou conosco, ajudando meu pai nos afazeres domésticos. Para responder a sua pergunta, embora fosse apenas metade apache, Rushing River era mesmo um cavaleiro soberbo. Eu tinha 12 anos quando o vi realizar acrobacias sobre um cavalo e fiquei fascinada. Ele não usava sela e...

– Não usava sela! – o barão exclamou

– Nenhum apache usa.

– Que tipo de acrobacias ele fazia? – O marquês perguntou, mais interessado no belo rosto de Victoria do que em suas palavras.

– Uma vez, ele me pediu que deixasse um lenço no meio de um campo. Então, cavalgou naquela direção, a toda velocidade. Quando já chegava onde eu havia deixado o lenço, largou as rédeas, tombou o corpo para o lado e apanhou o lenço, com o cavalo em movimento. Depois, ele me ensinou como fazer isso – Victoria confessou, rindo.

O barão parecia muito impressionado.

– Gostaria muito de ver isso. Pode me mostrar como se faz?

– Ah, sinto muito, mas seria impossível. O cavalo tem de ser treinado por um apache, antes.

– Você poderia me ensinar algumas palavras da língua apache – o marquês sugeriu, sempre galante – e eu lhe ensinaria francês, em troca.

– Sua oferta é muito generosa, mas não seria justo, uma vez que tenho muito a aprender e bem pouco a ensinar. Só me lembro de algumas poucas palavras que Rushing River me ensinou.

– Tenho certeza de que poderia me ensinar uma frase, ao menos – ele insistiu.

– Ah, não, eu...

– Faço questão.

– Está bem – Victoria cedeu com um suspiro, antes de pronunciar uma frase apache. – Agora, tente repetir.

O marquês conseguiu na segunda tentativa e sorriu, satisfeito.

– O que significa? – perguntou. – O que eu disse?

Victoria lançou-lhe um olhar maroto, antes de traduzir:

– Aquele homem está pisando na minha águia.

O marquês, o barão e todos os presentes caíram na risada.

No dia seguinte, o barão russo e o marquês voltaram para uma nova visita, o que aumentou ainda mais o prestígio e a popularidade de Victoria.

Onde quer que ela estivesse, dentro da mansão, ouviam-se risadas alegres e animadas. No resto da casa, porém, a irritação emanada por lorde Fielding fazia o ambiente gelar. À medida que as semanas se seguiam e os admiradores de Victoria se multiplicavam, o humor de Jason ia de mal a pior. Onde quer que fosse, ele encontrava algo que o desagradava. Criticava a cozinheira por preparar seu prato predileto com muita frequência; enfurecia-se com a governanta por um grão de poeira encontrado debaixo do corrimão; ameaçava demitir um lacaio, cujo uniforme apresentava um botão frouxo.

No passado, lorde Fielding fora um patrão exigente, porém razoável. Agora, nada parecia satisfazê-lo, e qualquer criado que cruzasse o seu caminho não escaparia sem um sermão rude. Infelizmente, quanto mais impossível ele se tornava, mais nervosos e agitados os criados ficavam e, em sua tentativa de trabalhar duro e mais depressa, acabavam por cometer mais erros.

Antes, as propriedades de Jason funcionavam como máquinas muito bem-reguladas. Agora, criados tropeçavam e se chocavam uns contra os outros, na pressa desesperada de realizarem suas tarefas e evitarem a ira do patrão. Como resultado desse frenesi de nervosismo, um valiosíssimo vaso chinês foi quebrado, um balde de água com sabão foi tombado sobre o tapete persa da sala de jantar e o caos tomou conta da mansão.

Victoria percebeu a tensão reinante no ambiente, mas quando tentou, com todo cuidado, abordar o assunto com Jason, ele a acusou de "tentar incitar uma insurreição". Em seguida, fez comentários desagradáveis sobre o barulho provocado pelos visitantes dela enquanto ele tentava trabalhar, bem como sobre o odor "nauseante" das flores que tomavam conta da casa.

Por duas vezes, Charles tentou apresentar sua nova lista de candidatos a Jason, mas tudo o que conseguiu foi ser expulso do escritório aos berros.

Quando até mesmo Northrup foi castigado com uma reprimenda rude, a criadagem entrou em pânico. Porém, tudo terminou no final de uma tarde, cinco semanas depois do *début* de Victoria. Jason trabalhava em seu escritório e chamou Northrup, que tentava acomodar em um vaso um buquê que acabara de ser entregue a Victoria.

Em vez de fazer o irascível patrão esperar, o mordomo apressou-se em entrar no escritório, de buquê em punho.

– Chamou, milorde? – indagou, apreensivo.

– Ora, que lindas – Jason comentou, sarcástico. – Mais flores? Para mim? – Antes que Northrup pudesse responder, o patrão explodiu: – A casa inteira cheira a flores! Já está parecendo um velório! Trate de se livrar desse buquê. Depois, diga a Victoria que quero vê-la imediatamente. Então, encontre o convite para a festa dos Frigley, esta noite. Não consigo me lembrar o horário. E avise meu valete para preparar trajes formais. E então? O que está esperando? Mexa-se!

– Sim, milorde – Northrup respondeu, antes de sair correndo do escritório.

No corredor, deu de encontro com O'Malley, que Jason acabara de repreender por não ter engraxado suas botas como deveria.

– Nunca o vi desse jeito! – o chefe dos lacaios comentou, de olhos arregalados, enquanto Northrup enfiava as flores no vaso, antes de sair à procura de lady Victoria. – O lorde me pediu chá e, então, gritou comigo porque eu deveria ter-lhe servido café.

– O lorde não toma chá – Northrup explicou, tenso.

– Foi o que eu disse a ele, quando pediu – respondeu O'Malley –, e fui chamado de insolente!

– O que você realmente é – o mordomo criticou, alimentando a animosidade que pairava entre ele e o lacaio irlandês havia vinte anos.

Em seguida, Northrup se afastou, apressado.

No salão menor, Victoria olhava fixamente para a carta que acabara de receber da Sra. Bainbridge, enquanto as palavras iam ficando turvas diante de seus olhos:

> ... não vejo maneira delicada e lhe contar que Andrew se casou com a prima, na Suíça. Tentei avisá-la sobre essa possibilidade antes de sua partida para a Inglaterra, mas você não quis me ouvir. Agora, que terá de aceitar a realidade, sugiro que procure por um marido mais adequado a uma moça da sua posição.

– Não! Por favor! – Victoria murmurou, ao mesmo tempo que seus sonhos e esperanças caíam por terra, juntamente com sua fé nos homens.

Lembrou-se do rosto bonito e sorridente de Andrew, a elogiá-la enquanto cavalgavam juntos. "Ninguém monta como você, Tory..." Também se lembrou do primeiro beijo, tão inocente, no seu aniversário de 16 anos. " Se você fosse mais velha, eu lhe daria um anel, em vez de um bracelete..."

– Mentiroso! – Victoria balbuciou entre soluços. – Mentiroso!

As lágrimas corriam soltas por suas faces, indo cair no papel.

Northrup entrou no salão e anunciou:

– Lorde Fielding deseja vê-la, no escritório, imediatamente, *milady*, e lorde Crowley acabou de chegar. Perguntou se... – parou de falar quando Victoria ergueu para ele os olhos vermelhos.

Em seguida, ela se pôs de pé e, cobrindo o rosto com as mãos, passou apressadamente por ele. Um soluço agoniado escapou de seus lábios quando subiu a escada correndo.

Northrup observou-a desaparecer e, com um gesto automático, abaixou-se para apanhar a carta que ela deixara cair no chão. Enquanto os outros criados só ouviam partes de conversas familiares, Northrup tinha acesso a muito mais informação. Ao contrário dos demais, jamais acreditara que *lady* Victoria se casaria com lorde Fielding. Além disso, ouvira a própria Victoria dizer várias vezes que pretendia se casar com um cavalheiro americano.

Alarmado, leu a mensagem a fim de descobrir que notícias terríveis a haviam deixado tão infeliz. Então, cerrou os olhos, partilhando a aflição de Victoria.

– Northrup! – lorde Fielding trovejou no escritório.

Como um autômato, o mordomo obedeceu ao chamado.

– Disse a Victoria que desejo vê-la? – Jason inquiriu. – O que tem na mão? É o convite dos Frigley? Dê-me isso. – Jason estendeu a mão, impacientando-se ao ver o mordomo se aproximar lentamente da escrivaninha. – Que diabo deu em você, Northrup? – perguntou, arrancando o papel das mãos do mais velho. – Que manchas são essas?

– Lágrimas – Northrup respondeu, as costas eretas, a postura impecável, os olhos discretamente fixos na parede.

– Lágrimas? – Jason repetiu, tentando ler as palavras borradas. – Isto não é um convite, é... – parou de falar quando finalmente se deu conta do que lia. Ao terminar, ergueu os olhos flamejantes para Northrup. – Ele mandou a mãe contar a Victoria que se casou com outra? É um patife, covarde, miserável!

– Concordo plenamente, milorde.

Pela primeira vez em quase um mês, a voz de Jason não soou carregada de raiva e ressentimento, quando ele anunciou:

– Vou falar com ela.

Levantou-se e foi direto ao quarto de Victoria.

Como sempre, ela não respondeu à batida. Como sempre, Jason abriu a porta e entrou sem permissão. Em vez de estar chorando no travesseiro, Victoria olhava pela janela, as costas rijas, como se tivesse de se esforçar para se manter ereta. Jason fechou a porta atrás de si e hesitou, torcendo para que ela lhe passasse um de seus sermões por ele ter entrado no quarto sem ter sido convidado. Porém, quando Victoria finalmente falou, sua voz soou tão calma e desprovida de emoção, que ele chegou a ficar alarmado.

– Por favor, saia – ela pediu.

Ignorando o pedido, Jason se aproximou.

– Victoria, eu lamento... – parou de falar ao ver a ira nos olhos dela.

– Aposto que sim! Não se preocupe, milorde, pois não tenho a menor intenção de ficar aqui por muito tempo, nem de continuar sendo um fardo para você.

Ele estendeu os braços na tentativa de confortá-la, mas Victoria se afastou de um pulo.

– Não me toque! Não se atreva! Não quero ser tocada por homem algum, especialmente por você. – Respirou fundo, obviamente lutando para manter o controle. – Estive pensando em como cuidar de mim mesma. Não sou tão inútil quanto você imagina. Sou excelente costureira. Madame Dumosse mencionou mais de uma vez como é difícil encontrar profissionais competentes e responsáveis. Ela pode me dar um emprego e...

– Não seja ridícula! – Jason a interrompeu, furioso consigo mesmo por ter dito a ela que era inútil, no dia em que chegara a Wakefield e ainda mais furioso com Victoria por atirar-lhe as palavras no rosto, quando tudo o que ele queria era confortá-la.

– Ah, mas eu sou ridícula! – ela balbuciou. – Sou uma condessa sem um tostão, sem lar, nem orgulho. Nem mesmo sei se sou competente o bastante com uma agulha na mão para...

– Chega! – Jason voltou a interrompê-la. – Não permitirei que trabalhe como costureira e ponto final! Vai retribuir a minha hospitalidade colocando Charles e a mim em situação embaraçosa diante de toda a sociedade londrina?

Victoria sacudiu a cabeça, derrotada.

– Ótimo. Então, não quero ouvir mais essas bobagens sobre trabalhar para madame Dumosse.

– E o que eu vou fazer? – perguntou ela em um sussurro, os olhos repletos de um sofrimento insuportável.

Uma estranha emoção brilhou nos olhos de Jason e ele cerrou os dentes, como se lutasse para não dizer o que estava pensando.

– Faça o que todas as mulheres fazem – ele finalmente falou. – Case-se com um homem capaz de lhe oferecer um padrão de vida razoável. Charles já recebeu meia dúzia de pedidos de permissão para cortejá-la. Case-se com um desses homens.

– Não quero me casar com um homem a quem não amo – Victoria retrucou, recuperando parte de seu espírito de luta.

– Vai mudar de ideia – Jason afirmou com frieza.

– Talvez seja o melhor a fazer – ela murmurou com voz entrecortada –, pois amar alguém dói demais. Quando a pessoa a quem amamos nos trai... Ah, Jason, o que está errado comigo? Você me odeia e Andrew...

Jason não pôde mais se conter. Ele a tomou nos braços e a apertou contra si.

– Não há nada de errado com você – assegurou, enquanto lhe afagava os cabelos. – Andrew é um covarde idiota. E eu sou ainda mais idiota que ele.

– Ele gostou mais de outra mulher do que de mim – ela soluçou contra o peito de Jason. – E dói tanto saber disso.

Jason fechou os olhos e respirou fundo.

– Eu sei – confessou.

Victoria encharcou a camisa de Jason com suas lágrimas que, pouco a pouco, foram derretendo o gelo que envolvera o coração dele durante anos. Abraçando-a com força, ele esperou que o pranto se abrandasse, para então beijá-la na testa e perguntar com voz suave:

– Lembra-se de quando me perguntou, em Wakefield, se poderíamos ser amigos?

Ela balançou a cabeça.

– Eu gostaria muito de ser seu amigo – Jason continuou. – Pode me dar uma segunda chance?

Victoria ergueu a cabeça e fitou-o com olhar cheio de dúvidas. Então, assentiu.

– Obrigado – ele agradeceu com um esboço de sorriso.

17

Nas semanas que se seguiram, Victoria sentiu o impacto da rejeição de Andrew. No início, ficou magoada. Então, ficara furiosa. Finalmente, fora invadida por um profundo e doloroso sentimento de perda. Porém, com força e determinação, forçou-se a enfrentar a dura realidade daquela traição, bem como o fato inegável de que sua vida anterior chegara ao fim. Aprendeu a chorar na privacidade de seu quarto para, então, colocar um lindo vestido e exibir seu melhor sorriso para amigos e conhecidos.

Tratava de manter seus sentimentos bem escondidos de todos, exceto de Jason e Caroline Collingwood, que a ajudavam de maneiras diferentes. Caroline mantinha Victoria ocupada com intermináveis atividades sociais e Jason a acompanhava a todos os lugares.

Na maior parte do tempo, ele tratava Victoria como se fosse seu irmão mais velho, acompanhando-a a festas, ao teatro, à ópera, permitindo-lhe desfrutar da companhia dos amigos, enquanto ficava com os dele. Porém, era sempre atento e protetor, pronto para afastar qualquer pretendente que ele não aprovasse. E Jason não aprovava um grande número deles. Para Victoria, que agora conhecia a fundo a fama de Jason como libertino incorrigível, era muito engraçado vê-lo intimidar um admirador mais entusiasmado com a simples força de seu olhar.

Para o resto da *ton*, o comportamento do marquês de Wakefield era não apenas engraçado, mas também muito estranho e até mesmo suspeito. Ninguém acreditava que os dois pretendiam se casar, especialmente porque Jason continuava a receber todos os admiradores de Victoria em sua casa e a afirmar que o noivado não era um compromisso definitivo. Além disso, como o noivado havia sido anunciado antes de a condessa chegar à Inglaterra, a *ton* concluiu que o noivado fora arranjado de maneira prematura pelo duque, que, além de não possuir saúde boa, não escondia a profunda afeição pelos dois jovens. Assim, todos pensavam que o casal estava mantendo o compromisso apenas para agradá-lo.

Agora, porém, tal teoria começava a ser suplantada por outra, um bocado maldosa. Desde o início, alguns membros da sociedade haviam feito objeções quanto ao fato de Victoria morar na mansão Wakefield. Por ser ela uma moça tão dócil, e como lorde Fielding não demonstrara interesse especial por ela, a maioria das pessoas não dera ouvidos a tais objeções. No entanto, à medida que as aparições públicas de Jason ao lado de Victoria aumentavam, os mexericos cresciam, especulando que o notório lorde Fielding havia decidido transformar Victoria em mais uma de suas conquistas... se já não o fizera.

Algumas das línguas mais ferinas chegaram a insinuar que o noivado não passava de um disfarce conveniente para uma ligação imoral, levada a cabo bem debaixo do nariz da pobre Srta. Flossie Wilson. Esse boato em particular, embora amplamente disseminado, não recebeu maior crédito simplesmente porque lorde Fielding, embora acompanhando Victoria a todos os lugares, jamais exibia a atitude possessiva de um amante. Além disso, lady Victoria já conquistara um grande número de ferrenhos defensores, entre eles a condessa de Collingwood e seu marido, que tomavam como ofensa pessoal qualquer comentário maldoso a respeito da condessa de Langston.

Victoria não ignorava a curiosidade que cercava seu relacionamento com Jason, nem deixava de perceber o fato de que muito membros da *ton* pareciam desconfiar dele. À medida que se acostumava ao jeito de ser de seus novos amigos, tomava maior consciência das suaves nuances de expressão exibidas pelas pessoas, sempre que Jason estava por perto. Suspeitavam dele, assumiam posição de alerta, desconfiavam. No início, Victoria acreditara estar imaginando coisas, mas com o tempo confirmou suas suspeitas de que todos se tornavam mais tensos e formais na presença dele. Às vezes, ouvia comentários, ou partes de conversas sussurradas, nos quais reconhecia uma pontada de malícia ou, no mínimo, reprovação.

Caroline a advertira sobre o fato de as pessoas temerem Jason e não confiarem nele. Uma noite, Dorothy tentou fazer o mesmo.

– Tory, Tory, é você? – Dorothy chamou, atravessando a pequena multidão que cercava Victoria no jardim da casa de lorde e lady Potham, onde havia uma festa.

Como não via a irmã desde que as duas haviam desembarcado do navio, Victoria a abraçou e fitou-a com ternura.

– Por onde você esteve? – perguntou. – Tem escrito tão raramente, que pensei que ainda estivesse "de castigo" no campo!

– Vovó e eu voltamos para Londres há três dias – Dorothy explicou, apressada. – Eu queria vê-la imediatamente, mas vovó não quer que eu tenha o menor contato com você. Ainda assim, tenho me mantido informada sobre todos os seus passos. Mas vamos deixar esse assunto de lado, pois não tenho muito tempo. Minha acompanhante virá a minha procura a qualquer momento. Eu disse a ela que vi uma amiga de vovó e que precisava lhe dar um recado. – Lançou um olhar apreensivo por cima do ombro, sem perceber a curiosidade com que os admiradores de Victoria a observavam. – Ah, Tory, estou tão preocupada com você! Sei que Andrew fez uma coisa horrível, mas você não pode nem sequer considerar a possibilidade de se casar com Wakefield! Ninguém gosta dele. Ouvi lady Faulklyn, a acompanhante de vovó, falar dele. Sabe o que ela disse?

Victoria deu as costas à audiência, que não escondia o interesse ávido.

– Dorothy, lorde Fielding tem sido muito bondoso comigo. Não me peça para ouvir mexericos desagradáveis, pois não lhe darei ouvidos. Deixe-me apresentá-la...

– Agora não! – Dorothy a interrompeu, desesperada. – Sabe das coisas horríveis que falam de Wakefield? Lady Faulklyn disse que ele nem seria recebido em Londres, se não fosse um Fielding. A reputação dele é terrível. Ele usa as mulheres para suas finalidades devassas e, depois, as maltrata e abandona! Todos têm medo dele e você também deveria ter! Dizem... – parou de falar ao avistar uma senhora de meia-idade que abria caminho por entre a multidão. – Preciso ir. Aquela é lady Faulklyn

Dorothy correu ao encontro da mulher e as duas desapareceram.

O Sr. Warren, que se encontrava bem ao lado de Victoria, aproveitou a oportunidade para dar a sua contribuição:

– Aquela jovem tem razão, sabia?

Com expressão de desagrado, Victoria virou-se para o jovem, que parecia ser o tipo de covarde incapaz de enfrentar até mesmo a própria sombra. Então, olhou para os outros que a cercavam com expressões apreensivas. Era evidente que haviam ouvido boa parte das palavras de Dorothy.

Sentiu uma explosão de desprezo no peito. Nenhum daqueles jovens jamais se dedicara nem sequer a um dia de trabalho honesto, como Jason fazia. Eram tolos, superficiais, meros manequins bem-vestidos, que adoravam criticar Jason pelo simples fato de ele ser muito mais rico e desejado pelas mulheres do que todos eles juntos.

O sorriso dócil de Victoria não escondeu o brilho ameaçador em seus olhos.

– Ora, Sr. Warren, está preocupado com meu bem-estar?

– Sim, *milady*, e não sou o único.

– Que absurdo! Se quer mesmo ouvir a verdade, em vez de perder tempo com mexericos tolos, vou contá-la. Cheguei aqui, sozinha no mundo, sem família, nem fortuna, totalmente dependente de sua alteza e de lorde Fielding. Agora, quero que olhe bem para mim.

Victoria teve de conter uma gargalhada quando o jovem tolo colocou os óculos, a fim de obedecer as suas instruções ao pé da letra.

– Pareço uma mulher que tem sido maltratada? – inquiriu com impaciência. – Fui assassinada em minha cama? Não, cavalheiro! Na verdade, lorde Fielding deu-me o conforto de sua bela casa, além de me oferecer a proteção de seu nome. Com toda a honestidade, Sr. Warren, penso que muitas mulheres em Londres adorariam ser "maltratadas" dessa forma e, pelo que pude observar, por aquele homem em particular.

Além disso, acho que são a inveja e o ciúme que dão origem a esses boatos ridículos.

O Sr. Warren corou e Victoria virou-se para os outros.

– Se conhecessem lorde Fielding tão bem quanto eu, saberiam que ele é o homem mais gentil, generoso, refinado e... e amável! – concluiu. Atrás dela, a voz de Jason soou divertida:

– *Milady*, em sua tentativa de defender minha terrível reputação, está me fazendo parecer um homem tedioso!

Victoria virou-se para encará-lo, embaraçada.

– No entanto – ele continuou com um sorriso –, poderei perdoá-la se aceitar dançar comigo.

Ela pousou a mão na dele e se deixou levar para o salão.

O sentimento de orgulho que a invadira por ter reunido coragem suficiente para defendê-lo começou a se dissipar, quando Jason a tomou nos braços, deslizando pela pista de dança, em silêncio. Só então Victoria parou para refletir que ainda sabia pouco sobre ele, embora houvesse aprendido, pela própria experiência, que Jason dava grande valor a sua privacidade e não gostava de falar de si mesmo. Sem jeito, perguntou-se se ele estaria zangado por tê-la surpreendido discutindo sobre ele com outras pessoas. Como ele permaneceu em silêncio, Victoria ergueu os olhos e arriscou:

– Está zangado comigo por eu estar falando de você?

– Era de mim que estava falando? – ele indagou, erguendo as sobrancelhas. – Pela descrição que ouvi, jamais teria adivinhado. Desde quando sou gentil, generoso, refinado e amável?

– Você está zangado – Victoria concluiu com um suspiro.

Jason riu baixinho, ao mesmo tempo que a apertava contra si.

– Não estou zangado – corrigiu. – Estou envergonhado.

– Por quê?

– Para um homem da minha idade e tamanho, com a minha reputação duvidosa, é um tanto embaraçoso ser defendido por uma jovem delicada como você.

Fascinada pela ternura que iluminou os olhos dele, Victoria teve de lutar contra o impulso absurdo de deitar a cabeça em seu ombro.

A NOTÍCIA QUE VICTORIA defendera lorde Fielding em público se espalhou com rapidez. Aparentemente, ela o admirava, embora não estivesse decidida a se casar com ele. Ainda assim, a *ton* concluiu que a data do casamento deveria ser marcada em breve. Tal possibilidade deixou os admiradores de Victoria em pânico e eles redobraram esforços para agradá-la. Disputavam sua atenção com ferocidade, brigavam entre si por causa dela e, no final, lorde Crowley e lorde Wiltshire duelaram por ela.

– Ela não quer nenhum de nós dois – o jovem lorde Crowley informou a lorde Wiltshire uma tarde, quando saíam da mansão Wakefield, depois de uma visita breve e insatisfatória.

– Quer, sim – lorde Wiltshire protestou. – Ela demonstrou um interesse especial por mim!

– Ora, seu idiota! Ela nos considera almofadinhas ingleses e é evidente que não gosta dos ingleses. Prefere aqueles colonos rudes! Ela não é a criaturinha meiga que parece. Na verdade, deve rir a nossa custa e...

– Mentira! – o amigo o interrompeu, furioso.

– Está me chamando de mentiroso, Wiltshire? – Crowley inquiriu, indignado.

– Estou – Wiltshire confirmou com petulância.

– Muito bem. Amanhã, ao raiar do dia, nos bosques de minha propriedade – Crowley decretou.

Em seguida, partiu a galope, na direção do clube que frequentava, onde a notícia do duelo iminente se espalhou, chegando às mesas de jogos, onde o marquês De Salle e o barão Arnoff se distraíam.

– Malditos idiotas! – De Salle praguejou ao ser informado da disputa. – Lady Victoria ficará inconsolável quando souber disso.

O barão Arnoff se limitou a rir baixinho.

– Nem Crowley, nem Wiltshire têm pontaria para causar maiores estragos. Fui testemunha disso durante uma caçada na casa de campo de Wiltshire, em Devon.

– Talvez eu deva tentar impedir esse absurdo – o marquês declarou.

O barão sacudiu a cabeça, ainda parecendo divertido.

– Não vejo por que você deva se preocupar. O máximo que vai acontecer é um dos dois conseguir ferir o cavalo do outro.

– Estou pensando na reputação de lady Victoria. Um duelo travado por causa dela não será nada bom.

– Ótimo! – o barão zombou – Se ela se tornar menos popular, minhas chances de conquistá-la serão maiores.

Horas depois, ocupando uma outra mesa de jogo, Robert Collingwood soube do duelo, mas não recebeu a notícia de bom humor. Pedindo licença aos amigos, deixou o clube e se dirigiu à residência do duque de Atherton, onde Jason estava hospedado. Depois de esperar durante uma hora pelo retorno do amigo, Robert persuadiu o mordomo a acordar o valete de Jason. Como resultado de muita insistência, o criado forneceu, com grande relutância, a informação de que o patrão voltara cedo do sarau a que acompanhara lady Victoria e, então, saíra para visitar uma certa dama, na Williams Street.

Robert voltou para sua carruagem e deu o endereço ao cocheiro, ordenando:

– Depressa!

As batidas altas e insistentes na porta finalmente despertaram a criada francesa que, com a maior discrição, negou qualquer conhecimento do paradeiro de lorde Fielding.

– Vá chamar sua patroa imediatamente – Robert comandou, impaciente. – Não tenho muito tempo.

A criada lançou um olhar para o brasão na porta da carruagem e, após uma breve hesitação, subiu a escada apressada.

Depois de outra longa espera, uma bela morena desceu a escada, vestindo uma fina camisola.

– O que está acontecendo, lorde Collingwood? – Sybil inquiriu.

– Jason está aqui? – Robert perguntou.

– Está.

– Diga a ele que Crowley e Wiltshire vão duelar por Victoria ao amanhecer, no bosque da propriedade Crowley.

Quando Sybil se sentou na beirada da cama, Jason estendeu a mão e, de olhos fechados, encontrou a abertura da camisola e acariciou-lhe a coxa.

– Volte para cama – convidou com voz sonolenta. – Preciso de você de novo.

Um sorriso triste curvou os lábios dela.

– Você não precisa de ninguém, Jason. Nunca precisou.

Com uma risada, Jason deitou-se de costas e puxou-a para cima de seu corpo já excitado.

– Se isso não é precisar, então, o que é?

– Não o que eu quis dizer com "precisar" e você sabe disso. Não! – Sybil protestou, ao sentir as mãos experientes começarem uma sensual exploração de seu corpo. – Não temos tempo, agora. Collingwood está lá embaixo. Pediu para avisá-lo de que Crowley e Wiltshire vão duelar ao amanhecer, na propriedade Crowley.

Jason abriu os olhos imediatamente, mas não pareceu preocupado.

– Vão duelar por Victoria – Sybil completou.

Em questão de segundos, Jason estava de pé, vestindo-se apressado.

– Que horas são? – perguntou.

– Falta mais ou menos uma hora para o amanhecer.

Ele assentiu, inclinou-se para beijá-la na testa e saiu.

O céu começava a clarear quando Jason finalmente localizou o bosque na propriedade Crowley e avistou os dois oponentes. À direita, sob os carvalhos frondosos, estava a carruagem do médico. Jason fincou os calcanhares nos flancos de seu garanhão, disparando em galope veloz.

Ao alcançar a clareira, saltou do cavalo antes mesmo que este parasse e correu para Crowley.

– Que diabo está acontecendo? – perguntou, e ficou surpreso ao ver o marquês De Salle se aproximar de Wiltshire. – O que está fazendo aqui? Você deveria ter mais juízo do que esses dois moleques!

– Estou fazendo o mesmo que você, mas sem muito sucesso, como logo vai descobrir.

– Crowley atirou em mim – Wiltshire acusou com voz engrolada pelo álcool que havia ingerido, na tentativa de reunir coragem para o duelo. – Crowley não... não se comportou como um... cavalheiro. Agora... vou atirar nele.

– Não atirei em você – Crowley protestou, irritado. – Se tivesse atirado, você estaria ferido!

– Você não atirou para cima! – Wiltshire persistiu. – Não é um cavalheiro... merece morrer... e vou cuidar disso.

Então, Wiltshire ergueu o braço trêmulo, apontando a arma na direção do oponente. Em seguida, tudo aconteceu de uma só vez. A pistola explodiu no momento em que o marquês De Salle se lançava sobre Wiltshire, na tentativa de tomar-lhe a arma. Ao mesmo tempo, Jason atirou-se sobre Crowley, derrubando-o no chão. A bala passou zunindo, próximo à orelha de Jason, ricocheteou no tronco de uma árvore e, então, atingiu-lhe o braço.

Após um momento de imobilidade, Jason se sentou devagar, com expressão incrédula. Pôs a mão sobre a dor lancinante em seu braço e viu o sangue, que logo lhe manchou os dedos.

O médico, o marquês e Wiltshire correram para ele.

– Deixe-me examinar seu braço – o Dr. Worthing falou, afastando os outros e se ajoelhando ao lado de Jason.

O médico rasgou-lhe a manga da camisa e o jovem Wiltshire emitiu um gemido estrangulado ao ver o ferimento.

– Ah, meu Deus! Lorde Fielding, não tive a intenção de...

– Cale-se! – o Dr. Worthing ordenou. – Alguém me dê a garrafa de uísque que está na minha maleta. – Para Jason, explicou: – É um ferimento sem maiores consequências, Jason, mas é profundo. Terei de limpá-lo e dar pontos. – Apanhou a garrafa que o marquês lhe entregou e lançou um olhar de desculpa para Jason. – Vai arder como o fogo do inferno.

Jason assentiu e cerrou os dentes, quando o médico derramou o líquido âmbar sobre o ferimento para, então, estender-lhe a garrafa.

– Se eu fosse você, Jason, beberia o resto. Vai precisar de muitos pontos.

– Não atirei nele – Wiltshire explodiu, na tentativa de escapar à ira de lorde Fielding, que teria todo o direito de exigir uma revanche. Quatro pares de olhos se fixaram nele, com evidente desprezo. – Não atirei! – ele repetiu, desesperado. – Foi a árvore. Atirei na árvore e, depois, a bala atingiu lorde Fielding.

Jason fitou-o com expressão sombria.

– Se tiver sorte, Wiltshire, vai conseguir se manter longe de minhas vistas, até que eu esteja velho demais para açoitá-lo.

Wiltshire deu meia-volta e começou a correr. Jason virou-se para Crowley, que o fitava, petrificado.

– Crowley, sua presença me ofende.

Seguindo o exemplo do amigo, o jovem montou em seu cavalo e desapareceu.

Em seguida, Jason bebeu um longo gole de uísque, contorcendo-se para suportar a dor provocada pela agulha com que Dr. Worthing fechava seu ferimento. Então, virou-se para De Salle:

– Infelizmente, não dispomos de copo adequado, mas sirva-se à vontade.

Sem hesitar, o marquês aceitou a garrafa e bebeu, antes de explicar:

– Dirigi-me a sua casa, logo que soube do duelo, mas fui informado de que você não estava. Seus criados se recusaram a me fornecer o seu paradeiro. Assim, trouxe o doutor Worthing comigo, para tentarmos evitar que o pior acontecesse.

– Devíamos ter deixado que se matassem — Jason murmurou com desgosto, voltando a se contorcer, pois acabara de levar mais um ponto.

– Tem razão – De Salle concordou.

Jason bebeu mais dois longos goles de uísque e começou a sentir os efeitos do álcool sobre seus sentidos. Apoiou a cabeça no tronco da árvore e, com um suspiro, perguntou:

– O que, exatamente, fez a minha pequena condessa para provocar esse duelo?

De Salle empertigou-se diante do tom afetuoso usado por Jason.

– Pelo que pude entender, lady Victoria teria chamado Wiltshire de almofadinha inglês.

– Nesse caso, Wiltshire deveria ter desafiado Victoria para um duelo – Jason falou com uma risada. – Ela não teria errado o alvo.

O marquês não achou graça da piada.

– O que quer dizer com "sua pequena condessa"? – indagou. – Se ela é sua, está se demorando demais para oficializar o noivado. Você mesmo disse que nada estava decidido. Que tipo de jogo está fazendo com os sentimentos dela, Wakefield?

Jason sustentou o olhar hostil do outro e, então, fechou os olhos e sorriu.

– Se está pensando em me desafiar para um duelo, espero que saiba atirar muito bem. É humilhante demais para um homem da minha posição ser atingido por uma árvore.

VICTORIA VIRAVA-SE de um lado para outro, na cama, exausta demais para dormir e incapaz de afastar os pensamentos agitados. Ao amanhecer, desistiu de tentar e se sentou, apoiando-se nos travesseiros enquanto pensava em sua vida. Victoria encontrava-se perdida em lembranças sombrias, e sentia-se como se estivesse caminhando sozinha para um túnel longo e escuro. Pensou em Andrew, que estava casado com outra e perdido para ela. Lembrou-se dos camponeses que aprendera a amar quando ainda era criança e que a amavam como a uma filha. Agora, eles se encontravam longe demais, totalmente fora de seu alcance. Só lhe restava tio Charles, mas nem mesmo o afeto sincero daquele homem poderia abrandar a agitação e o vazio em seu peito.

Durante toda a vida, Victoria se sentira útil e necessária, de alguma maneira. Agora, vivia uma sequência interminável de frivolidades, com Jason pagando por todas as suas despesas. Sentia-se inútil, desnecessária... um fardo.

Havia tentado seguir o conselho insensível de Jason e escolher outro homem para se casar. Sim, tentara, mas simplesmente não conseguia imaginar-se casada com nenhum daqueles almofadinhas londrinos, todos tão superficiais, esforçando-se como podiam para agradá-la. Não precisavam dela como esposa. Victoria seria um mero ornamento, um objeto de decoração em suas vidas. Com exceção dos Collingwood e de outros raros casais, os casamentos na *ton* não passavam de acordos convenientes, nada mais. Os casais raramente compareciam juntos ao mesmo evento e, quando o faziam, não era de bom-tom ficarem na companhia um do outro. Os filhos nascidos desses casamentos eram prontamente entregues aos cuidados de babás e tutores. O significado do casamento era muito diferente na Inglaterra, Victoria concluiu.

Com nostalgia, lembrou-se dos maridos e esposas que conhecera em Portage. Lembrou-se do velho Sr. Prowther, sentado na varanda, durante o verão, lendo com paciência para a esposa paralisada, que mal tinha consciência de onde estava. Recordou a expressão nos rostos dos Makepeace, quando seu pai os informara de que, depois de vinte anos de tentativas vãs, a Sra. Makepeace finalmente estava grávida. Pensou em como o casal de idade já um pouco avançada havia se abraçado, chorando juntos a felicidade partilhada. Aqueles, sim, eram casamentos como todos os casamentos deveriam ser: duas pessoas trabalhando juntas, ajudando uma à outra, nos bons tempos e nos ruins; duas pessoas rindo juntas, criando seus filhos juntas e até mesmo chorando juntas.

Victoria pensou nos próprios pais. Embora Katherine Seaton não amasse o marido, ainda assim havia lhe proporcionado um lar acolhedor e sido sua companheira. Os dois faziam quase tudo juntos, como jogar xadrez diante da lareira, durante o inverno, e sair para longas caminhadas, no verão.

Em Londres, Victoria era desejada por uma razão simples e estúpida: estava "na moda", no momento. Como esposa, não teria nenhuma utilidade, exceto a de ocupar o seu lugar à mesa, quando os convidados chegassem para o jantar. E ela sabia que jamais seria feliz vivendo assim. Queria partilhar sua vida com alguém que precisasse dela, fazer seu marido feliz e ser importante para ele. Queria se sentir útil, saber que possuía um propósito que não fosse meramente ornamental.

O marquês De Salle gostava muito dela, era verdade, mas não a amava. Victoria mordeu o lábio, atacada mais uma vez pela dor da perda, ao se lembrar das juras de amor que ouvira de Andrew. Ele não a amara de verdade. O marquês De Salle também não a amava. Talvez os homens ricos, incluindo Andrew, fossem incapazes de amar. Talvez...

Victoria empertigou-se ao ouvir passos pesados se arrastando pelo corredor. Era cedo demais para serem de algum criado. Além disso, eles praticamente corriam pela casa, na tentativa de satisfazer os desejos do patrão. Algo bateu contra uma parede e um homem gemeu. Tio Charles podia estar passando mal, Victoria pensou, atirando as cobertas para longe e saindo da cama apressada. Correu para a porta e abriu-a.

– Jason! – exclamou ao vê-lo apoiado na parede, o braço esquerdo suspenso em uma tipoia improvisada. – O que aconteceu? Ora, esqueça. Não tente falar. Vou chamar um criado para ajudá-lo.

Voltou-se para sair, mas ele a segurou pelo braço, puxando-a de volta, com um sorriso estranho.

– Quero que você me ajude – Jason murmurou com voz engrolada e passou um braço pelos ombros dela, apoiando assim todo o peso do corpo. – Leve-me para o meu quarto, Victoria.

– Onde fica o seu quarto? – Victoria sussurrou.

– Você não sabe? perguntou com voz subitamente magoada. – Eu sei onde fica o seu.

– Que diferença isso faz, agora? – ela indagou, irritada.

– Nenhuma – ele admitiu e parou diante da primeira porta à direita.

Victoria abriu-a ajudou-o a entrar.

Do outro lado do corredor, uma outra porta se abriu e Charles Fielding apareceu, vestindo seu robe de seda, com ar preocupado. Então, imobilizou-se ao ouvir Jason ordenar em tom sedutor:

– Agora, minha pequena condessa, acompanhe-me até a minha cama.

Victoria percebeu a maneira estranha com que Jason estava pronunciando as palavras, mas atribuiu o fato à dor, ou à perda de sangue.

Quando pararam ao lado da cama imensa, Jason retirou o braço de seus ombros e esperou pacientemente enquanto ela puxava as cobertas. Em seguida, ele se sentou, fitando-a com um sorriso tolo. Victoria estudou-o, tentando esconder a ansiedade. Usando o tom de voz suave e profissional de seu pai, perguntou:

– Poderia me contar o que aconteceu com você?

– Claro! – ele respondeu, parecendo afrontado. – Não sou nenhum imbecil, sabia?

– Muito bem, o que aconteceu? – ela repetiu, começando a ficar impaciente.

– Ajude-me a tirar as botas.

Victoria hesitou.

– Acho melhor eu ir chamar Northrup.

– Esqueça as botas – Jason decidiu, antes de se deitar ainda calçado. – Sente-se ao meu lado e segure a minha mão.

– Não seja tolo.

Ele lhe lançou um olhar magoado.

– Você deveria ser mais gentil comigo, Victoria. Afinal de contas, fui ferido em um duelo pela sua honra.

Horrorizada pela menção de um duelo, ela obedeceu, segurando com força a mão dele.

– Ah, meu Deus, um duelo! Por quê? – Examinou-lhe as feições e sentiu o coração se derreter. Por alguma razão, Jason havia lutado por ela. – Por favor, diga-me por que você se envolveu em um duelo – implorou.

Jason sorriu.

– Porque Wiltshire chamou você de almofadinha inglesa.

– Do quê? – Victoria inquiriu, ansiosa. – Jason, quanto sangue perdeu?

– Todo. Está com pena de mim?

– Muita. Agora, por favor, tente falar coisa com coisa. Wiltshire atirou em você porque...

Jason revirou os olhos, com ares de desgosto.

– Wiltshire não atirou em mim. Ele seria incapaz de acertar uma parede a dois metros de distância! Uma árvore me atingiu. – Estendeu a mão e acariciou a rosto de Victoria, puxando-a para si. – Sabe que você é linda? – disse com voz rouca e, dessa vez, o forte odor de uísque alcançou o nariz de Victoria.

– Você está bêbado! – ela acusou, recuando.

– Tem razão – Jason confirmou de bom humor. – Eu me embriaguei com seu amigo De Salle.

– Meu Deus! Ele também estava lá?

Jason assentiu, mas não disse nada, pois estava fascinado pela bela mulher a sua frente. Os cabelos, da mesma cor de ouro em brasa, caíam soltos sobre seus ombros, emoldurando um rosto de beleza incomparável. A pele era lisa como alabastro, as sobrancelhas delicadamente arqueadas. Seus olhos pareciam duas safiras luminosas, que estudavam as feições de Jason com preocupação, tentando avaliar suas condições. Orgulho e coragem marcavam cada um de seus traços, das maçãs do rosto bem-delineadas, ao nariz pequeno e arrebitado, e também o queixo, com sua encantadora fenda. Ainda assim, a boca era suave e vulnerável, tão suave quanto os seios que ameaçavam saltar para fora do decote da camisola fina, parecendo pedirem a Jason que os tocasse. Porém, era a boca de Victoria que ele queria capturar... Lentamente, puxou-a para mais perto.

– Lorde Fielding! – Victoria advertiu, tentando se afastar.

– Você acabou de me chamar de Jason. Não negue.

– Foi um erro.

– Então, vamos errar de novo.

Enquanto falava, ele pousou a mão por trás da nuca de Victoria, forçando-a a se aproximar.

– Por favor, não – ela implorou. – Não me obrigue a lutar com você. Seu ferimento pode piorar.

A pressão em sua nuca diminuiu. Embora não a libertasse, Jason imobilizou-se, limitando-se a impedir que ela se afastasse, enquanto lhe estudava o rosto com ar reverente.

Victoria esperou pacientemente, sabendo que Jason estava confuso por causa da dor, da perda de sangue e da ingestão de uma quantidade considerável de álcool. Nem por um momento acreditou que ele realmente a desejava e, por isso, fitou-o com ar divertido.

– Alguma vez você já foi beijada por alguém, além de Arnold? – Jason indagou.

– Andrew – Victoria corrigiu-o, esforçando-se para não rir.

– Nem todos os homens beijam do mesmo jeito, sabia?

Uma risada escapou dos lábios de Victoria, antes que ela pudesse reprimi-la

– Verdade? Quantos homens você já beijou?

Embora o sorriso curvasse os lábios de Jason, ele ignorou a piada.

– Chegue mais perto – ordenou com voz rouca, voltando a intensificar a pressão de sua mão na nuca de Victoria. – Cole seus lábios aos meus. Faremos do meu jeito.

A complacência de Victoria desvaneceu e ela começou a entrar em pânico.

– Jason, pare com isso. Você não quer me beijar. Nem gosta muito de mim quando está sóbrio.

Ele soltou uma gargalhada amarga.

– Gosto de você muito mais do que deveria – declarou.

Então, puxou-a para si com um movimento brusco e beijou-a com ardor. Victoria lutou para se libertar, empurrando-o com as duas mãos, mas Jason enroscou os dedos em seus cabelos e puxou-os.

– Não lute! – falou entre os dentes. – Está me machucando.

– É você quem está me machucando! – Victoria protestou. – Solte-me.

– Não posso – Jason disse com a voz enrouquecida, embora soltasse os cabelos de Victoria e deslizasse a mão por seu pescoço e costas, mantendo os olhos fixos nos dela. – Mil vezes tentei me convencer de que não a quero, Victoria, mas foi em vão – confessou, desolado.

E, enquanto Victoria ainda se recuperava do choque provocado por aquela declaração, Jason voltou a puxá-la para si e beijá-la. Desta vez, porém, seu beijo foi um misto de ternura e paixão atordoante, que deixou Victoria imóvel e sem fôlego. No início, ela simplesmente se deixou beijar, abandonado-se às sensações totalmente desconhecidas que invadiam seu corpo. Os lábios de Jason moviam-se com uma paixão febril, exigindo, devorando-a como se não pudesse ter o suficiente dela. Em seu íntimo, Victoria percebeu a profunda solidão dele e, incapaz de continuar a resistir, ela finalmente retribuiu o beijo, imitando cada movimento dos lábios e da língua de Jason.

A reação dele foi imediata. Com um gemido abafado, ele passou o braço em torno das costas de Victoria e apertou-a contra si com força esmagadora, deliciando-se com o contato dos seios fartos e macios contra seu peito.

Depois do que pareceu uma eternidade, Jason descolou os lábios dos dela, passando a beijar-lhe as faces e a testa com profunda reverência e ternura. Então, de súbito, parou.

Victoria recuperou lentamente a clareza de raciocínio, que trouxe consigo a consciência horrorizada do comportamento devasso que acabara de exibir. Seu rosto encontrava-se pousado sobre o peito de Jason e ela estava parcialmente deitada sobre ele, como uma... uma libertina! Trêmula, forçou-se a erguer a cabeça, na certeza de que os olhos de Jason exibiriam o brilho frio do triunfo, ou até mesmo o mais profundo desprezo, que era exatamente o que ela merecia. Com relutância, abriu os olhos e se obrigou a fitá-lo

– Meu Deus – ele murmurou com olhar desfocado.

Victoria se encolheu de leve ao vê-lo erguer a mão, pois pensou que Jason fosse empurrá-la para longe de si. Porém, ele segurou seu rosto com dedos delicados, acariciando-lhe a face com o polegar. Confusa pela reação inesperada, ela esperou.

– Seu nome não combina com você – ele finalmente falou. – Victoria é muito longo e frio para uma criatura tão delicada e adorável.

Cativada pelo ar de intimidade com que ele a fitava, Victoria contou:

– Meus pais me chamavam de Tory.

– Tory – Jason repetiu, sorrindo. – Gostei. Combina perfeitamente com você. Também gosto do brilho que seus cabelos refletem ao sol, do som da sua risada e da maneira como seus olhos faíscam quando está zangada. Sabe do que mais eu gosto? – acrescentou, ao mesmo tempo que seus olhos se fechavam lentamente.

Fascinada pelo som da voz grave e pela doçura das palavras de Jason, Victoria sacudiu a cabeça.

Com os olhos fechados e um sorriso nos lábios, ele murmurou:

– Gosto de como você preenche a camisola que está vestindo...

Victoria se afastou de um pulo, ofendida. A mão de Jason caiu inerte a seu lado. Ele já dormia profundamente.

Por mais que tentasse ficar furiosa, Victoria sentiu o coração amolecer. As feições de Jason, normalmente duras, exibiam grande suavidade quando ele dormia. Além disso, a ausência do brilho cínico em seus olhos fazia-o parecer vulnerável e quase infantil.

Perguntou-se como ele teria sido quando criança. Certa mente, Jason não fora um garoto cínico e frio.

– Andrew arruinou todos os meus sonhos de criança – murmurou baixinho. – Gostaria de saber quem arruinou os seus. Vou lhe contar um segredo – acrescentou, sabendo que ele não poderia ouvi-la. – Também gosto muito de você, Jason.

Do outro lado do corredor, ouviu-se o clique de uma porta se fechando. Invadida pela culpa, Victoria se levantou de um pulo, alisando a camisola e ajeitando os cabelos. Porém, quando espiou da porta, o corredor estava deserto.

18

Quando desceu para o café da manhã, Victoria se surpreendeu ao encontrar Charles já à mesa, muito antes de seu horário habitual, parecendo extremamente animado.

– Está linda, como sempre – ele disse com um largo sorriso, ao se levantar e puxar a cadeira para Victoria.

– E o senhor parece melhor do que nunca – ela replicou, retribuindo-lhe o sorriso.

– Nunca me senti melhor – Charles admitiu. – Como está Jason?

Victoria deixou cair a colher com que mexia o chá.

– Eu o ouvi no corredor, de madrugada – Charles explicou. – E ouvi a sua voz, também. Ele me pareceu um pouco... alterado.

– Eu diria que estava bêbado como um gambá! – Victoria corrigiu com uma risada.

– Northrup me informou de que o seu amigo, Wiltshire, esteve aqui há mais ou menos uma hora, perguntando com ar aflito sobre a saúde de Jason. Ao que parece, o jovem acredita que Jason participou de um duelo, ao amanhecer, e foi ferido.

Dando-se conta de que seria impossível esconder a verdade de Charles, Victoria contou:

– Segundo Jason, ele duelou com lorde Wiltshire porque lorde Wiltshire me chamou de "almofadinha inglesa".

– Ora, Wiltshire está me deixando maluco com sua insistência para que eu lhe dê permissão para cortejá-la formalmente. Ele não diria uma coisa dessas.

– Tenho certeza que não, até porque isso não faz o menor sentido.

– Exatamente – Charles concordou, divertido. – Mas, seja qual for a provocação ocorrida, aparentemente Wiltshire atirou em Jason.

Victoria não pôde conter uma gargalhada.

– Jason disse que foi ferido no braço... por uma árvore!

– Quanta coincidência! – exclamou Charles. – Foi exatamente o que Wiltshire disse a Northrup! Bem, não creio que exista algum motivo de preocupação. Fui informado de que o doutor Worthing cuidou de Jason e, sendo grande amigo nosso, além de excelente médico, se a saúde de Jason corresse o menor risco, ele estaria aqui, agora. E, mais importante, podemos confiar na discrição de Worthing. Você deve saber que duelos são ilegais.

Victoria empalideceu e Charles se apressou a pousar a mão sobre a dela, fitando-a com imensa ternura.

– Como já disse, não há com que se preocupar. Não tenho palavras para dizer quanto estou feliz por tê-la aqui conosco, minha querida. Há tanto que eu gostaria de lhe contar sobre Jas... sobre tudo – corrigiu-se depressa. – Creio que, em breve, poderei fazer isso.

Victoria aproveitou a oportunidade para insistir que Charles lhe falasse dos tempos em que conhecera sua mãe. Porém, como sempre fazia, ele se esquivou, prometendo:

– Logo, logo, mas não ainda.

O resto do dia se arrastou, enquanto Victoria esperava com nervosismo que Jason aparecesse. Não sabia como ele a trataria, depois do que acontecera de madrugada. Estava inquieta, sua mente não parava de analisar todas as possibilidades. Talvez ele a desprezasse por ter se deixado beijar. Ou, então, podia odiar a si mesmo por ter admitido que gostava dela. E, ainda, era possível que nada do que Jason dissera pudesse ser levado a sério.

Victoria tinha certeza de que a maior parte das atitudes que ele tomara na noite anterior havia sido induzida pelo álcool, mas queria muito acreditar que uma amizade mais sólida fosse resultar do que se passara entre eles. Ao longo das últimas semanas, ela passara a gostar muito de Jason e a admirá-lo e... Bem, seria melhor não pensar mais nisso.

À medida que o dia transcorria, suas esperanças foram se dissipando e a tensão se tornou ainda mais forte por causa das dezenas de visitantes que foram procurá-la, ansiosos para saber a verdade sobre o duelo de Jason. Northrup encarregou-se de dizer a todos eles que lady Victoria fora passar o dia fora, enquanto ela continuava esperando.

À 13 horas, Jason finalmente desceu, mas foi diretamente para o seu escritório, onde se fechou com lorde Collingwood e mais dois cavalheiros para uma reunião de negócios.

Às 15 horas, Victoria foi para a biblioteca. Profundamente contrariada consigo mesma por ter se preocupado tanto, tentou se concentrar em um livro, uma vez que se viu incapaz de conduzir uma conversa inteligente com Charles, que se encontrava sentado diante dela, folheando um jornal.

Quando Jason finalmente entrou na biblioteca, a tensão de Victoria era tamanha, que ela quase pulou de susto ao vê-lo.

– O que está lendo? – ele perguntou em tom casual, parando ao lado dela.

– Shelley – Victoria respondeu, embaraçada por ter se demorado a lembrar o nome do poeta.

– Victoria – Jason começou e, só então, ela notou a tensão que tomava conta de suas feições. – Ontem à noite, fiz alguma coisa pela qual deveria me desculpar?

O coração de Victoria apertou-se. Jason não se lembrava de nada!

– Nada de que eu me lembre – falou, tentando disfarçar a decepção.

Um esboço de sorriso curvou os lábios dele.

– Geralmente, quem não se lembra das coisas é quem bebeu demais – observou.

– Compreendo... Bem, não. Você não fez nada errado.

– Ótimo. Nesse caso, vejo você mais tarde, para irmos ao teatro. – Com um sorriso largo, Jason acrescentou: – Tory.

Então, virou-se para sair.

– Você disse que não se lembrava de nada! – Victoria explodiu, sem pensar.

Jason voltou a encará-la.

– Eu me lembro de tudo, Tory. Só queria saber se, na sua opinião, fiz algo de que deveria me desculpar.

– Você é o homem mais irritante do mundo! – ela o acusou, sem poder conter uma risada.

– Verdade, mas você gosta de mim assim mesmo.

Um intenso rubor cobriu as faces de Victoria. Nem sequer lhe ocorrera que Jason pudesse estar acordado, quando ela confessara seus sentimentos por ele. Afundou-se na cadeira e fechou os olhos, sentindo-se mortificada. Um ruído leve lembrou-a da presença de Charles. Voltou a abrir os olhos e o descobriu a observá-la com uma expressão de alegre triunfo.

– Muito bem, querida – ele comentou com um sorriso. – Sempre tive esperança de que você passasse a gostar dele. Agora, vejo que estive certo.

– Sim, mas ainda não compreendo Jason, tio Charles.

Ele se mostrou ainda mais satisfeito.

– Se já gosta dele agora, que não consegue compreendê-lo, quando finalmente conseguir, vai gostar muito mais. Isso eu posso lhe garantir. – Charles se levantou. – Agora, devo me retirar. Tenho um compromisso com um velho amigo.

À noite, quando entrou no salão, Victoria encontrou Jason a sua espera. Estava mais bonito do que nunca, vestindo um traje cor de vinho com uma camisa branca. O rubi do prendedor da gravata combinava com os outros dois, incrustados nas abotoaduras.

– Você tirou a tipoia! – Victoria acusou.

– E você não está pronta para ir ao teatro – ele retrucou. – E os Mortram darão uma festa esta noite. Vamos para lá, mais tarde.

– Não estou disposta a sair, hoje. Já enviei uma mensagem ao marquês De Salle, pedindo desculpas por não acompanhá-lo ao jantar dos Mortram.

– Ele vai ficar arrasado – Jason concluiu, satisfeito. – Especialmente quando souber que você foi ao jantar comigo.

– Não posso fazer isso!

– Pode, sim.

– Acho que você deveria usar a tipoia – Victoria tentou mudar de assunto.

– Se eu aparecer em público usando uma tipoia, Wiltshire vai acabar convencendo Londres inteira de que fui atingido por uma árvore.

– Duvido que ele diga isso – Victoria falou com um sorriso divertido. – Ele é muito jovem e, portanto, é mais provável que tente ganhar moral, dizendo que ele mesmo o atingiu.

– O que é muito mais embaraçoso do que ser atingido por uma árvore. Wiltshire nem sabe que extremidade da pistola apontar para o alvo.

Victoria reprimiu uma gargalhada.

– E por que devo sair com você, se tudo do que precisa é aparecer em público, sem aparentar estar ferido?

– Porque se você não estiver ao meu lado, alguma mulher ansiosa para se transformar em duquesa vai se pendurar no meu braço. Além disso, quero a sua companhia.

– Está bem. Eu não suportaria o sentimento de culpa, se fosse a responsável pela destruição da sua reputação de excelente duelista. – Antes de sair, Victoria virou-se para Jason com um sorriso malicioso. – É verdade que matou dezenas de homens em duelos, na Índia?

– Não – ele respondeu em tom seco. – Trate de se apressar.

Ao que parecia, toda a sociedade londrina decidira ir ao teatro naquela noite. E todos os olhos se fixaram no camarote de Jason, quando ele chegou, acompanhado por Victoria. O burburinho teve início de imediato. No começo, Victoria presumiu que todos estavam surpresos por ver Jason em boas condições de saúde, mas logo começou a mudar de ideia. Quando deixaram o camarote, durante o intervalo, ela percebeu algo diferente no ar. Moças e senhoras, pessoas que haviam sido muito amigáveis antes, agora a fitavam com olhares suspeitos e até mesmo desdenhosos. E Victoria não demorou a descobrir o motivo: Jason havia duelado por ela. Sua reputação sofrera um duro golpe.

Não muito longe dali, uma mulher idosa, usando um turbante branco, ornado por uma grande ametista, observava Jason e Victoria com interesse.

– Então, é verdade que ele duelou por ela? – a duquesa de Claremont perguntou a sua acompanhante.

– Foi o que ouvi, alteza – lady Faulklyn respondeu.

A duquesa se apoiou na bengala, examinando a bisneta.

– Ela é a imagem viva de Katherine.

– Tem razão, alteza.

Mais uma vez, a duquesa examinou Victoria da cabeça aos pés e, então, dirigiu o olhar para Jason.

– Sujeitinho atraente, não?

Lady Faulklyn empalideceu, sem saber o que dizer.

Ignorando o silêncio da acompanhante, a duquesa tamborilou os dedos na bengala e continuou estudando o marquês de Wakefield.

– Ele se parece com Atherton – concluiu.

– Há uma certa semelhança – lady Faulklyn concordou, hesitante.

– Ora, Wakefield é exatamente igual a Atherton quando era jovem!

– Exatamente – a acompanhante concordou.

Um sorriso malicioso curvou os lábios da duquesa.

– Atherton pensa que vai realizar um casamento entre nossas famílias, contra minha vontade. Esperou 22 anos para se vingar de mim e pensa que, finalmente, chegou o momento. – Soltou uma risada maligna, enquanto observava o belo casal. – Atherton está redondamente enganado.

Nervosa, Victoria desviou o olhar da velha senhora que usava o turbante peculiar. Todos pareciam observar a ela e a Jason, até mesmo pessoas que nunca vira antes, como aquela senhora.

– Foi um grande erro termos vindo juntos – comentou com Jason, apreensiva.

– Por quê? Você gostou de assistir à peça e eu gostei de ficar olhando para você.

– Pois não deveria ficar olhando para mim e, muito menos, demonstrar prazer nisso – ela o repreendeu, tentando esconder o profundo prazer proporcionado pelo elogio casual.

– Por que não?

– Porque todos estão nos observando.

– Já nos viram juntos antes – Jason comentou com indiferença, levando-a de volta ao camarote.

A situação piorou quando chegaram à festa dos Mortram. No momento em que os dois puseram os pés no salão, todos os convidados se viraram para fitá-los com ar decididamente pouco amigável.

– Jason, é horrível! Aqui é pior que no teatro. Lá, ao menos, algumas pessoas prestavam atenção na peça. Aqui, todos olham para nós! Quer fazer o favor de parar de sorrir para mim? Estão nos observando!

– O que estou vendo – Jason falou com tranquilidade – são os seus admiradores olhando para mim, como se estivessem tentando pensar em uma maneira de cortar o meu pescoço.

Victoria suspirou, exasperada.

– Está, deliberadamente, ignorando o que de fato aconteceu. Caroline Collingwood está a par de todos os mexericos da *ton*. Ela me contou que ninguém jamais acreditou que estávamos interessados um no outro. Todos concordavam que estávamos levando a farsa adiante, só pelo bem de tio Charles. Mas ontem você participou de um duelo porque alguém fez algum comentário ofensivo sobre mim, o que muda tudo. Estão especulando todo o tempo que você tem passado em casa quando eu estou lá e...

– Por acaso, aquela é a minha casa – Jason a interrompeu, franzindo o cenho.

– Eu sei, mas é o princípio que conta. Todos, especialmente as mulheres, estão pensando as coisas mais horríveis de nós. Se você não fosse quem é, o problema não seria tão grave – Victoria acrescentou, referindo-se às condições confusas daquele suposto noivado. – É o princípio da...

Jason baixou o tom de voz para um sussurro gelado.

– Está enganada se julga que me preocupo com o que as pessoas pensam, inclusive você. Não perca tempo me passando um sermão sobre princípios porque não tenho nenhum. E não me confunda com um cavalheiro, pois não sou. Já vivi em lugares de que você nem sequer ouviu falar. E fiz coisas, em todos eles, que ofenderiam a sua sensibilidade puritana. Você é uma criança inocente. Eu nunca fui inocente. Nem mesmo fui criança. Mas, já que está tão preocupada com o que as pessoas pensam, podemos resolver o problema com relativa facilidade. Pode passar o resto da noite com os seus admiradores, enquanto eu vou tratar de encontrar alguém para me fazer companhia.

Victoria ficou tão confusa e magoada com o ataque inesperado de Jason, que mal conseguia pensar, no momento em que ele se afastou. Porém, fez exatamente o que ele havia sugerido e, apesar de perceber que as pessoas já não lhe lançavam olhares tão desagradáveis, teve uma das piores noites de sua vida. O orgulho ferido a fez fingir que estava se divertindo na companhia de seus parceiros, mas seus ouvidos pareciam irremediavelmente sintonizados no som profundo da voz de Jason. Seu coração, por sua vez, parecia pressentir cada aproximação dele.

Sentindo-se cada vez mais infeliz, Victoria deu-se conta de que Jason não perdera tempo e já se encontrava cercado por três lindas loiras, que disputavam sua atenção, dispostas a virarem no avesso, se necessário, para conquistar um único sorriso do homem mais desejado da *ton*. Desde a noite anterior, Victoria não se permitira pensar no prazer que os lábios dele haviam lhe proporcionado. Agora, porém, sua mente parecia se recusar a focalizar qualquer outro pensamento. Desolada, descobriu que queria tê-lo de volta a seu lado, e não vê-lo na companhia daquelas mulheres desprezíveis. E, para isso, sentia-se mais do que disposta a mandar a opinião alheia para o inferno.

Um jovem de seus 25 anos lembrou-a de que ela havia lhe prometido a próxima dança.

– Sim, claro – Victoria respondeu, sem muito entusiasmo. – Sabe que horas são, Sr. Bascomb?

– São onze e meia – ele a informou.

Victoria reprimiu um gemido de agonia. A noite ainda demoraria horas para terminar.

CHARLES ENTROU NA MANSÃO Wakefield e deparou com Northrup.

– Não precisava ter me esperado acordado, Northrup – falou com um sorriso gentil. – Que horas são?

– Onze e meia, alteza.

– Jason e Victoria só devem chegar perto do amanhecer. Portanto, é melhor não esperar por eles. Você sabe como essas festas terminam tarde.

Northrup desejou-lhe boa noite e se dirigiu para seus aposentos. Charles tomou o rumo do salão, onde pretendia saborear uma boa dose de vinho do Porto e se deliciar com pensamentos agradáveis sobre o romance entre Jason e Victoria, que finalmente florescera no quarto de Jason, naquela madrugada. Dera apenas alguns passos pelo corredor, quando ouviu uma batida na porta. Acreditando que Jason e Victoria haviam se esquecido de levar a chave e decidido voltar mais cedo, virou-se e foi atender a porta, com um alegre sorriso nos lábios. Porém, o sorriso se desfez, dando lugar a um olhar de interrogação, quando ele se deparou com um desconhecido impecavelmente vestido.

– Perdoe-me por incomodá-lo a esta hora, alteza – o homem falou. – Sou Arthur Winslow e minha firma foi contratada por outra firma de advocacia, da América, com instruções para lhe entregar esta carta pessoalmente. Tenho outra carta endereçada à Srta. Victoria Seaton.

Charles teve um pressentimento terrível.

– Lady Seaton não está em casa, no momento.

– Sei disso, alteza. Estou esperando em minha carruagem, há horas, pela chegada de um dos dois. No caso de não encontrar lady Seaton, tenho instruções de entregar a carta a sua alteza e pedir-lhe que se encarregue de fazê-la chegar às mãos dela. Boa noite, alteza.

Com mãos trêmulas e molhadas de suor, Charles fechou a porta e abriu a carta endereçada a ele, procurando, aflito, pela identidade do signatário. O nome "Andrew Bainbridge" saltou aos seus olhos. Olhou fixamente para o papel, sentindo o coração prestes a explodir dentro do peito. Então, forçou-se a ler a mensagem. Enquanto o fazia, suas faces empalideceram e as palavras dançaram diante dos olhos embaçados.

Quando terminou a leitura, Charles deixou as mãos caírem ao lado do corpo e tombou a cabeça para a frente, derrotado. Seus ombros sacudiram e as lágrimas correram soltas por suas faces, conforme seus sonhos e esperanças se desfaziam em uma explosão que fez o sangue rugir em seus ouvidos. Muito tempo depois de as lágrimas terem secado, ele continuava ali parado, olhando fixamente para o chão. Finalmente, com movimentos lentos e pesados, endireitou os ombros e ergueu a cabeça.

– Northrup – chamou, já subindo a escada. – Northrup!

O mordomo apareceu no corredor, vestindo o paletó.

– Chamou, alteza? – indagou, pousando o olhar alarmado no duque, que se encontrava parado na escada, agarrando o corrimão com firmeza.

– Chame o Dr. Worthing – Charles ordenou. – Diga-lhe para vir imediatamente.

– Devo mandar chamar lorde Fielding e lady Victoria, também? – Northrup perguntou depressa.

– Não! – Charles respondeu, erguendo a voz, mas tratou de recuperar o controle. – Avisarei, se for preciso, depois que o Dr. Worthing chegar.

O dia já estava quase amanhecendo quando a carruagem de Jason estacionou diante da porta da mansão. Jason e Victoria haviam permanecido em silêncio, durante o trajeto de volta para casa. Porém, ao notar a reação de espanto de Jason, Victoria perguntou:

– De quem é aquela carruagem?

– Do Dr. Worthing – disse Jason, já abrindo a porta e saltando para o chão.

Sem cerimônia, tomou-a nos braços e a colocou nos degraus da entrada. Então, correu na direção da porta, que Northrup já abrira. Segurando a saia, Victoria se apressou a segui-lo, o pânico apertando-lhe o peito.

– O que houve? – Jason perguntou a Northrup.

– Seu tio, milorde... Ele teve um ataque cardíaco. O Dr. Worthing está com ele, agora.

– Ah, meu Deus! – Victoria exclamou, apertando o braço de Jason em busca de apoio.

Juntos, os dois subiram a escada, mas Northrup, que já os seguia, avisou:

– O Dr. Worthing pediu que vocês não entrassem antes que eu o informasse de sua chegada.

Quando Jason erguia a mão para bater na porta do quarto de Charles, o Dr. Worthing a abriu. Depois de sair do quarto, ele fechou a porta atrás de si.

– Ouvi um barulho e concluí que vocês haviam chegado – falou, passando as mãos pelos cabelos revoltos.

– Como ele está? – Jason indagou.

O Dr. Worthing respirou fundo, antes de declarar:

– Ele sofreu uma grave recaída, Jason.

– Podemos vê-lo?

– Sim, mas devo adverti-los para não dizer, nem fazer, nada que possa contrariá-lo, ou preocupá-lo.

Victoria levou a mão ao peito.

– Ele não vai... Ele não vai morrer, vai, doutor?

– Mais cedo ou mais tarde, todos nós morreremos, minha cara – o médico respondeu com tamanha gravidade, que Victoria teve um calafrio.

Entraram no quarto do moribundo e se aproximaram da cama. Jason parou de um lado, Victoria do outro. Embora as velas estivessem acesas sobre a mesa de cabeceira, para Victoria o quarto pareceu tão escuro e sombrio quanto um túmulo. A mão de Charles estava inerte sobre as cobertas e ela a segurou entre as suas, com firmeza, como se tentasse transmitir a ele parte de sua energia.

Os olhos de Charles se abriram e focalizaram o rosto de Victoria.

– Minha querida criança – ele murmurou com voz fraca.

– Eu não queria morrer tão cedo. Queira tanto vê-la bem encaminhada, antes. Quem vai cuidar de você, quando eu me for? Quem mais lhe dará um lar?

As lágrimas brotaram dos olhos de Victoria. Aprendera a amar aquele homem como a um verdadeiro tio e, agora, estava prestes a perdê-lo. Tentou falar, mas o nó em sua garganta a impediu. Assim, ela se limitou a apertar a mão de Charles contra o peito.

Ele se virou para Jason.

– Você se parece tanto comigo... tão teimoso quanto eu... Agora, ficará sozinho, como eu sempre fui.

– Não fale – Jason ordenou com voz embargada pela emoção. – Descanse.

– Como posso descansar? Como posso morrer em paz, sabendo que Victoria estará sozinha? Vocês dois ficarão sozinhos, cada um a sua maneira. Ela não poderá continuar sob a sua proteção, Jason, pois a sociedade jamais perdoará... – Charles parou de falar, visivelmente lutando a fim de reunir forças para continuar, antes de virar-se para Victoria. – Victoria, você tem esse nome por minha causa. Sua mãe e eu nos amávamos. Eu pretendia lhe contar tudo, um dia, mas agora não há tempo.

Victoria já não podia conter as lágrimas. Começou a chorar, e os soluços eram tão fortes que sacudiam seus ombros.

Charles voltou a encarar Jason.

– Meu sonho era ver vocês dois casados, para que tivessem um ao outro, quando eu partisse...

O rosto de Jason era uma máscara de dor controlada. Ele assentiu com ar grave.

– Cuidarei de Victoria... Prometo me casar com ela – acrescentou depressa, ao perceber que Charles pretendia protestar.

Victoria ergueu os olhos arregalados para Jason, mas logo se deu conta de que ele só queria oferecer conforto a Charles, na hora de sua morte.

Charles fechou os olhos com um suspiro cansado.

– Não acredito em você, Jason – murmurou.

Desesperada, Victoria se pôs de joelhos, ao lado da cama.

– Não deve de preocupar conosco, tio Charles – implorou, aos prantos.

Com dificuldade, Charles virou a cabeça no travesseiro e abriu os olhos. Então, fixou-os nos de Jason.

– Jura? – inquiriu. – Pode jurar que vai se casar com Victoria e cuidar dela para sempre?

– Eu juro – Jason declarou.

E foi então que Victoria viu o brilho da determinação nos olhos dele e descobriu que Jason não estava fingindo, mas, sim fazendo um juramento solene para um moribundo.

– E você, Victoria? – Charles indagou. – Promete aceitá-lo?

Victoria ficou petrificada. Aquele não era momento para discutir. A dura verdade era que sem Charles e sem Jason, ela não tinha mais ninguém no mundo. Lembrou-se do prazer que o beijo de Jason lhe proporcionara. Embora temesse sua frieza, sabia que ele era forte e capaz de protegê-la. Os planos de, um dia, retornar à América por sua própria conta deram lugar à necessidade urgente de sobrevivência e de oferecer um pouco de conforto a Charles, no momento de sua morte.

– Victoria? – Charles insistiu com voz cada vez mais fraca.

– Prometo aceitá-lo – ela declarou.

– Obrigado – Charles murmurou, fazendo um esforço patético para sorrir. Então, retirou a mão esquerda de sob as cobertas e segurou a de Jason. – Agora, posso morrer em paz.

De repente, o corpo de Jason ficou tenso. Seus olhos fixaram-se nos de Charles e seu rosto se transformou em uma máscara de cinismo. Com voz sarcástica, replicou:

– Agora, você pode morrer em paz, Charles.

– Não! – Victoria explodiu em soluços. – Não morra, tio Charles. Por favor! – Tentando desesperadamente dar a ele uma razão para lutar pela vida, argumentou: – Se morrer agora, não poderá me levar ao altar, no nosso casamento...

O Dr. Worthing se adiantou e ajudou Victoria a se pôr de pé. Fazendo um sinal para Jason, levou-a para o corredor.

– Já chega por ora, minha cara – o médico murmurou com voz gentil. – Se continuar assim, vai ficar doente também.

– Acha que ele vai viver, doutor? – ela perguntou, sem conter as lágrimas.

– Ficarei ao lado dele e os informarei sobre qualquer mudança em seu estado.

Sem oferecer esperança real, o médico voltou para dentro do quarto e fechou a porta.

Victoria e Jason desceram para o salão. Jason sentou-se ao lado dela e, a fim de confortá-la, passou o braço em torno de seus ombros e puxou-a para si. Victoria afundou o rosto no peito dele e soluçou até suas lágrimas secarem. Passou o resto da noite nos braços de Jason, rezando em silêncio.

Enquanto isso, Charles passou o resto da noite jogando cartas com o Dr. Worthing.

19

No início da tarde, o Dr. Worthing informou que Charles "ainda lutava pela vida". No dia seguinte, entrou na sala de jantar, quando Jason e Victoria jantavam, e declarou que Charles "parecia bem melhor".

Victoria mal pôde conter a alegria, mas Jason se limitou a fitar o médico com olhar cínico e convidá-lo para jantar.

– Obrigado – o Dr. Worthing agradeceu, desviando os olhos de Jason –, mas acho que já posso deixar meu paciente sozinho, por um breve período.

– Tenho certeza que sim – Jason concordou.

– Acha que ele vai se recuperar, doutor? – Victoria perguntou, chocada pela reação fria de Jason.

– É difícil dizer – o médico respondeu, tendo o cuidado de evitar o olhar de Jason. – Ele diz que quer viver para assistir ao casamento de vocês. Pode-se dizer que está se agarrando a esse motivo, para lutar pela vida.

Lançando um olhar rápido para Jason, Victoria inquiriu:

– O que pode acontecer se ele melhorar e, então, dissermos que mudamos de ideia?

– Nesse caso – foi Jason quem respondeu –, ele sem dúvida terá uma recaída. Não é, doutor?

– Tenho certeza de que o conhece melhor do que eu, Jason – o Dr. Worthing replicou, constrangido. – O que você acha?

– Acho que ele vai ter uma recaída.

Victoria sentiu como se o destino estivesse brincando com sua vida. Primeiro, tirando dela seu lar e as pessoas a quem amava, para então mandá-la a uma terra distante e, finalmente, forçando-a a um casamento sem amor, com um homem que não a queria.

Muito depois de os dois homens terem saído, Victoria ainda brincava com a comida em seu prato, tentando encontrar uma solução para o dilema que envolvia a ela e Jason. Seus sonhos de um lar feliz, com um marido que a amasse e um bebê nos braços, voltou a sua mente como uma zombaria. Pela primeira vez, ela se permitiu um momento de autopiedade. Afinal, não havia desejado tanto da vida. Não sonhara com peles e joias, nem com mansões espetaculares, onde vivesse como uma rainha. Só quisera o que já tinha na América, desejando apenas um marido e um filho para completar seu ideal de vida feliz.

Uma onda de nostalgia a invadiu. Ah, como gostaria de poder voltar no tempo e ver os sorrisos de seus pais, ouvir o pai falar do hospital que sonhava construir para os aldeões, que haviam sido a segunda família de Victoria. Faria qualquer coisa para voltar para casa. A imagem do rosto bonito e sorridente de Andrew voltou a atormentá-la, mas Victoria tratou de afastá-la da lembrança, pois havia jurado não derramar nem mais uma lágrima pelo homem infiel que ela tanto amara.

Levantou-se e saiu à procura de Jason. Andrew a abandonara a sua própria sorte, mas Jason estava ali e tinha a obrigação de ajudá-la a encontrar um meio de escapar a um casamento que nenhum deles queria.

Encontrou-o sozinho no escritório, o braço apoiado no consolo da lareira, os olhos fixos no fogo. Sentiu o coração se encher de compaixão ao se dar conta de que, embora ele houvesse fingido frieza diante do Dr. Worthing, Jason havia buscado refúgio na privacidade da solidão, para dar vazão ao seu sofrimento.

Reprimindo o impulso de lhe oferecer conforto, pois sabia que ele o recusaria, chamou-o em voz baixa.

– Jason?

Ele ergueu os olhos com feições impassíveis.

– O que vamos fazer? – ela perguntou.

– Sobre o quê?

– Sobre essa ideia absurda de tio Charles de nos ver casados.

– Por que é absurda?

Victoria ficou surpresa com a reação de Jason, mas estava decidida a discutir o assunto com calma e franqueza.

– Porque não quero me casar com você.

– Sei muito bem disso, Victoria – Jason retrucou com olhar duro.

– Você também não quer se casar comigo.

– Tem razão.

Como ele voltou a fitar o fogo, sem dizer mais nada, Victoria virou-se para sair, mas as palavras que Jason pronunciou a seguir a fizeram voltar.

– Mas o nosso casamento poderia nos dar o que nós dois realmente queremos.

– E o que nós queremos?

– Você quer voltar para América, ser independente, viver entre os seus amigos e, quem sabe, construir o hospital com que seu pai tanto sonhava. Ao menos, foi o que me disse. Se for honesta consigo mesma, vai admitir que também gostaria de voltar para mostrar a Andrew e a todos os que a conhecem, que o fato de ele a ter abandonado não significou nada, que você o esqueceu com a mesma facilidade com que ele se esqueceu de você, que levou sua vida adiante com sucesso.

Victoria se sentiu tão humilhada por esse comentário, que demorou alguns instantes para registrar as palavras seguintes de Jason.

– E – ele concluiu casualmente – eu quero ter um filho. Podemos proporcionar um ao outro o que queremos. Case-se comigo e me dê um filho. Em troca, eu a mandarei de volta para a América, com dinheiro suficiente para viver como uma rainha e construir uma dezena de hospitais.

Victoria fitou-o, boquiaberta.

– Dar um filho a você? – repetiu, incrédula. – Dar-lhe um filho e, então, partir para a América? Dar-lhe um filho e deixá-lo aqui?

– Não sou tão egoísta. Você poderia ficar com ele até... digamos, quatro anos. Toda criança precisa da mãe, nessa idade. A partir de então, quero tê-lo comigo. Talvez você prefira ficar aqui, conosco, quando vier trazê-lo. Na verdade, eu preferiria que você ficasse, em caráter permanente, mas creio que essa decisão deve ser sua. Só tenho uma condição a exigir.

– Que condição? – Victoria indagou, atordoada.

Jason hesitou, como se escolhesse cuidadosamente as palavras. Quando finalmente falou, desviou o olhar, fixando-o na janela.

– Pelo modo como me defendeu em público, há algum tempo, as pessoas acreditam que você não me despreza, nem tem medo de mim. Se concordar em se casar comigo, quero que reforce essa ideia e não diga ou faça nada que os faça pensar diferente. Em outras palavras, aconteça o que acontecer entre nós, quando estivermos em público, quero que se comporte como se tivesse se casado comigo por algo mais que o meu dinheiro, ou o meu título. Para colocar em palavras simples, como se gostasse de mim.

Foi então que Victoria se lembrou das palavras dele na festa dos Mortram: "Está enganada se julga que me preocupo com o que as pessoas pensam...". Jason mentira, ela se deu conta, sentindo o coração amolecer de ternura. Era óbvio que ele se importava com a opinião alheia ou, do contrário, não lhe faria um pedido como aquele.

Olhou para o homem frio, parado diante da lareira. Parecia poderoso e muito seguro de si. Era impossível acreditar que realmente desejasse ter um filho, ou que a desejasse, ou ainda que se importasse com o que as pessoas pensavam e diziam. Impossível, porém, verdadeiro. Victoria lembrou-se de como ele parecera quase infantil ao voltar do duelo e beijá-la. Lembrou-se da paixão contida naquele beijo e da solidão de suas palavras: "Mil vezes tentei me convencer de que não a quero, Victoria, mas foi em vão".

Talvez, por trás da fachada de frieza, Jason se sentisse tão solitário e vazio quanto ela. Talvez ele precisasse dela, mas não fosse capaz de admitir isso. Por outro lado, era possível que ela estivesse apenas tentando se enganar.

– Jason, você não pode esperar que eu tenha um filho e, depois, o entregue a você e vá embora. Não pode ser tão frio e insensível quanto a sua proposta o faz parecer. Não acredito nisso.

– Não serei um marido cruel, se é disso que está falando.

– Não é do que estou falando! – Victoria explodiu. – Como pode falar em se casar comigo, como se estivesse discutindo um acordo de negócios, sem sentimento, emoção, e mesmo sem fingir amor...

– Ora, não me diga que ainda tem ilusões sobre o amor! – ele zombou. – Sua experiência com Bainbridge deveria tê-la ensinado que o amor é um sentimento usado apenas para manipular pessoas ingênuas. Não espero nem quero que me ame, Victoria.

Victoria agarrou-se ao espaldar da cadeira, furiosa com as últimas palavras dele. Abriu a boca para protestar, mas Jason sacudiu a cabeça e falou:

– Não responda antes de considerar com bastante cuidado e atenção o que lhe propus. Se se casar comigo, terá liberdade para fazer o que quiser. Poderá construir um hospital na América e outro perto de Wakefield, e ficar na Inglaterra. Tenho seis propriedades e uma infinidade de criados. Só eles já poderiam lotar o seu hospital, mas, se isso não acontecer, posso pagá-los para ficarem doentes – acrescentou com um arremedo de sorriso.

Victoria, porém, estava magoada demais para reconhecer algum humor naquelas palavras. Diante de seu silêncio, Jason continuou:

– Poderá cobrir todas as paredes de Wakefield com os seus desenhos e, quando não tiver mais espaço, mandarei construir paredes novas. – Então, acariciou-lhe a face com profunda e inesperada ternura. – Vai descobrir que sou um marido muito generoso. Eu prometo.

O modo como ele pronunciou a palavra marido fez Victoria se arrepiar.

– Por que eu? – ela inquiriu com um sussurro. – Se é um filho o que quer, existem dezenas de mulheres, em Londres, loucas para se casarem com você.

– Porque me sinto atraído por você... e você sabe disso. Além do mais – disse com um olhar de provocação, enquanto segurava seus ombros e tentava puxá-la para si. – você gosta de mim. Disse isso quando pensou que eu estava dormindo, lembra-se?

Por um momento, Victoria limitou-se a fitá-lo, chocada pela confissão de que ele realmente sentia alguma atração por ela.

– Eu gostava de Andrew, também – falou, irritada. – Meu julgamento dos homens deixa muito a desejar.

– Verdade – ele concordou com um olhar divertido.

Segurando-a pelos ombros, Jason puxou-a lentamente para si.

– Acho que você enlouqueceu! – ela murmurou com voz estrangulada.

– Sem dúvida – ele replicou, passando um braço em torno de sua cintura.

– Não vou aceitar... não posso...

– Victoria, você não tem escolha – disse com delicadeza. Então, quando os seios dela comprimiram-se contra seu peito, sua voz tornou-se mais rouca, e ele adotou um tom persuasivo. – Posso lhe dar tudo o que uma mulher deseja...

– Tudo, menos amor.

– Tudo o que uma mulher *realmente* deseja – ele insistiu. – Vou lhe dar joias e peles. Você terá mais dinheiro do que jamais sonhou possível. E tudo o que terá de me dar em troca é isto... – concluiu, baixando a cabeça bem devagar.

Um pensamento estranho cruzou a mente de Victoria: Jason estava se vendendo por pouco. Era atraente, rico e desejado e, com certeza, tinha o direito de esperar mais de uma esposa. Então, sua mente se esvaziou por completo, no momento em que ele alcançou seus lábios, envolvendo-os em um beijo interminável que fez com que ondas de prazer percorressem seu corpo. A língua de Jason roçou levemente os lábios de Victoria, insinuando-se entre eles de maneira provocante. Quando ela retribuiu o beijo, foi tomada por um novo redemoinho de sensações desconhecidas e profundamente perturbadoras. Victoria não pôde conter uma exclamação de prazer e logo foi envolvida pelos braços de Jason. Ele passou a beijá-la de modo lento e excitante, apertando-a contra si de modo possessivo.

Quando Jason descolou os lábios dos dela, Victoria sentia-se atordoada, trêmula e inexplicavelmente temerosa.

– Olhe para mim – ele murmurou, segurando-lhe o queixo entre os dedos. – Está tremendo. Tem medo de mim?

Apesar da torrente de sentimentos confusos que se agitavam em seu peito, Victoria sacudiu a cabeça. Não tinha medo de Jason. Por alguma razão que não saberia explicar, fora tomada por um súbito medo de si mesma.

Diante da resposta silenciosa, Jason sorriu.

– Acho que está com medo, sim, mas não tem motivo para isso. Vou machucá-la uma única vez e somente por ser inevitável.

– O que... Por quê?

– Talvez, eu não vá machucá-la de jeito nenhum. Certo? – ele disse com voz repentinamente dura.

– Certo, o quê? – Victoria ergueu a voz. – Gostaria que não falasse por meio de enigmas, quando já estou tão confusa que mal consigo pensar!

Em uma de suas mudanças súbitas de humor, Jason deu de ombros com indiferença.

– Não tem importância. Não me importa o que você fez com Bainbridge. Isso foi antes.

– Antes? – ela repetiu, à beira da histeria. – Antes do quê?

– Antes de mim. No entanto, fique sabendo que não vou admitir que me traia. Fui claro?

– Você está definitivamente louco!

– Já concordamos nisso – Jason lembrou-a com sarcasmo.

– Se vai continuar fazendo insinuações insultantes, vou me retirar para o meu quarto.

Jason fitou-a nos olhos, lutando contra o impulso de tomá-la nos braços novamente e devorar-lhe os lábios.

– Muito bem. Vamos falar de trivialidades. O que a Sra. Craddock está preparando para o jantar?

Victoria sentiu que o mundo girava em uma direção e ela, em outra, atordoada e perdida.

– Sra. Craddock? – repetiu com olhar distante.

– A cozinheira. Como vê, já sei o nome dela. Também sei que O'Malley é o seu lacaio preferido. Agora, diga-me o que a Sra. Craddock está cozinhando.

– Ganso – Victoria informou-o, tentando se recuperar. – É aceitável?

– Perfeitamente. Vamos jantar em casa?

– Eu vou.

– Nesse caso, naturalmente, eu também.

Ora, ele já estava desempenhando o papel de marido!

– Informarei à senhora Craddock – Victoria declarou e virou-se para sair.

Sua confusão se recusava a ceder. Jason dissera estar atraído por ela. Queria se casar com ela. Impossível! Se Charles morresse, ela seria obrigada a se casar com Jason. Se casasse com ele logo, talvez Charles encontrasse forças para viver. E Jason queria ter filhos. Ela também queria. Queria alguém para amar. Talvez pudessem ser felizes, juntos. Às vezes, Jason era adorável, às vezes seu sorriso a fazia sorrir também. Ele prometera não machucá-la...

Victoria estava perto da porta, quando a voz calma de Jason a fez parar.

– Victoria, acho que já tomou sua decisão quanto ao nosso casamento. Se a sua resposta é "sim", creio que devemos contar a Charles depois do jantar e marcarmos a data. Ele vai gostar, e quanto antes falarmos com ele, melhor.

Victoria se deu conta de que Jason estava insistindo em saber se ela pretendia se casar com ele. Fitou-o por um longo momento. Por que ele parecia tenso, à espera de sua resposta? Por que precisava pedi-la em casamento, se tudo não passava de um acordo de negócios?

– Eu... – Victoria começou.

Porém, a proposta romântica de Andrew brotou de sua memória: "Diga que vai se casar comigo, Victoria. Eu a amo. Sempre vou amar...".

Ora, Jason ao menos não pronunciara palavras de amor que não sentia. Nem a pedira em casamento com demonstrações de afeto. Por isso, ela aceitou a proposta com a mesma frieza que fora feita. Olhou para Jason e respondeu, impassível.

– Falaremos com tio Charles depois do jantar.

Victoria poderia jurar que, naquele exato momento, a tensão havia abandonado as feições de Jason.

TECNICAMENTE, ERA A NOITE de seu noivado e, assim, Victoria decidiu usá-la para estabelecer um padrão melhor para o seu futuro. Ao retornar do duelo, Jason confessara que gostava de ouvi-la rir. Se, como ela suspeitava, ele se sentisse tão solitário e vazio quanto ela, talvez os dois pudessem alegrar a vida um do outro. Descalça, passou um longo momento parada diante do guarda-roupa, tentando decidir que vestido usar para a ocasião supostamente festiva. Acabou se decidindo por um vestido de *chiffon* azul pálido, cuja bainha era bordada de fios dourados, e um colar de ouro e águas-marinhas que Jason lhe dera de presente, na noite de seu *début*. Ruth escovou seus cabelos até que brilhassem e, então, repartiu-os no meio da cabeça, deixando que caíssem como cascata sobre os ombros. Uma vez satisfeita com sua aparência, Victoria foi para o salão. Aparentemente, Jason tivera a mesma ideia, pois vestia um traje formal, cor de vinho, colete de brocado e abotoaduras de rubi.

Estava enchendo uma taça de champanhe quando ela entrou, e interrompeu o que fazia para examiná-la da cabeça aos pés, com indisfarçável admiração. Victoria sentiu um aperto no estômago ao reconhecer o orgulho viril daquele olhar possessivo.

– Você tem a desconcertante capacidade de parecer uma criança, em um momento e, no outro, uma mulher sedutora – ele comentou.

– Obrigada... eu acho.

– Foi um elogio – Jason assegurou. – Tentarei ser mais claro, no futuro.

Encorajada por aquela pequena indicação de que ele estava disposto a mudar para agradá-la, Victoria observou-o servir o champanhe. Quando ele lhe estendeu a taça, ela virou-se para se encaminhar ao sofá, mas Jason a segurou pelo braço com delicadeza. Com a mão livre, ele abriu uma caixa de veludo que se encontrava ao lado de sua taça, revelando um colar de três voltas, das pérolas mais espetaculares que Victoria já vira. Sem dizer nada, ele retirou o colar de águas-marinhas que ela usava e o substituiu pelo de pérolas.

No espelho, Victoria observou-o prender o fecho e, então, fitá-la.

– Obrigada – agradeceu, um tanto sem jeito.

– Prefiro que me agradeça com um beijo.

Obediente, Victoria se pôs na ponta dos pés e beijou-o na face. Algo no modo como ele lhe dera as pérolas e, então, lhe pedira um beijo, a perturbou. Era como se Jason estivesse comprando seus favores, começando com um beijo em troca de um colar. A ideia desconcertante foi confirmada quando ele disse:

– Esse beijo não chega aos pés do colar que acabo de lhe dar.

Em seguida, beijou-a com ardor e, então, perguntou:

– Não gosta de pérolas, Victoria?

– Ah, sim, gosto muito! – ela respondeu, nervosa. – Nunca vi pérolas tão lindas. Nem mesmo as de lady Wilhelm são tão grandes. Estas deveriam pertencer a uma rainha.

– Pertenceram a uma princesa russa, há cem anos – Jason informou, fazendo Victoria sentir-se emocionada pelo fato de ele a considerar digna de um presente tão valioso.

Depois do jantar, subiram para ver Charles. A reação dele ao ser informado sobre a decisão dos dois em se casarem o rejuvenesceu de imediato. Quando Jason passou um braço em torno dos ombros de Victoria, o inválido ficou tão feliz, que chegou a emitir uma risada alta. Pareceu tão satisfeito e seguro de que os jovens estavam tomando a atitude mais acertada, que Victoria quase se convenceu disso.

– E quando o casamento vai se realizar? – Charles perguntou.

– Dentro de uma semana – Jason informou-o, recebendo um olhar surpreso de Victoria.

– Excelente! – Charles comemorou. – Pretendo estar em condições de assistir à cerimônia.

Victoria abriu a boca para protestar, mas Jason apertou-lhe o braço, para que não discutisse.

– E o que é isso, minha querida? – Charles indagou, apontando para o colar.

– Jason me deu de presente, esta noite, para selar o nosso ac... nosso noivado – ela explicou.

Quando a visita a Charles terminou, Victoria alegou estar exausta e Jason a acompanhou até a porta de seu quarto.

– Alguma coisa está perturbando você – ele disse. – O que é?

– Entre outras coisas, sinto-me péssima por me casar antes que o período de luto pela morte de meus pais termine. Já me senti culpada em cada baile a que compareci. Tive de ser evasiva quanto à data da morte deles, para que as pessoas não descobrissem que sou uma filha extremamente desrespeitosa.

– Você fez o que tinha de fazer. Casando-se comigo imediatamente, está dando a Charles uma razão para viver. Você mesma viu como ele pareceu melhor, quando marcamos a data. Além disso, a decisão de encerrar o seu luto foi minha, de modo que você não teve escolha. Se tem de culpar alguém, culpe a mim.

Victoria sabia que, racionalmente, Jason estava certo. Assim, mudou de assunto.

– Agora que descobri que "nós" decidimos nos casar daqui a uma semana, importa-se de me dizer onde "nós" decidimos nos casar? – perguntou com um sorriso maroto.

– Muito bem – ele falou com uma risada. – Nós decidimos nos casar aqui.

– Por favor, Jason, não podemos nos casar na pequena igreja da vila próxima a Wakefield? Poderíamos esperar até tio Charles estar em condições de fazer a viagem.

Chocada, Victoria viu a repulsa obscurecer os olhos de Jason à menção da igreja, mas após um breve instante de hesitação, ele assentiu.

– Se você quer um casamento na igreja, nós nos casaremos em uma aqui, em Londres, grande o bastante para acomodar os convidados.

– Não! Estou muito longe da América, milorde. A igreja perto de Wakefield seria melhor, pois me faz lembrar de casa. Desde menina, sempre sonhei em me casar em uma igrejinha...

Ao dar-se conta de que sempre sonhara em se casar em uma igrejinha do interior com Andrew, Victoria desejou não ter pensado em igreja alguma.

– Quero que nosso casamento seja celebrado em Londres, diante de toda a *ton* – Jason declarou com firmeza. – Mas faremos um acordo: nos casaremos aqui e, então, iremos para Wakefield, para uma cerimônia menor.

– Esqueça que falei em igreja – Victoria voltou atrás. – Convide a todos para uma cerimônia aqui. Seria uma blasfêmia entrarmos em uma igreja e selarmos o que não passa de um acordo comercial. – Tentando fazer uma piada, acrescentou: – Quando estivéssemos jurando amar e respeitar um ao outro, eu estaria esperando que um raio nos caísse na cabeça!

– Nos casaremos na igreja – Jason pôs um fim à discussão. – E se um raio cair, pagarei por um telhado novo.

20

— Boa tarde, querida – cumprimentou Charles, alegre, apontando para a beirada da cama a seu lado. – Sente-se aqui. Sua visita com Jason, ontem à noite, fez verdadeiros milagres por minha saúde. Agora, conte-me mais sobre os planos de casamento.

Victoria sentou-se.

– Na verdade, tudo é muito confuso, tio Charles. Northrup acaba de me informar que Jason voltou para Wakefield e levou tudo o que havia no escritório.

– Eu sei – Charles falou com um sorriso. – Ele veio me ver antes de partir e disse que decidiu fazer isso "em nome das aparências". Quanto menos tempo passar perto de você, menor a chance de mexericos.

– Então, foi por isso que ele partiu – Victoria murmurou com expressão pensativa.

Os ombros de Charles se sacudiram com o riso que ele não pôde conter.

– Minha criança, acho que esta foi a primeira vez na vida de Jason que ele fez uma concessão às convenções sociais! Não foi fácil para ele, mas fez assim mesmo. Decididamente, você exerce uma influência positiva sobre Jason. Quem sabe você também consiga ensiná-lo a não zombar dos princípios.

Victoria retribuiu o sorriso, sentindo-se subitamente aliviada e feliz.

– Receio não saber nada sobre os planos para o casamento, exceto que vai se realizar em uma grande igreja aqui, em Londres.

– Jason está cuidando de tudo. Levou o secretário para Wakefield, assim como os criados, para que possam fazer os preparativos. Depois da cerimônia, haverá uma festa de casamento em Wakefield, para os seus amigos e alguns residentes da vila. Acredito que a lista de convidados, bem como os convites, já estão sendo preparados. Portanto, você não tem de fazer nada além de ficar aqui e se divertir com a surpresa das pessoas, quando souberem que você será a única e verdadeira duquesa de Atherton.

Isso não tinha importância para Victoria, que desejava entrar em um assunto bem mais delicado.

– Na noite em que ficou doente, o senhor mencionou algo sobre a minha mãe... algo que pretendia me contar.

Charles virou-se para a janela e Victoria apressou-se em acrescentar:

– Não precisa me contar, se as lembranças lhe fazem mal.

– Não é isso – ele falou, voltando a encará-la. – Sei que você é sensata e compreensiva, mas ainda é muito jovem. Amava seu pai, provavelmente, tanto quanto amava sua mãe. Quando eu lhe contar o que tenho a dizer, pode começar a pensar em mim como um intruso no casamento dos dois, embora eu jure que nunca tenha entrado em contato com sua mãe depois que ela se casou com seu pai. Victoria... a verdade é que temo que você me despreze, quando ouvir a história.

Victoria prendeu a mão dele entre as suas e lhe assegurou:

– Como posso desprezar alguém que teve o bom senso de amar minha mãe?

– Você também herdou o coração dela, sabia? – Charles declarou com voz embargada pela emoção.

Como Victoria permaneceu em silêncio, ele voltou a olhar para a janela e começou a contar a história de seu envolvimento com Katherine. Só voltou a fitá-la quando terminou e, ao fazê-lo, não encontrou o menor sinal de reprovação, apenas compaixão e tristeza.

– Como vê – Charles concluiu –, eu a amava de todo o coração. Eu a amava e a afastei da minha vida, quando ela era a única razão que eu tinha para viver.

– Minha bisavó o forçou a fazer isso – Victoria corrigiu-o.

– Seus pais eram felizes? Sempre quis saber que tipo de casamento eles tinham, mas não tive coragem de perguntar.

Victoria se lembrou da cena horrível que havia presenciado em uma noite de Natal, mas que fora superada pelos 18 anos de carinho e consideração que os dois haviam devotado um ao outro.

– Sim, eles eram felizes. O casamento de mamãe e papai não se parecia em nada com os que vemos na *ton*.

– O que quer dizer com isso? – Charles perguntou, sorrindo diante da aversão com que ela pronunciara as palavras.

– Refiro-me ao tipo de casamento que a maioria das pessoas tem, aqui, exceto por Robert e Caroline Collingwood e outros poucos. O tipo de casamento no qual um casal raramente é visto na companhia um do outro e, quando aparecem juntos em um evento, comportam-se como estranhos gentis e corteses. Os cavalheiros estão sempre fora de casa, desfrutando de suas diversões, enquanto as mulheres têm amantes. Meus pais, ao menos, viviam em um lar de verdade e nós formávamos uma família de verdade.

– Suponho que você pretende ter um casamento à moda antiga e uma família também à moda antiga – Charles provocou-a, demonstrando que aprovava a ideia.

– Não creio que Jason queira esse tipo de casamento.

Victoria não poderia contar a Charles que Jason lhe propusera dar-lhe um filho e, então, ir embora. O que lhe servia de consolo era o fato de ele ter deixado claro que preferia tê-la a seu lado.

– Duvido que Jason saiba o que quer, no momento. Ele precisa de você, Victoria. Precisa do seu calor e do seu espírito. Não vai admitir nem para si mesmo e, quando o fizer, não vai gostar nada disso. Acredite, ele vai tentar lutar contra os próprios sentimentos. Mas, mais cedo ou mais tarde, Jason abrirá o coração para você e, quando isso acontecer, encontrará a paz. Então, ele fará de você a mulher mais feliz do mundo.

Ela se mostrou tão cética que Charles acrescentou depressa:

– Tenha paciência, criança. Se Jason não fosse tão forte, de corpo e espírito, não teria sobrevivido até os 30 anos. Ele tem cicatrizes profundas, mas você tem a capacidade de curá-las.

– Que tipo de cicatrizes?

Charles sacudiu a cabeça.

– Será melhor para vocês dois se o próprio Jason lhe contar sobre sua vida e, especialmente, sua infância. Se ele não fizer isso, então você poderá me procurar e eu lhe contarei.

Nos dias que se seguiram, Victoria teve pouco tempo para pensar em Jason, ou em qualquer outra coisa. Mal deixara o quarto de Charles, naquela tarde, quando madame Dumosse chegou, acompanhada por quatro costureiras.

– Lorde Fielding pediu-me que confeccionasse um vestido de casamento para a senhorita – ela informou, andando em volta de Victoria. – Ele disse que o vestido deve ser rico, elegante, exclusivo, digno de uma rainha.

Dividida entre a vontade de se rebelar e a de cair na risada diante do autoritarismo de Jason, Victoria perguntou com ironia:

– Ele, por acaso, escolheu a cor?

– Azul.

– Azul! – Victoria repetiu, preparada para uma luta pelo branco, se fosse necessário.

Madame Dumosse assentiu, examinando-a com ar pensativo.

– Sim, azul pálido. Ele disse que essa cor fica gloriosa em você, que a faz parecer um anjo de cabelos de fogo.

De súbito, Victoria decidiu que azul pálido era uma cor adorável para seu vestido de noiva.

– Lorde Fielding tem muito bom gosto – madame Dumosse comentou. – Não acha?

– Sem a menor sombra de dúvida – Victoria declarou com uma risada.

Quatro horas depois, quando madame Dumosse finalmente se retirou, Victoria foi informada de que lady Caroline Collingwood encontrava-se a sua espera, no salão dourado.

– Victoria – a amiga a recebeu com expressão ansiosa. – Lorde Fielding esteve em nossa casa, esta manhã, para nos convidar para o casamento. Fiquei honrada por ser sua dama de honra, como ele disse ser o seu desejo, mas foi tudo tão de repente...

Victoria foi invadida por imenso prazer ao saber que Jason se lembrara de que ela precisaria de uma dama de honra e que havia convidado Caroline, sua melhor amiga, para a função.

– Não imaginei que você estivesse desenvolvendo uma ligação duradoura com lorde Fielding – Caroline continuou. – Você quer mesmo se casar com ele, não é? Ou está sendo... forçada, de alguma maneira?

– Só pelo destino – Victoria respondeu com um sorriso e se deixou afundar em uma poltrona. Ao perceber a preocupação genuína da amiga, esclareceu: – Não estou sendo forçada. É o que quero fazer.

As feições de Caroline se desanuviaram, expressando seu alívio e alegria.

– Fico tão feliz em ouvir isso! Estava torcendo para que as coisas se acertassem entre vocês. – Diante do olhar cético de Victoria, a condessa explicou: – Nas últimas semanas, tive a oportunidade de conhecer lorde Fielding melhor e sou obrigada a admitir que, agora, concordo com Robert. Ao que parece, tudo o que falam dele não passa de resultado de mexericos iniciados por uma única mulher particularmente maldosa. Duvido que alguém tivesse acreditado em todos esses rumores se lorde Fielding não fosse tão fechado. Mas, como Robert diz, lorde Fielding é um homem orgulhoso e, por isso, jamais se esforçaria para mudar a opinião que os outros têm sobre ele. Especialmente quando as pessoas foram tão injustas!

Victoria reprimiu o riso diante da defesa apaixonada que sua amiga estava fazendo do homem que, um dia, temera e condenara. Porém, essa era uma atitude típica de Caroline, incapaz de encontrar nem um defeito sequer nas pessoas de quem gostava e, ao mesmo tempo, de admitir alguma qualidade nas que a desagradavam. Tal característica fazia dela a mais leal das amigas, e Victoria sentia-se profundamente grata por contar com aquela amizade inabalável.

– Obrigada – agradeceu a Northrup, que entrou com uma bandeja de chá.

– Não sei por que eu o achava assustador – Caroline falou, enquanto Victoria servia o chá. – Cometi um grave erro ao permitir que minha imaginação cegasse a razão. Acho que, em parte, ele me assustava por ser tão alto e forte e por ter cabelos tão negros. O que é ridículo, claro. Sabe o que ele disse pela manhã, quando se despedia de nós?

– Não – Victoria respondeu, divertindo-se com a urgência de Caroline em absolver Jason de seu julgamento injusto. – O que ele disse?

– Que eu o faço lembrar de uma linda borboleta.

– Quanta gentileza.

– Foi mesmo, mas não tão gentil quanto a descrição que ele fez de você.

– De mim? Ora, mas como tudo isso começou?

– Está se referindo aos elogios? Eu disse a ele quanto estava feliz por saber que você iria se casar com um inglês e ficar aqui, pois assim poderemos continuar amigas. Lorde Fielding riu e disse que nós duas nos completamos, pois eu o faço lembrar de uma linda borboleta e você é como uma flor silvestre, que resiste às adversidades e ilumina a vida de todos a sua volta. Não foi lindo?

– Muito – Victoria concordou, invadida por um imenso sentimento de satisfação.

– Acho que ele está muito mais apaixonado por você do que demonstra – Caroline arriscou. – Afinal, ele duelou por sua causa!

Quando Caroline partiu, Victoria já estava quase totalmente convencida de que Jason gostava muito dela. Tal conhecimento foi o responsável por seu excelente humor na manhã seguinte, quando uma interminável procissão de visitantes apareceu na mansão para lhe desejar felicidades pelo casamento iminente.

Victoria conversava com um grupo de jovens mulheres quando o objeto da discussão romântica entrou no salão. O riso alegre deu lugar a murmúrios nervosos no instante em que as moças avistaram a figura impressionante do imprevisível marquês de Wakefield. Vestindo um traje de montaria negro, que o fazia parecer ainda mais bonito e poderoso, ele nem mesmo se deu conta do efeito que exercia sobre aquelas mulheres, muitas das quais haviam acalentado por muito tempo a esperança de, um dia, conquistar-lhe o coração.

– Bom dia, senhoritas – cumprimentou-as com um sorriso estonteante, antes de se virar para Victoria. – Pode me dar um minuto?

Victoria se levantou de imediato, pediu licença às visitantes e o acompanhou até o escritório.

– Não vou mantê-la afastada de suas amigas por muito tempo – ele prometeu, enfiando a mão no bolso do paletó.

Sem dizer mais nada, tomou a mão de Victoria e colocou um anel em seu dedo. Ela examinou a joia. Era um belíssimo anel, com uma fileira de safiras no centro, ladeada por duas de brilhantes, uma de cada lado.

– Jason, é lindo! – exclamou. – É o anel mais maravilhoso que já vi! Obrigada...

– Agradeça com um beijo – ele a lembrou com voz suave.

Quando Victoria se pôs na ponta dos pés, os lábios de Jason capturaram os dela em um beijo embriagante, que lhe drenou toda a resistência. Enquanto ela ainda se recuperava do assalto avassalador, ele a fitou nos olhos e perguntou:

– Acha que, da próxima vez, poderá me beijar sem que eu peça?

O tom de quase súplica derreteu o coração de Victoria. Jason se oferecera para ser seu marido, pedindo pouco em troca. Assim, ela deslizou as mãos pelo peito largo, até alcançar-lhe a nuca e enroscar os dedos nos cabelos negros, ligeiramente encaracolados. Sentiu um tremor sacudir o corpo de Jason quando, com um gesto inocente, roçou os lábios nos dele, em uma exploração lenta e inexperiente da boca que lhe proporcionava sensações tão maravilhosas quando a beijava.

Abandonando-se à torrente de emoções provocadas pelo beijo, Victoria não se apercebeu do volume que crescia de encontro a seu ventre e, em um impulso automático, moldou o corpo ao dele. E, então, tudo mudou. Os braços de Jason a enlaçaram com força inesperada, ao mesmo tempo em que seus lábios se tornavam mais exigentes. Um instante depois, seus corpos se encontravam colados, ardendo no fogo da paixão.

Quando Jason finalmente descolou os lábios dos de Victoria, ele a fitou com uma expressão estranha, que mesclava desejo e divertimento.

– Eu devia ter lhe dado safiras e brilhantes, em vez de pérolas, na noite em que ficamos noivos. Mas não me beije desse jeito de novo, até estarmos casados.

Victoria fora advertida pela mãe e pela Srta. Flossie de que um cavalheiro poderia se deixar levar por seu ardor, o que o faria comportar-se de maneira indesejada com uma jovem que, erradamente, permitisse que ele perdesse a cabeça. Seus instintos lhe disseram que Jason estava tentando lhe dizer que estivera prestes a perder a cabeça durante aquele beijo ardente. E Victoria não pôde evitar uma pontada de satisfação feminina por saber que seu beijo, mesmo tão inexperiente, era capaz de exercer tal efeito sobre um homem como ele. Especialmente levando em conta que Andrew jamais se mostrara tão afetado por seus beijos, embora ela jamais o tivesse beijado da maneira que Jason gostava que o fizesse.

– Vejo que compreendeu o que eu quis dizer – Jason concluiu com um sorriso maroto. – Pessoalmente, não supervalorizo a virgindade. Existem muitas vantagens em se casar com uma mulher que já tenha aprendido a satisfazer um homem...

Esperou por alguma reação de Victoria, mas ela se limitou a desviar o olhar, embaraçada. Afinal, sua virgindade deveria ser o maior presente de casamento para seu marido, ou, ao menos, fora isso em que ela acreditara a vida inteira. Portanto, não poderia oferecer a ele a menor experiência em "satisfazer um homem", fosse o que fosse o significado de tais palavras.

– Eu... sinto muito... por desapontá-lo – balbuciou. – Na América, as coisas são diferentes.

Apesar da tensão evidente na voz de Jason, suas palavras foram gentis:

– Não precisa se desculpar, nem ficar tão infeliz, Victoria. Nunca tenha medo de me dizer a verdade, por pior que ela possa parecer. Não só aceito, como também admiro sua coragem em dizê-la. – Acariciou-lhe a face com ternura. – Nada disso tem importância. Agora, diga-me se gostou do anel e volte para a companhia de suas amigas.

– Adorei – Victoria falou com sinceridade. – É tão lindo, que já estou morrendo de medo de perdê-lo.

Jason deu de ombros com indiferença.

– Se você o perder, comprarei outro.

Com essas palavras, ele se foi, deixando Victoria a olhar para o anel, desejando que Jason não fosse tão generoso com relação a uma possível perda. Ela gostaria que aquele anel fosse mais importante para ele, algo não tão fácil de substituir. Por outro lado, como prova de afeto, era apropriado, uma vez que ela era pouco importante e igualmente fácil de ser substituída na vida de Jason.

Ele precisa de você. As palavras de Charles ecoaram na mente de Victoria e ela sorriu ao se lembrar de que, ao menos quando estava nos braços dele, Jason realmente precisava dela. Sentindo-se melhor, voltou ao salão, onde o anel provocou exclamações maravilhadas das amigas.

Nos dias que precederam o casamento, quase trezentas pessoas visitaram Victoria a fim de lhe desejar felicidades. Carruagens elegantes deixavam seus ocupantes à porta da mansão e voltavam para apanhá-los vinte minutos depois, obedecendo às regras de etiqueta da *ton*. Enquanto isso, Victoria permanecia no salão, ouvindo matronas sofisticadas que a cobriam de conselhos sobre a difícil tarefa de administrar uma casa e receber convidados pertencentes à nobreza. As mais jovens contavam como era difícil contratar boas governantas e selecionar os melhores professores para os filhos. E, em meio àquele alegre caos, Victoria começou a sentir que pertencia àquela vida. Até então, ela não tivera oportunidade de conhecer melhor aquelas pessoas, nem de conversar com elas sobre assuntos que não fossem os mais superficiais. Por isso, estivera inclinada a vê-las como mulheres ricas e mimadas, incapazes de se preocupar com qualquer coisa, exceto joias, vestidos e festas. Agora, podia vê-las sob uma nova luz, como esposas e mães dedicadas, sinceramente preocupadas em cumprir suas tarefas domésticas de maneira exemplar. E isso a agradava imensamente.

De todas as pessoas que conhecia, somente Jason se mantinha distante, mas ele fazia isso em nome das aparências e Victoria tinha de lhe ser grata, mesmo que tal afastamento às vezes lhe desse a impressão de estar prestes a se casar com um estranho. Charles descia com frequência, a fim de receber as visitantes e deixar bem claro que Victoria contava com sua plena aprovação e apoio. Durante o restante do tempo, permanecia em seu quarto, "recuperando as forças", como costumava dizer, a fim de estar em condições de levar Victoria ao altar. Victoria e o Dr. Worthing foram incapazes de dissuadi-lo dessa ideia. Jason nem sequer tentou.

À medida que os dias passavam, Victoria apreciava a companhia dos visitantes, exceto nas ocasiões em que o nome de Jason era mencionado e ela sentia a familiar tensão tomar conta do ambiente. Era evidente que suas novas amigas e conhecidas admiravam o prestígio social que ela teria como esposa de um marquês excepcionalmente rico, mas Victoria tinha a sensação desagradável de que muitas delas ainda guardavam sérias reservas com relação a seu futuro marido. E isso a incomodava porque começava a gostar muito dessas pessoas e queria que elas gostassem de Jason também. Com certa frequência, enquanto conversava com alguém, ouvia trechos de diálogos envolvendo Jason, em outra parte do salão. Porém, tais conversas eram abruptamente interrompidas no momento em que ela lhes dirigia a atenção. Isso a impedia de se lançar em defesa dele, pois não sabia do que deveria defendê-lo.

Um dia antes do casamento, as peças do quebra-cabeça finalmente se encaixaram, formando um quadro que quase tirou de vez o equilíbrio de Victoria. Quando lady Clappeston, a última visitante da tarde, se despedia de Victoria, deu-lhe um tapinha no ombro e disse:

– Você é uma jovem muito sensata, minha querida. Ao contrário dessas pessoas pessimistas que temem por sua segurança, tenho fé de que saberá lidar com Wakefield. Você não se parece em nada com a primeira esposa dele. Na minha opinião, lady Melissa mereceu tudo o que disse ter sofrido nas mãos dele, e muito mais! Afinal, ela não passava de uma libertina.

Com isso, lady Clappeston se foi, deixando Victoria no salão, sozinha com Caroline.

– Primeira esposa? – ela repetiu, chocada. – Jason já foi casado? Por que ninguém me contou?

– Pensei que você soubesse – Caroline se defendeu. – Naturalmente, supus que seu tio, ou mesmo lorde Fielding, tivesse lhe contado. Certamente, você ouviu, ao menos, alguns mexericos sobre isso.

– Tudo o que ouvi foram trechos de conversas que se interrompiam no momento em que a minha presença era notada. Ouvi o nome de lady Melissa ligado ao de Jason, mas nunca ninguém se referiu a ela como sendo esposa dele. Geralmente, as pessoas falam dela em um tom de tamanha reprovação, que concluí se tratar de mais uma... das conquistas de Jason. Assim como a Srta. Sybil esteve envolvida com ele até agora.

– Esteve envolvida? – Caroline repetiu, surpresa com o uso do verbo no passado.

Então, desviou o olhar com rapidez.

– Naturalmente, agora que vamos nos casar, Jason não vai... ou vai? – Victoria perguntou, como se discutisse consigo mesma.

– Não sei dizer o que ele vai fazer – Caroline admitiu. – Alguns homens, como Robert, deixam de ter casos com outras mulheres quando passam a ter uma esposa. Outros, não.

Victoria massageou as têmporas, profundamente confusa.

– Às vezes, a Inglaterra ainda é totalmente estranha para mim. Na América, os maridos não se envolvem com mulheres que não sejam suas esposas. Pelo menos, nunca ouvi falar disso. Aqui, ao contrário, pelos comentários que ouvi, é perfeitamente aceitável que um homem casado tenha amantes.

Caroline tratou de mudar de assunto.

– O fato de lorde Fielding ter sido casado antes é mesmo importante para você?

– Claro! Ao menos, acho que sim. Já não sei. O que me deixou realmente furiosa foi o fato de ninguém da família ter me contado. – Victoria se levantou de súbito, provocando um sobressalto na amiga. – Se me der licença, preciso conversar com tio Charles.

O valete de Charles levou um dedo aos lábios quando Victoria bateu na porta do quarto e a informou de que o duque estava dormindo. Perturbada demais para esperar que ele acordasse para responder a suas perguntas, ela se dirigiu ao quarto da Srta. Flossie. Nas últimas semanas, a Srta. Flossie praticamente delegara a função de acompanhante para Caroline Collingwood, de maneira que Victoria pouco via a adorável senhora de cabelos dourados, exceto durante as refeições.

A Srta. Flossie mostrou-se alegre por vê-la e a convidou para entrar. Victoria aceitou e as duas se sentaram na confortável antessala.

– Victoria, querida, você está mesmo parecendo uma noiva radiante – disse a Srta. Flossie com seu péssimo poder de observação, uma vez que Victoria estava pálida e visivelmente perturbada.

– Srta. Flossie – Victoria começou, decidida a entrar diretamente no assunto. – Fui ao quarto de tio Charles, mas ele está dormindo. Assim, a senhora é a única pessoa que pode me ajudar. Trata-se de Jason. Algo está muito errado.

– Meus Deus! Do que você está falando?

– Acabei de descobrir que Jason já foi casado!

– Ora, pensei que Charles tivesse lhe contado, ou mesmo Wakefield. Bem, de qualquer maneira, Jason já foi casado. Agora, você já sabe – declarou com naturalidade e voltou ao seu bordado.

– Não sei de nada! – Victoria protestou, exasperada. – Lady Clappeston disse que a esposa de Jason mereceu tudo o que ele fez a ela. O que ele fez, afinal?

– Nada que eu saiba com certeza. Lady Clappeston foi, no mínimo, precipitada ao dizer isso, pois também não pode saber de nada, a menos que já tenha sido casada com ele, o que não foi. Pronto. Sente-se melhor agora?

– Não! Quero saber por que lady Clappeston acredita que Jason fez mal à esposa. Ela deve ter motivos para pensar assim e, a menos que eu esteja redondamente enganada, muita gente pensa o mesmo.

– Provavelmente. A esposa dele, que ela descanse em paz, embora eu não veja como possa ter paz depois da maneira como se comportou quando era viva, espalhou aos quatro ventos que Jason lhe tratava de modo abominável. Evidentemente, algumas pessoas acreditaram nela, mas o simples fato de ele não a ter assassinado deveria provar que ele é um homem de controle admirável. Se eu tivesse um marido, coisa que nunca tive, e fizesse as coisas que ela fez, que eu jamais faria, é claro, ele certamente me bateria. Portanto, se Wakefield bateu em Melissa, o que não sei com certeza se aconteceu, teve motivos de sobra para fazê-lo. Acredite no que estou dizendo.

Victoria lembrou-se das vezes em que vira Jason zangado, e da fúria contida que reconhecera em seus olhos. Aterrorizada, imaginou uma mulher aos gritos, sendo espancada por ele, por ter cometido alguma pequena infração das regras estabelecidas por ele.

– O que, exatamente, Melissa fez? – perguntou com um fio de voz.

– Bem, não existe uma maneira suave de dizer isso. A verdade é que ela foi vista na companhia de outros homens.

Victoria estremeceu. Quase todas as mulheres casadas de Londres eram vistas na companhia de outros homens. Parecia mesmo ser perfeitamente aceitável que elas tivessem amantes.

– E Jason bateu nela por isso?

– Ninguém sabe ao certo. Pessoalmente, eu duvido. Uma vez, ouvi um cavalheiro criticar Jason pelas costas, claro, pois ninguém jamais teria coragem de criticá-lo cara a cara, por ele ignorar o comportamento devasso de Melissa.

Um pensamento repentino cruzou a mente de Victoria e ela perguntou:

– Quais foram, exatamente, as palavras desse cavalheiro?

– Exatamente? Bem, já que você insiste... ele disse: "Wakefield está sendo traído diante de toda a sociedade londrina, sabe disso muito bem e, ainda assim, ignora o fato e parece aceitar a traição. Está dando um péssimo exemplo as nossas esposas. Se quer saber minha opinião, acho que ele deveria trancar aquela libertina em seu castelo, na Escócia, e jogar fora a chave".

Victoria apoiou o queixo no peito e fechou os olhos, com um misto de alívio e pesar.

– Traído – murmurou. – Então, é isso...

Pensou em quanto Jason era orgulhoso e em como seu orgulho fora certamente ferido pela infidelidade pública da esposa.

– Gostaria de saber mais alguma coisa? – a Srta. Flossie perguntou.

– Sim – Victoria respondeu de pronto, embora não soubesse bem por onde começar.

A tensão em sua voz deixou a Srta. Flossie evidentemente nervosa.

– Bem, espero que não seja sobre "aquilo", porque sendo a parente mais próxima, sei que é minha responsabilidade explicar tudo a você, mas a verdade é que sou absolutamente ignorante no assunto. Acalentei a esperança de que sua mãe tivesse explicado tudo, antes de morrer.

Victoria fitou-a com ar curioso.

– Não sei do que está falando – anunciou com voz cansada.

– Estou falando "daquilo"... é assim que minha melhor amiga, Prudence, chama... "aquilo". Tudo o que posso fazer é repetir a informação que a mãe de Prudence deu a ela, no dia do seu casamento.

– O que está dizendo? – Victoria inquiriu, cada vez mais confusa.

– Estou dizendo que lamento não ter a informação para lhe dar, mas mulheres de respeito não conversam sobre "aquilo". Gostaria que eu lhe contasse o que a mãe de Prudence disse a ela?

– Sim, por favor – Victoria respondeu, sem fazer a menor ideia do que a Srta. Flossie estava falando.

– Muito bem. Na noite do seu casamento, seu marido vai se juntar a você em sua cama, ou talvez levá-la para a dele. Não me lembro bem dos detalhes. De qualquer maneira, você não deve, em hipótese alguma, demonstrar a sua repulsa, nem gritar, nem desmaiar. Deve fechar os olhos e permitir que ele faça "aquilo", seja lá o que for. Vai doer, além de ser repugnante e, na primeira vez, você vai sangrar. Mesmo assim, deve fechar os olhos e suportar até o fim. Se não me engano, a mãe de Prudence sugeriu que, enquanto "aquilo" estivesse acontecendo, ela pensasse em outra coisa, como o lindo casaco de pele que ela poderia comprar em breve, se deixasse seu marido satisfeito. Esquisito, não?

Victoria não pôde deixar de rir das palavras da Srta. Flossie, apesar da ansiedade que se formara em seu peito.

– Obrigada, Srta. Flossie. A senhora ajudou muito.

Até então, Victoria não havia parado para pensar nas intimidades do casamento, às quais Jason teria direito. Certamente faria uso delas, uma vez que desejava ter um filho com ela. Apesar de ser filha de um médico, seu pai sempre tivera o cuidado de evitar que ela visse determinadas partes da anatomia masculina. Ainda assim, Victoria não era completamente ignorante sobre o processo de reprodução. Sua família mantinha um galinheiro nos fundos da casa e ela havia presenciado o bater de asas e o cacarejar que acompanhava o ato, embora fosse impossível dizer exatamente o que acontecia. Afinal, ela sempre tivera a discrição de desviar o olhar, a fim de proporcionar às galinhas a privacidade necessária para produzirem seus pintinhos.

Uma vez, quando tinha 14 anos, seu pai fora chamado para cuidar da esposa de um fazendeiro, que entrara em trabalho de parto. Enquanto esperava pelo nascimento do bebê, Victoria fora passear no pequeno pasto, onde os cavalos passavam o dia. Ali, ela havia presenciado o espetáculo assustador de um garanhão cobrindo uma égua. Ele cravara os dentes enormes no pescoço da fêmea, mantendo-a cativa e indefesa, enquanto fazia as piores coisas com ela. E a pobre égua berrara de dor.

Visões de asas batendo, galinhas cacarejando e éguas aterrorizadas encheram a mente de Victoria e ela estremeceu.

– Minha querida criança, você está muito pálida e não posso culpá-la por isso – a Srta. Flossie falou, piorando ainda mais a situação. – No entanto, pelo que pude compreender, depois que uma esposa cumpre a sua obrigação e dá a luz um herdeiro, um marido atencioso trata de arranjar uma amante para fazer "aquilo" e deixa a esposa em paz.

– Uma amante – Victoria repetiu, pensativa.

Sabia que Jason tinha uma amante e que, segundo os mexericos, tratava-se de uma mulher muito bonita. Também ouvira dizer que ele já tivera dúzias delas, todas muito atraentes. Tratou de repensar seus sentimentos com relação aos cavalheiros da *ton* e suas amantes. Antes, sempre reprovara o fato de todos eles terem outras mulheres, sendo casados. Porém, isso talvez não fosse tão ruim. Ao que parecia, os cavalheiros da *ton* eram muito civilizados e tinham grande consideração por suas esposas. Em vez de usarem as esposas para satisfazer seus desejos mais básicos, simplesmente arranjavam outra mulher, a instalavam em uma boa casa, com criados e vestidos bonitos, e deixavam as esposas em paz. Sim, concluiu, essa era a solução ideal para o problema. Afinal, as mulheres da *ton* pareciam pensar assim e, certamente, conheciam o assunto muito melhor do que ela.

– Muito obrigada, Srta. Flossie – agradeceu com sinceridade. – A senhorita ajudou muito.

A Srta. Flossie assentiu com um largo sorriso.

– Sou eu quem deve agradecer, querida, pois você fez Charles mais feliz do que nunca. E Jason, também.

Victoria sorriu, embora não concordasse plenamente com a ideia de que estava fazendo Jason realmente feliz.

De volta a seu quarto, Victoria se sentou diante da lareira e se forçou a enfrentar os próprios sentimentos e as descobertas que fizera. Na manhã seguinte, ela se casaria com Jason. Queria fazê-lo feliz... queria tanto, que nem sabia como lidar com os sentimentos que a invadiam no momento. O fato de ele ter sido casado com uma mulher infiel fizera brotar simpatia e compaixão de seu coração, além do desejo ainda maior de compensá-lo por toda a infelicidade que tivera na vida.

Inquieta, Victoria se levantou e se pôs a andar pelo quarto, de um lado para outro. Tentou se convencer de que iria se casar com Jason porque não tinha alternativa, mas quando se sentou na beirada da cama, admitiu que isso não era totalmente verdadeiro. Uma parte dela realmente queria se casar com ele. Victoria gostava da aparência de Jason, de seu sorriso, de seu senso de humor. Apreciava a autoridade de sua voz profunda e a confiança que transpirava de suas passadas largas e firmes. Também gostava do modo como os olhos dele brilhavam quando ele sorria para ela, bem como da maneira como eles se tornavam mais escuros quando a beijava. E Victoria adorava a elegância natural de Jason e as sensações que os lábios dele provocavam...

Forçou-se a afastar os pensamentos dos lábios de Jason. Gostava de muitas coisas em Jason, coisas demais. Não possuía um bom julgamento no tocante aos homens. A experiência com Andrew fora prova disso. Victoria havia se enganado, acreditando que Andrew a amava, mas não tinha nenhuma ilusão com relação aos sentimentos de Jason. Ele se sentia atraído por ela e queria que Victoria lhe desse um filho. Gostava dela, também, mas Victoria sabia que ele não sentia nada além de pouco mais que amizade. Ela, por sua vez, corria sério risco de se apaixonar por Jason, mesmo sabendo que ele não queria o seu amor, como havia deixado bem claro.

Durante semanas, Victoria tentara se convencer de que só sentia gratidão e amizade por Jason, mas agora sabia que seus sentimentos iam muito além disso. Por que sentia tamanha necessidade de fazê-lo feliz e de fazê-lo amá-la? Por que experimentara ira tão profunda ao ouvir a Srta. Flossie falar das infidelidades da esposa dele?

Um medo terrível a invadiu. Na manhã seguinte, Victoria entregaria a sua vida nas mãos de um homem que não queria o seu amor, que poderia usar os sentimentos que ela tinha por ele para magoá-la. O instinto de autopreservação advertiu-a para que não se casasse com Jason. As palavras de seu pai ecoaram em sua mente, como vinha acontecendo havia dias: "Amar alguém que não nos ama é como viver no inferno... Nunca deixe alguém convencê-la de que poderá ser feliz ao lado de alguém que não a ama... E jamais ame alguém mais do que essa pessoa a ama, Tory...".

Victoria fechou os olhos e cerrou os punhos. A razão a advertia para que não se casasse com Jason, pois ele a faria extremamente infeliz. Seu coração, porém, implorava que ela apostasse tudo em Jason, que lutasse pela felicidade pouco além do alcance de sua mão.

A razão lhe ordenava que fugisse, mas o coração suplicava que não fosse covarde.

Northrup bateu na porta e anunciou com voz carregada de reprovação e desagrado:

– Com licença, lady Victoria. Há uma jovem lá embaixo, aparentemente descontrolada, que chegou sem acompanhante em uma carruagem alugada, alegando ser... bem, sua irmã. Como nunca fui informado de qualquer parente sua residente em Londres, sugeri a ela que partisse, mas...

– Dorothy! – Victoria quase gritou e, levantando-se de um salto, correu para a porta. – Onde ela está?

– Eu a instalei no salão menor – Northrup respondeu, com evidente confusão –, mas se ela é mesmo sua irmã, é claro que devo transferi-la para...

Victoria já descia a escada.

– Tory! – Dorothy gritou, abraçando a irmã com força, rindo e chorando ao mesmo tempo. – Precisava ter visto a expressão do seu mordomo ao ver a minha carruagem alugada!

– Por que não respondeu as minhas cartas? – Victoria indagou, retribuindo o abraço.

– Porque só cheguei ontem de Bath. Amanhã, partirei para a França, onde deverei ficar por dois meses, para o que vovó chama de "retoques finais". Ela vai ficar furiosa se souber que vim até aqui, mas eu não podia simplesmente deixar você se casar com aquele homem. Tory, o que eles fizeram para obrigá-la a concordar? Bateram em você? Deixaram você sem comida?

– Nada disso – Victoria garantiu com um sorriso. – Eu quero me casar com ele.

– Não acredito. Está tentando me enganar, pois não quer que eu me preocupe...

JASON RECLINOU-SE no banco da carruagem, enquanto observava as mansões da Brook Street. Seu casamento seria no dia seguinte...

Depois de admitir para si mesmo que desejava Victoria e de ter tomado a decisão de se casar com ela, passara a querê-la com urgência irracional. Seu desejo crescente por ela o fazia sentir-se vulnerável, pois sabia, por experiência anterior, como o chamado "sexo frágil" podia ser maligno. Ainda assim, era tão incapaz de conter tal desejo, quanto de reprimir a esperança quase infantil de que, juntos, eles poderiam encontrar a felicidade.

A vida ao lado de Victoria jamais seria plácida, pensou com um sorriso maroto. Ela o divertiria, frustraria e desafiaria o tempo todo. Tinha tanta certeza disso quanto do fato de que ela se casaria com ele por falta de escolha. Sabia disso tanto quanto sabia que a virgindade dela fora entregue a Andrew.

O sorriso se desfez. Jason havia esperado que ela negasse tal fato, na tarde em que lhe dera o anel, mas Victoria desviara o olhar e dissera: "Sinto muito".

Ao mesmo tempo que detestara ouvir a verdade, Jason a admirara por dizê-la. No fundo de seu coração, não conseguia culpá-la por ter se entregado a Andrew, especialmente porque compreendia como isso fora acontecer. Era fácil imaginar como uma garota inocente, criada no campo, poderia ser convencida pelo homem mais rico da região de que seria a esposa dele. Depois de tê-la convencido disso, Bainbridge certamente não encontrara dificuldade para roubar-lhe a virgindade. Victoria era uma mulher ardente e generosa, que provavelmente se entregaria ao homem a quem de fato amasse com a mesma naturalidade com que dava atenção aos criados, ou afeto a Lobo.

Depois da vida libertina que Jason tivera até então, condenar Victoria por ter perdido a virgindade para o homem a quem amava seria o cúmulo da hipocrisia. E Jason detestava os hipócritas. Infelizmente, também detestava a ideia de Victoria nua, nos braços de outro homem. Andrew fora um bom professor, pensou com amargura, quando a carruagem já entrava em sua propriedade. Ele a ensinara como beijar um homem e aumentar seu ardor, pressionando o corpo contra o dele...

Afastou da mente os pensamentos dolorosos e saiu da carruagem. Andrew era um capítulo encerrado na vida de Victoria, disse a si mesmo. Ela o esquecera ao longo das últimas semanas.

Bateu na porta, sentindo-se um tanto tolo por ir procurá-la na véspera do casamento. Não tinha motivo para visitá-la, exceto pelo prazer que o simples fato de vê-la lhe proporcionava. Pretendia, também, deixá-la feliz ao informá-la sobre o pônei americano que providenciara que fosse enviado para a Inglaterra em um de seus navios. Seria um de seus presentes de casamento e a verdade era que Jason mal podia esperar para vê-la mostrar suas habilidades em montaria. Sabia que ela ficaria linda, inclinada sobre o dorso do cavalo, os cabelos esvoaçando ao vento...

– Boa noite, Northrup. Onde está lady Victoria?

– No salão amarelo, milorde, com a irmã.

– Com a irmã? – Jason repetiu, sorrindo pela surpresa. – Ao que parece, a velha bruxa suspendeu as restrições para que as duas pudessem se encontrar.

Feliz pela oportunidade de conhecer a cunhada, Jason foi diretamente até o salão e abriu a porta.

– Eu não poderia suportar – uma jovem lamentava, com o rosto escondido por um lenço. – Fico feliz por vovó ter me proibido de assistir ao seu casamento, pois não poderia ficar ali, parada, vendo você entrar na igreja, fingindo que ele é Andrew...

– É evidente que cheguei em um mau momento – Jason declarou.

A esperança secreta que ele acalentara de que Victoria realmente quisesse se casar com ele morreu subitamente diante da descoberta de que ela teria que fingir que ele era Andrew, a fim de poder entrar na igreja.

– Jason! – Victoria exclamou, aflita ao se dar conta de que ele ouvira as bobagens que sua irmã insistia em proferir. Recuperando a compostura, estendeu a mão para ele e sorriu. – Estou tão feliz que esteja aqui. Por favor, deixe-me apresentá-lo a minha irmã. – Sabendo que não haveria um modo de suavizar a situação com uma mentira, Victoria decidiu contar a verdade: – Dorothy ouviu alguns comentários desagradáveis feitos por lady Faulklyn, a acompanhante de nossa bisavó, e formou a impressão absurda de que você é um monstro cruel. – Ao ver Jason erguer uma sobrancelha, com expressão irônica, para Dorothy, Victoria virou-se para a irmã. – Dorothy, quer fazer o favor de ser razoável e permitir que eu, ao menos, lhe apresente lorde Fielding, para que você veja por si mesma que ele é um bom homem?

Cética, Dorothy ergueu os olhos para o homem de expressão fria que pairava sobre ela, ameaçador. Então, ela se levantou e o fitou com ar de desafio.

– Lorde Fielding, não sei se o senhor é um bom homem ou não. No entanto, quero avisá-lo de que se ousar fazer mal a minha irmã, não terei o menor escrúpulo em matá-lo. Fui clara?

– Perfeitamente.

– Nesse caso, como não é possível convencer minha irmã a fugir desse casamento, devo voltar à casa de minha bisavó. Boa noite.

Com isso, Dorothy saiu, seguida de perto por Victoria.

– Dorothy, como pôde ser tão grosseira?

– Prefiro que ele me considere grosseira, pois assim não vai pensar que pode abusar de você, sem pagar caro por isso!

Victoria revirou os olhos, despediu-se da irmã e voltou para o salão.

– Sinto muito – lamentou, constrangida, vendo Jason parado diante da janela.

– Ela sabe atirar? – ele perguntou por cima do ombro.

Nervosa, Victoria sacudiu a cabeça.

– Dorothy tem uma imaginação muito fértil e se recusa a acreditar que não estou me casando com você só por estar furiosa com Andrew.

– Não está?

– Não.

Jason virou-se para encará-la com olhar gelado.

– Quando entrar na igreja, amanhã, Victoria, o seu precioso Andrew não vai estar a sua espera no altar. Eu estarei. Lembre-se disso. Se não é capaz de encarar a realidade, não compareça ao casamento.

Jason fora até lá na intenção de contar a ela sobre o pônei, de fazê-la rir, mas saiu sem pronunciar nem mais uma palavra.

21

O céu estava nublado e cinzento quando a carruagem negra de Jason atravessou as ruas de Londres, puxada por quatro magníficos cavalos castanhos em cabrestos de prata. Seis batedores, vestindo uniformes de veludo verde, lideravam a procissão e quatro outros cavaleiros uniformizados seguiam a carruagem. Os dois cocheiros sentavam-se eretos e orgulhosos no banco dianteiro do veículo, enquanto dois lacaios imponentes ocupavam o traseiro.

No interior luxuoso da carruagem, Victoria fitava a janela com olhar perdido. Usava um vestido de incrível beleza e valor exorbitante, mas os pensamentos eram tão cinzentos quanto o dia lá fora.

– Está sentindo frio, querida? – Charles perguntou, solícito, ao notar-lhe a postura encolhida.

Ela sacudiu a cabeça, perguntando-se por que Jason insistira em fazer de seu casamento um espetáculo tão grandioso.

Pouco minutos depois, Victoria aceitava a mão estendida de Charles para sair da carruagem e, lentamente, subir os degraus da igreja imensa, parecendo uma criança conduzida pelo pai a um evento assustador.

De pé ao lado de Charles, nos fundos da igreja, tentava não pensar na enormidade do que estava prestes a fazer, deixando o olhar vagar por entre a multidão de convidados. Apreensiva, focalizou a atenção na enorme diferença entre os aristocratas londrinos, vestidos com seda e ricos brocados, que haviam comparecido para assistir ao seu casamento, e os camponeses simples e amigáveis que ela sempre imaginara que teria por perto no dia mais importante de sua vida. Victoria mal conhecia a maior parte das pessoas que se encontravam na igreja. Algumas, ela jamais vira antes. Desviando os olhos do altar, onde Jason, não Andrew, a receberia em breve, examinou os bancos. Havia um lugar vazio na primeira fila, à direita, reservado para Charles, mas o restante já estava ocupado pelos convidados. Também na primeira fila, à esquerda, lugar normalmente reservado aos parentes próximos da noiva, estava sentada uma mulher idosa, as mãos apoiadas no cabo de uma bengala cravejada de pedras, os cabelos escondidos por um turbante de cetim, que pareceu vagamente familiar a Victoria. Porém, estava nervosa demais para se lembrar onde vira aquela pessoa antes.

Charles distraiu-lhe a atenção ao apontar para lorde Collingwood, que se aproximava.

– Jason já chegou? – Charles perguntou a Robert Collingwood.

O conde, que seria o padrinho de Jason, beijou a mão de Victoria e, depois de lhe oferecer um sorriso encorajador, respondeu:

– Já chegou e está pronto para entrar.

Os joelhos de Victoria começaram a tremer. Ela não estava pronta!

Caroline ajeitou a cauda do vestido de Victoria, uma verdadeira obra de arte, confeccionada com cetim azul pálido, ornado de brilhantes, e sorriu para o marido.

– Lorde Fielding está nervoso?

– Ele diz que não, mas quer que a cerimônia se realize imediatamente.

Quanta frieza, Victoria pensou, sentindo o pânico crescer.

Charles não conseguia esconder a ansiedade.

– Estamos prontos – declarou. – Vamos começar.

Sentindo-se como uma marionete manipulada por todos, Victoria pousou a mão no braço de Charles e deu início à interminável e lenta caminhada pelo corredor iluminado por grande número de velas.

O coral entoava uma bela canção, mas Victoria não ouvia. Atrás dela, mais distante a cada passo, estavam os dias alegres e despreocupados de sua juventude. A sua frente encontrava-se Jason, vestindo um espetacular traje de veludo azul-escuro. Com o rosto parcialmente escondido pelas sombras, parecia muito alto e sombrio. Tão sombrio quanto o desconhecido... quanto o futuro de Victoria.

Por que está fazendo isso? Uma voz repleta de pânico gritou na mente de Victoria.

Não sei, ela respondeu em silêncio. *Jason precisa de mim.*

Isso não é motivo!, a razão argumentou. *Você ainda pode fugir.*

Não posso!, o coração retrucou.

Pode, sim. Basta dar meia-volta e correr. Agora, antes que seja tarde demais.

Não posso! Não posso, simplesmente abandoná-lo.

Por que não?

Seria uma humilhação muito maior para ele do que foi aquela imposta por sua primeira esposa.

Lembre-se das palavras de seu pai: nunca deixe alguém convencê-la de que pode ser feliz ao lado de alguém que não a ama. Lembre-se de quanto ele foi infeliz. Corra! Depressa! Saia daqui, antes que seja tarde demais!

O coração de Victoria perdeu a batalha contra o terror no momento em que Charles depositou sua mão gelada na de Jason e, então, se afastou. Seu corpo se preparou para a fuga, sua mão livre agarrou a saia ampla, sua respiração tornou-se mais rápida. Começou a retirar a mão da de Jason, mas, no mesmo instante, os dedos dele se apertaram, como uma armadilha, em torno dos seus. Ele a encarou com olhar duro, com uma advertência para que não se atrevesse a tentar escapar. Então, seu olhar se tornou frio e distante. Ao mesmo tempo, seus dedos soltaram a mão de Victoria, deixando-a cair. Em seguida, Jason virou-se para o arcebispo.

Ele vai suspender o casamento! Victoria concluiu, aflita, ao ouvir a voz do arcebispo:

– Podemos começar, milorde?

Jason sacudiu a cabeça de leve e abriu a boca.

– Não! – Victoria sussurrou, tentando impedi-lo.

– O que disse? – o arcebispo indagou, franzindo o cenho para ela.

Victoria ergueu os olhos para os de Jason e reconheceu neles a luta para esconder a humilhação que o consumia.

– Estou apenas nervosa, milorde – disse. – Por favor, segure minha mão.

Ele hesitou, estudando-lhe as feições e, lentamente, o alívio tomou conta de seu corpo. Sua mão tocou a dela e, um segundo depois, seus dedos lhe transmitiam a confiança de ferro, que era a marca registrada de Jason Fielding.

– Posso prosseguir, agora? – o arcebispo perguntou em tom ligeiramente indignado.

– Por favor – Jason respondeu com um leve sorriso.

Quando o arcebispo começava a ler a longa missa, Charles pousou o olhar feliz e satisfeito nos noivos, sentindo o peito prestes a explodir. Porém, um brilho lilás captado pelo canto do olho, além da impressão de estar sendo observado, desviou-lhe a atenção. Virou-se para o lado e teve um sobressalto quando seus olhos encontraram os da duquesa de Claremont. Por um longo momento, Charles a encarou com expressão de orgulho e triunfo. Então, com um gesto de desprezo, voltou a olhar para o altar, afastando aquela presença nefasta da mente. Observou seu filho ao lado de Victoria, dois jovens lindos, fazendo votos que os uniriam para sempre. Seus olhos se encheram de lágrimas, quando o arcebispo entoou:

– Victoria Seaton, aceita...

– Katherine, meu amor – murmurou consigo mesmo –, está vendo nossos filhos juntos? Não são lindos? Sua avó nos impediu de termos nossos filhos, minha amada... Essa vitória foi dela, mas, desta vez, nós venceremos, minha querida. Teremos nossos netos, minha doce e linda Katherine...

Charles inclinou a cabeça sobre o peito, a fim de impedir que a mulher sentada do outro lado do corredor o visse chorar. A duquesa de Claremont, porém, não poderia ver nada, pois as lágrimas que enchiam seus olhos turvavam-lhe a visão.

– Katherine, minha querida – ela murmurou consigo mesma –, veja o que eu fiz. Em meu egoísmo cego e estúpido, impedi você de se casar e ter seus filhos com ele. Mas, agora, cuidei para que vocês tenham netos. Ah, Katherine, eu a amo tanto! Queria que você tivesse o mundo a seus pés e me recusei a acreditar que tudo o que você queria era ele...

Quando o arcebispo pediu a Victoria que repetisse seus votos, ela se lembrou do acordo, segundo o qual deveria aparentar gostar sinceramente de Jason. Erguendo os olhos para ele, tentou falar com voz alta e confiante, mas quando prometeu amá-lo, ele olhou para cima e seus lábios se curvaram em um sorriso cínico. Victoria deu-se conta de que ele estava esperando que um raio atingisse o telhado da igreja e, então, sua tensão se dissolveu em um risinho abafado, que ganhou um olhar de censura do arcebispo.

O momento de descontração, porém, logo terminou, pois Jason recitou seus votos e, em seguida, a cerimônia estava concluída.

– Pode beijar a noiva – o arcebispo autorizou.

Jason virou-se para ela com expressão de triunfo tão intensa que Victoria foi, mais uma vez, invadida pelo pânico, ao sentir os braços dele enlaçarem sua cintura. Inclinando-se para ela, ele a beijou com ardor que fez o arcebispo limpar a garganta, irritado, e diversos convidados rirem. Então, soltou-a e ofereceu-lhe o braço.

– Milorde – ela sussurrou em tom de súplica, quando atravessavam o corredor na direção da porta da igreja –, não consigo acompanhá-lo.

– Trate de me chamar de Jason – ele retrucou em tom rude, embora diminuísse o passo. – E, da próxima vez em que eu a beijar, finja gostar.

O tom de voz gelado atingiu Victoria como um balde de água fria, mas ela conseguiu permanecer firme, entre Charles e ele, na entrada da igreja, exibindo um sorriso radiante para os oitocentos convidados que os cumprimentaram.

Charles virou-se para falar com um amigo, no momento em que a última convidada atravessava a porta, apoiando-se na bengala cravejada de pedras preciosas.

Ignorando Jason completamente, a duquesa se aproximou de Victoria e fitou-a diretamente nos olhos.

– Sabe quem eu sou? – perguntou sem preâmbulos.

– Não, madame. Sinto muito, mas não sei. Acho que já nos vimos antes, pois a senhora me parece familiar, mas...

– Sou sua bisavó.

A mão de Victoria apertou o braço de Jason. Aquela era a sua bisavó, a mulher que se recusara a lhe oferecer um teto, que destruíra a felicidade de sua mãe. Victoria empinou o queixo e declarou com fingida calma:

– Não tenho bisavó.

A declaração surtiu um efeito estranho na duquesa, cujos olhos se acenderam em admiração, ao mesmo tempo que suas feições se suavizaram.

– Ah, tem, sim, minha querida. Você se parece muito com sua mãe, mas esse brilho de desafio em seus olhos você herdou de mim. De nada adianta negar a minha existência, pois meu sangue corre em suas veias e é a minha própria teimosia que vejo no modo como empina o queixo. Tem os olhos de sua mãe e a minha determinação...

– Fique longe dela! – Charles ordenou, furioso. – Saia daqui!

A duquesa empertigou-se e lançou-lhe um olhar de desdém.

– Não se atreva a usar esse tom comigo, Atherton, ou vou...

– Vai o quê? – ele a interrompeu. – Não adianta me ameaçar, pois, agora, tenho tudo o que quero.

A duquesa fitou-o com ar triunfante.

– Tem o que quer porque eu dei isso a você, seu tolo. – Então, ignorando o olhar confuso de Charles, voltou a encarar Victoria, com lágrimas nos olhos. – Espero que vá à mansão Claremont para visitar Dorothy, quando ela voltar da França. Não foi fácil mantê-la afastada de você, mas ela teria estragado tudo com aquela história boba de antigos escândalos, ou melhor, mexericos. – Então, virou-se para Jason. – Estou confiando minha bisneta aos seus cuidados, Wakefield, mas eu o responsabilizarei pela felicidade dela. Fui clara?

– Muito clara – ele respondeu em tom solene, embora estudasse, com olhar divertido, a mulher franzina que o ameaçava.

A duquesa o fitou por um momento, antes de balançar a cabeça.

– Muito bem, já que estamos entendidos, posso ir embora. – Ergueu a mão diante do rosto de Jason. – Pode beijar minha mão.

Com um galante floreio, ele obedeceu.

Virando-se para Victoria, a duquesa falou, um tanto constrangida:

– Imagino que seria esperar demais...

Victoria não compreendera nada do que se passara ali nos últimos minutos, mas poderia jurar que os sentimentos que vira nos olhos da velha senhora eram amor e profundo remorso.

– Vovó – murmurou com voz trêmula e deixou-se abraçar pela bisavó.

Logo depois, a duquesa voltava a assumir sua postura imperiosa, para anunciar:

– Wakefield, decidi não morrer enquanto não tiver segurando meu tataraneto nos braços. Como não posso viver para sempre, não vou tolerar demoras de sua parte.

– Darei atenção imediata à questão, alteza – Jason replicou com voz séria, mas com um brilho divertido no olhar.

– Também não vou tolerar vacilações de sua parte, minha querida – a duquesa avisou à bisneta, que já corava. – Decidi me retirar para a minha casa de campo. Claremont fica a menos de uma hora, a cavalo, de Wakefield. Portanto, espero que vá me visitar de vez em quando. – Então, virou-se para o advogado, que a aguardava junto à porta. – Dê-me seu braço, Weatherford. Já vi o que queria ver e disse o que tinha a dizer.

E, com um último olhar para o atordoado Charles, afastou-se de ombros eretos, a bengala mal tocando o chão.

Muito dos convidados ainda esperavam por suas carruagens quando Jason ajudou Victoria a entrar na sua. Ela sorriu de maneira automática para as pessoas que a observavam e acenavam, mas o caos resultante da torrente de emoções que haviam agitado o seu dia tomara conta de sua mente. Ela mal percebeu o que se passava a sua volta, até se ver chegando à vila perto de Wakefield. Com uma forte pontada de culpa, deu-se conta de que nem sequer falara com Jason durante mais de duas horas.

Olhou para o homem atraente que, agora, era seu marido. Ele mantinha o rosto virado para a janela, o perfil de linhas duras e implacáveis desprovido de qualquer emoção. Ele estava zangado por ela ter tentado deixá-lo no altar. Victoria foi invadida pelo medo de uma possível vingança, o que a deixou ainda mais nervosa. Perguntou-se, aflita, se sua atitude covarde teria criado um abismo intransponível entre eles.

– Jason – chamou com voz tímida. – Sinto muito pelo que houve na igreja.

Ele deu de ombros, mantendo as feições impassíveis.

Seu silêncio aumentou a ansiedade de Victoria. Àquela altura, a carruagem já fazia a última curva antes dos jardins de Wakefield. Victoria abriu a boca para se desculpar mais uma vez, mas sinos começaram a tocar e ela viu camponeses alinhados no caminho que levava à mansão, todos vestindo suas roupas de domingo.

Sorriam e acenavam à medida que a carruagem avançava. Crianças corriam ao lado do veículo, empunhando buquês de flores, que estendiam para Victoria.

Um garotinho de seus quatro anos de idade tropeçou na raiz de uma árvore e caiu, sem jamais largar as flores.

– Jason – Victoria implorou –, peça ao cocheiro para parar, por favor!

Ele obedeceu e Victoria abriu a porta.

– Que flores lindas! – ela exclamou, enquanto o garotinho se punha de pé, ao som de risadas e zombarias dos maiores. – São para mim?

O garotinho afastou as lágrimas com uma das mãos, antes de responder:

– Sim, *milady*, eram para a senhora, antes de eu cair sobre elas.

– Gostaria de tê-las assim mesmo – Victoria garantiu com um sorriso. – Ficariam lindas junto do meu buquê.

Tímido, o menino lhe estendeu as flores murchas e quebradas.

– Eu mesmo as apanhei – ele confidenciou, orgulhoso. – Meu nome é Billy – informou, fixando o olho esquerdo em Victoria, enquanto o outro parecia perdido no horizonte. – Moro no orfanato da vila.

– Meu nome é Victoria, mas meus amigos me chamam de Tory. Gostaria de me chamar de Tory?

O peito do garoto se encheu de orgulho, mas ele lançou um olhar cauteloso para Jason e esperou que o lorde assentisse, para balançar a cabeça em um exuberante "sim".

– Gostaria de vir me visitar em Wakefield e me ajudar a empinar pipas? – Victoria convidou, notando que Jason lhe lançava um olhar surpreso.

O sorriso de Billy se desfez.

– Não consigo correr, pois caio o tempo todo – confessou, baixando os olhos.

Victoria assentiu com ar compreensivo.

– Talvez seja por causa do seu olho, mas eu sei de um jeito de fazê-lo voltar ao normal. Conheci um outro garotinho que tinha o olho igual ao seu. Um dia, quando brincávamos de índios e colonizadores, ele caiu e machucou o olho bom. Meu pai precisou cobri-lo com um tapa-olho, até que ficasse curado. Enquanto o olho bom estava coberto, o ruim começou a endireitar. Meu pai achou que foi porque o olho ruim foi obrigado a trabalhar, enquanto o bom estava coberto. Gostaria de me visitar e tentar usar o tapa-olho?

– Vou ficar esquisito, *milady* – ele argumentou.

– Todas as crianças acharam que Jimmy, o outro menino, se parecia com um pirata. E, logo, todos nós queríamos usar tapa-olhos. O que acha de me visitar para brincarmos de pirata?

Billy concordou e virou-se com um sorriso triunfante para as demais crianças.

– O que ela disse? – elas perguntaram, quando Jason fez um sinal para o cocheiro prosseguir.

Billy enfiou as mãos nos bolsos, estufou o peito e declarou:

– Ela disse que posso chamá-la de Tory.

As crianças se juntaram aos adultos, que seguiam em procissão a carruagem. Victoria imaginou tratar-se de um costume local dos camponeses para comemorar o casamento de seu lorde. Voltou a olhar para Jason e teve a impressão de que ele lhe escondia um sorriso.

A razão para tal sorriso tornou-se óbvia quando a carruagem parou diante da mansão. Victoria dissera a Jason que sempre sonhara em se casar em uma pequena vila, com os camponeses participando das comemorações. Com um estranho gesto de cavalheirismo, o homem enigmático com quem ela acabara de se casar estava tentando realizar, ao menos, parte de seu sonho. Ele havia transformado os jardins de Wakefield em um mar de flores. Imensos arranjos de orquídeas, lírios e rosas enfeitavam mesas enormes, cobertas de porcelanas, talheres de prata e muita comida. O pavilhão na extremidade do gramado encontrava-se repleto de flores e lampiões coloridos. Tochas iluminavam diversos pontos do jardim, afastando a escuridão da noite que caía e acrescentando um brilho festivo à cena.

Em vez de ficar zangado por ter de abandonar todos os convidados do casamento em Londres, Jason gastara uma fortuna a fim de transformar a propriedade em um paraíso mágico para Victoria, além de ter convidado todos os aldeões e camponeses para a festa. Até a natureza havia colaborado, pois as nuvens haviam se dissipado, permitindo que o pôr do sol colorisse o céu com cores vívidas.

Victoria olhou em volta, considerando a evidência da atitude gentil de Jason, que contradizia sua indiferença e frieza habituais. Olhou para o marido e, notando o sorriso que ele já não conseguia disfarçar, pousou a mão em seu braço.

– Jason – murmurou com voz trêmula de emoção –, muito... muito obrigada.

Lembrando-se do pedido para que lhe agradecesse com um beijo, inclinou-se e beijou-lhe os lábios com timidez e profunda ternura.

A voz alegre de um irlandês trouxe Victoria de volta à realidade.

– Jason, meu garoto! Vai sair dessa carruagem e apresentar-me a sua esposa, ou terei de me apresentar por minha conta?

Jason virou-se com expressão de alegre surpresa e saiu da carruagem. Estendeu a mão para o irlandês grandalhão, mas o outro o apertou em um abraço de urso.

– Vejo que finalmente encontrou uma esposa para aquecer esse seu palácio frio! – o homem declarou, sem esconder a afeição que nutria por Jason. – Poderia, ao menos, ter esperado que o navio atracasse, para que eu pudesse assistir à cerimônia!

– Eu só esperava vê-lo no mês que vem – Jason explicou. – Quando chegou?

– Esperei que o navio fosse descarregado e vim para casa hoje. Cheguei há uma hora, mas em vez de encontrá-lo mergulhado no trabalho, fui informado de que você estava muito ocupado com seu próprio casamento. E então? Não vai me apresentar a sua esposa?

Jason ajudou Victoria a sair da carruagem e, então, apresentou o marujo como capitão Michael Farrel. Ela supôs que o capitão tivesse cerca de 50 anos, com seus cabelos fartos e os olhos castanhos mais alegres que ela já vira. Victoria gostou dele de imediato, mas o fato de ter sido chamada de "esposa" de Jason pela primeira vez deixou-a tão nervosa, que ela o cumprimentou com a formalidade que lhe fora exigida desde que pusera os pés na Inglaterra.

No mesmo instante, a expressão do capitão Farrell se alterou e ele a cumprimentou com formalidade.

– É um prazer conhecê-la, lady Fielding. Deve perdoar meus trajes, mas eu não sabia que encontraria uma festa, ao chegar aqui. Agora, se me der licença, passei seis meses no mar e não vejo a hora de chegar em casa.

– Ora, mas não pode ir agora! – Victoria protestou com a simplicidade que lhe era natural. Percebera que o capitão Farrell era um grande amigo de Jason e queria muito fazê-lo se sentir bem-vindo. – Meu marido e eu é que estamos vestidos com exagero para esta hora do dia – falou com um sorriso maroto. – Além disso, depois de ter passado só seis semanas no mar, eu não via a hora de comer em uma mesa que não balançasse. Posso garantir que nossas mesas ficarão exatamente onde estão.

O capitão estudou-a, como se não soubesse ao certo de que maneira se comportar diante dela.

– Ao que parece, não apreciou a viagem, lady Fielding – comentou.

Victoria sacudiu a cabeça com um sorriso contagiante.

– Tanto quanto apreciei quebrar o braço, ou ter sarampo. Em tais ocasiões, pelo menos não fiquei enjoada, como fiquei durante uma semana inteira a bordo de um navio! Receio ser uma péssima maruja, pois quando uma tempestade se abateu sobre o navio, antes mesmo que eu me recuperasse dos enjoos, quase morri de medo!

– Meu Deus! – o capitão Farrell exclamou, recuperando a alegria inicial. – Não se considere covarde por isso. Já vi marujos experientes terem medo de morrer durante uma dessas tempestades.

– Mas eu tive medo de não morrer – Victoria o corrigiu com uma gargalhada.

Mike Farrell tomou as mãos dela nas suas e sorriu.

– Adorarei comemorar com você e Jason. Desculpe-me por ter sido tão... hesitante, há pouco.

Victoria sorriu, apanhou um copo de vinho de uma bandeja passada por um lacaio e se dirigiu para os dois camponeses que haviam lhe dado uma carona, no dia de sua chegada a Wakefield.

Assim que ela se afastou, Mike virou-se para Jason.

– Quando a vi beijando você, na carruagem, gostei do jeito dela imediatamente – contou. – Mas, quando ela me cumprimentou com aquele ar formal, cheguei a pensar que você havia encontrado outra Melissa para se casar.

Jason observou Victoria, que já punha os camponeses completamente à vontade.

– Victoria não se parece em nada com Melissa. Seu cachorro é metade lobo e ela é metade peixe. Meus criados são devotados a ela e Charles a adora. Além disso, todos os homens solteiros de Londres estão apaixonados por Victoria.

– Inclusive você?

Jason observou-a largar o copo vazio e apanhar outro. A única maneira que ela havia encontrado de se casar com ele fora fingir que Jason era Andrew. E, ainda assim, quase o deixara plantado no altar, diante de oitocentas pessoas. Como jamais a vira beber mais que um gole de vinho antes, e agora a via beber o segundo copo, Jason concluiu que Victoria estava tentando se embriagar, a fim de suportar deitar-se com ele mais tarde.

– Você não parece, exatamente, o mais feliz dos noivos – Mike Farrell comentou, notando-lhe a expressão sombria.

– Nunca estive mais feliz – Jason replicou com amargura e se afastou, a fim de cumprimentar convidados cujos nomes desconhecia, para poder apresentá-los à mulher com quem já começava a se arrepender de ter se casado.

Desempenhou seu papel de anfitrião e noivo com sorridente cortesia, embora não tirasse da cabeça que Victoria quase fugira dele na igreja. A lembrança humilhante e dolorosa simplesmente se recusava a deixá-lo em paz.

As estrelas brilhavam no céu e Jason observava Victoria dançar com o juiz local, com Mike Farrell e diversos camponeses. Sabia que ela o estava evitando, pois nas raras ocasiões em que seus olhares se cruzaram, Victoria tratara de desviar o dela depressa.

Já fazia tempo que ela havia tirado o véu e a grinalda, pedindo à orquestra que tocasse músicas mais animadas. Quando a lua brilhou alta no céu, todos dançavam e batiam palmas, inclusive Victoria, que já bebera cinco copos de vinho. Era evidente que estava se embriagando, Jason pensou com sarcasmo, percebendo o profundo rubor em suas faces. Sentiu um aperto no peito ao pensar nas esperanças que havia acalentado para aquela noite, para seu futuro. Fora tolo ao acreditar que a felicidade estava, finalmente, ao alcance de suas mãos.

Apoiado no tronco de uma árvore, Jason se perguntou por que as mulheres se sentiam tão atraídas por ele até o casamento, para então desprezá-lo. Furioso, concluiu que cometera o mesmo erro idiota pela segunda vez. Havia se casado com uma mulher que o aceitara porque queria algo dele, mas que não o queria.

Melissa desejara todos os homens que conhecera, exceto Jason. Victoria só desejava Andrew, o bom, gentil, amável e covarde Andrew.

A única diferença entre Melissa e Victoria era que Victoria era muito melhor atriz. Desde o início, Jason soubera que Melissa não passava de uma interesseira egoísta e calculista. Porém, pensara que Victoria fosse um anjo... um anjo caído do céu, graças a Andrew, mas ele não havia dado importância a tal fato. Agora, dava. Desprezou-a por ter se entregado a Andrew e, agora, por evitar entregar-se a seu marido, o que era exatamente o que Victoria estava fazendo, tentando beber até perder a consciência. Detestara o modo como ela tremera em seus braços e evitara seu olhar, quando haviam dançado juntos, minutos antes. E detestara mais ainda a reação de evidente repulsa que ela não conseguia esconder, quando ele sugerira que já era hora de os dois se retirarem da festa.

Amargurado, Jason se perguntou por que era capaz de fazer suas amantes gritarem de prazer, quando suas esposas não queriam nem sequer chegar perto dele, uma vez feitos os votos sagrados. Perguntou-se por que era tão fácil para ele ganhar dinheiro e acumular fortunas e, ao mesmo tempo, impossível conquistar a felicidade. A maldita mulher que o criara certamente tinha razão: Jason era filho do demônio, não merecia viver e, menos ainda, ser feliz.

As únicas três mulheres que haviam feito parte de sua vida, Victoria, Melissa e a mãe adotiva, haviam visto nele algo de maligno, que o tornava repulsivo para elas, embora suas duas esposas houvessem sido capazes de esconder tal repulsa até estarem casadas, com plenos direitos sobre sua fortuna.

Com determinação implacável, Jason se aproximou de Victoria e segurou-lhe o braço. Ela se encolheu, como se o contato a queimasse.

– Já é tarde e está na hora de entrarmos – ele declarou.

Mesmo à luz do luar, o rosto de Victoria empalideceu e uma expressão de horror tomou conta de seu semblante.

– Mas... não é tão tarde, ainda...

– Está na hora de irmos para a cama, Victoria – Jason persistiu, inabalável.

– Mas eu não estou com sono!

– Ótimo – ele declarou em tom propositadamente rude e percebeu que Victoria compreendeu suas intenções ao senti-la estremecer. – Fizemos um trato – lembrou-a – e espero que cumpra a sua parte, por mais repulsivo que seja para você se deitar em minha cama.

O tom frio e autoritário congelou Victoria até os ossos. Assentindo, ela seguiu para seu novo quarto, que se comunicava com o de Jason.

Percebendo o ânimo introspectivo da patroa, Ruth se manteve em silêncio enquanto a ajudava a tirar o vestido de noiva e vestir a camisola de renda creme, criada por madame Dumosse especialmente para a noite de núpcias.

Victoria sentiu um gosto amargo na garganta e foi tomada pelo terror ao ver Ruth preparar a sua cama. O vinho que bebera na esperança de aplacar o medo a estava deixando tonta e enjoada. Em vez de acalmá-la, como fizera no início, a bebida a estava deixando doente e incapaz de controlar as emoções. Desejou tardiamente não ter tocado naqueles copos. A única vez em que bebera, antes, fora logo após o enterro de seus pais, quando o Dr. Morrison insistira para que ela tomasse dois copos de vinho. Victoria havia passado mal e ele lhe dissera que, provavelmente, ela era uma dessas pessoas cujo organismo não tolera os efeitos do álcool.

Com a descrição horrenda da Srta. Flossie ecoando em sua mente, Victoria foi para a cama. Em breve, seu sangue mancharia aqueles lençóis, pensou, desesperada. Quanto sangue? Quanta dor? Começou a suar frio e sentir vertigens, enquanto Ruth ajeitava os travesseiros. Victoria deitou-se, tentando conter o pânico e a náusea. A Srta. Flossie a advertira de que não deveria gritar, nem demonstrar sua repulsa, mas quando Jason abriu a porta que ligava os dois quartos, vestindo um robe escuro que deixava à vista boa parte do peito e pernas nuas, Victoria perdeu o controle sobre o medo.

– Jason! – exclamou, apavorada, pressionando as costas contra os travesseiros.

– Quem esperava ver agora? Andrew? – ele perguntou em tom casual, ao mesmo tempo em que levava as mãos à tira de cetim que mantinha seu robe fechado.

Tomada de pânico, Victoria balbuciou:

– N-não faça... isso! Um cavalheiro não se despe diante de uma dama, mesmo que os dois sejam casados!

– Se não me engano, já discutimos isso antes, mas caso você tenha se esquecido, devo lembrá-la de que não sou um cavalheiro. No entanto, se a visão do meu corpo pouco cavalheiresco ofende a sua sensibilidade, pode resolver o problema fechando os olhos. A única opção seria eu me deitar debaixo das cobertas, para então tirar o robe. Infelizmente, tal opção ofende a minha sensibilidade e, portanto, está fora de questão.

Com essas palavras, Jason puxou a extremidade da tira de cetim e se despiu. Os olhos de Victoria se arregalaram, horrorizados pela visão do corpo viril e musculoso.

Qualquer esperança, por menor que fosse, que Jason ainda acalentasse de que ela fosse aceitar os seus avanços de boa vontade, morreu quando Victoria fechou os olhos e virou o rosto para o lado.

Jason fitou-a por um momento e, então com movimentos deliberadamente rudes, arrancou-lhe os lençóis das mãos, descobrindo-a. Deitou-se a seu lado e, sem pronunciar nem uma palavra sequer, desamarrou o laço da camisola de renda. Respirou fundo diante da perfeição do corpo nu a sua frente. Victoria possuía seios redondos e cheios, cintura fina, quadris suavemente arredondados e pernas longas e incrivelmente bem-torneadas. À medida que o olhar de Jason percorria seu corpo, as faces de Victoria foram adquirindo tonalidade escarlate. No momento em que ele pousou a mão sobre um dos seios, ela se encolheu, rejeitando a carícia.

Para uma mulher experiente, Victoria mostrava-se fria como uma pedra de gelo, deitada com o rosto voltado para a parede, o semblante contorcido em repulsa. Jason pensou em seduzi-la com carícias, mas logo descartou a ideia. Ela quase o abandonara no altar e era mais que evidente que não tinha a menor disposição de suportar seus carinhos por mais tempo.

– Não faça isso – Victoria implorou, enquanto Jason continuava a acariciar-lhe um seio. – Vou passar mal! – ela gritou, tentando sair da cama.

Tais palavras atingiram Jason como um golpe de punhal e a ira cega explodiu dentro dele. Segurando-a pelos cabelos, posicionou-se sobre Victoria.

– Se é assim, vamos acabar com isso de uma vez! – declarou com voz selvagem.

Visões de sangue e dor invadiram a mente de Victoria, aumentando ainda mais o seu terror e a náusea provocada pelo vinho.

– Não quero! – ela lamentou entre soluços.

– Fizemos um acordo e, enquanto formos casados, você vai cumprir a sua parte – Jason sussurrou ao seu ouvido, ao mesmo tempo em que lhe afastava as coxas. Victoria gemeu ao sentir a pressão implacável contra sua feminilidade, mas, em algum recesso de sua mente, reconheceu que ele estava certo ao lhe cobrar o cumprimento de sua parte no acordo. Assim, parou de lutar. – Trate de relaxar – ele ordenou. – Posso não ser tão gentil quanto o seu querido Andrew, mas não quero machucá-la.

A menção cruel ao nome de Andrew em um momento como aquele acabou de partir o coração de Victoria e toda a sua angústia se expressou em um profundo grito de dor, quando Jason a penetrou. Seu corpo se contorcia sob o dele, ao mesmo tempo que lágrimas quentes, resultantes da dor e da humilhação, banhavam suas faces, enquanto seu marido a usava sem a menor gentileza ou cuidado.

No momento em que sentiu Jason retirar o peso de cima dela, Victoria virou-se de lado e enterrou o rosto no travesseiro.

– Saia daqui! – murmurou entre os soluços amargos que lhe sacudiam o corpo encolhido. – Saia!

Após um breve instante de hesitação, Jason saiu da cama, apanhou o robe e foi para seu quarto. Embora fechasse a porta, continuou ouvindo o choro de Victoria. Ainda nu, apanhou uma garrafa de conhaque e se serviu de uma dose. Bebeu de um só gole, tentando apagar da memória a lembrança da resistência de Victoria, bem como afastar o som de seus soluços.

Ah, como fora estúpido ao acreditar que sentira calor humano nos beijos de Victoria. Quando ele sugerira, pela primeira vez, que se casassem, ela lhe dissera que não queria se casar com ele. Muito tempo antes, quando descobrira sobre o suposto noivado anunciado por Charles, Victoria revelara seus verdadeiros sentimentos por Jason: "Você é um monstro frio e arrogante... Nenhuma mulher em seu juízo perfeito se casaria com você...".

Era exatamente o que ela pensava.

Fora mesmo tolo ao se convencer de que Victoria gostava dele... Jason virou-se para se servir de mais conhaque e, ao colocar o copo sobre a penteadeira, viu o próprio reflexo no espelho. Só então notou as marcas de sangue em suas coxas.

O sangue de Victoria.

O coração dela certamente pertencera a Andrew, mas nunca seu corpo perfeito, que ela só entregara a Jason. Ele encarou fixamente o espelho, sentindo um profundo desprezo por si mesmo. Ficara tão cego pelo ciúme e pelo orgulho ferido que não percebeu que ela era virgem.

Fechou os olhos de remorso e angústia, incapaz de suportar a visão de si mesmo. Tratara Victoria com menor gentileza ou consideração do que um marujo bêbado dispensa a uma prostituta do cais.

Pensou no quanto ela estivera seca e rija, quanto parecera frágil e vulnerável em seus braços, lembrou-se da maneira selvagem como a possuíra... e sentiu uma onda de repulsa sacudi-lo.

Abrindo os olhos, Jason encarou a si mesmo no espelho, dando-se conta de que havia transformado a noite de núpcias de Victoria em um pesadelo. A verdade era que ela sempre fora o anjo de fibra e coragem que ele pensara desde o início. E ele... ora, ele era exatamente o que sua mãe adotiva sempre dissera: um filho do demônio.

Vestindo o robe, Jason retirou uma caixa de veludo da gaveta da penteadeira e voltou ao quarto de Victoria. Ficou parado ao lado da cama, observando-a dormir.

– Victoria – sussurrou.

Ela se moveu levemente ao ouvir o som de sua voz e Jason foi imediatamente invadido pela dor do remorso. Ela parecia tão vulnerável, tão linda, com os cabelos espalhados no travesseiro, refletindo a suave luz da vela.

Jason observou-a em silêncio atormentado, sem querer perturbá-la. Após alguns momentos, puxou as cobertas sobre os ombros delicados e afastou os cabelos de seu rosto.

– Sinto muito – murmurou baixinho.

Apagou a vela e depositou a caixinha de veludo na mesa de cabeceira, onde Victoria a encontraria assim que acordasse. Os diamantes a confortariam. As mulheres eram capazes de perdoar qualquer coisa por diamantes.

22

Victoria abriu os olhos e fixou-os na janela, por onde podia avistar o céu cinzento. Ainda atordoada pelo sono, não reconheceu as cortinas de tons rosa e dourado. Sentia-se cansada, como se não houvesse dormido, mas, mesmo assim, não tinha vontade de voltar a dormir, nem de permanecer acordada.

Estava confusa, com pensamentos perdidos, até que, de repente, sua mente começou a clarear.

Estava casada! Realmente casada. Era esposa de Jason.

Conteve um grito de protesto diante da constatação e se sentou na cama, ao se lembrar com clareza de tudo o que acontecera na noite anterior. Agora sabia sobre o que a Srta. Flossie tentara adverti-la. Não era de admirar que nenhuma mulher demonstrasse desejo de falar a respeito! Começou a sair da cama, reagindo ao impulso de fugir. Porém, tratou de se controlar. Ajeitou os travesseiros e voltou a se acomodar. Os detalhes humilhantes de sua noite de núpcias voltaram a povoar sua mente, enquanto ela se lembrava da maneira rude como Jason se despira diante de seus olhos. Estremeceu ao se lembrar da crueldade com que ele zombara dela, mencionado Andrew, para então, usá-la. Jason a usara como se ela fosse um animal, totalmente desprovido de sentimentos, que não merecesse a menor ternura ou consideração.

Uma lágrima solitária escapou de seus olhos quando ela pensou na noite que viria a seguir, e na próxima, e em todas as noites a sua frente, até Jason conseguir plantar sua semente em seu ventre. Quantas vezes seriam necessárias? Uma dezena? Duas dezenas? Mais? Ah, não por favor! Ela não suportaria muitas mais.

Secou a lágrima com a mão, furiosa consigo mesma por sucumbir ao medo e à fraqueza. Na noite anterior, Jason deixara claro que pretendia continuar fazendo aquela coisa horrível com ela, que era a sua parte no acordo. Agora que sabia o que, exatamente, o acordo envolvia, Victoria queria desfazê-lo imediatamente!

Atirou longe as cobertas e saiu da cama quente e macia, que deveria ser a recompensa por uma vida de infelicidade, imposta por um homem cínico, sem coração. Bem, Victoria não era uma mocinha inglesa chorona, temerosa de lutar por si mesma, ou de enfrentar o mundo. Antes enfrentar um pelotão de fuzilamento a suportar outra noite como aquela! Era perfeitamente capaz de viver sem luxo, se fosse esse o preço a pagar.

Olhou em volta, tentando pensar no que fazer a seguir, mas seus olhos pousaram em uma caixinha de veludo sobre a mesa de cabeceira. Apanhou-a e abriu-a, para então ranger os dentes em fúria, ao se deparar com o espetacular colar de diamantes que jazia em seu interior. Com cinco centímetros de largura, a joia fora desenhada para parecer um delicado arranjo de flores, com diamantes lapidados em diversos formatos, para constituir pétalas e folhas de tulipas, rosas e orquídeas.

A ira quase a cegou, quando ergueu o colar entre dois dedos, como se segurasse entre eles uma cobra venenosa, para então largá-lo sem a menor cerimônia em uma pilha disforme.

Só então compreendeu o que a incomodara tanto nos presentes que Jason lhe dava, bem como em sua insistência em ser agradecido com beijos. Ele a estava comprando. Definitivamente, Jason acreditava que poderia comprá-la, como se ela fosse uma prostituta barata das docas. Não... nem um pouco barata. Ao contrário, extremamente cara, mas uma prostituta assim mesmo.

Depois do que acontecera na noite anterior, Victoria já se sentia usada e abusada. O colar só serviu como mais um insulto na lista crescente das ofensas cometidas por Jason. Mal podia acreditar que se deixara convencer de que ele gostava dela, que precisava dela. Jason não se importava com ninguém, não precisava de ninguém. Não queria ser amado e não possuía nenhum resquício de amor para dar. Ela deveria saber... ele deixara isso bem claro.

Homens! Victoria pensou, sentindo o rubor tomar conta de suas faces. Não passavam de monstros! Andrew, com suas falsas declarações de amor, e Jason, pensando que podia usá-la e, então, comprá-la com um colar idiota!

Encolhendo-se pela dor aguda entre as pernas, encaminhou-se até o banheiro e entrou na banheira. Trataria de obter o divórcio. Já ouvira falar disso e comunicaria Jason de sua decisão quanto antes.

Ruth entrou no quarto quando Victoria saía do banho.

A criada deu um sorriso maroto, olhando em volta. O que quer que esperasse encontrar, certamente não era a patroa já de pé e banhada, envolta por uma toalha, escovando os cabelos com vigor. Nem esperava ouvir a nova esposa de lorde Fielding, cuja fama era de amante irresistível, declarar com voz gelada:

– Não precisa andar na ponta dos pés, como se tivesse medo da própria sombra, Ruth. O monstro está no quarto ao lado. – Percebendo a confusão no semblante da criada, Victoria desculpou-se: – Sinto muito se a assustei, Ruth. Acho que estou muito cansada.

Por alguma razão, o comentário fez Ruth corar e soltar uma risadinha idiota, o que irritou Victoria, que já se encontrava à beira da histeria, apesar de seus esforços em repetir para si mesma que era uma pessoa fria, lógica e determinada. Esperou, tamborilando os dedos na penteadeira, até Ruth terminar a arrumação do quarto. Quando o relógio marcou 11 horas, ela se encaminhou para a porta pela qual Jason entrara na noite anterior. Pousou a mão no trinco e respirou fundo, tentando se recompor. Embora seu corpo inteiro tremesse diante da ideia de confrontá-lo e pedir o divórcio, era exatamente o que ela pretendia fazer, sem permitir que nada a impedisse. Assim que informasse Jason de que o casamento estava cancelado, ele não teria nenhum direito marital sobre ela. Mais tarde, Victoria decidiria para onde ir e o que fazer. Por enquanto, sua prioridade era fazê-lo concordar com o divórcio. Ou seria necessário obter a permissão dele? Como não tinha certeza, concluiu que o melhor seria não irritá-lo desnecessariamente, arriscando-se a provocar sua recusa. Por outro lado, também não deveria hesitar mais.

Victoria endireitou os ombros, apertou o nó que prendia seu robe de veludo, girou o trinco e entrou no quarto de Jason.

Reprimindo o desejo de atingi-lo com a bacia de porcelana que se encontrava sobre a penteadeira, cumprimentou-o com civilidade.

– Bom dia.

Os olhos de Jason se abriram com expressão alerta. Então, ele sorriu. O sorriso radiante e sensual que, antes, poderia ter derretido o coração de Victoria, a fez ranger os dentes de raiva, mas ela conseguiu, com esforço, se manter impassível.

– Bom dia – Jason respondeu com voz sonolenta, os olhos passeando pelo corpo curvilíneo escondido pelo robe macio.

Ao se lembrar da maneira como a tratara na noite anterior, procurou desviar o olhar do decote profundo e mover o corpo, a fim de abrir espaço a seu lado, na cama. Profundamente tocado pelo fato de ela ter se dado ao trabalho de ir lhe desejar bom dia, quando tinha todo o direito de desprezá-lo, deu um tapinha no espaço vazio.

– Não quer se sentar?

Victoria estava tão concentrada em encontrar um meio de fazer o que precisava ser feito da melhor maneira possível, que aceitou o convite sem pensar.

– Obrigada – agradeceu.

– Por quê? – Jason perguntou em tom de provocação.

Era exatamente a abertura que ela esperava.

– Obrigada por tudo. Em muitos aspectos, tem sido extremamente generoso comigo. Sei quanto o desagradou a minha chegada, há alguns meses, mas mesmo não me querendo aqui, você me deixou ficar. Comprou-me roupas bonitas e me levou a festas, o que foi muito gentil de sua parte. Também duelou por minha causa, o que foi absolutamente desnecessário, mas muito galante assim mesmo. Casou-se comigo na igreja, o que não desejava fazer, e providenciou uma festa maravilhosa, convidando pessoas que nem sequer conhecia, só para me agradar. Obrigada por tudo isso.

Jason ergueu a mão e acariciou-lhe a face.

– De nada – murmurou.

– Agora, quero o divórcio.

A mão de Jason imobilizou-se no ar.

– Quer o quê? – ele indagou em um sussurro ameaçador.

– Quero o divórcio – Victoria repetiu com fingida calma.

– Simples, assim? – Jason inquiriu com voz assustadoramente aveludada. Embora estivesse mais do que disposto a admitir que a tratara muito mal na noite anterior, não havia esperado por nada parecido ao que estava acontecendo. – Depois de um dia de casada, você quer o divórcio?

Ao perceber a ira que já obscurecia os olhos verdes que a haviam cativado um dia, Victoria se pôs de pé de um pulo, mas foi agarrada pelo braço e forçada a se sentar de novo.

– Não se atreva a me machucar, Jason! – advertiu-o.

Jason, que na noite anterior deixara no quarto ao lado uma criança ferida e magoada, viu-se subitamente confrontado por uma megera fria e encolerizada. Em vez de se desculpar, como havia planejado, falou entre os dentes:

– Você enlouqueceu! A Inglaterra só viu meia dúzia de divórcios até hoje e o nosso não fará parte dessa lista.

Victoria libertou o braço dos dedos fortes de Jason, usando para isso um gesto violento. Em seguida, voltou a se pôr de pé, fora do alcance dele.

– Você é um animal! – acusou-o. – Não enlouqueci, nem serei tratada como animal outra vez!

Voltou para o seu quarto, bateu a porta atrás de si e, então, passou a chave no trinco.

Dera alguns passos quando a porta se abriu atrás dela, com um estrondo ensurdecedor, ao mesmo tempo que dobradiças e parafusos voavam pelo quarto.

Pálido de raiva, Jason apareceu, emoldurado pelos batentes e sibilou:

– Nunca mais tranque uma porta para mim, enquanto viver! E jamais me fale de divórcio outra vez! Esta casa é minha propriedade, aos olhos da lei, assim como você também é minha propriedade. Compreendeu?

Victoria assentiu, sobressaltada, encolhendo-se diante da fúria cega que obscurecia os olhos de Jason. Ele deu meia-volta e saiu do quarto, deixando-a trêmula de medo. Ela jamais testemunhara reação tão violenta em um ser humano. Jason não era um animal. Era um monstro enlouquecido.

Esperou, ouvindo as gavetas dele se abrirem e fecharem ruidosamente enquanto ele se vestia, tentando desesperadamente pensar em uma maneira de fugir ao pesadelo em que sua vida havia se transformado. Quando ouviu a porta do quarto de Jason bater e se certificou de que ele descera, Victoria foi se sentar em sua cama. Ficou ali por quase uma hora, pensando, mas descobriu que não havia para onde fugir. Caíra em uma armadilha e estava presa nela pelo resto de sua vida. Jason dissera a verdade: Victoria era sua propriedade, assim como a casa e os cavalos.

Se não concordasse em lhe dar o divórcio, como ela poderia obter a separação? Não sabia ao certo se possuía um motivo justificado para convencer um juiz a lhe conceder o divórcio, mas tinha certeza de que jamais poderia explicar a outro homem o que Jason fizera, na noite anterior, para levá-la a desejar terminar com o casamento.

Estivera sonhando com o impossível, ao conceber a ideia de divórcio. Com um suspiro, admitiu tratar-se de uma solução extremamente radical. Seria prisioneira daquele pesadelo até dar a Jason o filho que ele queria. Então, estaria presa a Wakefield pela existência da mesma criança que deveria representar sua liberdade, pois Victoria sabia que jamais seria capaz de abandonar seu próprio filho.

Lançou um olhar desolado pelo quarto. Teria de encontrar um meio de se adaptar a sua nova vida, tornando-a o melhor possível, até que o destino se encarregasse de intervir em seu auxílio. Enquanto isso, teria de lutar para manter a sanidade, decidiu, à medida que uma calma submissa a envolvia. Poderia passar seu tempo na companhia de outras pessoas, sair de casa e se dedicar a seus próprios passatempos e ocupações. Teria de encontrar atividades agradáveis que a distraíssem de seus problemas. E deveria começar imediatamente. Detestava a autopiedade e não se entregaria a ela.

Já fizera amigos na Inglaterra. Em breve, teria um filho a quem amar e que a amaria também. Faria o melhor possível para preencher sua vida vazia com o que pudesse realizar para se manter ocupada.

Afastou os cabelos do rosto e se levantou, determinada a fazer isso. Mesmo assim, quando ela tocou a sineta para chamar Ruth, sentiu-se extremamente desanimada. Por que Jason a desprezava tanto?, perguntou-se, arrasada. Precisava tanto de alguém para conversar e fazer confidências. Antes, contara sempre com o pai, a mãe e Andrew para ouvi-la e lhe dar opiniões. Conversar era sempre uma grande ajuda na solução de qualquer tipo de problemas. Porém, desde que chegara à Inglaterra, não tivera ninguém. A saúde de Charles era fraca e, por isso, Victoria era forçada a parecer forte e tranquila, quando estava na companhia dele. Além disso, Jason era sobrinho dele e ela não poderia nem sequer pensar em discutir os seus defeitos com o próprio tio. Caroline era uma boa amiga, mas estava em Londres e, de qualquer forma, Victoria duvidava de que ela fosse capaz de compreender Jason, mesmo que se esforçasse para isso.

Não lhe restava nada a fazer, além de guardar seus sentimentos para si mesma e fingir estar alegre e confiante, até o dia em que pudesse se sentir assim, de verdade. Chegaria o dia, prometeu a si mesma, em que não teria medo de que Jason entrasse em seu quarto. Chegaria o dia em que ela seria capaz de olhar para Jason sem sentir nada, nem medo, nem mágoa, ou humilhação. Esse dia chegaria, ah, sim, chegaria! Assim que ela concebesse uma criança, ele a deixaria em paz. Agora, só lhe restava rezar para que isso acontecesse logo.

– Ruth, por favor, peça a um dos cavalariços para atrelar um cavalo à menor carruagem que temos – falou, quando viu a criada entrar. – E peça que o cavalo mais manso seja escolhido, pois não estou habituada a dirigir carruagens. Depois disso, peça à Sra. Craddock que embrulhe vários pacotes com os restos da comida da festa de ontem, para que eu possa levá-los comigo.

– Mas, *milady* – Ruth protestou, hesitante –, dê uma olhada pela janela. Está muito frio lá fora, e uma tempestade se aproxima.

Victoria olhou pela janela, para o céu coberto de nuvens cor de chumbo.

– Não me parece que a chuva vá começar tão cedo – concluiu, um tanto desesperada. – Quero sair dentro de meia hora. Lorde Fielding saiu, ou está no escritório?

– Ele saiu, *milady*.

– Sabe dizer se ele deixou a propriedade, ou se está por perto da casa? – Victoria perguntou, sem conseguir esconder a ansiedade.

Apesar da determinação de pensar em Jason como sendo um estranho e tratá-lo da mesma maneira, não lhe agradava a ideia de confrontá-lo de novo, quando ainda se sentia tão vulnerável. Além disso, estava certa de que ele ordenaria que ficasse em casa. Jason jamais permitiria que ela saísse, sabendo que uma tempestade poderia cair a qualquer momento. E a verdade era que Victoria precisava desesperadamente passar algum tempo longe daquela casa.

– Lorde Fielding mandou selar o cavalo e saiu, dizendo que tinha algumas visitas de negócios para fazer – Ruth informou. – Eu mesma o vi atravessar os portões a galope.

Quando Victoria desceu, a pequena carruagem a esperava diante da porta, carregada com pacotes de comida.

– O que devo dizer ao lorde? – Northrup indagou, aflito por não ter conseguido dissuadi-la de sair, apesar do temporal que se aproximava.

Victoria virou-se para que ele pusesse a capa em seus ombros.

– Diga-lhe que eu disse adeus – respondeu, evasiva.

Deu a volta na casa para soltar Lobo e voltou, seguida por ele. Um cavalariço a ajudou a subir na carruagem. Em seguida, Lobo ocupou o lugar a seu lado, parecendo muito feliz por se ver sem as correntes. Victoria sorriu e afagou-lhe os pelos macios.

– Está livre, afinal – murmurou para o animal. – Assim como eu.

23

Victoria tomou as rédeas com mais segurança que de fato sentia.

– Calma – falou alto, quando a égua se lançou para a frente, com velocidade.

Ao que parecia, Jason não acreditava que cavalos mansos pudessem realizar a tarefa de puxar suas carruagens de modo satisfatório. O cavalariço garantira a Victoria que havia escolhido o animal mais manso do estábulo e, ainda assim, a égua era extremamente difícil de controlar. Empinou e dançou de um lado para outro, até Victoria sentir as mãos em brasa, na tentativa de forçá-la a um trote suave.

Quando Victoria se aproximava da vila, o vento começou a soprar com violência, ao mesmo tempo que raios iluminavam o céu, já quase tão negro quanto a noite. Poucos minutos depois, a chuva forte teve início, batendo em seu rosto, dificultando-lhe a visão e encharcando-lhe a capa.

Estreitando os olhos na tentativa de enxergar a estrada a sua frente, Victoria afastou os cabelos molhados do rosto e estremeceu. Nunca fora ao orfanato antes, mas o capitão Farrell havia lhe explicado o caminho, e também lhe dissera como chegar à casa dele, próxima ao local. Avistou uma estrada que se parecia com aquela descrita pelo capitão, saindo de uma bifurcação a sua esquerda. Puxou a rédea naquela direção, sem saber ao certo se estava se dirigindo ao orfanato, ou para a residência de Farrell. No momento, tanto fazia, desde que pudesse se abrigar da chuva torrencial. A estrada fez uma curva, iniciando a seguir uma subida que adentrava os bosques. Mais à frente, tornava-se quase tão estreita quanto uma trilha, que rapidamente se transformava em um lamaçal.

A lama aderia às rodas da carruagem e a égua tinha de fazer grande esforço para dar cada passo. Um pouco adiante, Victoria avistou uma luz entre as árvores. Aliviada, levou a carruagem até o abrigo proporcionado por alguns velhos carvalhos. Quando mais um raio iluminou o céu, ela constatou que a luz pertencia a um chalé de tamanho suficiente para abrigar uma família, mas jamais para servir de sede a um orfanato. Um trovão ensurdecedor explodiu, assustando a égua, que voltou a empinar. Victoria saltou depressa para o chão e, segurando o animal pelo cabresto, tentou acalmá-lo, antes de amarrá-lo a um tronco.

Com Lobo a seu lado, alerta e protetor, Victoria subiu os degraus do chalé e bateu na porta.

Segundos depois, o capitão Farrell abriu a porta, o rosto iluminado pelo fogo da lareira.

– Lady Fielding! – exclamou, surpreso, começando a puxá-la para dentro.

Lobo rosnou mostrando os dentes, fazendo com que o capitão interrompesse o gesto.

– Quieto, Lobo! – Victoria ordenou, e o animal obedeceu de imediato.

Sem tirar os olhos do animal feroz, Farrell fechou a porta.

– Que diabo está fazendo por aqui, com esse tempo? – perguntou, preocupado.

– Nad... nadando – Victoria tentou brincar, mas seus dentes batiam uns contra os outros e seu corpo tremia de frio.

O capitão tirou a capa de seus ombros e pendurou-a sobre o encosto de uma cadeira, diante da lareira.

– Precisa livrar-se dessas roupas molhadas, ou vai acabar doente! Esse animal vai permitir que você saia de suas vistas por tempo suficiente para trocar de roupa?

Victoria passou os braços em torno do corpo e lançou um olhar firme para o cão.

– Fique onde está, Lobo!

Lobo sentou diante da lareira, apoiou o focinho nas patas e manteve os olhos fixos na porta pela qual Victoria e Farrell desapareciam.

– Vou colocar mais lenha na lareira – o capitão informou, depois de entregar a Victoria uma muda de suas próprias roupas. – É o melhor que posso oferecer e não me venha com bobagens sobre não ser apropriado vestir roupas masculinas, minha jovem. Use a água daquela jarra para se limpar, vista minhas roupas e, então, embrulhe-se naquele cobertor. Quando estiver pronta, junte-se a mim, perto do fogo. Se está preocupada por achar que Jason não aprovaria o fato de você usar minha roupas, fique tranquila. Eu o conheço desde que era garoto.

Victoria logo se pôs na defensiva.

– Não estou nem um pouco preocupada com o que Jason vai pensar – declarou, incapaz de esconder a rebelião que se travava em seu peito. – Não tenho a menor intenção de morrer congelada para agradar a ele. Ou a mais ninguém – acrescentou depressa ao se dar conta de que estava deixando o capitão perceber sua revolta.

Ele a fitou com olhar estranho, mas limitou-se a comentar:

– Muito bem. Trata-se de um modo bastante sensato de pensar.

– Se eu fosse sensata, teria ficado em casa hoje – Victoria corrigiu-o com um sorriso, tentando esconder sua infelicidade.

Quando ela saiu do quarto, o capitão Farrell já havia levado a égua para o estábulo, colocado mais lenha na lareira e preparado uma xícara de chá. Estendeu-lhe uma toalha.

– Use isto para secar os cabelos – ordenou com gentileza, indicando a poltrona diante da lareira, onde ela deveria se sentar. – Importa-se se eu fumar?

– De maneira alguma.

Depois de encher o cachimbo de fumo, ele o acendeu e sentou-se diante de Victoria, estudando-a com olhar franco e, por isso mesmo, desconcertante.

– Por que não fez isso? – finalmente perguntou.

– Isso, o quê?

– Por que não ficou em casa, hoje?

Perguntando-se se parecia tão culpada e infeliz quanto se sentia, Victoria deu de ombros.

– Queria levar comida ao orfanato. Sobrou muita coisa da festa de ontem.

– Era evidente que iria chover. Você poderia ter mandado um criado levar a comida ao orfanato, que fica menos de dois quilômetros adiante daqui. Mesmo assim, preferiu enfrentar o mau tempo e tentar encontrar o lugar sozinha.

– Eu precisava... queria sair um pouco de casa.

– Estou surpreso que Jason não tenha insistido para que você ficasse em casa.

– Não julguei necessário pedir a permissão dele.

– Ele deve estar muito preocupado, agora.

– Duvido que ele se dê conta da minha ausência.

Ou que ele se importe, quando descobrir, Victoria pensou, infeliz.

– Lady Fielding?

Algo no modo como Farrell se dirigiu a ela a fez pensar que não gostaria de continuar aquela conversa. Ao mesmo tempo, sabia que não tinha escolha.

– O que é, capitão?

– Vi Jason pela manhã.

O desconforto de Victoria cresceu, pois ocorreu-lhe que Jason fora procurar o amigo para falar dela. De repente, parecia que o mundo inteiro se voltara contra ela.

– Viu?

– Jason é dono de uma grande frota de navios. Tenho o comando de um deles e Jason queria saber sobre o sucesso da minha última viagem.

Victoria aproveitou a oportunidade para desviar a conversa de si mesma.

– Eu não sabia que lorde Fielding entendia de navios – declarou com um sorriso tolo.

– Estranho.

– Por quê?

– Talvez eu seja muito simples e antiquado, mas acho bastante estranho a mulher não saber que seu marido passou a maior parte de sua vida a bordo de um navio.

Victoria fitou-o, boquiaberta. Até onde sabia, Jason era um lorde inglês, um aristocrata arrogante, rico e mimado. A única coisa que o distinguia dos demais homens da nobreza era o fato de ele passar a maior parte de seu tempo trabalhando em seu escritório, quando a maioria dos nobres que

Victoria conhecera em Londres pareciam passar o tempo todo buscando apenas prazer e diversão.

– Talvez simplesmente não esteja interessada na vida de seu marido – o capitão sugeriu com frieza. – Por que se casou com ele?

Victoria arregalou os olhos, sentindo-se como um coelhinho preso em uma armadilha, sentimento que já começava a fazer parte de sua rotina e que feria cada vez mais o seu orgulho. Ergueu a cabeça e encarou o capitão, sem esconder seu ressentimento. Então, com toda a dignidade que foi capaz de reunir, respondeu, evasiva:

– Casei-me com lorde Fielding pela razões habituais.

– Dinheiro, poder e posição social – Farrell resumiu com desgosto. – Bem, agora você tem a três coisas. Parabéns.

Aquela ataque gratuito foi demais para Victoria suportar. Lágrimas de fúria molharam seu rosto, ao mesmo tempo que ela se pôs de pé, agarrada ao cobertor que a envolvia.

– Capitão Farrell, não estou molhada o bastante, nem infeliz o bastante, ou desesperada o bastante para ficar aqui sentada, ouvindo o senhor me acusar de ser uma mercenária egoísta e...

– Por que não? Afinal, é o que você é. Ou não?

– Não me importa o que pensa de mim. Eu...

Victoria se viu incapaz de falar, pois um nó apertava-lhe a garganta. Assim, encaminhou-se para o quarto, onde pretendia vestir suas roupas molhadas e ir embora. Porém, em uma fração de segundo, Farrell encontrava-se de pé, bloqueando a porta, fitando-a com olhar furioso.

– Por que quer o divórcio? – ele inquiriu de súbito, embora suas feições se suavizassem ao encará-la.

Mesmo embrulhada em um cobertor, Victoria Seaton era uma visão adorável, com seus cabelos cor de fogo e magníficos olhos azuis faiscando de ressentimento. Ela possuía muita coragem, mas as lágrimas que faziam seus olhos brilharem naquele momento mostravam que ela estava prestes a explodir em sua infelicidade.

– Esta manhã – ele continuou – perguntei a Jason, por brincadeira, se você já o tinha abandonado. Ele respondeu que não, mas que você havia pedido o divórcio. Pensei que ele estivesse brincando, mas quando você chegou aqui, não me pareceu a mais feliz das noivas.

Desesperada, Victoria sustentou o olhar do capitão, lutando para conter as lágrimas.

– Quer, por favor, sair da minha frente?

Em vez de obedecer, ele a segurou pelos ombros.

– Agora que tem tudo o que queria de Jason, o dinheiro, o poder e a posição social, por que quer o divórcio? – ele persistiu, implacável.

– Eu não tenho nada! – Victoria explodiu. – Agora, solte-me!

– Não até que eu entenda como pude me enganar tanto a seu respeito. Ontem, quando falou comigo, achei você maravilhosa. Vi a alegria em seus olhos e o modo como tratou os camponeses. Pensei que era uma mulher de verdade, dona de um grande coração e de muita coragem, e não uma covarde mimada e mercenária!

As lágrimas turvaram a visão de Victoria diante de acusações tão injustas de um estranho tão amigo de Jason.

– Deixe-me em paz! – falou com o que lhe restava de voz, tentando empurrá-lo.

Para sua surpresa, os braços dele a envolveram e Farrell aconchegou-a de encontro a seu peito largo.

– Chore, Victoria! Pelo amor de Deus, chore, mulher! Dê vazão às lágrimas, criança. Se tentar conter toda a angústia que está sentindo, vai explodir.

Victoria aprendera a lidar com tragédias e adversidades. Porém, não sabia como enfrentar a gentileza e a compreensão. As lágrimas vieram em uma torrente, acompanhadas por soluços que sacudiram seu corpo com violência. Não saberia dizer quando o capitão a fizera sentar-se no sofá em frente à lareira, nem quando começara a contar a ele sobre a morte de seus pais e a cadeia de eventos que haviam culminado com a fria proposta de casamento de Jason. Com o rosto enterrado no ombro dele, respondeu-lhe às perguntas sobre Jason e por que ela havia se casado com ele. E, ao terminar, sentia-se muito melhor do que se sentira em muitas semanas.

– Então – ele concluiu com um sorriso de admiração –, apesar da proposta fria de Jason, apesar de você não saber nada sobre ele, acreditou assim mesmo que ele precisava de você?

Embaraçada, Victoria secou as lágrimas com as mãos e balançou a cabeça.

– É óbvio que fui tola e fantasiosa ao pensar assim, mas havia momentos em que ele parecia tão sozinho... momentos em eu o observava nos bailes, cercado de gente, especialmente de mulheres, e tinha essa estranha sensação de que Jason se sentia tão solitário quanto eu. E tio Charles também disse que Jason precisava de mim. Mas nós dois nos enganamos. Jason só quer um filho. Não precisa de mim, nem me quer.

– Não é verdade – Farrell afirmou, convicto. – Jason precisa de uma mulher como você desde o dia em que nasceu. Precisa que você cure feridas muito profundas, que o ensine a amar e a ser amado. Se soubesse mais sobre ele, compreenderia o que estou dizendo.

Levantando-se, o capitão apanhou uma garrafa, encheu dois copos com ela e estendeu um para Victoria.

– Vai me falar sobre Jason? – ela perguntou, cheia de esperança.

– Vou.

Victoria olhou o seu copo de uísque e começou a estender o braço para colocá-lo sobre a mesa.

– Se quer mesmo ouvir a história de Jason, sugiro que beba isso. Vai precisar.

Notando a seriedade e amargura na voz do capitão, ela tomou um gole. Então, observou-o beber tudo de uma só vez, como se ele também fosse precisar dos efeitos da bebida forte.

– Vou lhe contar coisas sobre Jason que somente eu sei. Coisas que ele, obviamente, não quer que você saiba, ou já teria lhe contado ele mesmo. Ao lhe contar essas coisas, estarei traindo a confiança de Jason e, até hoje, sou uma das pouquíssimas pessoas que não o traíram, de um modo ou de outro. Ele é como um filho para mim, Victoria, e me dói muito fazer isso, mas sinto que é imperativo que você o compreenda.

Victoria sacudiu a cabeça devagar.

– Talvez o senhor não deva me contar nada, capitão. Jason e eu não conseguimos nos entender, mas eu detestaria ver um de vocês dois magoados pelas coisas que tem a me contar.

– Se eu suspeitasse que você poderia usar o que vou lhe contar como arma contra Jason, guardaria segredo. Mas sei que não vai fazer isso. Você possui coragem, compaixão e generosidade. Vi isso no modo como se relacionou com os camponeses, ontem à noite. Quando vi você rir com eles, deixá-los à vontade, concluí que é uma mulher maravilhosa... a esposa perfeita para Jason. E estou convencido disso.

Ele respirou fundo e começou sua história:

– Vi seu marido pela primeira vez em Delhi. Foi há muitos anos, quando eu trabalhava para um rico comerciante de Delhi, chamado Napal, que transportava produtos da Índia para o resto do mundo. Napal era dono não só dos produtos que transportava e vendia, mas também dos quatro navios que os levavam pelos mares. Eu era contramestre em um desses navios. Havia passado seis meses em uma viagem excepcionalmente lucrativa e, quando retornei ao porto, Napal convidou a mim e ao capitão para uma pequena comemoração em sua casa. O clima na Índia é sempre quente, mas aquele dia parecia mais quente do que nunca, especialmente quando me perdi, tentando encontrar a casa de Napal. Acabei em um labirinto de ruelas estreitas e, depois que finalmente consegui sair dele, estava em uma pequena praça, repleta de indianos imundos, vestidos de trapos. A pobreza lá é inimaginável. Bem, olhei a minha volta, na esperança de encontrar alguém que falasse inglês ou francês e que pudesse me explicar como chegar ao meu destino. Vi uma pequena multidão reunida a um canto da praça, assistindo a alguma atração. Eu não podia ver o que era, mas fui até lá. Estavam parados do lado de fora de uma construção, observando o que acontecia lá dentro. Eu já ia me afastando, quando percebi uma cruz de madeira pregada acima da entrada do edifício. Acreditando ser uma igreja, onde eu poderia me comunicar com alguém na minha própria língua, abri caminho por entre a multidão e entrei. Enquanto me encaminhava para o fundo com dificuldade, ouvi uma mulher gritando como fanática, em inglês, coisas sobre a perdição e a ira do Todo-Poderoso. Finalmente, cheguei a um ponto de onde conseguia vê-la. E lá estava ela, sobre o palanque de madeira, com um garotinho a seu lado. Ela apontava para o menino e gritava que ele era o demônio. Acusou-o de ser a "semente da perdição" e o "produto do mal". Então, agarrou os cabelos do menino e ergueu-lhe a cabeça. E eu vi seu rosto. Fiquei chocado ao descobrir que se tratava de um garoto branco, e não de um indiano. Ela gritou: "Olhem para o demônio e vejam a vingança de Deus". Então, forçou o menino a dar meia-volta, para exibir a "vingança de Deus". Quando vi as costas dele, pensei que fosse vomitar.

O capitão fez uma breve pausa e respirou fundo, como se precisasse de forças para continuar.

– Victoria, as costas do garotinho estavam cobertas pelos hematomas provocados pela última surra, além de exibirem as cicatrizes de... só Deus sabe quantas outras. Ao que parecia, ela acabara de surrá-lo diante de sua "congregação". Os indianos não se opõem a esse tipo de crueldade bárbara.

O capitão fez uma careta de desgosto antes de continuar:

– Enquanto eu assistia àquele espetáculo horrendo, aquela demente ordenou ao garotinho que se ajoelhasse e rezasse pelo perdão do Senhor. Ele a fitou nos olhos, sem dizer nada, mas não se moveu. Ela baixou seu chicote com força suficiente para pôr um homem adulto de joelhos. A criança caiu. "Reze, demônio!", ela gritou, voltando a açoitá-lo. O menino não disse nada e se limitou a olhar para frente. Foi quando vi seus olhos... Seus olhos estavam secos. Não havia uma única lágrima neles. Mas havia dor... Deus, quanta dor!

Victoria estremeceu de piedade pela criança desconhecida, perguntando-se por que o capitão estava lhe contando aquela história medonha, antes de lhe falar sobre Jason.

– Nunca vou me esquecer do tormento que vi nos olhos daquele menino – ele murmurou com voz rouca –, nem de quanto eles me pareceram verdes naquele momento.

O copo de Victoria caiu ao chão em uma explosão de cacos. Então, ela sacudiu a cabeça, desesperada, sem acreditar no que acabara de ouvir.

– Não! – gritou, angustiada. – Ah, por favor, não...

Sem demonstrar ter percebido o seu horror, o capitão continuou, os olhos fixos em um ponto da parede, perdidos nas lembranças:

– O garotinho rezou, então. Unindo as mãos diante do peito, recitou: "Ajoelho-me diante do Senhor e imploro o seu perdão". A mulher obrigou-o a rezar mais alto, muitas e muitas vezes. Quando se deu por satisfeita, forçou-o a levantar-se. Então, apontou para os indianos sujos e ordenou ao garoto que pedisse o seu perdão. Entregou-lhe uma pequena cuia. Fiquei ali, parado, observando o garoto ajoelhar-se aos pés da "congregação", beijando a bainha de suas vestes imundas e implorando o seu perdão.

– Não... – Victoria repetiu, passando os braços em torno de si mesma, tentando afastar da mente a imagem de um garotinho de cabelos negros e encaracolados, e olhos verdes tão familiares, sujeitado a tamanha humilhação por uma louca.

– Algo aconteceu dentro de mim – Farrell foi adiante. – Os indianos são um bando de fanáticos e nunca me interessei por seus costumes insanos. Mas ver uma criança da minha raça maltratada daquela maneira me deixou maluco. E, ainda, havia algo naquele garotinho que parecia me obrigar a fazer alguma coisa. Apesar de sujo e subnutrido, o brilho de orgulho e desafio em seus olhos partiu meu coração. Esperei enquanto ele se ajoelhava e beijava a bainha das roupas dos indianos a minha volta, implorando-lhes o perdão, e recebendo as moedas que eles jogavam na cuia em suas mãos. Então, ele entregou a cuia à mulher e ela sorriu. Ela apanhou a cuia e sorriu para ele, dizendo que, agora, ele era "bom". E continuou a exibir aquele sorriso fanático e demente. Olhei para aquela criatura obscena, parada sobre o altar improvisado, empunhando uma cruz, e tive vontade de matá-la. Porém, não sabia quanto a congregação era fiel a ela e, como não tinha a menor chance de vencê-los sozinho, perguntei a ela se me venderia o garoto. Aleguei que ele precisava de um homem que o punisse da maneira adequada.

Desviando os olhos do ponto em que os fixara na parede, Farrell finalmente olhou para Victoria, com um sorriso amargo.

– Ela o vendeu para mim pelo pagamento que eu tinha recebido por seis meses de trabalho. O marido dela havia morrido um ano antes e ela precisava de dinheiro, tanto quanto de um garotinho para surrar. Mas, enquanto eu saía dali, ela atirava o meu dinheiro para o seus fiéis, gritando algo sobre Deus mandar presentes para eles, através dela. Era uma louca. Definitivamente, louca.

– Acha que o vida de Jason era melhor, antes de o pai morrer? – Victoria perguntou com um fio de voz.

– O pai de Jason continua vivo – Farrell declarou com frieza – Jason é filho ilegítimo de Charles.

A sala começou a girar e Victoria teve de fechar os olhos para controlar a vertigem e a náusea.

– Faz tanto mal a você saber que se casou com um bastardo? – o capitão inquiriu, interpretando mal a sua reação.

– Como pode fazer uma pergunta tão absurda? – ela explodiu, indignada.

Farrell sorriu.

– Ótimo. Não achei que fosse se importar, mas os ingleses dão excessivo valor a essas coisas.

– O que é uma grande hipocrisia, uma vez que três duques que me vêm à cabeça, no momento, são descendentes diretos de três filhos bastardos do rei Charles. Além do mais, não sou inglesa. Sou americana.

– Você é adorável.

– Por favor, conte o resto que sabe sobre Jason – Victoria pediu, com o coração já explodindo de compaixão.

– O resto não é tão importante. Levei Jason para a casa de Napal naquela mesma noite. Um dos criados limpou-o e o mandou para a sala onde estávamos. O menino não queria falar, mas quando o fez, ficou evidente que era brilhante. Contei a história a Napal. Ele ficou com pena de Jason e lhe deu emprego de... digamos, assistente. Jason não recebia dinheiro, mas tinha uma cama no escritório de Napal, roupas e comida decentes. Sozinho, aprendeu a ler e escrever, demonstrando uma sede insaciável de aprender. Quando completou 16 anos, Jason já tinha aprendido tudo o que havia para saber sobre os negócios de Napal. Além de ser inteligente e possuir raciocínio rápido, Jason era dono de excelente tino comercial. Acho que isso foi consequência de ter sido obrigado a pedir esmolas com uma cuia, na infância. Bem, de uma maneira ou de outra, o coração de Napal foi se amolecendo à medida que ele envelhecia. Como não tinha filhos, começou a pensar em Jason mais como um filho do que como um funcionário mal pago, mas muito trabalhador. Jason conseguiu convencê-lo a deixá-lo navegar em um de seus navios mercantes, para poder aprender o negócio na prática. Nessa época, eu já era capitão, e Jason navegou comigo durante cinco anos.

– Ele era um bom marinheiro? – Victoria perguntou, sentindo-se orgulhosa do garotinho que se transformara em um homem tão bem-sucedido.

– O melhor. Começou como marinheiro comum, mas aprendeu navegação e tudo o mais comigo, em seu tempo livre. Napal morreu dois dias depois que retornamos de uma viagem. Estava sentando em seu escritório, quando seu coração parou. Jason tentou de tudo para ressuscitá-lo. Chegou a fazer respiração boca a boca. As pessoas que se encontravam no escritório pensaram que Jason havia enlouquecido, mas a verdade era que ele amava o velho mercador. Lamentou a morte de Napal durante muitos meses, mas não derramou nem uma lágrima sequer. Jason é incapaz de chorar. A bruxa que o criou estava convencida de que "demônios" não podem chorar, e o espancava com maior intensidade se ele o fizesse. Jason me contou isso quando tinha 9 anos. Bem, ao morrer, Napal deixou tudo o que possuía para Jason. Ao longo dos seis anos seguintes, Jason fez o que havia tentado convencer Napal a fazer:

comprou uma frota de navios e acabou multiplicando a fortuna que o velho tinha lhe deixado.

Quando a capitão Farrell se levantou e ficou olhando fixamente para o fogo, Victoria falou:

– Jason se casou, também, não é? Fiquei sabendo somente há poucos dias.

– Ah, sim, ele se casou – o capitão confirmou com uma careta de desgosto, enquanto se servia de outra dose de uísque. – Dois anos depois da morte de Napal, Jason já era um dos homens mais ricos de Delhi. Tal distinção lhe rendeu o interesse de uma mulher bonita e imoral, chamada Melissa. O pai dela era inglês, mas vivia em Delhi, a serviço do governo. Melissa possuía beleza, nome e estilo, tudo exceto o que mais precisava: dinheiro. Casou-se com Jason pelo que ele poderia lhe dar.

– Por que Jason se casou com ela?

Mike Farrell deu de ombros.

– Ele era mais jovem que Melissa e acho que estava fascinado pela sua beleza. E sou obrigado a admitir que Melissa tinha uma aparência que faria qualquer homem acreditar que encontraria muito calor humano em seus braços. E ela vendeu esse calor para Jason, em troca de tudo o que pudesse arrancar dele. Jason lhe deu um bocado: joias suficientes para arrebatar uma rainha. Ela as aceitava e sorria. Tinha um rosto bonito, mas quando eu a via sorrir daquela maneira, lembrava-me da bruxa demente com a cuia de madeira.

Victoria recordou-se de Jason dando-lhe pérolas e safiras, pedindo beijos em troca. Perguntou-se se ele acreditava ser necessário comprar uma mulher para obter seu afeto.

Mike bebeu um longo gole de uísque.

– Melissa era uma libertina, que passou a vida pulando de cama em cama, depois que se casou. O fato mais interessante foi que ela teve um ataque ao descobrir que Jason era bastardo. Eu estava na casa deles, em Delhi, quando o duque de Atherton apareceu, exigindo ver o filho. Melissa ficou enfurecida ao descobrir que Jason era filho "ilegítimo" de Charles. Ao que parecia, seus princípios tinham sido ofendidos pelo conhecimento de que ela havia misturado seu sangue com o de um bastardo. Porém, não ofendia seus princípios entregar o corpo a qualquer homem da sua classe social que a convidasse para partilhar sua cama. Um código de ética um tanto estranho, não acha?

– Muito estranho! – Victoria concordou.

Farrell sorriu diante da reação de lealdade.

– Qualquer afeição que Jason tivesse por ela, quando se casaram, foi logo destruída pela vida em comum. Mas, como Melissa lhe deu um filho, ele a mantinha em alto estilo e ignorava suas aventuras amorosas. Para ser honesto, acho que ele não se importava nem um pouco com o que ela fazia.

Victoria, que não sabia que Jason tinha um filho, empertigou-se no sofá, encarando o capitão com expressão chocada, enquanto ele continuava:

– Jason adorava aquela criança. Levava-o a quase todos os lugares que ia. Até concordou em voltar para a Inglaterra e gastar fortunas na restauração das propriedades de Charles para que Jamie pudesse herdar um verdadeiro império. E, no final, todo aquele esforço foi para nada. Melissa fugiu com seu último amante e levou Jamie consigo, na tentativa de exigir de Jason um resgate pelo filho. O navio naufragou durante uma tempestade. Fui o primeiro a descobrir que Melissa tinha levado Jamie com ela. E fui eu o encarregado de contar a Jason que seu filho estava morto. Eu chorei, mas Jason, não. Nem mesmo naquele dia. Jason é incapaz de chorar.

– Capitão Farrell – Victoria chamou com voz sufocada. – Eu gostaria de voltar para casa. Está ficando tarde e Jason pode estar preocupado comigo.

O pesar abandonou o semblante do capitão, dando lugar a um sorriso.

– Boa ideia! Mas, antes que vá, quero lhe dizer uma coisa.

– O quê?

– Não permita que Jason a engane, ou a si mesmo, de que só quer um filho de você. Conheço-o melhor do que ninguém e vi o modo como ele a observava, ontem à noite. Ele já está mais que apaixonado por você, embora eu duvide que isso o agrade.

– Não posso culpá-lo por não querer amar mulher nenhuma – Victoria falou com tristeza. – Nem sei como ele sobreviveu a tudo isso e manteve a sanidade.

– Ele é forte. Jason é o ser humano mais forte que já conheci. E o melhor. Permita-se amá-lo, Victoria. Sei que é o que deseja. E trate de ensiná-lo a amar você. Jason tem muito amor para lhe dar, mas, antes disso, terá de aprender a confiar em você. Quando isso acontecer, ele vai colocar o mundo a seus pés.

Victoria se levantou.

– O que o faz pensar que tudo vai dar certo? – perguntou, cheia de dúvidas.

A voz do irlandês tornou-se muito suave e seu olhar, distante.

– Porque conheci uma mulher igual a você, há muito tempo. Possuía a sua generosidade e a sua coragem. Ela me ensinou a confiar, a amar e a ser amado. Não tenho medo de morrer porque sei que ela está lá, a minha espera. A maioria dos homens ama muitas vezes, mas Jason é como eu. Vai amar uma única vez, para sempre.

24

Enquanto Victoria vestia as roupas ainda úmidas, o capitão Farrel atrelou a égua à carruagem. Depois de ajudá-la a tomar seu lugar, montou seu próprio cavalo. A chuva diminuíra, transformando-se em uma garoa persistente, mas como já anoitecia, ele a acompanhou até Wakefield.

– Não é preciso me acompanhar até lá – Victoria protestou. – Conheço o caminho.

– Está enganada. As estradas não são seguras depois do anoitecer. Na semana passada, uma carruagem foi assaltada, perto da vila, e um de seus ocupantes foi morto. Há 15 dias, uma das meninas mais velhas do orfanato saiu para um passeio, à noite. No dia seguinte, encontraram seu corpo no rio. Não encontraram o culpado.

Embora ouvisse as palavras do capitão, Victoria só conseguia pensar em Jason. Seu coração estava repleto de ternura pelo homem que lhe dera um lar, quando ela chegara à Inglaterra, além de roupas bonitas. Ele também lhe oferecera conforto para a sua solidão e, por fim, havia se casado com ela. Era verdade que Jason também se mantinha distante na maior parte do tempo, mas quanto mais considerava a questão, mais acreditava que o capitão Farrell tinha razão. Jason devia gostar muito dela. Do contrário, não teria arriscado um novo casamento.

Lembrou-se da paixão contida nos beijos dele, antes do casamento, e ficou ainda mais convencida disso. Apesar dos tormentos que sofrera quando criança, em nome da religião, ele aceitara se casar na igreja, somente porque Victoria assim lhe pedira.

– Acho melhor o senhor não continuar, a partir daqui – Victoria pediu, ao se aproximarem dos portões de Wakefield.

– Por quê?

– Porque se Jason souber que passei a tarde na sua casa, vai suspeitar de que o senhor me contou algo sobre ele, assim que eu passar a agir de maneira diferente.

Farrell ergueu as sobrancelhas.

– Pretende agir de maneira diferente?

Victoria assentiu.

– Provavelmente. Acho que vou tentar domar uma pantera.

– Nesse caso, tem razão. É melhor não contar a Jason que esteve comigo. Há dois chalés abandonados, pouco antes do meu. Diga que se abrigou em um deles. Porém, você precisa saber de uma coisa: Jason detesta mentiras. Não deixe que ele descubra.

– Também tenho aversão à mentira. E, mais ainda, de ser apanhada mentindo por Jason.

– Receio que ele esteja preocupado e furioso, se já voltou para casa e descobriu que você saiu sozinha nesse temporal.

Jason havia retornado. Estava, decididamente, preocupado e furioso. Victoria ouviu sua voz assim que entrou pelos fundos, depois de acorrentar Lobo. Sentindo-se ao mesmo tempo alarmada e ansiosa para vê-lo, foi diretamente ao escritório. Ele andava de um lado para outro, falando a um grupo de seis criados de expressões aterrorizadas. A camisa branca que usava estava encharcada e suas botas, cobertas de lama.

– Diga-me, mais uma vez, o que lady Fielding falou – ele vociferou para Ruth. – E pare de chorar! Comece do início e repita as palavras dela, exatamente como ela falou!

A criada torceu as mãos.

– Ela... ela pediu que um cavalariço escolhesse o cavalo mais manso e a menor carruagem, pois não estava acostumada a conduzir carruagens. Então, pediu que eu dissesse à Sra. Craddock... a cozinheira... para embrulhar os restos de comida da festa de ontem e mandar colocá-los na carruagem. Eu a avisei de que uma tempestade estava a caminho, mas... ela disse que não choveria durante horas. Então, ela me perguntou se... se eu tinha certeza de que o senhor havia deixado a propriedade. Eu disse que sim. Então... ela partiu.

– E vocês permitiram! – Jason explodiu com os criados. – Deixaram uma mulher visivelmente nervosa, que não tem a menor experiência em conduzir carruagens, sair debaixo de um terrível temporal, levando comida suficiente para um mês! – Virou-se para o cavalariço: – Ouviu-a dizer ao cachorro que estavam "finalmente livres" e não achou estranho?

Sem esperar pela resposta, Jason se aproximou de Northrup, que mantinha a sua postura rígida e ereta, como um homem diante de um pelotão de fuzilamento, pronto a enfrentar com dignidade um destino injusto e terrível.

– Conte-me outra vez, exatamente, o que ela lhe disse.

– Perguntei a lady Victoria o que eu deveria dizer ao senhor, quando chegasse – Northrup respondeu. – Ela disse: "Diga-lhe que eu disse adeus".

– E você não percebeu nada de estranho nisso? – Jason inquiriu, irado. – Uma mulher recém-casada sai de casa sozinha, mandando dizer adeus ao marido!

Northrup corou até a raiz dos cabelos.

– Considerando outros acontecimentos, milorde, essa situação não me pareceu estranha.

Jason parou de andar de um lado para outro e encarou-o, estreitando os olhos.

– Considerando que "outros acontecimentos"? – indagou, ameaçador.

– Considerando o que o senhor me disse ao sair, uma hora antes de lady Victoria, concluí, naturalmente, que os dois haviam tido um desentendimento e que ela estava abalada por isso.

– O que eu lhe disse ao sair? – Jason persistiu, parecendo mais perigoso a cada momento.

Os lábios de Northrup tremeram de ressentimento.

– Quando o senhor saiu, pela manhã, eu lhe desejei um bom dia.

– E?

– E o senhor respondeu que "já tinha outros planos". Naturalmente, concluí que o senhor não pretendia ter um dia bom e, quando lady Victoria desceu, anunciando que iria sair sozinha, imaginei que havia algum problema entre os senhores.

– É pena que você não tenha "concluído" que ela estava me deixando e não tenha tentado impedi-la.

O coração de Victoria se apertou de remorso. Jason havia acreditado que ela o abandonara. E, para um homem como ele admitir isso diante dos criados, só poderia estar muito desesperado. Jamais ocorreria a Victoria que Jason pudesse chegar àquela conclusão. Agora, porém, sabendo do que Melissa fizera, era fácil compreender-lhe a reação. Determinada a salvar o orgulho de seu marido, Victoria forçou um sorriso largo e conciliatório, antes de se aproximar.

– Northrup jamais seria tolo a ponto de imaginar que eu pudesse deixá-lo, milorde – falou em tom alegre, segurando o braço de Jason com um gesto afetuoso.

Jason virou-se com tamanha violência que quase a derrubou. Victoria recuperou o equilíbrio e continuou:

– Posso ser uma mulher nervosa, mas não sou idiota.

Os olhos de Jason se iluminaram de alívio, mas o alívio foi imediatamente substituído pela fúria.

– Onde diabo você se meteu? – ele inquiriu entre os dentes.

Com pena dos criados, já mortificados, Victoria murmurou:

– Tem todo o direito de se zangar comigo e vejo que pretende me dizer exatamente o que pensa de minha atitude. Só lhe peço que não o faça diante dos criados.

Jason respirou fundo, como se seu controle estivesse por um fio e, então, com um leve aceno de cabeça, dispensou os criados. No silêncio pesado que se seguiu, todos eles deixaram o escritório apressados. O último a sair fechou a porta atrás de si. No instante seguinte, Jason deu vazão a sua fúria.

– Sua idiota! Revirei os campos a sua procura!

Victoria olhou para o homem atraente e viril a sua frente, mas o que viu foi um garotinho sujo, sendo surrado por ser o "demônio". Um nó se formou em sua garganta e, invadida por profunda ternura, acariciou-lhe a face sem pensar.

– Sinto muito – sussurrou.

Jason se afastou com um gesto violento.

– Sente muito? – repetiu com sarcasmo. – Sente pelo quê? Pelos homens que ainda estão na chuva, a sua procura? Ou pelo cavalo que derrubei na lama?

– Sinto muito que tenha pensado que eu o havia abandonado – Victoria explicou com voz trêmula. – Eu jamais faria isso.

Jason lançou-lhe um olhar irônico.

– Considerando que ontem você quase me abandonou no altar e que hoje me pediu o divórcio, suas palavras são surpreendentes! A que se deve essa "crise de fidelidade", agora?

Apesar da atitude de sarcasmo e indiferença, Victoria reconheceu a mágoa na voz de Jason quando ele mencionou que ela quase o abandonara no altar. Sentiu um forte aperto no peito ao se dar conta de quanto isso o perturbara.

– Milorde...

– Ora, pelo amor de Deus! Pare de me chamar de "milorde"! E não se humilhe, pois detesto isso!

– Não estou me humilhando! Só estava tentando dizer que minha intenção era levar comida para o orfanato. Lamento tê-lo deixado preocupado e prometo que isso não voltará a acontecer.

Ele a fitou com ar cansado, a ira abandonando lentamente as suas feições.

– Você é livre para fazer o que quiser, Victoria. Nosso casamento foi o maior erro que já cometi na vida.

Victoria hesitou, sabendo que nada do que dissesse o faria mudar de ideia, especialmente enquanto Jason estivesse naquele estado de espírito. Após alguns momentos, pediu licença e foi para o seu quarto, trocar de roupa. Jason não jantou com ela e Victoria foi se deitar, certa de que ele se juntaria a ela na cama, ao menos para forçá-la a cumprir a sua parte no acordo e lhe dar um filho.

Jason não a procurou naquela noite, nem nas três seguintes. Na verdade, ele fez o possível para evitá-la completamente. Passava o dia todo no escritório, ditando cartas ao seu secretário, o Sr. Benjamim, e discutindo negócios com cavalheiros que vinham de Londres. Quando encontrava Victoria durante uma refeição, ou pelos corredores da mansão, limitava-se a cumprimentá-la com cortesia, porém mantinha a frieza, como se ela fosse uma completa estranha. Quando terminava seu trabalho, ia para o quarto, trocava de roupa e, então, partia para Londres.

Como Caroline viajara para o sul da Inglaterra, a fim de visitar um irmão cuja esposa estava prestes a dar à luz, Victoria passava a maior parte do tempo no orfanato, organizando brincadeiras com as crianças, e visitando os residentes da vila para que continuassem a se sentir à vontade com ela. Mas, por mais ocupada que se mantivesse, sentia muita falta de Jason. Em Londres, passavam muito tempo na companhia um do outro. Ele a acompanhava a quase todos os lugares, incluindo festas, bailes e peças de teatro e, embora não passasse o tempo todo a seu lado, Victoria se sentia segura por saber que ele estava por perto, sempre muito protetor. Agora, ela sentia falta de suas brincadeiras e até mesmo de seus momentos de irritação. Nas semanas que haviam se seguido à chegada da carta da mãe de Andrew, ele havia se transformado em um amigo muito especial.

Agora, Jason era um estranho que talvez até precisasse dela, mas que fazia questão de mantê-la a distância. Victoria sabia que ele já não estava zangado. Simplesmente, tentava expulsá-la do coração e da mente, como se ela não existisse.

Na quarta noite, Jason foi para Londres mais uma vez. Victoria ficou acordada em sua cama, os olhos fixos no teto, perdida em fantasias tolas sobre dançar com ele como haviam dançado tantas vezes antes. Era delicioso dançar com Jason, pois ele possuía movimentos leves e...

De súbito, uma pergunta ocorreu a Victoria: o que Jason fazia em Londres, à noite? Depois de muito pensar, concluiu que ele passava o tempo jogando em um dos clubes que frequentava.

Na quinta noite, Jason nem se deu ao trabalho de voltar para casa. Na manhã seguinte, durante o café da manhã, Victoria folheava a *Gazette*, quando descobriu como Jason ocupava suas noites em Londres. Ele não fora jogar, nem se reunira a cavalheiros para tratar de negócios. Jason comparecera a um baile na casa de lorde Muirfield e dançara a noite inteira com a jovem esposa do lorde de meia-idade. O jornal também mencionava que, na noite anterior, lorde Fielding fora ao teatro na companhia de uma morena, dançarina de ópera. Victoria sabia três coisas sobre a amante de Jason: seu nome era Sybil, ela era dançarina de ópera e era morena.

O ciúme tomou conta de Victoria e foi um sentimento tão violento que abalou seu equilíbrio, pois ela jamais sofrera desse mal antes.

Jason escolheu justamente aquele momento para entrar na sala de jantar, com as mesmas roupas que usara quando partira para Londres, na véspera. A diferença era que, agora, ele levava o paletó descuidadamente atirado sobre o ombro, a gravata desamarrada, pendendo do pescoço, e a camisa aberta no colarinho. Era evidente que não dormira em sua mansão, em Londres, onde contava com um guarda-roupa completo.

Limitou-se a cumprimentar Victoria com um aceno de cabeça, antes de se servir de um xícara de café.

Victoria levantou-se lentamente, tremendo de raiva.

– Jason – chamou-o com voz fria e controlada.

Ele olhou por cima do ombro, mas ao perceber a expressão sombria da esposa, virou-se para encará-la.

– O que é?

– Lembra-se de como se sentia quando sua primeira esposa estava em Londres e se envolvia em casos escandalosos?

– Perfeitamente – ele respondeu, impassível.

Surpresa e, até mesmo impressionada com a própria coragem, Victoria lançou um olhar significativo para o jornal, antes de erguer o queixo e declarar:

– Nesse caso, espero que não me faça sentir o mesmo de novo.

Jason olhou rapidamente para o jornal, antes de voltar a fitá-la.

– Se bem me lembro, eu não dava importância ao que ela fazia.

– Pois, eu dou! – Victoria explodiu, incapaz de manter o controle por mais tempo. – Compreendo perfeitamente que maridos civilizados tenham amantes, mas espera-se que sejam discretos. Vocês, ingleses, têm regras para tudo, até para a discrição. Quando você sai por aí, com sua... sua amiga ao lado, sinto-me humilhada e magoada.

Com essas palavras, Victoria saiu, sentindo-se como um sapato velho deixado de lado.

Parecia uma linda rainha, com os cabelos soltos balançando às costas, o corpo movendo-se com graça inigualável. Jason observou-a sair, esquecendo-se da xícara de café que tinha nas mãos. Foi invadido pelo desejo familiar de tomá-la nos braços e mergulhar o rosto naqueles cabelos de fogo, mas não se moveu. O que quer que Victoria sentisse por ele, não era amor, nem desejo. Ela considerava "civilizado" da parte dele manter uma amante, discretamente, para satisfazer seus desejos repulsivos. Por outro lado, seu orgulho havia sido ferido quando Jason fora visto em público ao lado de outra mulher

Sim, tratava-se de orgulho ferido, nada mais. Porém, ao se lembrar do duro golpe que o orgulho de Victoria sofrera com a traição de Andrew, Jason descobriu-se incapaz de magoá-la ainda mais. Compreendia os sentimentos dela, pois lembrava-se com clareza de como ele mesmo se sentira ao descobrir as traições de Melissa.

Passou no escritório para apanhar alguns documentos e, então, subiu a escada lendo os papéis e carregando o paletó.

– Bom dia, milorde – o valete cumprimentou com um olhar de reprovação para suas roupas amarrotadas.

– Bom dia, Franklin – Jason respondeu, sem tirar os olhos dos documentos recém-chegados.

Franklin preparou os apetrechos de barbear de Jason e, em seguida, pôs-se a escovar o paletó que o patrão acabara de lhe entregar.

– Seu traje para esta noite deverá ser formal ou informal, milorde?

Jason virou a página do documento.

– Informal – respondeu, distraído. – Lady Fielding acha que tenho passado tempo demais fora de casa, à noite.

Encaminhou-se para o banheiro, sem perceber a expressão de prazer que iluminou as feições do valete. Franklin esperou que Jason entrasse no banho para, então, correr ao andar de baixo e dar a notícia a Northrup.

Até lady Victoria invadir a casa, meses antes, destruindo a ordem e a disciplina tediosas ali reinantes, Franklin e Northrup haviam mantido suas posições de confiança com unhas e dentes, ardendo de ciúme um do outro. Na verdade, tinham se evitado cuidadosamente durante anos. Agora, porém, os dois antigos adversários haviam unido esforços em favor do bem-estar do patrão e da patroa.

Northrup estava no hall de entrada, encerando uma mesa. Olhando em volta a fim de se certificar de que não havia criados de menor escalão por perto que pudessem ouvi-los, Franklin se aproximou do mordomo, ansioso para partilhar as novidades do romance tumultuado do lorde, ou melhor, da ausência de romance. Em troca, queria ouvir qualquer novidade que Northrup tivesse para contar. Inclinou-se para o confidente, sem perceber a presença de O'Malley, que se encontrava no salão contíguo, o ouvido colado à parede.

– O lorde anunciou que jantará em casa esta noite, senhor Northrup – o valete sussurrou em tom conspiratório. – Acredito que seja um bom sinal.

Northrup endireitou-se, mantendo a expressão impassível.

– Trata-se de um acontecimento incomum, considerando-se a ausência do lorde nas últimas cinco noites. Porém, não julgo a notícia tão encorajadora.

– Acho que não compreendeu! O lorde foi muito específico: vai ficar em casa porque lady Victoria assim o deseja!

– Ah, isso, sim, é encorajador, Sr. Franklin! – Então, foi a vez de Northrup olhar em volta, a fim de se certificar se ninguém mais os ouvia. – Creio que o motivo do pedido de lady Victoria foi um certo artigo na *Gazette* desta manhã, insinuando que lorde Fielding tem desfrutado da companhia de uma certa dançarina de ópera, em Londres.

O'Malley descolou o ouvido da parede e, saindo pela porta lateral do salão, correu para a cozinha.

– Ela conseguiu! – anunciou, triunfante.

A Sra. Craddock parou de misturar a massa de torta que estava preparando, tão ansiosa para saber das novidades que nem se importou quando O'Malley apanhou uma das maçãs que ela deixara sobre a mesa.

– O que ela conseguiu?

– Conseguiu impor sua vontade a lorde Fielding! Ouvi a conversa de Northrup e Franklin. Lady Victoria leu no jornal que lorde Fielding esteve com a Srta. Sybil e disse a ele que ficasse em casa, onde é seu lugar. E é exatamente o que ele vai fazer. Eu disse a todos vocês que ela seria capaz de lidar com ele. Soube disso no momento em que ela me contou que é irlandesa! Mas lady Victoria é uma lady de verdade, além de ser muito gentil e alegre.

– A pobre criança esteve muito triste, nesses últimos dias – a Sra. Craddock comentou, preocupada. – Mal toca na comida, quando ele não está em casa. E tenho preparado todos os seus pratos prediletos! Ela sempre agradece com tanta gentileza, que tenho vontade de chorar. Não consigo entender por que ele não tem dormido com ela, como deveria...

O'Malley sacudiu a cabeça, também preocupado.

– Ele não a procurou desde a noite de núpcias. Ruth tem certeza absoluta disso. E lady Victoria não tem dormido na cama dele, pois as criadas têm ficado de olho no quarto do lorde e garantem que, todas as manhãs, encontram um único travesseiro amarrotado.

Em silêncio pensativo, O'Malley devorou sua maçã e estendeu a mão para apanhar outra, mas, dessa vez, a Sra. Craddock o impediu.

– Pare de roubar as minhas maçãs, Daniel. Eu as separei para fazer uma torta de sobremesa. – Um súbito sorriso iluminou as feições da cozinheira. – Pensando melhor, pode comer as maçãs. Vou preparar algo mais festivo que uma torta, para a sobremesa de hoje.

A mais jovem das ajudantes de cozinha, uma garota gorducha de 16 anos, decidiu participar da conversa:

– Uma das criadas da lavanderia estava me falando sobre um pó que deve ser colocado no vinho para fazer um homem desejar uma mulher, se o problema for a sua virilidade. Todas as criadas, lá, concordam que o lorde deveria provar um pouco do pó... Talvez ajude.

As demais ajudantes concordaram com entusiasmo, mas O'Malley soltou uma gargalhada.

– Por Deus, garota! De onde vocês tiram essas ideias? O lorde não precisa de pó algum. Pode dizer às criadas da lavanderia que eu garanto isso. John, o cocheiro, apanhou um resfriado crônico por ter esperado na carruagem, ao relento, todas as noites do inverno passado, até o lorde deixar a cama da Srta. Hawthorne, que foi a amante do lorde, antes da Srta. Sybil.

– Ele esteve com a Srta. Sybil, ontem à noite? – a Sra. Craddock inquiriu. – Ou foi apenas mexerico de jornal?

– Ele esteve com ela, sim – O'Malley respondeu com seriedade. – Ouvi os cavalariços confirmarem a notícia. Só não sabemos o que aconteceu, enquanto ele estava lá. Talvez estivesse apenas terminando o caso.

A Sra. Craddock exibiu um sorriso nada convicto.

– Bem, ao menos, ele vai jantar em casa com a esposa, esta noite. Já é um começo.

O'Malley assentiu em concordância e se dirigiu ao estábulo, a fim de dar a notícia ao cavalariço que o informara sobre as atividades de lorde Fielding na noite anterior.

E foi por isso que, das 140 pessoas residentes em Wakefield Park, só Victoria se surpreendeu ao ver Jason entrar na sala de jantar, naquela noite.

– Ficará em casa, esta noite? – perguntou, aliviada.

– Tive a impressão de que era isso o que você queria que eu fizesse.

– E era – Victoria admitiu, perguntando-se se a escolha do vestido verde-esmeralda fora adequada e desejando que ele não houvesse se sentado tão longe, na outra ponta da mesa. – Só não esperava que você ficasse. Isto é... – parou de falar quando O'Malley entrou na sala de jantar trazendo uma bandeja com dois belíssimos copos de cristal cheios de vinho. Era impossível manter uma conversa quando Jason encontrava-se tão distantes, física e emocionalmente. Ela suspirou quando O'Malley se encaminhou em sua direção, com um brilho de determinação no olhar.

– Seu vinho, *milady* – ele anunciou, apanhando um dos copos e colocando-o sobre a mesa com um floreio exagerado que, como só poderia ser, resultou em um acidente.

Todo o vinho foi derramado sobre a toalha, bem diante de Victoria.

– O'Malley...! – Northrup repreendeu-o de sua posição, ao lado da mesa das comidas, de onde costumava supervisionar o serviço dos lacaios durante as refeições.

O'Malley lançou-lhe um olhar inocente, antes de puxar a cadeira de Victoria e conduzi-la até a outra ponta da mesa, onde Jason estava sentado.

– Peço que me perdoe, *milady* – ele se desculpou com ar exageradamente arrependido quando a acomodou à direita de Jason. – Providenciarei mais vinho imediatamente. Então, limparei a toalha. O cheiro de vinho derramado é terrível, não é? Será melhor *milady* fazer sua refeição longe de lá. Não sei como fui fazer isso. Deve ser meu braço... Tenho sentido muitas dores. Não é nada sério, nada que deva preocupá-la. Apenas um osso que quebrei, quando criança.

Victoria ajeitou o guardanapo no colo e fitou-o com um sorriso de simpatia.

– Lamento saber que seu braço o incomoda, Sr. O'Malley.

O'Malley virou-se para lorde Fielding, pronto a recitar mais desculpas falsas, mas sentiu a boca secar ao deparar com o olhar penetrante de Jason, que passava lentamente o dedo pela faca, como se testasse seu corte.

Depois de limpar a garganta, O'Malley voltou a se dirigir a Victoria:

– Vou providenciar outro copo de vinho, *milady*.

– Lady Fielding não bebe vinho durante as refeições – Jason assinalou em tom irônico. – Ou você mudou seus hábitos, Victoria?

Ela sacudiu a cabeça, sem compreender a comunicação que parecia ocorrer, sem a necessidade de palavras, entre Jason e o pobre O'Malley.

– Mas acho que vou beber um pouquinho esta noite – acrescentou, tentando resolver a estranha situação.

Os criados se retiraram, deixando-os sozinhos. Um silêncio pesado persistiu durante todo o jantar, quebrado apenas pelo ocasional tilintar dos talheres de prata contra a porcelana. Tal silêncio tornou-se ainda mais constrangedor para Victoria quando ela pensou na animação que estaria cercando Jason em Londres, se ele não tivesse ficado em casa com ela.

Quando os pratos foram retirados da mesa e a sobremesa foi servida, a infelicidade de Victoria já havia se transformado em desespero. Por duas vezes, tentara quebrar o silêncio com comentários inócuos sobre o tempo e sobre a excelência dos pratos preparados pela Sra. Craddock. As respostas de Jason, embora cordiais, haviam sido monossilábicas e nada encorajadoras.

Victoria sabia que precisava fazer alguma coisa depressa, pois o abismo que os separava tornava-se maior a cada momento, mais intransponível a cada dia. Em breve, não existiriam meios de repará-lo.

Sua ansiedade diminuiu um pouco quando O'Malley, mal escondendo o sorriso maroto, entrou com um bolo, decorado com duas bandeiras enlaçadas: a inglesa e a americana.

Jason examinou o bolo e ergueu o olhar cínico para o chefe dos lacaios.

– Pelo que vejo, a Sra. Craddock está se sentindo particularmente patriota, hoje. Ou a sobremesa foi preparada no intento de me fazer lembrar de que sou casado?

O lacaio empalideceu.

– De maneira alguma, milorde – respondeu e, assim que Jason o dispensou com ar de desagrado, desapareceu.

– Se o bolo deveria representar o nosso casamento – Victoria comentou impulsivamente –, a Sra. Craddock deveria tê-lo decorado com duas espadas, não duas bandeiras.

– Tem razão – Jason concordou.

Ele parecia tão desinteressado pelo estado lastimável de seu casamento, que Victoria finalmente tomou coragem para abordar o assunto que quisera discutir desde o início do jantar.

– Não quero ter razão, Jason. Por favor, quero que as coisas sejam diferentes entre nós.

Jason reclinou-se na cadeira, fitando-a nos olhos, sem esconder uma pontada de surpresa.

– O que, exatamente, você tem em mente?

– Bem, em primeiro lugar, gostaria que fôssemos amigos. Nós costumávamos conversar e rir juntos.

– Então, vamos conversar.

– Há algum assunto que você gostaria de discutir?

Os olhos de Jason fixaram-se nos dela, enquanto ele pensava: "Quero discutir por que você precisa se embriagar para enfrentar a ideia de ir para a cama comigo. Quero saber por que minhas carícias a fazem se sentir doente".

– Nada em particular – ele respondeu em voz alta.

– Muito bem... Gosta do meu vestido? É um dos que madame Dumosse fez para mim.

Jason baixou os olhos para a pele alva exibida pelo decote do vestido. Victoria ficava linda de verde, pensou, mas precisava de esmeraldas para completar o traje. Se as coisas fossem diferentes, ele dispensaria os criados e a sentaria em seu colo. Então, desabotoaria o vestido, expondo os seios fartos ao seus lábios e as suas mãos. Então, depois de beijá-la e acariciá-la, a levaria para o quarto, e eles fariam amor até esgotarem suas forças.

– É um belo vestido, mas merece um colar de esmeraldas.

Victoria levou a mão ao pescoço, lembrando-se de que não possuía um colar de esmeraldas.

– Você também está muito bem – elogiou, admirando o paletó azul que ele vestia com elegância tão natural. – Você é muito bonito – acrescentou com ternura.

– Obrigado – Jason agradeceu, visivelmente surpreso.

– De nada – Victoria replicou e, por achar que ele gostara do elogio, decidiu explorar aquele tópico de conversa. – Sabia que, quando o vi pela primeira vez, eu o achei assustador? É verdade que já escurecia e eu estava muito nervosa, mas... bem, você é tão grande, que chega a ser assustador.

Jason engasgou com o vinho.

– Do que está falando?

– Do nosso primeiro encontro – ela esclareceu, inocente. – Eu me encontrava lá fora, segurando um leitão nos braços. Então, você me arrastou para dentro, onde estava bem mais escuro e...

Jason se levantou de súbito.

– Sinto muito se não tratei você com cortesia. Agora, se me der licença, vou trabalhar um pouco.

– Não! – Victoria protestou, levantando-se depressa. – Por favor, não trabalhe. Vamos fazer alguma coisa juntos... algo de que você goste.

O coração de Jason disparou. Viu o convite naqueles olhos suplicantes e, no mesmo instante, foi invadido pela esperança e pela incredulidade, que pareciam explodir em seu peito. Sem pensar, ergueu a mão e acariciou a face de Victoria, para então afagar-lhe os cabelos sedosos.

Victoria estremeceu de prazer, pois ele finalmente a tratava com carinho. Deveria ter tentado aquela aproximação dias antes, em vez de sofrer em silêncio.

– Podemos jogar xadrez – sugeriu, animada. – Não sou muito boa, mas se houver algum baralho...

Imediatamente, Jason afastou a mão e seu rosto se transformou em uma máscara.

– Desculpe, Victoria. Tenho trabalho a fazer.

Passou por ela e se fechou no escritório, onde ficou pelo resto da noite.

Desapontada, Victoria passou o tempo tentando ler. Na hora de se deitar, estava determinada a impedir que ele voltasse a tratá-la como a uma estranha, custasse o que custasse. Lembrou-se de como ele a fitara, antes de sua sugestão sobre jogarem xadrez. Fora igual ao modo como ele costumava fitá-la, antes de beijá-la. Seu corpo reconhecera aquele olhar imediatamente e reagira daquela maneira inexplicável que sempre reagia quando Jason a tocava. Talvez ele houvesse preferido beijá-la, em vez de jogar xadrez. Ora, talvez ele quisesse fazer aquela coisa horrível com ela, de novo...

Victoria estremeceu diante da ideia, mas estaria disposta até mesmo a isso, se pudesse restaurar a harmonia. Sentiu o estômago revirar ao pensar no modo como ele estudara seu corpo, com olhar indiferente, na noite de núpcias. Talvez não tivesse sido tão ruim se ele a houvesse tratado como a tratava quando a beijava.

Esperou até ouvir Jason entrar no quarto dele e, usando seu robe de cetim turquesa, abriu a porta de comunicação, que fora devidamente substituída, com exceção do trinco, e entrou.

– Jason, preciso falar com você – anunciou, sem preâmbulos.

– Saia daqui, Victoria – ele retrucou, irritado, acabando de tirar a camisa.

– Mas...

– Não quero conversar – ele a interrompeu com sarcasmo. – Não quero jogar xadrez, não quero jogar cartas.

– Então, o que você quer fazer?

– Quero que saia daqui. Fui claro?

– Eu diria que sim – Victoria respondeu com dignidade. – Não voltarei a incomodá-lo.

Voltou para o seu quarto e fechou a porta atrás de si, embora continuasse firmemente determinada a tornar seu casamento feliz e estável. Não fazia ideia do que Jason esperava dela. Mais precisamente, não o compreendia. Porém, conhecia alguém que compreendia Jason. Jason tinha 30 anos, era bem mais velho e experiente que ela, mas o capitão Farrell era mais velho que Jason e, sem dúvida, saberia aconselhá-la sobre o que fazer.

25

Na manhã seguinte, com passos determinados, Victoria foi até o estábulo e lá esperou enquanto o cavalariço selava um cavalo. Seu novo traje de montaria lhe caía muito bem, e o casaquinho justo acentuava-lhe o volume arredondado dos seios e a cintura delgada. A blusa branca ressaltava sua pele clara e os cabelos vermelhos, que ela prendera em um coque discreto, na nuca. Ao se olhar no espelho, antes de sair do quarto, sentira-se bonita e sofisticada, o que contribuíra para aumentar sua autoconfiança.

Exibiu um largo sorriso quando o cavalariço lhe trouxe um lindo alazão, cujos pelos reluziam ao sol.

– É um animal muito bonito, John. Como se chama?

– Matador, pois veio da Espanha. O lorde deixou instruções para que *milady* use este cavalo, até o seu chegar, dentro de algumas semanas.

Jason havia lhe comprado um cavalo, Victoria concluiu, enquanto montava com a ajuda de John. Não podia compreender a necessidade de ele adquirir um novo animal, quando seus estábulos eram famosos por abrigarem as melhores montarias da Inglaterra. Mesmo assim, tratava-se de um atitude bastante generosa e era muito típico de Jason Fielding o fato de ele nem sequer ter mencionado o assunto.

Ao parar diante do chalé do capitão Farrell, Victoria suspirou aliviada ao vê-lo abrir a porta e se adiantar para ajudá-la a desmontar.

– Obrigada – agradeceu. – Estava rezando para encontrá-lo em casa.

Ele sorriu.

– Eu pretendia ir até Wakefield, hoje, a fim de verificar como você e Jason estão se saindo.

– Nesse caso – ela comentou com um sorriso triste –, foi bom não ter se dado a esse trabalho.

– A situação não melhorou? – ele inquiriu, surpreso, convidando-a para entrar.

Enquanto Farrel punha água para ferver, a fim de preparar o chá, Victoria se acomodou no sofá, sacudindo a cabeça.

– Eu diria que, se a situação mudou, foi para pior. Bem, não exatamente. Pelo menos, Jason ficou em casa ontem à noite, em vez de ir para Londres, visitar a sua... bem, o senhor sabe do que estou falando.

Victoria não planejara mencionar questões tão íntimas. Só queria discutir o estado de ânimo de Jason.

O capitão retirou duas xícaras do armário e lançou-lhe um olhar perplexo por cima do ombro.

– Não, não sei do que está falando.

Victoria corou e desviou o olhar.

– Ora, vamos, criança! Confiei em você. Devia saber que pode confiar em mim. Com quem mais pode conversar?

– Ninguém – ela respondeu, desolada.

– Se o que tem a dizer é tão difícil, pense em mim como se fosse seu pai, ou pai de Jason.

– Além de não ser nem uma coisa, nem outra, não sei se eu seria capaz de contar ao meu pai o que está querendo saber, capitão.

Ele pôs as xícaras na mesa e virou-se para encará-la.

– Sabe qual é a única coisa que não gosto no mar? A solidão da minha cabine. Às vezes, gosto de estar lá, sozinho, mas quando algo me preocupa, como, por exemplo, uma tempestade que se aproxima, não tenho com quem partilhar meus medos. Não posso deixar meus homens perceberem que estou temeroso, pois eles entrariam em pânico. Por isso, tenho de guardar tudo dentro de mim, onde o medo cresce, até atingir proporções exageradas. Às vezes, eu me encontrava em alto-mar e tinha o pressentimento de que minha esposa estava doente, ou correndo algum tipo de perigo, e o sentimento me assombrava porque eu não tinha ninguém para me garantir que tudo não passava de tolice. Se não pode conversar com Jason e não quer conversar comigo, nunca encontrará as respostas que está procurando.

Victoria fitou-o com olhar afetuoso.

– É um dos homens mais gentis que já conheci, capitão Farrell.

– Então, por que não imagina que sou seu pai e conversa comigo?

Muita gente, incluindo mulheres, havia confiado todo tipo de problemas ao Dr. Seaton, sem o menor embaraço, ou vergonha. Victoria sabia disso. E se tinha alguma esperança de compreender Jason, precisava conversar com o capitão.

– Muito bem – começou, sentindo-se grata por ele ter o tato de se fingir ocupado com a preparação do chá e lhe dar as costas, pois era muito mais fácil falar quando ele não a fitava nos olhos. – A verdade é que vim perguntar se o senhor tem certeza de que me contou tudo o que sabe sobre Jason. Mas, para responder a sua pergunta, Jason ficou em casa, ontem à noite, pela primeira vez desde que estive aqui. Ele tem ido a Londres para visitar sua... bem... sua amante.

O capitão se empertigou, visivelmente chocado, mas não se virou para encará-la.

– O que a levou a essa conclusão? – ele perguntou.

– Li no jornal, ontem pela manhã. Jason havia passado a noite fora e chegou justamente quando eu acabava de ler o artigo. Eu estava furiosa e...

– Posso imaginar.

– E quase perdi a calma, mas tentei ser razoável. Disse a ele que compreendo o fato de um marido civilizado ter uma amante, mas acho que ele deve ser discreto e...

O capitão virou-se de súbito, boquiaberto.

– Disse a ele que acha "civilizado" ele ter uma amante, mas que deve ser "discreto"?

– Sim. Não deveria?

– Por que disse isso? Aliás, por que pensa assim?

Victoria reconheceu o tom de crítica na voz do capitão e ficou imediatamente tensa.

– A Srta. Wilson... Flossie Wilson explicou que, na Inglaterra, é comum os maridos civilizados terem...

– Flossie Wilson? – ele repetiu, incrédulo. – Flossie Wilson é uma solteirona, sem mencionar que não é muito certa da cabeça! Jason costumava mantê-la em Wakefield para ajudar a cuidar de Jamie, pois só assim o garoto recebia carinho e atenção, quando Jason tinha de viajar. Flossie era carinhosa e atenciosa, sem dúvida, mas um dia perdeu o bebê dentro de casa! E você foi pedir conselhos a uma mulher como ela?

– Não pedi. Ela ofereceu a informação – Victoria se defendeu, corando.

– Desculpe, se gritei com você, criança. Na Irlanda, uma esposa bate no marido com um cabo de vassoura se ele for procurar outra mulher! É mais simples, mais direto e muito mais eficiente, eu garanto. Por favor, continue o que estava contando. Disse que confrontou Jason e...

– Acho melhor não continuar. Na verdade, não foi boa ideia ter vindo até aqui. Eu só queria saber se o senhor pode explicar por que Jason se tornou tão distante, depois da noite...

– O que quer dizer com "distante"?

– Não sei como explicar.

Ele encheu as duas xícaras de chá.

– Victoria, está tentando me dizer que Jason não tem se deitado com você?

As faces de Victoria se tornaram escarlate.

– A verdade é que ele não faz isso desde a nossa noite de núpcias, embora eu temesse que fosse fazê-lo quando derrubou a porta que eu tinha trancado...

Sem dizer uma palavra, o capitão depositou as xícaras na mesa e encheu dois copos de uísque. Então, estendeu um deles para Victoria.

– Beba isto – ordenou. – Tornará mais fácil falar e eu quero ouvir o resto da história.

– Sabe, antes de vir para a Inglaterra, eu nunca tinha bebido, exceto depois do enterro de meus pais, quando tomei vinho. No entanto, desde que cheguei aqui, as pessoas me dão vinho, conhaque e champanhe, dizendo que vou me sentir melhor, mas não me sinto melhor com a bebida.

– Beba – ele insistiu.

– No dia do casamento, eu estava tão nervosa que tentei fugir de Jason, no altar. Então, quando chegamos a Wakefield, achei que um pouco de vinho me ajudaria a enfrentar o resto da noite. Bebi cinco copos, na festa, mas tudo o que consegui foi ficar enjoada, quando... quando fui para a cama, mais tarde.

– Está dizendo que quase abandonou Jason no altar, diante de todas as pessoas que o conhecem?

– Sim, mas não me dei conta do que estava fazendo. Jason percebeu, infelizmente.

– Meu Deus!

– E, na nossa noite de núpcias, eu quase vomitei.

– Meu Deus! – ele repetiu. – E, na manhã seguinte, trancou Jason para fora do seu quarto?

Vitoria assentiu, sentindo-se horrível.

– E, ontem, disse a ele que considera "civilizado" ele procurar a amante?

Quando Victoria assentiu novamente, Farrell limitou-se a fitá-la, boquiaberto, por um longo momento.

– Tentei compensar tudo isso, ontem à noite – Victoria informou-o, na defensiva.

– É bom ouvir isso.

– Sim, sugeri que fizéssemos qualquer coisa que ele tivesse vontade de fazer.

– O que deve ter melhorado um bocado o humor dele – disse o capitão com um sorriso satisfeito.

– Bem, por um momento, foi o que pensei. Mas, quando sugeri que jogássemos xadrez, ele se tornou...

– Sugeriu que jogassem xadrez? Pelo amor de Deus! Por que xadrez?

Victoria fitou-o com expressão magoada.

– Tentei pensar nas coisas que meu pai e minha mãe costumavam fazer juntos. Pensei em sugerir um passeio pelo campo, mas estava muito frio.

Visivelmente entre a vontade de rir e o quase desespero, o capitão sacudiu a cabeça.

– Pobre Jason – murmurou baixinho, antes de voltar a encarar Victoria com seriedade. – Garanto que seus pais faziam... outras coisas, juntos.

– Como, por exemplo? – ela perguntou, inocente, pensando nas noites que seus pais passavam diante da lareira, lendo bons livros. Sua mãe também cozinhava os pratos prediletos de seu pai, mantinha a casa limpa e arrumada e cuidava das roupas dele. Jason, porém, contava com um verdadeiro exército de criados para desempenhar tais funções com perfeição. Ela olhou para Farrell com expressão confusa.

– A que tipo de coisa está se referindo? – indagou.

– Estou me referindo às coisas íntimas que seus pais faziam quando você estava na sua cama e eles, na deles – o capitão respondeu.

Uma lembrança antiga voltou à mente de Victoria: seus pais parados diante do quarto de sua mãe, a voz suplicante do pai, que tentava abraçar a esposa, dizendo: "Não me recuse, Katherine. Pelo amor de Deus, não...".

Só agora Victoria se dava conta de que sua mãe recusava que seu pai partilhasse sua cama. Então, lembrou-se de como ele parecera magoado e desesperado e de como ela ficara furiosa com a mãe por magoá-lo. Seus pais eram amigos, sem dúvida, mas sua mãe jamais amara seu pai. Katherine amava Charles Fielding e, por isso, se negara a dormir com o marido, depois que Dorothy nascera.

Victoria pensou em como seu pai sempre parecera tão solitário. Perguntou-se se todos os homens se sentiam solitários, ou, talvez, rejeitados, se suas esposas se recusavam a dormir com eles.

A mãe não amara o pai, mas eles haviam sido amigos. Amigos... Victoria deu-se conta de que estava tentando transformar Jason em seu amigo, exatamente como a mãe fizera com seu pai.

– Você é uma mulher cheia de vida e de coragem, Victoria. Esqueça os casamentos que viu na *ton*, pois são vazios, insatisfatórios e superficiais. Pense no casamento de seus pais. Eles eram felizes, não eram?

O silêncio prolongado levou o capitão a franzir o cenho e mudar o foco da conversa.

– Esqueça o casamento de seus pais, também. Conheço os homens e conheço Jason. Por isso, quero que se lembre de uma coisa. Se uma mulher trancar seu marido para fora do quarto, ele vai trancá-la para fora de seu coração. É o que vai fazer, se possuir orgulho. E o que não falta a Jason é orgulho. Ele não vai se ajoelhar a seus pés, nem implorar pelos seus favores. Você se negou a se entregar a ele. Agora, cabe a você fazer com que Jason compreenda que não é assim que você pretende viver, ao lado dele.

– E como posso fazer isso?

– Não sugerindo um jogo de xadrez. Nem pensando que é civilizado e correto ele ter uma amante. – O capitão coçou a cabeça, um tanto embaraçado. – Nunca me dei conta de quanto deve ser difícil para um homem criar uma filha. Existem coisas difíceis de discutir com o sexo oposto.

Victoria se pôs de pé.

– Vou pensar em tudo o que me disse – prometeu, tentando disfarçar seu próprio embaraço.

– Posso lhe fazer uma pergunta?

– Nada mais justo, já que fiz tantas – ela respondeu com um sorriso, disfarçando o pânico.

– Alguma vez, alguém conversou com você sobre o amor no casamento?

– Não é o tipo de coisa que uma mulher discuta, a não ser com sua mãe – ela respondeu, voltando a corar. – Ouvi falar de obrigações maritais, claro, mas não entendi muito bem...

– Obrigações! – Farrell repetiu com desgosto. – No meu país, as mulheres mal podem esperar pela noite de núpcias.

Vá para casa e trate de seduzir seu marido, menina. Ele se encarregará do resto. E nunca mais pensará nisso como sendo uma "obrigação", depois que vocês se entenderem. Conheço Jason o bastante para ter certeza do que estou dizendo.

– Se eu fizer o que está dizendo, ele ficará feliz comigo?

– Sim. E vai fazer você muito feliz, também.

Victoria deixou o copo de uísque intocado sobre a mesa.

– Sei pouco sobre o casamento, menos ainda sobre ser uma boa esposa e absolutamente nada sobre sedução.

O capitão estudou a beldade ruiva a sua frente e teve de conter o riso.

– Não creio que vá precisar se esforçar para seduzir Jason, minha querida. Assim que perceber que você o quer em sua cama, tenho certeza de que ele não perderá tempo em atendê-la.

Victoria corou ainda mais, sorriu envergonhada e se dirigiu para a porta.

Voltou para casa tão distraída com os próprios pensamentos, que nem percebeu como Matador era gentil e, ao mesmo tempo, rápido. Quando puxou as rédeas diante da porta da mansão, estava certa de uma coisa, ao menos: não queria que Jason tivesse um casamento que o fizesse se sentir tão solitário quanto fora o de seu pai.

Submeter-se a Jason na cama não seria tão terrível, especialmente se, em outros momentos, ele a beijasse daquele jeito ousado que fazia seu corpo tremer e amolecer. Em vez de pensar em vestidos novos, como a Srta. Flossie havia sugerido, quando Jason estivesse em sua cama, trataria de se lembrar daqueles beijos. Àquela altura, já podia até admitir que adorava os beijos de Jason. Era uma pena que os homens não fizessem aquele tipo de coisa quando estavam na cama, ela pensou. Tudo seria tão mais fácil e melhor!

– Não me importo! – Victoria falou em voz alta e determinada.

Estava decidida a fazer qualquer coisa que pudesse deixar Jason feliz e recuperar a proximidade que tinham antes. Segundo o capitão Farrell, tudo o que precisava fazer era insinuar para Jason que ela queria que ele partilhasse sua cama.

– Lorde Fielding está em casa? – perguntou a Northrup, assim que entrou em casa.

– Sim, *milady*. Está no escritório.

– Sozinho?

– Sim, *milady*.

Victoria agradeceu e foi até o escritório. Abriu a porta e entrou sem fazer barulho. Jason estava sentado à escrivaninha, diante de uma pilha de papéis. Victoria estudou-o, vendo o garotinho que saíra da infância pobre e miserável e se transformara em um homem rico, atraente e poderoso. Ele fizera fortuna, comprara propriedades, perdoara o pai e abrigara uma órfã vinda da América. Ainda assim, estava sozinho. Ainda trabalhava, ainda tentava.

"Eu amo você", ela pensou, e seus joelhos quase cederam diante da constatação inesperada. Sempre amara Andrew, mas jamais sentira aquela necessidade desesperada de fazê-lo feliz. Sim, amava Jason, apesar das advertências de seu pai e das do próprio Jason, que não queria o seu amor, mas apenas o seu corpo. Era uma ironia do destino Jason ter exatamente o que não queria e, ao mesmo tempo, não ter o que queria. E Victoria estava determinada a fazê-lo querer as duas coisas.

Atravessou o escritório, seus passos abafados pelo tapete espesso, e parou atrás da cadeira de Jason.

– Por que trabalha tanto? – perguntou com voz suave.

Ele se sobressaltou ao ouvir sua voz, mas não se virou.

– Gosto de trabalhar – respondeu. – Quer alguma coisa? Estou muito ocupado.

Não foi um bom começo e, por uma fração de segundo, Victoria chegou a pensar em falar com toda a objetividade que queria que ele a levasse para a cama. A verdade, porém, era que ela não tinha tanta ousadia, nem se sentia tão ansiosa para ir para a cama, especialmente quando Jason parecia estar com um humor bem pior do que na noite do casamento. Na esperança de melhorar-lhe o ânimo, falou:

– Deve ter dores nas costas, passando tanto tempo sentado.

Reuniu toda a coragem que possuía para pousar as mãos nos ombros dele e massageá-los.

O corpo de Jason tornou-se tenso no momento em que ela o tocou.

– O que está fazendo? – ele inquiriu.

– Pensei em fazer uma massagem nos seus ombros.

– Meus ombros não precisam dos seus cuidados, no momento, Victoria.

– Por que está me tratando assim? – ela perguntou, dando a volta na mesa e parando diante dele.

Como ele voltou a escrever, ignorando-a por completo, Victoria sentou-se na beirada da mesa.

Jason largou a pena com expressão contrariada, reclinou-se na cadeira e encarou-a. A coxa de Victoria estava bem ao lado de sua mão, a perna balançando, enquanto ela lia o documento sobre a mesa. Como se tivessem vontade própria, os olhos de Jason subiram até a altura dos seios redondos, moldados pela blusa, e continuaram até pousarem nos lábios generosos e convidativos.

– Saia de cima da mesa e me deixe em paz – ordenou.

– Como desejar – ela replicou com um sorriso e se pôs de pé. – Só vim lhe desejar um bom dia. O que gostaria de comer no jantar?

Você, ele pensou, mas respondeu:

– Qualquer coisa.

– E para sobremesa, quer algo especial?

O mesmo que gostaria no jantar, Jason pensou.

– Não – falou em voz alta, cerrando os dentes na tentativa de controlar os impulsos que haviam tomado conta de seu corpo.

– Você é muito fácil de agradar – Victoria provocou-o, passando um dedo pelas sobrancelhas negras de Jason.

Ele arrebatou-lhe a mão com um gesto ágil, segurando-a com força.

– O que pensa que está fazendo?

Embora tremesse por dentro, Victoria conseguiu dar de ombros, fingindo-se impassível.

– Há sempre uma porta entre nós. Só pensei em abrir a porta de seu escritório e ver o que você estava fazendo.

– Há muito mais que portas nos separando – ele a corrigiu, soltando-lhe a mão.

– Eu sei – ela concordou com tristeza, fitando-o diretamente nos olhos.

Jason desviou o olhar.

– Estou muito ocupado – declarou, antes de voltar ao documento que abandonara.

– Estou vendo – Victoria murmurou. – Ocupado demais para mim, agora.

Com isso, saiu em silêncio.

Pouco antes do jantar, Victoria entrou no salão, usando um vestido cor de pêssego que aderia a cada curva de seu corpo, além de ser quase totalmente transparente. Jason estreitou os olhos.

– Eu paguei por isso?

Percebendo a direção do olhar dele, Victoria sorriu e respondeu:

– Claro. Não tenho dinheiro algum.

– Não use esse vestido fora de casa. É indecente.

– Eu sabia que você iria gostar! – ela comentou com uma risadinha.

Jason fitou-a como se não acreditasse nos próprios ouvidos.

– Aceita um cálice de licor?

– Não! Como já deve ter percebido, não me dou bem com álcool. Sempre que bebo, fico enjoada. Veja o que aconteceu na nossa noite de núpcias. – Sem fazer ideia da importância do que estava dizendo, Victoria virou-se para examinar um valiosíssimo vaso de porcelana chinesa e, de súbito, teve uma ideia. – Quero ir a Londres, amanhã.

– Por quê?

Ela se acomodou no braço da cadeira em que Jason acabara de se sentar.

– Para gastar o seu dinheiro, é claro.

– Não me lembro de ter lhe dado dinheiro – ele murmurou, distraído pela proximidade da perna bem-torneada.

– Ainda tenho a maior parte do dinheiro que você tem me dado como mesada. Vai comigo a Londres? Quando eu terminar as compras, poderemos ir ao teatro e dormir na mansão da Brook Street.

– Tenho uma reunião de negócios, aqui, depois de amanhã.

– Sem problemas. Voltaremos amanhã à noite.

– Não posso perder tanto tempo.

– Jason... – Victoria falou com ternura, enroscando os dedos nos cabelos dele.

Ele se pôs de pé, fitando-a com ar de desprezo.

– Se quer dinheiro, diga logo, mas pare de se comportar como uma prostituta barata, ou vou tratá-la como tal e você vai acabar naquele sofá, com a saia acima da cabeça.

Victoria foi tomada pela fúria e pela humilhação.

– Pois saiba que prefiro ser uma prostituta barata a ser tola e cega, como você, que interpreta mal todo gesto das pessoas e vai tirando conclusões erradas!

– O quê, exatamente, você está querendo dizer?

– Descubra você mesmo! Afinal, você é ótimo para adivinhar tudo o que sinto e penso. É uma pena que esteja sempre errado! Mas vou lhe dizer uma coisa: se eu fosse uma prostituta, morreria de fome, se dependesse de você! E tem mais! Pode jantar sozinho e despejar o seu mau humor nos criados, em vez de em mim. Amanhã, irei a Londres sem você!

Com isso, Victoria saiu do salão, deixando Jason mais confuso do que nunca. Ao chegar a seu quarto, tirou o vestido transparente e vestiu um robe de cetim. Sentou-se à penteadeira e, à medida que sua ira se dissipava, um sorriso maroto curvou-lhe os lábios. A expressão de Jason ao ouvi-la dizer que morreria de fome se fosse uma prostituta e dependesse dele fora cômica.

26

Victoria partiu para Londres bem cedo, na manhã seguinte. Retornou a Wakefield ao anoitecer. Trazia nas mãos o objeto que vira em uma loja na primeira vez que fora a Londres. Lembrara-se de Jason assim que pusera os olhos naquela peça, mas, na ocasião, o preço lhe parecera excessivamente alto. Além disso, não teria sido apropriado comprar um presente para ele. Porém, ao longo de todas aquelas semanas, o objeto não saíra de sua mente, até ela começar a temer que, se demorasse muito para comprá-lo, outra pessoa poderia fazê-lo.

Não fazia ideia de quando daria o presente para Jason. Certamente, não agora, quando o clima entre eles era tão tenso e hostil. Por outro lado, sabia que não poderia esperar muito. Fechou os olhos ao pensar no preço que pagara. Jason havia estipulado uma quantia extremamente alta para a sua mesada e Victoria mal tocara no dinheiro até então. Porém, o tal objeto lhe custara cada centavo que possuía e muito mais.

Felizmente, o proprietário da loja luxuosa se mostrara mais que disposto a abrir uma conta em nome da marquesa de Wakefield, de maneira que ela pudesse pagar o restante mais tarde.

– O lorde está no escritório – Northrup informou-a, ao abrir a porta.

– Ele deseja me ver? – Victoria perguntou, surpresa com a atitude do mordomo ao lhe dar uma informação que ela não pedira.

– Não sei, *milady* – ele respondeu, desviando o olhar. – Mas ele... andou perguntando se a senhora já se encontrava em casa.

Percebendo o embaraço de Northrup, Victoria lembrou-se da ansiedade de Jason quando ela havia se ausentado por uma tarde inteira, no dia seguinte ao casamento. Como sua viagem a Londres tinha demorado o dobro do tempo necessário, simplesmente porque ela não conseguia se lembrar da localização exata da loja, calculou que o pobre mordomo fora chamado à linha de fogo mais uma vez.

– Quantas vezes ele perguntou? – quis saber.

– Três... na última hora.

– Compreendo – Victoria falou com um sorriso, sentindo-se extremamente satisfeita com a informação.

Depois de deixar Northrup tirar-lhe a capa, Victoria foi ao escritório de Jason. Impedida de bater na porta por causa do pacote que levava nas mãos, baixou a maçaneta com o cotovelo e empurrou a porta com o ombro. Em vez de estar trabalhando, atrás de escrivaninha, como ela esperava, Jason encontrava-se diante da janela, o olhar perdido nos gramados lá fora. Ao perceber a presença dela, ele se virou.

– Você voltou – falou, enfiando as mãos nos bolsos.

– Pensou que eu não voltaria?

Ele deu de ombros.

– Para ser franco, nunca sei o que você vai fazer.

Repensando as atitudes que vinha tomando, Victoria admitiu para si mesma que era fácil entender por que ele a considerava a mulher mais impulsiva e imprevisível do mundo. Somente na noite anterior, flertara com ele, o tratara com ternura e, então, despejara sua fúria sobre ele, deixando-o sozinho no salão. Agora, tinha de controlar o impulso de se atirar nos braços do marido e implorar que a perdoasse. Em vez de seguir tal impulso, que poderia resultar em mais uma rejeição, decidiu mudar seus planos e entregar-lhe o presente imediatamente.

– Havia uma coisa que eu precisava comprar em Londres – anunciou, exibindo o pacote. – Eu a vi há semanas, mas não tinha dinheiro para comprá-la.

– Devia ter me pedido o dinheiro necessário – Jason replicou, encaminhando-se para a escrivaninha, na intenção óbvia de se afundar no trabalho novamente.

Victoria sacudiu a cabeça.

– Eu não poderia lhe pedir dinheiro para comprar um presente para você! – Estendeu-lhe o pacote. – É seu.

Jason interrompeu seus passos e fixou os olhos no pacote.

– O quê? – inquiriu, confuso, como se não houvesse compreendido as palavras dela.

– O motivo pelo qual fui a Londres foi porque queria comprar isto para você – Victoria explicou.

Ele continuou olhando o pacote, imóvel, as mãos ainda metidas nos bolsos. Com um súbito aperto no peito, Victoria se perguntou se, alguma vez, alguém dera um presente a Jason. Era improvável que a primeira esposa, ou mesmo a amante, houvesse pensado nisso. E seria desnecessário dizer que a louca que o criara jamais lhe dera qualquer coisa.

O impulso de se atirar nos braços dele já era quase incontrolável, quando Jason finalmente tirou as mãos dos bolsos.

Apanhou o pacote e girou-o nas mãos, como se não soubesse o que fazer com ele. Disfarçando a profunda ternura que a invadiu, Victoria se sentou na beirada da mesa e perguntou com um sorriso:

– Não vai abri-lo?

– Quer que eu o abra agora? – Jason indagou, visivelmente confuso e embaraçado.

– Que momento poderia ser melhor? – ela brincou e deu um tapinha na mesa a seu lado. – Pode colocá-lo aqui, antes de abrir, mas tenha cuidado, pois é frágil.

– É pesado – Jason comentou com um sorriso hesitante, enquanto desfazia o embrulho.

– Fez com que eu me lembrasse de você – Victoria confessou, observando-o retirar da caixa forrada de veludo a linda pantera esculpida em ônix, com olhos de esmeraldas. A escultura parecia tão perfeita que era como se um felino vivo houvesse sido capturado em um passe de mágica e, então, transformado em ônix. Cada linha do corpo da pantera transmitia a ideia de movimento, graça e poder. Os olhos verdes exibiam perigo e inteligência.

Jason, cuja coleção de obras de arte era tida como uma das melhores da Europa, estudou a pantera com tamanha reverência que Victoria foi obrigada a lutar contra as lágrimas. Tratava-se, sem dúvida, de uma peça belíssima, mas ele a estava tratando como se fosse um tesouro inestimável.

– É linda – ele finalmente murmurou, passando um dedo pelas costas da pantera. Com extremo cuidado, colocou a peça sobre a escrivaninha e virou-se para Victoria. – Não sei o que dizer – admitiu com um sorriso maroto, quase infantil.

– Não precisa dizer nada... exceto "obrigado", se quiser – Victoria replicou, sentindo-se mais feliz do que nunca.

– Obrigado – Jason murmurou com voz rouca.

Agradeça com um beijo. As palavras surgiram na mente de Victoria e, sem pensar, ela falou:

– Agradeça com um beijo.

Jason respirou fundo, como se estivesse se preparando para uma tarefa extremamente difícil, e, apoiando as mãos na mesa, inclinou-se e roçou os lábios nos dela. A ternura daquele beijo inocente fez Victoria perder o equilíbrio e, quando Jason ia se erguer, ela se apoiou em seus braços. Para ele, o gesto foi um convite irrecusável, e Jason aprofundou o beijo. Quando Victoria retribuiu em abandono, ele perdeu de vez o controle. Seus braços a enlaçaram e Jason a puxou da mesa, apertando-a contra si. Victoria deslizou as mãos pelo peito largo para enroscar os dedos nos cabelos negros e encaracolados, que a faziam se lembrar dos pelos de uma pantera. Sem pensar, Jason deslizou uma das mãos até um dos seios de Victoria, acariciando-o com reverência. Em vez de fugir ao contato, como ele esperava que ela fizesse, Victoria colou o corpo ao do marido ainda mais, tão perdida na paixão daquele beijo quanto Jason.

A voz alegre do capitão Farrell se fez ouvir no corredor, bem diante da porta do escritório.

– Não se preocupe, Northrup. Conheço o caminho.

A porta do escritório se abriu e Victoria se afastou de Jason com um pulo.

– Jason, eu... – o capitão começou a falar, ao mesmo tempo que entrava no escritório, mas parou ao se deparar com o rubor de Victoria e a expressão sombria de Jason. – Eu deveria ter batido.

– Nós já terminamos – Jason falou em tom seco.

Incapaz de encarar o amigo, Victoria sorriu para Jason e balbuciou algo sobre subir para trocar de roupa.

O capitão Farrell estendeu a mão.

– Como vai, Jason?

– Não sei – Jason respondeu, distraído, observando Victoria deixar o escritório.

Os lábios de Mike Farrell se curvaram em um sorriso, mas seu divertimento se transformou em preocupação quando ele viu Jason se dirigir à janela com passos lentos. Como se estivesse extremamente cansado, Jason passou a mão pelos cabelos e massageou a própria nuca.

– Algo errado? – o capitão perguntou.

Jason respondeu com uma risada amarga:

– Não há nada errado, Mike. Nada que eu não mereça. Nada que eu não possa resolver.

Quando Mike partiu, uma hora depois, Jason reclinou-se na cadeira e fechou os olhos. O desejo que Victoria lhe acendera ainda o fazia queimar por dentro. Desejava-a com tamanho ardor que teve de cerrar os dentes e lutar contra o impulso de subir e fazer amor com ela imediatamente. Tinha vontade de estrangulá-la por ter dito que ele deveria ser um marido "civilizado" e ter uma amante.

Sua nova esposa o estava deixando louco. Tentara jogar xadrez antes, mas, agora, estava se arriscando em um jogo bem mais perigoso: o da provocação. Sentava-se na beirada da mesa, no braço da cadeira, dava-lhe presentes, pedia beijos... De repente, Jason se perguntou se ela fingira que ele era Andrew, uma hora antes, quando se beijavam.

Contrariado com a reação de seu corpo a Victoria, ele se pôs de pé e se dirigiu ao seu quarto. Soubera desde o início que iria se casar com uma mulher que pertencia a outro homem. O que não sabia era que tal fato lhe faria tanto mal. E era por orgulho que não pretendia ir para a cama com ela de novo. Por orgulho e pelo conhecimento de que, quando terminasse, não se sentiria mais satisfeito do que se sentira em sua noite de núpcias.

Ao ouvi-lo no quarto, Victoria bateu na porta de comunicação. Ele respondeu que entrasse, mas o sorriso de Victoria morreu nos lábios quando ela viu Franklin arrumando uma mala, enquanto Jason guardava uma pilha de papéis em uma pasta de couro.

– Aonde você vai? – ela perguntou.

– Londres.

– Mas... Por quê? – Victoria insistiu, profundamente desapontada.

Jason virou-se para o valete.

– Eu mesmo arrumarei a mala, Franklin. – Esperou que o criado saísse, para então responder. – Lá, consigo trabalhar melhor.

– Ontem você me disse que não poderia me acompanhar a Londres hoje porque tinha uma reunião importante aqui, amanhã bem cedo.

Jason parou de enfiar papéis na pasta, endireitou-se e encarou-a.

– Victoria, sabe o que acontece a um homem que passa dias seguidos sem satisfazer sua necessidades sexuais?

– Não – ela respondeu, corando.

– Então, vou lhe explicar.

Victoria sacudiu a cabeça, apreensiva.

– Talvez seja melhor você não fazer isso... Ao menos, não agora, que está de péssimo humor.

– Eu não costumava ter mau humor, antes de conhecer você. – Dando-lhe as costas, ele plantou as mãos no consolo da lareira e fixou os olhos no chão. – Estou avisando. Volte para o seu quarto, antes que eu me esqueça de que devo agir como um marido "civilizado" e desista de ir a Londres.

Victoria sentiu uma forte vertigem.

– Vai visitar a sua amante, não vai? – perguntou, incrédula, lembrando-se do momento de extrema ternura que haviam partilhado quando ela lhe entregara o presente.

– Está começando a falar no tom desagradável de uma esposa ciumenta – Jason comentou entre os dentes.

– Acontece que sou sua esposa!

– Ora, você tem uma ideia um tanto estranha do que significa ser esposa – ele retrucou em tom de zombaria. – Agora, saia daqui.

– Será que não percebe que não sei o que é exatamente ser uma esposa? – Victoria explodiu. – Sei cozinhar, costurar e cuidar de um marido, mas você não precisa de mim para nada disso, pois tem outras pessoas para desempenhar essas funções. E vou lhe dizer uma coisa, lorde Fielding. Posso não ser uma esposa muito boa, mas você é o pior marido do mundo! Quando o convido para jogar xadrez, você se zanga. Quando tento seduzi-lo, fica irado...

Jason ergueu a cabeça com um gesto repentino, mas Victoria estava tão furiosa que não deu a menor atenção à expressão de surpresa no rosto dele.

– E, quando lhe dou um presente, você corre para Londres, para visitar a sua amante!

– Tory, venha cá – ele chamou com voz estrangulada.

– Ainda não terminei! – Victoria prosseguiu, furiosa e humilhada. – Vá ver a sua amante, se é isso o que você quer, mas não me culpe se nunca conseguir ter um filho. Posso ser ingênua e ignorante, mas não a ponto de acreditar que posso gerar um bebê sem... sem a sua cooperação!

– Tory, por favor, venha cá – Jason repetiu, mas, desta vez, sua voz não passava de um sussurro rouco.

A emoção crua daquele pedido finalmente se registrou na mente de Victoria, dissipando sua ira no mesmo instante. Porém, ela ainda temia sofrer mais uma rejeição de seu marido.

– Jason, acho que você não sabe o que quer. Você afirma querer um filho, mas...

– Sei exatamente o que eu quero – ele a corrigiu, abrindo os braços. – Se vier até aqui, vou lhe mostrar.

Hipnotizada pelo convite sedutor daqueles olhos verdes, bem como pela suavidade aveludada da voz grave e profunda, Victoria se aproximou lentamente e, então, viu-se envolvida em um forte abraço. Os lábios de Jason pousaram sobre os dela com ternura, para então iniciar uma exploração ousada, que transformou seu corpo em uma fogueira em questão de segundos. Sentiu a intimidade do contato do corpo de Jason, pressionado fortemente contra o seu, ao mesmo tempo em que as mãos dele deslizavam, famintas, por suas costas, ombros e seios, afastando-lhe os medos e acendendo chamas de desejo por onde passavam.

– Tory – Jason murmurou com voz trêmula, beijando-lhe as faces e o pescoço, antes de voltar a capturar-lhe os lábios, com paixão crescente.

Dessa vez, beijou-a sem pressa, deixando suas mãos continuarem o passeio fascinante por aquele corpo repleto de curvas sedutoras, deleitando-se com os pequenos gemidos do mais puro prazer que Victoria já não era capaz de reprimir.

Quando Jason a tomou nos braços e, com delicadeza deitou-a na cama, Victoria teve a impressão de que o mundo girava a sua volta. Agarrando-se àquele universo mágico, onde nada mais existia, a não ser seu marido, ela manteve os olhos bem fechados, enquanto Jason se despia. Ao sentir o peso dele no colchão a seu lado, lutou contra o pânico e esperou que ele desamarrasse a faixa que prendia seu robe em torno da cintura.

Porém, em vez de despi-la, Jason depositou beijos ternos e suaves sobre suas pálpebras, puxando-a para si com movimentos extremamente delicados e cuidadosos.

– Princesa – sussurrou-lhe ao ouvido –, por favor, abra os olhos. Prometo não me precipitar, desta vez.

Victoria respirou fundo e abriu os olhos, sentindo-se invadida por profundo alívio ao descobrir que ele tivera o cuidado de apagar todas as velas, exceto as que se encontravam sobre o consolo da lareira, do outro lado do quarto.

Reconhecendo o medo naqueles grandes olhos azuis, Jason se apoiou em um cotovelo e afagou-lhe os cabelos espalhados sobre o travesseiro. Homem nenhum, exceto ele mesmo, jamais a tocara, pensou com reverência, antes de ser invadido pelo orgulho de tal conhecimento. Aquela mulher linda e corajosa se entregara a ele... somente a ele. Queria compensá-la por sua noite de núpcias, ouvi-la gemer de paixão, de êxtase.

Ignorando a tensão urgente que se acumulava em seu corpo, Jason roçou os lábios nos de Victoria, sussurrando:

– Não sei o que você está pensando, mas parece muito assustada. Nada é diferente do que foi, há alguns minutos, quando estávamos nos beijando.

– Exceto pelo fato de você estar sem roupa – Victoria lembrou-o, visivelmente embaraçada.

Jason reprimiu um sorriso.

– Verdade, mas você continua vestida.

Não por muito tempo, ela pensou, e ouviu a risada baixa de Jason, que parecia ter lido seus pensamentos.

– Gostaria de continuar com o robe? – ele perguntou, beijando-lhe a face.

A esposa, cuja virgindade ele havia tirado com brutalidade, fitou-o nos olhos, acariciou-lhe o rosto e declarou:

– Quero agradar você. E não acho que você queira que eu continue vestida.

Com um gemido sufocado, Jason beijou-a com ternura e paixão, estremecendo quando ela retribuiu o beijo com ardor inocente.

– Tory, se me agradar mais do que agrada quando me beija, vou acabar morrendo de prazer!

Respirando fundo, ele começou a desamarrar a faixa do robe com dedos trêmulos, mas a mão de Victoria pousou, rígida, sobre a sua.

– Não vou abri-lo, se você não quiser, minha querida – ele prometeu. – Só pensei que não haveria mais nada a nos separar, nem mal-entendidos, nem portas... nem mesmo roupas. Tirei as minhas para me mostrar a você, não para assustá-la.

Derretendo-se diante de uma explicação tão terna, Victoria retirou a mão de sobre a dele e, para felicidade de Jason, passou os braços em torno de seu pescoço, oferecendo-se a ele, sem pudor.

O robe se foi e Jason voltou a beijá-la, ao mesmo tempo que lhe acariciava os seios. Em vez de simplesmente se submeter às carícias dele, Victoria puxou-o para si, retribuindo o beijo com ardor desconhecido até mesmo para ela. Então, ele sentiu o mamilo rosado enrijecer sob seus dedos e, invadido pelo fogo da paixão, inclinou-se para beijá-lo.

Victoria sobressaltou-se e Jason deu-se conta, mais feliz e orgulhoso, de que jamais um homem a tocara como ele fazia agora.

– Não vou machucá-la, querida – garantiu, antes de voltar a beijar-lhe o seio com suavidade, até sentir que ela relaxava.

A surpresa e o choque provocados pela carícia jamais imaginada por Victoria deram lugar ao mais puro deleite. Fascinada pela descoberta de que aquele tipo de contato era extremamente prazeroso e provocava em seu corpo reações totalmente novas, porém extremamente agradáveis, ela se abandonou aos lábios experientes de Jason, enroscando os dedos em seus cabelos, puxando a cabeça dele contra o peito, como se não desejasse que ele parasse de fazer o que estava fazendo... até que sentiu a mão dele deslizar lentamente entre suas pernas.

– Não! – o protesto aterrorizado deixou seus lábios, ao mesmo tempo em que suas coxas se fechavam, tensas.

Em vez de irritar Jason, como ela temia, sua resistência arrancou-lhe uma risada rouca. No instante seguinte, ele beijava sua boca, mais uma vez, voltando a atordoá-la de prazer.

– Sim – ele murmurou de encontro a seus lábios. – Ah, sim...

Voltou a baixar a mão lentamente, acariciando, provocando, brincando, até sentir a tensão deixar Victoria, suas coxas se afastarem de livre e espontânea vontade, cedendo à persuasão gentil. Ao sentir o calor e a umidade com que Victoria o recebia, Jason quase perdeu de vez o controle. Porém, lutou e venceu, oferecendo a sua doce esposa um vislumbre das delícias que poderiam fazer parte de seu casamento, dali por diante.

Mal podia acreditar no ardor que Victoria possuía, bem como na facilidade natural que possuía de enlouquecê-lo de prazer. Cada vez que Victoria vencia o medo e entregava a Jason uma pequena parte de seu corpo, ela o fazia por inteiro, sem reservas, nem pudores.

Ao sentir a invasão delicada dos dedos dele, ela ergueu os quadris de encontro à mão que a acariciava, como se buscasse mais, como se já mal pudesse esperar para tê-lo dentro de si.

Então, Jason se posicionou sobre ela, sem jamais deixar de beijá-la e acariciá-la de maneira sedutora.

O coração de Victoria deu um salto no peito, em uma mistura de prazer e terror, quando ela sentiu a virilidade de Jason pressionada entre suas pernas. Porém, em vez de penetrá-la, Jason colou os quadris aos dela, movendo-os em círculos, que a deixaram tonta de desejo, afastando o medo, substituindo-o pela necessidade desesperada de se render a ele por completo.

– Não tenha medo de mim – Jason suplicou.

Victoria abriu os olhos para o homem sobre ela. O rosto de Jason exibia a paixão desesperada, seus braços e ombros se apresentavam tensos e ele respirava com dificuldade. Fascinada, ela tocou-lhe os lábios com a ponta dos dedos, dando-se conta de quanto ele a desejava, bem como do esforço que fazia para se controlar e não dar vazão ao desejo que o sufocava.

– Você é tão meigo – murmurou, emocionada. – Tão meigo...

Com um gemido abafado, Jason penetrou-a parcialmente, para então voltar a penetrá-la com maior profundidade, até seus corpos estarem totalmente unidos. O suor banhou-lhe a testa, enquanto ele lutava bravamente contra as exigências tirânicas de seu corpo, movendo-se lentamente dentro de Victoria, observando-lhe as feições afogueadas. Com a cabeça pressionada no travesseiro, ela ergueu os quadris, trêmula e ofegante, buscando a satisfação que ele estava determinado a lhe dar. Imediatamente, Jason aumentou o ritmo de seus movimentos.

Uma explosão de êxtase tomou conta do corpo de Victoria, arrancando-lhe um grito quase selvagem de prazer. Com um último e desesperado beijo, Jason juntou-se a ela no clímax da paixão.

Temendo que seu peso esmagasse o corpo delicado e lânguido de Victoria, Jason rolou para o lado, puxando-a consigo, seus corpos ainda unidos em profunda intimidade. Quando, finalmente, recuperaram o fôlego, beijou-lhe a testa e afagou-lhe os cabelos.

– Como está se sentindo? – perguntou.

Victoria abriu os olhos e fitou-o.

– Estou me sentindo uma esposa – respondeu.

Ele riu e a abraçou com força.

– Jason – Victoria falou, com voz embargada pela emoção. – Preciso lhe dizer uma coisa.

– O que é?

– Eu te amo.

O sorriso morreu nos lábios de Jason.

– É verdade. Eu...

Ele pousou um dedo em seus lábios, a fim de silenciá-la, e sacudiu a cabeça.

– Não, você não me ama – declarou em voz baixa e implacável. – Nem deve. Não me dê mais do que já deu, Tory.

Victoria desviou o olhar sem dizer nada, mas a rejeição de Jason doeu muito mais do que ela jamais imaginara possível. Então, lembrou-se das palavras contundentes: "Não preciso do seu amor e não o quero".

Franklin bateu na porta, a fim de verificar se lorde Fielding precisava de ajuda com sua mala. Por não ter recebido resposta, imaginou que Jason estivesse no banheiro e, como de costume, abriu a porta.

Deu um passo no quarto mal-iluminado e, então, parou. Seus olhos pousaram no casal deitado na cama, antes de se desviarem, horrorizados, para a pilha de roupas que Jason estivera escolhendo para levar para Londres e, agora, jaziam espalhadas pelo chão. O valete eficiente lutou contra o impulso de apanhar o elegante casaco de veludo e escová-lo. Então, recuou em silêncio e fechou a porta com cuidado.

Uma vez de volta ao corredor, o desprazer provocado pelo descuido com que lorde Fielding tratara suas roupas deu lugar à profunda satisfação pela cena que acabara de testemunhar. Deu meia-volta e correu até o topo da escada.

– Sr. Northrup! – chamou, apoiando-se perigosamente na balaustrada, acenando para o mordomo, que se encontrava perto da porta de entrada. – Sr. Northrup, tenho uma notícia de grande importância! Aproxime-se, para que ninguém mais nos ouça...

No corredor à esquerda de Franklin, duas criadas alertas saíram dos quartos que estavam limpando, chocando-se uma com a outra e se acotovelando em sua urgência de ouvir o que Franklin tinha a dizer. À direita, um lacaio se materializou repentinamente e começou a limpar um espelho com enorme entusiasmo, esfregando-o com cera de abelha e óleo de limão.

– Aconteceu! – Franklin anunciou para Northrup com um sussurro, passando a informação em código, usando uma palavra tão vaga que, certamente, ninguém compreenderia, mesmo que ouvisse.

– Tem certeza?

– Claro que tenho!

Um sorriso iluminou as feições normalmente austeras de Northrup, mas ele logo recuperou a compostura e a formalidade.

– Muito obrigado, Sr. Franklin. Suponho que eu deva ordenar aos cavalariços que voltem a guardar a carruagem no estábulo.

Com isso, Northrup virou-se e se encaminhou para fora, onde a carruagem luxuosa, contendo o brasão de Wakefield na porta, aguardava. Parando no topo dos degraus da entrada, o mordomo informou aos cocheiros:

– O lorde não vai precisar dos seus serviços esta noite. Podem guardar a carruagem e os cavalos.

– Não vai... – John começou, surpreso. – Ora, mas recebi ordens de estar aqui quando ele saísse.

– O lorde mudou seus planos – Northrup declarou com voz fria e autoritária.

John suspirou, exasperado.

– Deve haver algum engano – insistiu. – Ele pretende ir a Londres...

– Idiota! Ele pretendia ir a Londres, mas já se retirou para os seus aposentos!

– Às 19h30... – Assim que Northrup lhe deu as costas e entrou na mansão, John sorriu e lançou um olhar malicioso para o companheiro. – Acho que lady Fielding decidiu que as morenas estão fora de moda!

Então, sacudiu as rédeas, guiando os cavalos na direção do estábulo, ansioso para dar a notícia aos cavalariços.

Northrup foi até a sala de jantar, onde O'Malley assobiava alegremente enquanto retirava da mesa os pratos e talheres que havia colocado para o jantar solitário de lady Fielding.

– Houve uma mudança de planos, O'Malley – Northrup anunciou.

– Com certeza, Sr. Northrup – o lacaio insolente concordou.

– Pode tirar a mesa.

– Já fiz isso.

– Porém, esteja preparado para o caso de lorde e lady Fielding decidirem jantar mais tarde.

– Lá em cima – O'Malley completou com um sorriso ousado.

Northrup empertigou-se e saiu.

– Irlandês insolente! – resmungou.

– Inglês pomposo! – O'Malley retrucou as suas costas.

27

— Bom dia, *milady* – Ruth cumprimentou com um largo sorriso.

Victoria rolou na cama de Jason com ar sonhador.

– Bom dia. Que horas são?

– Dez horas. Quer que eu lhe traga um robe? – a criada perguntou, lançando um olhar risonho para a confusão reveladora de roupas espalhadas pelo chão.

Victoria corou, mas se sentia lânguida demais, além de deliciosamente exausta, para ficar pouco mais que ligeiramente embaraçada por ter sido surpreendida na cama de

Jason, totalmente nua. Haviam feito amor mais duas vezes, antes de adormecerem nos braços um do outro e, ainda, mais uma vez pela manhã.

– Não se incomode, Ruth. Acho que vou dormir mais um pouco.

Assim que a criada saiu, Victoria virou-se de bruços e enterrou o rosto no travesseiro, com um sorriso nos lábios. Os membros da *ton* acreditavam que Jason era frio, cínico e cruel, pensou, divertida. Como ficariam surpresos se conhecessem o amante terno e apaixonado que ele era na cama. Talvez isso nem fosse segredo, pensou, um pouco perturbada. Vira com os próprios olhos a cobiça nos olhares de tantas mulheres casadas que, como jamais poderiam desejá-lo para marido, só poderiam estar interessadas em tê-lo como amante.

Ao pensar nisso, lembrou-se das tantas vezes em que ouvira o nome de Jason ligado ao de mulheres casadas e bonitas, cujos maridos eram velhos e feios. E não havia a menor dúvida de que ele tivera muitas mulheres, antes dela. Afinal, Jason soubera exatamente como beijá-la e onde tocá-la, a fim de deixá-la louca de prazer.

Victoria tratou de afastar os pensamentos desagradáveis da cabeça. Não importava quantas mulheres haviam desfrutado das delícias de fazer amor com Jason, pois dali por diante, ele era seu e somente seu. Seus olhos já voltavam a se fechar, quando ela finalmente notou a caixinha de veludo negro sobre a mesa de cabeceira. Sem maior interesse, estendeu o braço e abriu-a. Um magnífico colar de esmeraldas repousava em seu interior, acompanhado por um bilhete de Jason: "*Obrigado pela noite inesquecível*".

Victoria franziu o cenho. Desejava que ele não houvesse protestado ao ouvi-la dizer que o amava. Queria que ele tivesse dito que a amava também. E, mais que tudo, queria que ele parasse de lhe dar joias toda vez que ela o agradava. Aquele presente em particular parecia um pagamento por serviços prestados...

Victoria despertou com um sobressalto. Já era quase meio-dia e Jason dissera que sua reunião estaria terminada àquela hora. Ansiosa para vê-lo e desfrutar da intimidade daquele sorriso contagiante, escolheu um vestido lilás, de mangas compridas e bufantes, e aguardou com grande impaciência, enquanto Ruth penteava seus cabelos, entremeando os cachos sedosos com fitas da cor do vestido.

Assim que se viu pronta, Victoria saiu apressada pelo corredor e, então, tratou de manter a compostura ao descer a escada. Northrup sorriu, o que era um tanto incomum, quando Victoria o indagou sobre o paradeiro de Jason. E, ao passar por O'Malley, a caminho do escritório, poderia jurar tê-lo visto piscar para ela. Ainda refletia sobre isso quando bateu na porta do estúdio de Jason e entrou.

– Bom dia – cumprimentou-o com um sorriso. – Achei que gostaria de almoçar comigo, hoje.

Jason mal olhou para ela.

– Lamento muito, Victoria. Estou ocupado.

Sentindo-se como uma criança indesejada que acabara de ser posta em seu devido lugar, ela perguntou, hesitante.

– Jason, por que trabalha tanto?

– Gosto de trabalhar – ele repetiu a mesma resposta de sempre.

Era evidente que ele gostava mais do trabalho do que da companhia dela, Victoria concluiu, sabendo que o marido não precisava do dinheiro.

– Desculpe-me por tê-lo incomodado. Isso não voltará a acontecer.

Quando Victoria saiu, Jason chegou a abrir a boca para chamá-la e dizer-lhe que havia mudado de ideia. Porém, conteve o impulso. Queria almoçar com a esposa, mas sabia que não seria sensato passar muito tempo na companhia dela. Estava disposto a permitir que Victoria fosse uma parte agradável de sua vida, mas não deixaria que se tornasse o centro dela. Tal poder ele jamais daria a uma mulher.

VICTORIA RIU QUANDO o pequeno Billy sacou a espada de madeira, nos fundos do orfanato, e ordenou a outro garoto órfão que "pulasse da prancha". Com o tapa-olho negro, o garotinho parecia mesmo um adorável pirata.

– Acha que o tapa-olho vai resolver o problema? – o vigário perguntou, parando ao lado de Victoria.

– Não tenho certeza. Meu pai ficou tão surpreso quanto todos nós, quando deu certo com o garoto lá na América. Papai considerou a hipótese de que a deficiência não estivesse no olho em si, mas nos músculos que controlavam os seus movimentos. Se for assim, cobrindo-se o olho bom, os músculos do olho deficiente serão forçados a trabalhar e, como consequência, ficarão fortalecidos.

– Minha esposa e eu gostaríamos que nos desse a honra de sua companhia no jantar, depois da apresentação de marionetes que as crianças vão fazer. Também gostaria de dizer, *milady*, que as crianças deste orfanato são muito afortunadas por contarem com uma madrinha devotada e generosa como a senhora. Atrevo-me a dizer que não há na Inglaterra outro orfanato cujas crianças possuam melhores roupas e alimentação do que as nossas têm agora, graças a sua generosidade.

Victoria sorriu e abriu a boca para recusar gentilmente o convite, mas, então, mudou de ideia e decidiu aceitá-lo. Mandou uma das crianças mais velhas a Wakefield, com um recado para Jason, avisando-o de que ela ficaria para jantar na casa do vigário. Então, encostou-se em uma árvore e ficou a observar as crianças, que ainda brincavam de pirata, perguntando-se como Jason reagiria a sua ausência naquela noite.

A verdade era que não teria meios de saber se ele se importava. A vida se tornara estranha e confusa. Além das joias que Jason lhe dera antes, Victoria agora possuía um par de brincos e um bracelete de esmeraldas para combinar com o colar, outro par de brincos de brilhantes, um broche de rubis e um conjunto de grampos com brilhantes para enfeitar os cabelos: um presente para cada uma das cinco noites consecutivas em que haviam feito amor, desde aquela em que Victoria confessara estar tentando seduzi-lo.

Todas as noites, faziam amor com paixão. Pela manhã, Jason deixava uma joia cara na mesa de cabeceira e, então, afastava-a da mente por completo, até se juntar a ela novamente, para jantarem juntos e irem para a cama. Como resultado da maneira estranha com que vinha sendo tratada, Victoria estava desenvolvendo um profundo ressentimento contra Jason, além de grande aversão por joias.

Talvez fosse mais fácil aceitar a atitude de Jason se ele realmente passasse o tempo todo trabalhando, mas não era o que acontecia. Tinha tempo suficiente para cavalgar com Robert Collingwood, para visitar o juiz e fazer todo tipo de coisas. Victoria só tinha direito a sua companhia na hora do jantar e, depois, na cama. A constatação de que esta seria a sua vida a deixou triste no início, mas logo a deixou furiosa. Agora, sua fúria lhe permitia estar longe de casa, de propósito, justamente na hora do jantar.

Era óbvio que Jason queria um casamento igual àqueles da *ton*. Victoria deveria ter a sua vida e Jason, a dele. Casais sofisticados não faziam coisas juntos, o que era considerado vulgar e comum. Também não declaravam seu amor um pelo outro, embora, nesse particular, Jason agisse de maneira muito estranha. Deixara claro que Victoria não deveria amá-lo e, ao mesmo tempo, fazia amor com ela todas as noites, durante horas, mergulhando-a no mais profundo e total prazer, até que ela perdia o controle e se declarava apaixonada por ele. Quanto mais ela se esforçava para conter as palavras "Eu te amo", maior era o ardor de Jason, até que suas mãos, seus lábios, seu corpo febril extraíam dela a confissão. Somente então Jason a deixava finalmente desfrutar do êxtase glorioso que ele era capaz de lhe proporcionar, ou de lhe negar.

Era como se Jason quisesse, precisasse ouvir aquelas palavras de amor. Ainda assim, nem mesmo nos momentos de clímax ele lhe dizia o mesmo. Victoria sentia o corpo e o coração escravizados por Jason. Ele a acorrentava com deliberação, inteligência, usando para isso aquele jogo de prazer. Por outro lado, continuava emocionalmente desligado dela.

Depois de viver assim por uma semana, Victoria estava determinada a forçá-lo, de alguma maneira, a sentir o mesmo que ela e admitir seus sentimentos. Ela não queria ou melhor, não podia acreditar que Jason não a amava. Afinal, sentia a ternura de suas mãos e a paixão de seus lábios. Além do mais, se ele não queria o seu amor, por que insistia em forçá-la a dizer que o amava?

Tendo ouvido tudo o que o capitão Farrell lhe contara, não era difícil compreender por que Jason se recusava a confiar nela e lhe entregar seu coração. Porém, embora compreendesse, estava determinada a mudar aquela situação. O capitão afirmara, convicto, que Jason amaria uma única vez... para sempre. Victoria queria desesperadamente ser amada por ele. Talvez, se não estivesse sempre tão disponível para ele, Jason sentisse a sua falta. E, quem sabe, até admitisse tal sentimento. Ao menos, era o que ela esperava quando escrevera o bilhete para informá-lo de que não jantaria em casa.

Victoria não conseguiu se concentrar nas marionetes, nem na conversa do vigário e sua esposa, durante o jantar. Não via a hora de chegar em casa e ver com os próprios olhos como Jason reagira a sua ausência. Apesar de seus protestos, o vigário acompanhou-a até Wakefield, recitando no caminho todos os perigos que poderiam atingir uma mulher que se aventurasse sozinha pela estrada, à noite.

Com a mente repleta de fantasias sobre Jason se ajoelhando a seus pés e professando o seu amor por ela, pois sentira demais a sua falta no jantar, Victoria subiu correndo os degraus para a porta da frente da mansão.

Northrup a informou de que lorde Fielding, ao saber da intenção da esposa de jantar fora, decidira visitar alguns vizinhos e ainda não retornara.

Profundamente frustrada, Victoria subiu para o seu quarto, tomou um longo banho e lavou os cabelos. Jason ainda não havia chegado quando ela terminou e, assim, Victoria se deitou em sua cama e, sem o menor interesse, pôs-se a folhear um jornal. Se Jason pretendia ensinar-lhe uma lição, não poderia ter encontrado maneira melhor, embora ela duvidasse que ele se desse a tamanho trabalho.

Já passava das 23 horas quando Victoria finalmente o ouviu entrar no quarto. No mesmo instante, posicionou o jornal diante do rosto, como se fosse a leitura mais interessante do mundo. Poucos minutos depois, ele entrou no quarto dela. A camisa aberta até a cintura exibia parte do peito coberto de pelos negros. Victoria perdeu o fôlego diante da exposição de tanta virilidade.

– Não jantou em casa, esta noite – Jason comentou com ar casual.

– Não – ela tentou soar casual também.

– Por quê?

– Gosto da companhia de outras pessoas, assim como você gosta do seu trabalho – ela respondeu com olhar inocente. – Achei que você não se importaria.

– E não me importei – Jason declarou, para decepção de Victoria, e, depois de lhe dar um casto beijo na testa, voltou ao seu próprio quarto.

Olhando para o travesseiro vazio a seu lado, ela se recusou a acreditar que Jason realmente não se importava onde e com quem ela jantava. Também não queria acreditar que ele realmente pretendia dormir sozinho naquela noite. Assim, esperou acordada, mas Jason não se juntou a ela.

Sentia-se péssima quando acordou na manhã seguinte, e ficou ainda pior quando Jason entrou em seu quarto, barbeado e exalando vitalidade. No tom casual que tanto a irritava, ele sugeriu:

– Se está sentindo falta de companhia, Victoria, por que não passa um ou dois dias em Londres?

Apesar do desespero que a invadiu, Victoria exibiu um sorriso radiante. Embora não soubesse se Jason estava apenas lhe atirando uma isca, ou se queria mesmo se livrar dela, decidiu seguir-lhe a recomendação.

– Boa ideia, Jason. Farei isso. Obrigada pela sugestão

28

Victoria foi para Londres e ficou lá por quatro dias, acalentando a esperança de que Jason se juntaria a ela e sentindo-se mais solitária a cada hora que passava, sem que ele aparecesse. Assistiu a três peças, foi à ópera e visitou amigas. À noite, ficava deitada em sua cama, acordada, tentando compreender como um homem podia ser tão carinhoso e apaixonado na cama e tão frio e distante durante o dia. Não conseguia acreditar que ele a via apenas como um instrumento conveniente para a satisfação de seus desejos. Não era possível, especialmente quando Jason parecia gostar tanto da companhia dela durante o jantar, também. Ele sempre se demorava à mesa, provocando-a com brincadeiras alegres e conversando com ela sobre todo tipo de assunto. Uma vez, chegara a elogiar-lhe a inteligência e percepção aguçadas. Outras vezes, pedira sua opinião sobre questões diversas, como, por exemplo, o arranjo da mobília do salão e se ele deveria aposentar o administrador da propriedade para contratar outro, mais jovem.

Na quarta noite, Charles acompanhou-a ao teatro e, então, Victoria voltou à mansão da Brook Street, a fim de trocar de roupa para o baile ao qual prometera comparecer. Decidiu que voltaria para Wakefield na manhã seguinte, em um misto de irritação e resignação. Estava pronta a render a vitória daquela batalha a Jason e retomar a luta pelo afeto dele, em casa.

Usando um vestido espetacular, entrou no salão de baile, acompanhada pelo marquês De Salle e pelo barão Arnoff.

Todas as cabeças se voltaram na sua direção e, mais uma vez, Victoria percebeu os olhares estranhos que lhe eram lançados. Na noite anterior, tivera a mesma sensação desagradável. Mal podia acreditar que a *ton* reprovava o fato de ela estar em Londres sem o marido. Além disso, os olhares que recebia de mulheres elegantes, bem como de seus maridos, não eram de censura. Eles a observavam com um sentimento que lhe parecia compreensão, ou talvez, pena.

Caroline Collingwood chegou mais tarde e Victoria puxou-a de lado, na primeira oportunidade, a fim de perguntar-lhe se ela sabia por que as pessoas estavam se comportando de maneira tão estranha. Antes mesmo que formulasse a pergunta, Caroline esclareceu suas dúvidas:

– Victoria, está tudo bem entre você e lorde Fielding? – a amiga indagou, ansiosa. – Ou estão separados?

– Separados? – Victoria repetiu, confusa. – É isso o que as pessoas pensam? É por isso que me olham de maneira tão estranha?

– Você não está fazendo nada errado – Caroline se apressou em dizer. – O problema é que, devido às circunstâncias, as pessoas estão tirando conclusões... Bem, todos acreditam que você e lorde Fielding se desentenderam e que você o abandonou.

– Eu, o quê? – Victoria sibilou, furiosa. – Ora, por que pensam um absurdo desses? Lady Calliper não está acompanhada de seu marido, assim como a condessa de Graverton e...

– Também não estou com o meu – a amiga a interrompeu –, mas nossos maridos não foram casados antes. O seu, já.

– E que diferença isso faz? – Victoria persistiu, perguntando-se, furiosa, que convenção ela havia quebrado, dessa vez.

A *ton* contava com inúmeras regras de comportamento, que, por sua vez, possuíam uma longa lista de exceções, o que tornava a vida em Londres extremamente confusa. Ainda assim, não era possível que as primeiras esposas tivessem liberdade para viver suas vidas, enquanto as segundas, não.

– Faz uma grande diferença – Caroline afirmou com um suspiro – porque a primeira lady Fielding contou coisas horríveis sobre as crueldades que lorde Fielding lhe impunha... e muita gente acreditou nela. Você se casou há menos de duas semanas e já está em Londres, sozinha. E, pior, você não parece nada feliz, Victoria. As pessoas que acreditaram em Melissa Fielding se lembraram das histórias horríveis, agora. Estão repetindo o que ouviram há anos e apontando para você como confirmação.

Victoria fitou-a, incrédula.

– Jamais me ocorreu que isso poderia acontecer! De qualquer maneira, eu já estava decidida a voltar para casa, amanhã. Se não fosse tão tarde, iria agora mesmo!

Caroline pousou a mão em seu braço.

– Se você tem algum problema que prefere não discutir, saiba que pode ficar conosco. Não vou pressioná-la.

Victoria sacudiu a cabeça e assegurou:

– Quero voltar a Wakefield amanhã. Por esta noite, não há nada que eu possa fazer.

– Exceto tentar parecer muito feliz – a amiga sugeriu com um sorriso.

Considerando o conselho excelente, Victoria tratou de segui-lo, fazendo apenas algumas pequenas alterações. Durante as duas horas seguintes, esforçou-se para conversar com o maior número de pessoas possível, cuidando de mencionar Jason, referindo-se a ele nos termos mais elogiosos. Quando lorde Armstrong comentou que estava encontrando dificuldade em satisfazer os colonos de suas propriedades, Victoria afirmou de imediato que seu marido resolvera tal problema da melhor maneira.

– Lorde Fielding tem excelente visão para a administração de suas propriedades – declarou em tom de devoção. – Os colonos o adoram e os criados, definitivamente, o idolatram!

– Não diga! – lorde Armstrong exclamou, surpreso e interessado ao mesmo tempo. – Acho que terei de trocar algumas palavrinhas com seu marido. Eu não sabia que Wakefield se dava bem com o seus colonos.

Para lady Brimworthy, que elogiou o colar de safiras de Victoria, ela disse:

– Lorde Fielding me cobre de presentes. Ah, ele é tão generoso, tão gentil! E tem muito bom gosto, não acha?

– De fato – lady Brimworthy concordou, admirando a profusão de brilhantes e safiras que enfeitava o pescoço de Victoria. – Brimworthy tem verdadeiros ataques, quando compro joias – acrescentou, com uma pontada de inveja. – Da próxima vez que me chamar de extravagante, mencionarei a generosidade de Wakefield!

Quando a condessa de Draymore lembrou Victoria do café da manhã para o qual a convidara, Victoria respondeu:

– Lamento, mas não poderei comparecer, condessa. Já passei quatro dias longe de meu marido e, para ser sincera, sinto muita falta dele. Meu marido é a gentileza em pessoa!

Boquiaberta, a condessa observou Victoria se afastar e, então, comentou com as amigas:

– O marido dela é a gentileza em pessoa? De onde tirei a ideia de que ela havia se casado com Wakefield?

Em sua casa, na Brook Street, Jason andava de um lado para outro, como um animal enjaulado, amaldiçoando o mordomo londrino por ter lhe fornecido informações erradas sobre o paradeiro de Victoria. Também amaldiçoou a si mesmo por ter corrido para Londres, atrás dela, como um adolescente ciumento e apaixonado. Comparecera ao baile dos Berford, onde o mordomo garantira que ele encontraria Victoria, mas Jason não vira o menor sinal dela entre os convidados. Assim como não a encontrara nos outros três lugares em que o mordomo acreditara que ela poderia estar.

O SUCESSO DE VICTORIA em sua tentativa de demonstrar devoção ao marido foi tamanho que, no final da noite, todos a observavam com olhares muito mais divertidos do que preocupados. Ela ainda sorria, satisfeita consigo mesma, quando entrou em casa, pouco antes do amanhecer.

Acendeu a vela que os criados haviam deixado sobre a mesa do hall de entrada e subiu a escada. Estava acendendo as velas em seu quarto quando um ruído no aposento contíguo chamou-lhe a atenção. Rezando para que a pessoa lá dentro fosse um criado, e não um ladrão, encaminhou-se para lá com passos hesitantes. Segurando uma vela na mão trêmula, pousou a mão livre no trinco da porta, no exato momento em que ela se abriu.

– Jason! – gritou, assustada. – Meu Deus, é você! Pensei que fosse um ladrão.

Jason lançou um olhar irônico para a vela que ela empunhava.

– O que iria fazer se eu fosse um ladrão? Ameaçar atear fogo nos meus cabelos?

Victoria tratou de conter o riso ao reconhecer o brilho ameaçador nos olhos verdes de seu marido. Deu-se conta de que, por trás da ironia, ele estava tentando esconder a fúria. Reagindo de maneira automática, ela começou a recuar à medida que ele avançava na sua direção. Apesar da elegância de seus trajes formais, Jason jamais lhe parecera mais perigoso.

Quando sentiu a cama de encontro às pernas, Victoria parou onde se encontrava e tentou dominar o medo irracional. Não fizera nada de errado, mas, mesmo assim, estava agindo como uma criança covarde! Decidiu discutir a situação de maneira civilizada e racional.

– Jason, está zangado? – perguntou, tentando aparentar calma.

Ele parou a pouco centímetros dela, as pernas afastadas, as mãos na cintura.

– Pode-se dizer que sim – respondeu. – Onde diabo você se meteu?

– Fui ao baile de lady Dunworthy.

– E ficou lá até agora?

– Sim. Você sabe que essas festas terminam muito tarde e...

– Não, não sei. Que tal me dizer por que, no momento em que se vê longe de mim, você se esquece de como contar?

– Contar? – Victoria repetiu, sem fazer ideia do que ele queria dizer, mas ficando mais assustada a cada minuto.

– Contar os dias – ele esclareceu, irritado. – Eu lhe dei permissão para ficar aqui por dois dias, não quatro!

– Não preciso da sua permissão – Victoria protestou, sem pensar. – E não tente fingir que faz alguma diferença para você onde estou, aqui ou em Wakefield!

– Acontece que faz diferença, sim – Jason falou com voz aveludada, ao mesmo tempo que tirava o paletó e começava a desabotoar a camisa. – E você precisa da minha permissão, sim. Está muito esquecida, minha querida. Sou seu marido, lembra-se? Tire a roupa.

Aflita, Victoria sacudiu a cabeça.

– Não me obrigue a forçá-la – ele advertiu. – Não vai gostar nada disso, acredite.

Victoria acreditava, sem a menor sombra de dúvida. Com mãos trêmulas, ela começou a desabotoar o vestido.

– Jason, por Deus, o que está acontecendo?

– Estou com ciúme, querida – ele respondeu, desabotoando a calça. – Estou com ciúme e não gosto nem um pouco disso.

Em outras circunstâncias, Victoria teria exultado diante de tal admissão. Agora, porém, a declaração só serviu para torná-la mais assustada, mais tensa e mais trêmula.

Percebendo a dificuldade dela com os botões, Jason obrigou-a a lhe dar as costas e, com um gesto rude encarregou-se da tarefa ele mesmo, com uma facilidade que atestava sua experiência em despir mulheres.

– Deite-se – ordenou, apontando para a cama.

Victoria já estava apavorada quando Jason se deitou a seu lado e, sem a menor delicadeza ou consideração, puxou-a para si. Ao ser beijada com violência, ela cerrou os dentes.

– Abra a boca!

Victoria plantou as duas mãos no peito de Jason e virou o rosto.

– Não! Assim, não! Não permitirei que faça isso comigo!

Jason exibiu um sorriso cruel.

– Vai permitir, sim, doçura. Antes que eu termine, você vai me implorar.

Com força inesperada, gerada pelo pânico, Victoria empurrou-o e escapou do abraço brutal. Já se punha de pé quando Jason agarrou-lhe o braço e puxou-a de volta para a cama. Então, ele segurou suas duas mãos acima da cabeça e passou uma perna sobre as dela, imobilizando-a.

– Não devia ter feito isso – murmurou, enquanto baixava a cabeça lentamente.

Os olhos de Victoria se encheram de lágrimas quando, impotente, ela observou os lábios de Jason se aproximarem dos seus. Porém, em vez do ataque violento que ela esperava, Jason beijou-a com ternura e paixão. Ao mesmo tempo, acariciou-lhe todo o corpo com a mão livre, passando lentamente pelos seios, pelo abdome liso, brincando com os pelos dourados na junção de suas coxas. Após algum tempo, o corpo de Victoria, como se tivesse vontade própria, começou a reagir às carícias experientes.

Uma onda de calor a invadia e sua resistência foi se dissipando lentamente, até que, sem mais poder suportar aquele ataque erótico ao seus sentidos, ela se rendeu por completo, retribuindo o beijo com paixão. No mesmo instante, Jason soltou-lhe as mãos.

Os lábios de Jason acariciaram seu pescoço e percorreram lentamente os seios fartos. Após traçar pequenos círculos na pele febril da esposa, a boca de Jason envolveu o mamilo rosado, arrancando dela um gemido de prazer. Em um gesto involuntário, Victoria agarrou os cabelos negros do marido, puxando-o para si. Toda a resistência desaparecera. Com uma pequena risada pouco característica, ele continuou suas carícias, roçando a língua pelo abdome de Victoria. Quando percebeu o que ele pretendia fazer, ela lutou para se libertar, mas era tarde demais. As mãos dele prenderam seu quadril e ele a ergueu sem dificuldade, beijando-a intimamente apesar dos protestos, até Victoria já não ser capaz de raciocinar, consciente apenas da paixão que a consumia e da necessidade de desesperada de aplacar o desejo.

Jason posicionou-se sobre ela. Com um gemido, Victoria ergueu os quadris. Ele a penetrou, apenas um pouco, para voltar a penetrá-la com profundidade maior, e então maior, até constatar que ela estava enlouquecida de desejo. Então, penetrou-a por completo, arrancando-lhe um grito do mais puro prazer para, no mesmo instante, recuar.

– Não! – ela protestou, surpresa pela perda repentina.

– Você me quer, Victoria? – Jason perguntou com um sussurro.

Ela abriu os olhos febris para fitá-lo, mas não pronunciou uma palavra.

– Quer? – ele persistiu.

– Jamais o perdoarei por isso – Victoria protestou com voz sufocada.

– Você me quer? – Jason repetiu, sem se alterar. – Diga.

A paixão fazia o corpo de Victoria arder. Jason estava com ciúme. Ele se importava com ela. Ficara magoado com sua ausência prolongada. Os lábios de Victoria moveram-se, formando um "sim", mas nem mesmo o desejo desesperado poderia obrigá-la a pronunciar a palavra.

Satisfeito, Jason lhe deu o que ela queria. E, como se quisesse compensar a humilhação que acabara de provocar, entregou-se com determinação e generosidade, ignorando as exigências do próprio desejo, buscando exclusivamente os meios de dar a Victoria o prazer máximo. E só depois de levá-la a um clímax descontrolado, permitiu-se satisfazer seus próprios instintos.

Quando tudo acabou, o silêncio entre eles foi total. Por alguns momentos, Jason permaneceu imóvel, os olhos fixos no teto. Então, levantou-se da cama e foi para o seu quarto. Exceto pela noite de núpcias, aquela era a primeira vez que ele deixava Victoria depois de fazer amor com ela.

29

Victoria acordou sentindo o coração pesado, cansada e confusa como se não houvesse dormido. Um nó se formou em sua garganta ao se lembrar da humilhação injusta a que Jason a submetera na noite anterior. Afastou os cabelos do rosto e, apoiando-se em um cotovelo, lançou um olhar distraído pelo quarto. E foi então que seus olhos pousaram na caixinha de veludo sobre a mesa de cabeceira.

Uma raiva como ela jamais sentira antes explodiu em seu peito, suplantando todas as outras emoções. Victoria saiu da cama, vestiu o robe e apanhou a caixa.

Furiosa, abriu a porta que comunicava o seu quarto com o de Jason.

– Nunca mais me dê uma joia! – sibilou.

Ele estava parado ao lado da cama, vestindo apenas uma calça bege, sem camisa. Virou-se para Victoria a tempo de vê-la atirar a caixa na sua direção, mas não moveu um músculo para escapar. A caixa passou a um centímetro de sua orelha, para então aterrissar no chão e deslizar para debaixo da cama.

– Nunca o perdoarei por ontem à noite – Victoria anunciou de punhos cerrados. – Nunca!

– Sei disso – falou Jason com voz totalmente desprovida de emoção, e apanhou a camisa.

– Odeio as suas joias, odeio o modo como me trata e odeio você! Você não sabe amar ninguém, é cínico, sem coração... um bastardo!

A palavra deixou os lábios de Victoria antes que ela pudesse impedi-la. Porém, a reação de Jason a apanhou de surpresa.

– Tem razão – ele concordou. – É exatamente o que eu sou. Lamento destruir as ilusões que ainda possa ter a respeito da minha pessoa, mas a verdade é que sou o produto indesejado de uma breve ligação de Charles Fielding e uma dançarina, há muito esquecida, que ele conheceu na juventude.

Enquanto vestia a camisa, Victoria o observava, muda, dando-se conta de que ele pensava estar confessando algo feio e repugnante.

– Cresci em meio à sujeira, criado pela cunhada de Charles. Mais tarde, dormi em um armazém. Aprendi a ler e escrever sozinho. Não frequentei Oxford, nem fiz as coisas que os seus outros pretendentes refinados e aristocráticos fizeram. Resumindo, não sou nada do que você pensa. Ao menos, nada das coisas boas. Não sou um marido adequado a você. Não deveria nem sequer tocá-la. Fiz coisas que você não suportaria nem sequer ouvir contar.

As palavras do capitão Farrell ecoaram na mente de Victoria: "A louca obrigou-o a se ajoelhar e implorar perdão diante daqueles indianos imundos". Victoria olhou para Jason e sentiu um forte aperto no coração. Agora, compreendia por que ele não queria, não podia aceitar o seu amor.

– Sou um bastardo – ele concluiu – no sentido mais exato da palavra.

– Nesse caso, está em excelente companhia – Victoria falou com voz embargada –, pois três filhos do rei Charles também eram, e ele os transformou em duques.

Por um momento, Jason pareceu surpreso, mas, então, deu de ombros.

– O problema é que você disse que me ama e não posso permitir que continue pensando assim. Você ama uma miragem, não eu. Você nem sequer me conhece.

– Ah, conheço – Victoria corrigiu-o, sabendo que seu futuro dependia inteiramente do que dissesse naquele momento. – Sei tudo sobre você. O capitão Farrell me contou, há mais de uma semana. Sei o que aconteceu a você, quando era um garotinho...

Jason pareceu furioso com a revelação, mas logo se controlou. Quando falou, soava resignado:

– Ele não tinha o direito de lhe contar.

– Você deveria ter me contado – ela gritou, incapaz de controlar o tom de voz, ou as lágrimas que cobriam seu rosto. – Mas não podia, porque se envergonha do que, na verdade, deveria se orgulhar! Teria sido melhor se ele não tivesse me contado. Antes, eu o amava apenas um pouco. Depois, quando me dei conta de quanto você é forte e corajoso, passei a amá-lo muito mais. Eu...

– O quê? – Jason indagou com um sussurro quase inaudível.

– Eu não o admirava, antes de ouvir a sua história. Agora, admiro e não posso mais suportar o que está fazendo...

Através das lágrimas que turvavam sua visão, Victoria viu Jason se mover e, em seguida, quase foi esmagada em um abraço desesperado.

– Pouco me importa quem são seus pais – soluçou com o rosto enterrado no peito dele.

– Não chore, querida – Jason murmurou. – Por favor, não chore.

– Detesto quando você me trata como uma boneca idiota, dando-me vestidos de baile e...

– Nunca mais comprarei outro vestido – ele tentou brincar, mas sua voz soou rouca e sufocada.

– E me cobrindo de joias...

– Também não comprarei mais joias.

– E, quando se cansa de brincar comigo, me deixa de lado.

– Sou um imbecil – ele concluiu, afagando-lhe os cabelos.

– Você nunca me diz o que pensa, ou sente, a respeito das coisas e eu não sou capaz de adivinhar o que se passa pela sua cabeça.

– Nada se passa, pois perdi a cabeça há meses.

Victoria sabia que havia vencido, mas o alívio era tão intenso que os soluços continuaram a sacudi-la.

– Ah, pelo amor de Deus, não chore assim! – Jason implorou. – Juro que nunca mais farei você chorar – prometeu enquanto acariciava gentilmente seu rosto, secando as lágrimas. Em seguida, beijou-a de modo apaixonado. Vamos para a cama. Deixe-me fazê-la esquecer a noite de ontem.

Em resposta, Victoria passou os braços em torno do pescoço de seu marido e se deixou carregar até a cama, onde Jason se deitou a seu lado, beijando-a com terna paixão.

Quando ele se levantou para se livrar das roupas, Victoria observou-o sem pudor, nem embaraço. Ao contrário, deleitou-se com a visão dos músculos fortes e bem-desenhados, cobertos pela pele bronzeada. Então, Jason virou-se de costas e um grito escapou da garganta de Victoria.

Ao ouvi-lo, Jason imobilizou-se, tenso, sabendo o que Victoria via. As cicatrizes! Havia se esquecido das malditas cicatrizes. Imediatamente, lembrou-se da última vez em que se esquecera de escondê-las, da repulsa e do desprezo no rosto da mulher em sua cama, ao descobrir que ele se deixara surrar como um cachorro. E fora por isso que ele sempre fora tão cuidadoso ao apagar as velas e jamais dar as costas a Victoria, quando faziam amor.

– Meu Deus! – ela exclamou e estendeu a mão para tocálas de leve. Ele recuou, parecendo ferido. – Ainda dói?

– Não – Jason respondeu, mergulhado em vergonha, esperando pela inevitável reação de repulsa diante da evidência de sua humilhação.

Para sua surpresa, Jason sentiu os braços de Victoria o enlaçarem e, em seguida, os lábios dela em suas costas.

– Você teve de ser muito forte para suportar isso – ela murmurou. – Muito forte para sobreviver e seguir adiante...

Quando Victoria começou a beijar cada cicatriz, Jason virou-se e tomou-a nos braços.

– Eu te amo – confessou. – Eu te amo tanto...

Então, seus lábios traçaram linhas de fogo na pele de Victoria, à medida que ele cobria seu corpo de beijos.

– Por favor – pediu com voz rouca e apaixonada –, toque-me, deixe-me sentir suas mãos em meu corpo.

Até então, jamais ocorrera a Victoria que Jason pudesse desejar ser tocado por ela como ele a tocava. A ideia era excitante. Pousou as mãos sobre o peito largo, surpresa ao sentir-lhe a respiração acelerar. Deslizou as mãos pelo abdome liso de Jason, deliciando-se ao ver os músculos se encolherem em um reflexo. Então, sentindo-se mais ousada, acariciou-lhe um mamilo e beijou-o, exatamente como Jason fazia, deixando-a cega de prazer. Foi recompensada com um gemido abafado, que só serviu para encorajá-la ainda mais.

A descoberta de tamanho poder sobre o corpo de Jason a embriagou e ela o forçou a se deitar de costas e, depois de acariciá-lo e beijá-lo durante longos momentos, posicionou-se sobre ele.

De modo instintivo, Victoria moveu lentamente o quadril contra Jason, em movimentos circulares que a deixaram tonta de prazer. Ansiosa para satisfazê-lo, ela acariciou-lhe o peito largo e percorreu o abdome com os lábios macios, até que ele subitamente segurou-a pelos cabelos e puxou o rosto dela para perto do seu. Nesse momento, os sentidos de Victoria tornaram-se mais aguçados do que nunca. Seu corpo ficou alerta, e ela estava dolorosamente ciente da excitação de Jason abaixo de si, de cada ponto de contato entre seus corpos. Podia sentir o coração dele disparado contra os seios. Em vez de penetrá-la de imediato, como Victoria esperava, Jason segurou seu rosto entre as mãos e, com humildade, pronunciou as palavras que a forçara a dizer, na noite anterior.

– Eu quero você... Por favor, Tory...

Sentindo o coração prestes a explodir de tanto amor, Victoria respondeu com um beijo apaixonado. Em seguida, seus corpos se fundiram em um só e os dois cavalgaram juntos na busca do êxtase mais completo que já haviam experimentado.

Jason foi invadido por uma felicidade que jamais imaginara existir. Depois de todos os seus triunfos financeiros e romances superficiais, ele finalmente encontrara o que sempre procurara, mesmo sem saber. Encontrara o seu verdadeiro lugar. Jason possuía seis propriedades na Inglaterra, dois palácios na Índia, uma frota de navios, mas nunca, em lugar algum, se sentira em casa. Agora, estava em casa, em seu lugar, nos braços daquela linda mulher.

Beijou-lhe a testa e, quando ela abriu os olhos, Jason pensou que fosse se afogar naquele azul intenso.

– Como está se sentindo? – Victoria perguntou com um sorriso, lembrando-se de que ele lhe fizera a mesma pergunta um dia.

– Estou me sentindo um marido – ele respondeu em tom solene. Então, beijou-a, antes de voltar a fitá-la. – E pensar que eu nunca acreditei em anjos – murmurou com um suspiro. – Como fui idiota...

– Você é brilhante – sua esposa o corrigiu com lealdade.

– Não, não sou. Se fosse um pouquinho inteligente, teria levado você para cama na primeira vez em que tive vontade e, então, teria obrigado você a se casar comigo.

– E quando foi a primeira vez em que pensou em me levar para a cama?

– No dia em que você chegou a Wakefield – ele admitiu com um sorriso maroto. – Acho que me apaixonei no momento em que vi você diante da porta, com um leitão nos braços e os cabelos ao vento.

–Ora, Jason, por favor, não vamos mentir um para o outro. Você ainda não me amava. E não me amava quando nos casamos. Não tem importância. O que importa é que você me ama agora.

Jason segurou-lhe o queixo com dedos ternos.

– Não, minha querida, eu disse a verdade. Eu me casei com você porque a amava.

– Jason! Você se casou comigo para satisfazer o desejo de um moribundo!

– O desejo de um... – ele atirou a cabeça para trás com uma sonora gargalhada. – Ah, minha adorada Tory! O "moribundo" que nos chamou a sua cabeceira tinha um baralho debaixo das cobertas!

Victoria se apoiou em um cotovelo.

– Ele o quê? – indagou, dividida entre o riso e a fúria. – Tem certeza?

– Absoluta. Eu as vi, quando o cobertor escorregou. Ele tinha quatro rainhas.

– Por que ele faria uma coisas dessas?

Jason deu de ombros.

– Certamente, Charles achou que estávamos demorando demais para tomar uma decisão.

– Quando penso em quanto rezei para que ele melhorasse, tenho vontade de matá-lo!

– Não diga isso. Não gosta do resultado do plano dele?

– Bem, sim, gosto, mas... Por que você não me contou, ou... Por que não disse a ele que sabia de tudo?

– Para quê? Estragar a brincadeira de Charles? Nunca!

Victoria lançou-lhe um olhar indignado.

– Você devia ter me contado. Não tinha o direito de me esconder a verdade.

– Tem razão.

– E por que não me contou?

– Teria se casado comigo se não acreditasse ser absolutamente necessário?

– Não.

– Foi por isso que não contei

Victoria caiu na risada, rendendo-se à determinação de Jason em conseguir o que queria e de sua completa falta de arrependimento em relação à ausência de princípios.

– Será possível que você seja totalmente desprovido de princípios? – ela inquiriu, fingindo um ar severo.

– Aparentemente, sim – Jason respondeu com um sorriso.

30

Victoria estava sentada no salão, esperando por Jason, que fora resolver alguns negócios, quando o mordomo abriu a porta.

– Sua alteza, a duquesa de Claremont, deseja vê-la, *milady*. Eu disse a ela...

– Ele me disse que você não está recebendo ninguém – a duquesa completou, entrando no salão, para horror do mordomo. – Esse tolo parece não compreender que sou da família.

– Vovó! – Victoria exclamou, surpresa pela visita inesperada.

A duquesa virou-se para o mordomo.

– Ouviu isso? Vovó! – repetiu com satisfação.

Murmurando desculpas, ele se retirou, fechando a porta atrás de si e deixando Victoria sozinha com a bisavó. A duquesa se sentou, apoiou as mãos na bengala e estudou Victoria com atenção.

– Você me parece muito feliz – concluiu, como se isso a surpreendesse.

– Foi por isso que veio a Londres? – Victoria perguntou, sentando-se diante dela. – Para saber se estou feliz?

– Vim para falar com Wakefield.

– Ele não está aqui – a bisneta explicou, apreensiva ao ver a expressão de desagrado no rosto da idosa senhora.

– Foi o que me informaram. Todos em Londres sabem que ele não está com você! E estou disposta a confrontá-lo, mesmo que tenha que correr a Europa inteira para encontrá-lo!

– Acho mesmo engraçado – Jason comentou com voz tranquila, ao entrar no salão – que quase todas as pessoas que me conhecem tenham medo de mim, exceto a minha frágil esposa, minha jovem cunhada e a senhora, que tem três vezes a minha idade e um terço do meu peso. Só me resta concluir que a coragem, ou quem sabe imprudência, seja transmitida através do sangue, assim como as semelhanças físicas. No entanto – acrescentou com um sorriso –, vou lhe dar permissão para me confrontar aqui mesmo, no salão de minha própria casa.

A duquesa se pôs de pé, fitando-o com olhar faiscante.

– Ora, vejo que você finalmente se lembrou de onde mora e de que tem uma esposa! Deixei bem claro que o responsabilizaria pela felicidade de Victoria e, pelo que fiquei sabendo, você não está fazendo minha bisneta nem um pouco feliz!

Jason lançou um olhar interrogativo para Victoria, que sacudiu a cabeça e deu de ombros, como se não soubesse do que a outra estava falando. Satisfeito por constatar que sua esposa não era a responsável pela acusação da velha duquesa, ele passou um braço em torno dos ombros de Victoria e voltou a encarar a outra.

– De que maneira estou falhando com minhas obrigações conjugais?

– De que maneira? – a duquesa repetiu, chocada. – Aí está você, com o braço em torno dos ombros de sua esposa! Acontece que minhas fontes me informaram de que você só esteve na cama dela seis vezes, em Wakefield!

– Vovó! – Victoria protestou, profundamente embaraçada.

– Quieta, Victoria – a bisavó ordenou, sem desviar os olhos de Jason. – Dois de meus criados são parentes de dois dos seus. Eles me contaram que todos em Wakefield Park estavam em polvorosa porque você se recusou a dormir com sua esposa durante uma semana, logo depois do casamento.

Victoria emitiu um gemido mortificado e Jason apertou-a contra si, a fim de confortá-la.

– Muito bem – a duquesa prosseguiu, implacável. – O que tem a dizer, meu jovem?

Jason ergueu uma sobrancelha.

– Acho que estou precisando ter uma conversa muito séria com os meus criados.

– Não se atreva a fazer piada sobre o assunto! Você, mais que todos os homens na Terra, deveria saber como manter uma esposa feliz ao seu lado. Deus é testemunha de que metade da mulheres de Londres passou os últimos quatro anos suspirando por você. Se você fosse um desses almofadinhas de camisa engomada, eu compreenderia por que não sabe o que fazer para me dar um herdeiro...

– Pretendo fazer de seu herdeiro a minha prioridade – Jason a interrompeu em tom solene.

– Não permitirei que continue vacilando! – a duquesa declarou, embora sua voz houvesse perdido parte da autoridade inicial.

– A senhora foi muito paciente até agora – Jason elogiou-a.

Ignorando a zombaria, ela assentiu.

– Agora que já nos entendemos, pode me convidar para jantar, embora eu não possa ficar até tarde.

Com um sorriso maroto, Jason ofereceu-lhe o braço.

– Espero que concorde em nos fazer uma visita mais prolongada, daqui a algum tempo... digamos, nove meses.

– Combinado – a duquesa afirmou com audácia, mas ao virar-se para Victoria, seus olhos brilhavam de divertimento. Uma vez na sala de jantar, ela se inclinou para a bisneta e sussurrou: – Ele é atraente como o demônio, não é, querida?

– Muito – Victoria concordou, apertando a mão da duquesa.

– E, apesar dos mexericos que ouvi, você está feliz, não está?

– Mais do que a senhora pode imaginar.

– Gostaria que fosse me visitar, um dia desses. A mansão Claremont fica a 15 minutos de Wakefield, seguindo pela estrada do rio.

– Farei isso – Victoria prometeu.

– Pode levar seu marido.

– Obrigada.

Nos dias que se seguiram, o marquês e a marquesa de Wakefield compareceram a vários eventos sociais da *ton*. Ninguém mais falava da suposta crueldade de Jason para com sua primeira esposa, pois estava claro para todos que lorde Fielding era o mais devotado e generoso dos maridos.

Bastava olhar para o casal e verificar que lady Victoria transpirava felicidade e que seu marido alto e atraente a adorava. Na verdade, as pessoas se surpreenderam ao descobrir o antes frio e austero Jason Fielding sorrindo, apaixonado, para a esposa, enquanto os dois dançavam, ou rindo alto durante uma peça de teatro, por algo que ela havia sussurrado em seu ouvido.

Não demorou para que se tornasse de conhecimento geral que o marquês fora o homem mais injustiçado e incompreendido do mundo. Os nobres que o haviam temido durante tanto tempo agora buscavam a sua amizade com entusiasmo.

Cinco dias depois da tentativa de Victoria em acabar com os mexericos sobre seu marido ausente, falando maravilhas sobre ele, lorde Armstrong fez uma visita a Jason, a fim de lhe pedir conselhos sobre como conquistar a confiança e lealdade de seus criados e colonos. Passada a surpresa inicial, lorde Fielding sorriu e sugeriu que ele conversasse com lady Fielding a respeito.

Naquela mesma noite, no clube White's, lorde Brimworthy acusou Jason, de bom humor, pela última compra extravagante de lady Brimworthy: um conjunto caríssimo de colar e brincos de safiras. Lorde Fielding ofereceu-lhe um sorriso divertido, apostou quinhentas libras nas cartas que tinha nas mãos e, em seguida, ganhou a mesma quantia do lorde em questão.

Na tarde seguinte, no Hyde Park, quando Jason ensinava Victoria a conduzir a pequena, mas linda carruagem que acabara de comprar para ela, uma outra carruagem parou subitamente e três senhoras idosas o observavam, curiosas.

– É incrível! – exclamou a condessa de Draymore, examinando Jason com olhos estreitos. – Ela é mesmo casada com Wakefield! Quando lady Victoria descreveu o marido como sendo "a gentileza em pessoa", pensei que estivesse se referindo a outro homem!

– Ele não só é gentil, mas também muito corajoso – observou uma de suas amigas, observando o pequeno veículo disparar pelo parque. – Ela quase capotou a carruagem duas vezes!

Para Victoria, a vida havia sc transformado em um arco-íris de prazeres. À noite, Jason fazia amor com ela e a ensinava a satisfazê-lo de todas as maneiras. Deixava-a atordoada de prazer, mergulhada em uma paixão arrasadora que ela nem sabia existir. Ela o ensinara a confiar e, agora, Jason se entregava a ela por inteiro: corpo, coração e alma. Ele lhe dava tudo: seu amor, sua atenção e todo tipo de presentes em que pudesse pensar, do mais simples ao mais extravagante.

Jason mandou mudar o nome de seu iate para *Victoria* e levou-a para um passeio pelo rio Tâmisa. Quando Victoria disse que gostara muito mais de navegar no rio do que no mar, Jason comprou outro iate, para uso exclusivo da esposa, e mandou decorá-lo em tons de azul e dourado, para o conforto dela e de suas amigas. Ao saber da extravagância, a Srta. Wilber comentou, invejosa, durante um baile:

– Vamos ver o que ele vai comprar a seguir, para superar o iate!

Robert Collingwood sorriu para a invejosa.

– Que tal o Tâmisa?

Para Jason, que nunca antes experimentara o prazer de ser amado não pelo que possuía ou pelo que parecia ser, mas pelo que realmente era, a paz interior que o invadira era como um sonho. À noite, sua paixão por Victoria era insaciável. Durante o dia, saíam juntos para piqueniques e nadavam no riacho de Wakefield Park. Mesmo enquanto trabalhava, ela ocupava parte de sua mente, fazendo-o sorrir consigo mesmo. Queria pôr o mundo aos pés dela, mas tudo o que Victoria parecia querer era ele, e tal conhecimento o preenchia de profunda ternura. Jason doou uma fortuna para a construção de um hospital perto de Wakefield, o Hospital Patrick Seaton. Então, começou a tomar providências para que outro fosse construído em Portage, Nova York, também levando o nome do pai de Victoria.

31

No aniversário de casamento de um mês, Jason recebeu uma mensagem que exigia a sua presença em Portsmouth, onde um de seus navios acabara de atracar.

Na manhã de sua partida, ele beijou Victoria diante da porta de entrada da mansão, com ardor suficiente para fazê-la corar e forçar o cocheiro a conter uma gargalhada.

– Gostaria que você não precisasse ir – Victoria falou, afundando o rosto no peito de Jason e enlaçando-o pela cintura. – Seis dias me parecem uma eternidade. Vou me sentir muito solitária sem você.

– Charles estará aqui para lhe fazer companhia, querida – Jason confortou-a, escondendo a própria relutância em partir. – Mike Farrell mora perto e você poderá visitá-lo. Ou, então, pode visitar sua bisavó. Estarei de volta na terça-feira, antes do jantar.

Victoria assentiu e se pôs na ponta dos pés para beijar-lhe o rosto barbeado.

Com forte determinação, ela se manteve ocupada o tem po todo, durante aqueles seis dias. Trabalhava no orfanato e supervisionava a manutenção de sua casa. Mesmo assim, o tempo parecia se arrastar. As noites eram ainda mais longas. Jantava com Charles e passava algumas horas em sua companhia, mas quando ele se retirava para seus aposentos, o relógio parecia parar.

Na noite anterior à data marcada para o retorno de Jason, Victoria ficou andando de um lado para outro, em seu quarto, tentando adiar a hora de se deitar sozinha. Entrou no quarto de Jason, sorrindo diante da diferença entre a decoração predominantemente masculina e a de seu quarto, tão suave. Sorrindo, tocou suas escovas e apetrechos de barbear. Então, com relutância, voltou para seu quarto e, finalmente, adormeceu.

No dia seguinte, despertou ao amanhecer, o coração explodindo de felicidade, e já começou a planejar um jantar especial para a chegada de Jason.

A noite chegou fria, enquanto ela esperava no salão, os ouvidos apurados captando o som da carruagem de Jason se aproximando.

– Ele chegou, tio Charles! – anunciou, deliciada, espiando pela janela.

– Deve ser Mike Farrell. Jason ainda vai demorar uma ou duas horas para chegar – Charles corrigiu-a, sorrindo com carinho. – Sei quanto essas viagens demoram e Jason já conseguiu poupar um dia, para voltar hoje.

– Tem razão, tio Charles, mas ainda são 19h30 e eu convidei o capitão Farrell para jantar às 20 horas. – O sorriso abandonou os lábios de Victoria quando a carruagem parou diante da mansão e ela constatou que realmente não era Jason quem havia chegado. – Acho que devo pedir à Sra. Craddock que adie o jantar... – ela dizia, quando Northrup abriu a porta do salão, lívido.

– Há um cavalheiro pedindo para vê-la, *milady* – ele anunciou com voz tensa.

– Um cavalheiro? – ela perguntou, sem fazer ideia de quem poderia ser o visitante.

– Senhor Andrew Bainbridge, da América.

Victoria empalideceu e segurou o encosto da cadeira, buscando equilíbrio.

– Devo mandá-lo entrar?

Ela assentiu, tentando controlar a violenta onda de ressentimento que a invadiu ao se lembrar da rejeição fria de Andrew. Rezou para ser capaz de encará-lo sem demonstrar o que sentia. Abalada demais pela própria reação, Victoria não percebeu a palidez mortal que tomou conta do semblante de Charles, nem o viu se erguer lentamente da cadeira e encarar a porta, com a expressão de quem estava prestes a enfrentar um pelotão de fuzilamento.

Um minuto depois, Andrew entrou no salão com passos firmes e aquele rosto sorridente, tão familiar, que fez o coração de Victoria se rebelar contra tamanha traição.

Andrew parou diante dela, examinando a jovem bonita e elegante a sua frente.

– Tory – murmurou, fitando-a nos olhos. Então, tomou-a nos braços e enterrou o rosto em seus cabelos. – Já havia me esquecido de quanto você é linda! – sussurrou, apertando-a contra si.

– Isso é óbvio! – Victoria retrucou, recuperando-se do choque e empurrando Andrew. Fitou-o com olhar faiscante, indignada com a audácia dele em ir até lá e, pior, abraçá-la com paixão que jamais demonstrara antes. – Aparentemente, você se esquece facilmente das pessoas – acusou.

Para sua surpresa, ele riu.

– Está zangada porque demorei duas semanas a mais para chegar aqui além do que prometi na carta que lhe enviei, não é? – Sem esperar pela resposta, ele continuou: – Meu navio foi apanhado por uma tempestade, uma semana depois de zarpar, e tivemos de atracar em uma ilha, para os reparos necessários. – Passando um braço em torno dos ombros rígidos de Victoria, Andrew virou-se para Charles e estendeu a mão. – O senhor deve ser Charles Fielding. Não tenho palavras para agradecer-lhe por ter cuidado de Victoria até que eu pudesse vir buscá-la. É claro que pretendo reembolsar todas as despesas que teve com ela, inclusive o belíssimo vestido que está usando. – Então, virou-se para Victoria: – Detesto apressá-la, Tory, mas reservei passagens em um navio que parte dentro de dois dias. O capitão concordou em nos casar...

– Carta? – Victoria o interrompeu, sentindo-se atordoada. – Que carta? Não recebi nenhuma carta sua, desde que deixei a América.

– Escrevi várias – ele falou, franzindo o cenho. – Como expliquei na última delas, continuei escrevendo para você, na América, porque minha mãe não me mandou as suas cartas e eu não sabia que você estava na Inglaterra. Tory, expliquei tudo na última carta... aquela que enviei para a Inglaterra, por um mensageiro especial.

– Não recebi nenhuma carta! – ela persistiu, histérica.

A expressão de Andrew se tornou sombria.

– Antes de partirmos, pretendo visitar uma certa firma em Londres, que recebeu uma pequena fortuna para garantir que minhas cartas fossem entregues em mãos a você e a seu primo, o duque. Quero ouvir as explicações que eles têm a dar!

– Vão dizer que entregaram as cartas a mim – Charles declarou sem preâmbulos.

Desesperada, Victoria sacudiu a cabeça. Sua mente já reconhecia o que seu coração se recusava a admitir.

– Não, tio Charles, o senhor não recebeu nenhuma carta. Está enganado. Está confuso por causa da carta que recebi da mãe de Andrew, informando-me de que ele havia se casado.

Os olhos de Andrew faiscaram de fúria quando ele reconheceu a culpa no semblante de Charles. Então, segurou Victoria pelos ombros com firmeza.

– Tory, escute! Escrevi dezenas de cartas para você enquanto estive na Europa, mas enviei todas elas para a América. Só fiquei sabendo da morte de seus pais quando voltei para casa, há dois meses. Desde o dia em que eles morreram, minha mãe parou de me mandar as suas cartas. Quando cheguei em casa, ela me contou que seus pais tinham morrido e que você havia sido trazida para a Inglaterra por um primo rico que lhe propôs casamento. Também disse que não tinha ideia de onde, ou de como encontrá-la aqui. Conhecendo-a como conheço, eu sabia que você não me trocaria por outro homem só por ele ser rico e possuir um título. Demorou um pouco, mas finalmente consegui localizar o Dr. Morrison e ele me contou a verdade sobre sua vinda para cá e me deu o seu endereço. Quando informei a minha mãe sobre a minha decisão de vir buscar você, ela confessou o resto da farsa que havia armado. Contou sobre a carta que mandou a você, dizendo que eu tinha me casado com Madeline, na Suíça. Então, teve um de seus "ataques". Infelizmente, esse foi verdadeiro. Como não poderia deixá-la à beira da morte, escrevi para você e para o seu primo – lançou um olhar furioso para Charles –, que por alguma razão não lhe falou das minhas cartas. Nelas, expliquei tudo o que havia acontecido e informei aos dois que viria, assim que fosse possível.

Sua voz se tornou mais suave quando ele segurou o rosto de Victoria entre as mãos.

– Tory – murmurou com um sorriso terno –, você é o amor da minha vida desde o dia em que a vi atravessando os campos, no pônei de Rushing River. Não me casei com ninguém, minha querida.

Victoria engoliu em seco, forçando a voz através do nó que se formara em sua garganta.

– Mas eu, sim.

Andrew se afastou, chocado.

– O que disse?

– Eu disse – Victoria repetiu com dificuldade – que me casei.

O corpo de Andrew se tornou tenso, como se ele estivesse lutando para suportar um golpe físico. Então, lançou um olhar de desprezo para Charles.

– Com ele? Com esse velho? Você se vendeu por algumas joias e vestidos?

– Não!

Charles finalmente falou com voz desprovida de emoção, parecendo extremamente cansado:

– Victoria se casou com meu sobrinho.

– Seu filho! – Victoria corrigiu-o em tom de acusação.

Então, deu-lhe as costas, odiando Charles por tê-la enganado e a Jason por ter colaborado com ele.

Andrew voltou a segurá-la pelos ombros.

– Por quê? – inquiriu, angustiado. – Por quê?

– A culpa foi minha – Charles declarou, lançando um olhar de súplica para Victoria. – Temi este momento desde que recebi as cartas do Sr. Bainbridge, mas é pior do que eu imaginava.

– Quando recebeu as cartas? – Victoria indagou, embora já soubesse a resposta, o que lhe partia o coração.

– Na noite do meu ataque.

– Do seu *suposto* ataque – ela voltou a corrigi-lo, a voz trêmula de amargura.

– Exatamente – Charles confirmou, arrasado, antes de se virar para Andrew: – Quando li sua carta, informando que viria tirar Victoria de nós, fiz a única coisa que me ocorreu. Fingi um ataque cardíaco e implorei que ela se casasse com meu filho, para que tivesse alguém que cuidasse dela.

– Seu bastardo! – Andrew sibilou entre os dentes.

– Não espero que acredite em mim, mas eu acreditava, com toda a sinceridade, que Victoria e meu filho poderiam ser muito felizes juntos.

Andrew voltou a encarar Victoria.

– Venha para casa comigo – implorou, desesperado. – Não podem obrigá-la a continuar casada com um homem a quem não ama. Deve ser ilegal... você foi coagida. Tory, por favor! Venha comigo e juro que encontrarei um meio de livrá-la desse compromisso. O navio parte em dois dias. Nós nos casaremos a bordo. Ninguém jamais saberá...

– Não posso! – as palavras deixaram os lábios de Victoria na forma de um sussurro atormentado.

– Por favor...

Com os olhos cheios de lágrimas, Victoria sacudiu a cabeça.

– Eu não posso – repetiu.

Andrew respirou fundo e, lentamente, desviou o olhar.

A mão que Victoria lhe estendeu caiu inerte, enquanto ela o observava sair do salão, de sua casa, de sua vida.

Os minutos se arrastaram em silêncio constrangido. Victoria torceu as mãos, enquanto a imagem da expressão arrasada de Andrew queimava-lhe o coração. Lembrou-se do que sentira ao saber que ele havia se casado, do desespero de ter de continuar vivendo, fingindo que sorria, enquanto, na verdade, morria por dentro.

De repente, a dor e a raiva explodiram dentro dela e Victoria virou-se para Charles, irada.

– Como pôde? – gritou. – Como pôde fazer uma coisa dessas a duas pessoas que jamais fizeram nada para magoá-lo? Viu a expressão no rosto dele? Tem ideia do sofrimento que lhe causou?

– Sim – Charles respondeu com um fio de voz.

– Faz ideia de como me sentia, todas aquelas semanas, quando acreditei que ele havia me traído e que eu não tinha mais ninguém no mundo? Pois eu me senti como uma mendiga na sua casa! Sabe como me senti, pensando que iria me casar com um homem que não me queria, porque eu não tinha escolha... – a voz ficou presa na garganta de Victoria e as lágrimas a impediram de ver a agonia que contorcia as feições de Charles.

– Victoria, não culpe Jason por isso – ele implorou com voz estrangulada. – Ele não sabia que eu estava fingindo o ataque, nem sabia da carta...

– Está mentindo!

– Não! Eu juro!

Victoria ficou indignada com aquele último insulto a sua inteligência.

– Se pensa que vou acreditar em mais uma palavra que qualquer um de vocês dois diga... – parou de falar, com medo da palidez que se intensificou no rosto de Charles, e saiu correndo do salão.

Subiu a escada depressa, sem enxergar os degraus, pois as lágrimas a impediam, e se fechou em seu quarto. Lá, manteve o corpo colado à porta e os dentes cerrados. O rosto de Andrew, contorcido pela dor, voltou a sua mente. De olhos fechados, ela sentiu o coração doer de remorso.

"Você é o amor da minha vida desde o dia em que a vi atravessando os campos, no pônei de Rushing River... Tory, por favor! Venha para casa comigo..."

Victoria se deu conta de que não passava de uma marionete, manipulada por dois homens egoístas e sem coração. Todo aquele tempo, Jason soubera que Andrew iria buscá-la, assim como sabia que Charles estava jogando cartas, na noite do suposto ataque cardíaco.

Afastou-se da porta, tirou o vestido e apanhou um traje de montaria. Se ficasse naquela casa por mais de uma hora, enlouqueceria. Não poderia gritar para Charles tudo o que sentia e pensava e arriscar-se a carregar a morte nele na consciência. E Jason... ele deveria chegar naquela mesma noite. Ela certamente enterraria uma faca em seu peito se o visse, naquele momento, pensou, histérica. Retirou uma capa de lã branca do guarda-roupa e desceu a escada.

– Victoria, espere! – Charles chamou ao vê-la correr para os fundos da casa.

Victoria deu meia-volta e o encarou, sentindo o corpo inteiro tremer.

– Fique longe de mim! – gritou. – Vou para Claremont. Vocês já cometeram erros demais!

– O'Malley! – Charles saiu desesperado à procura do lacaio, quando Victoria saiu pela porta dos fundos.

– Pois não, alteza?

– Tenho certeza de que ouviu o que se passou no salão.

O'Malley balançou a cabeça com expressão amargurada, sem nem sequer pensar em negar que estivera ouvindo atrás das portas.

– Sabe cavalgar?

– Claro, mas...

– Vá atrás dela – Charles ordenou, aflito. – Não sei se Victoria vai levar a carruagem ou um cavalo, mas vá atrás dela. Ela gosta muito de você e lhe dará ouvidos.

– Lady Victoria não deve estar disposta a dar ouvidos a ninguém e não posso culpá-la por isso.

– Esqueça isso, homem! Se ela se recusar a voltar para casa, siga-a até Claremont e garanta que ela chegue lá sã e salva. Claremont fica a 25 quilômetros daqui, seguindo pela estrada do rio.

– E se ela tomar o caminho para Londres e tentar partir com o cavalheiro americano?

Charles passou a mão pelos cabelos e, então, sacudiu a cabeça.

– Ela não fará isso. Se pretendesse partir com ele, teria ido quando ele lhe pediu que o acompanhasse.

– Mas não sou tão hábil com um cavalo... não como lady Victoria.

– Ela não vai conseguir cavalgar em alta velocidade na escuridão. Agora, corra ao estábulo e siga-a!

Victoria já saía a galope, no dorso de Matador, com Lobo correndo a seu lado, quando O'Malley chegou ao estábulo.

– Espere, por favor! – ele gritou, mas Victoria não ouviu. – Sele o cavalo mais rápido que temos – ordenou ao cavalariço. – Depressa!

Aflito, observou a capa branca de Victoria desaparecer na curva da entrada de Wakefield Park.

Victoria já havia cavalgado por 5 quilômetros, mantendo Matador em um galope veloz, quando teve de puxar as rédeas, forçando o cavalo a diminuir a velocidade, por causa de Lobo. O imenso cachorro corria a seu lado, a cabeça abaixada, disposto a segui-la, mesmo que para isso tivesse de morrer de cansaço. Esperou que ele recuperasse o fôlego e já estava pronta para partir a galope novamente, quando ouviu o som de cascos atrás de si, bem como o grito incompreensível de um homem.

Sem saber se estava sendo seguida por um assaltante de estrada, ou por Jason, que poderia ter chegado e decidido ir atrás dela, Victoria levou Matador para dentro do bosque e disparou em zigue-zague, a fim de despistar quem quer que estivesse no seu encalço. O perseguidor também adentrou o bosque, continuando a perseguição, apesar dos esforços dela em confundi-lo.

Pânico e fúria apertavam-lhe o peito quando Victoria voltou para a estrada. Se seu perseguidor fosse Jason, ela preferiria morrer a permitir que ele a alcançasse. Ele a fizera de boba muitas vezes. Não, não podia ser Jason! Victoria não passara por nenhuma carruagem desde que deixara Wakefield Park.

Sua raiva se dissolveu no mais puro terror. Estava se aproximando do mesmo rio onde uma garota fora encontrada morta, em circunstâncias misteriosas. Lembrou-se das histórias contadas pelo vigário sobre bandidos cruéis que atacavam viajantes solitários e lançou um olhar aterrorizado por cima do ombro, quando atravessava a ponte sobre o rio. Viu que seu perseguidor encontrava-se fora de vista, mas podia ouvi-lo aproximando-se. Era como se uma luz o guiasse para ela... A capa! A capa de lã branca esvoaçava as suas costas, transformando-a em alvo fácil na escuridão.

A sua direita, uma trilha acompanhava a margem do rio, enquanto a estrada continuava à frente. Victoria puxou as rédeas do cavalo, obrigando-o a empinar e parar. Saltou da sela e tirou a capa, rezando para que seu plano desse resultado. Então, atirou a capa sobre a sela e atingiu Matador no flanco, com seu chicote, fazendo-o seguir pela trilha ao longo do rio. Com Lobo a seu lado, correu para o bosque e se agachou atrás dos arbustos, com o coração aos saltos. Um minuto depois, ouviu os cascos do cavalo de seu perseguidor cruzarem a ponte. Espiou por entre os arbustos e o viu virar à direita e seguir pela trilha, mas não conseguiu ver seu rosto.

Também não viu Matador diminuir a velocidade e, então, parar para beber água no rio. Nem viu a capa cair da sela e ser levada pela correnteza, até enroscar em galhos secos próximos à margem.

Victoria não viu nada disso, pois já corria pelo bosque, seguindo paralelamente à estrada, satisfeita consigo mesma por ter despistado o bandido usando um dos truques que Rushing River havia lhe ensinado. Para despistar um perseguidor, bastava mandar o cavalo em uma direção e correr em outra. A capa na sela fora um improviso genial de Victoria.

O'Malley puxou as rédeas de seu cavalo ao avistar Matador, sozinho, na margem do rio. Agitado, olhou em volta, à procura de algum sinal de Victoria, achando que o cavalo poderia tê-la atirado no chão, perto dali.

– Lady Victoria! – gritou, estreitando os olhos na direção do bosque e, então, do rio, onde finalmente avistou a capa que flutuava, presa a alguns galhos secos. – Lady Victoria! – repetiu, aterrorizado, e desmontou apressado. – O maldito cavalo a atirou no rio! – murmurou consigo mesmo, enquanto arrancava o paletó e as botas, antes de se lançar na água e mergulhar. – Lady Victoria! – gritou mais uma vez ao emergir, para mergulhar novamente.

32

A mansão estava toda iluminada quando a carruagem de Jason parou diante da entrada. Ansioso para ver Victoria, ele subiu os degraus em disparada.

– Boa noite, Northrup! – cumprimentou o mordomo com um sorriso, deu-lhe um tapinha no ombro e lhe entregou sua capa. – Onde está minha esposa? Todos já jantaram? Estou atrasado porque uma roda da carruagem quebrou.

O rosto de Northrup parecia uma máscara e sua voz não passou de um sussurro:

– O capitão Farrell está a sua espera no salão, milorde.

– O que há de errado com sua voz? – Jason perguntou de bom humor. – Se está com dor de garganta, fale com lady Victoria. Ela é ótima para resolver esse tipo de problema.

Northrup engoliu em seco e não disse nada.

Lançando-lhe um olhar curioso, Jason virou-se e se encaminhou para o salão. Abriu a porta com um largo sorriso.

– Olá, Mike, onde está minha esposa? – Olhou em volta, esperando que Victoria se materializasse a sua frente, mas tudo o que viu foi a capa dela, pendurada no encosto de uma cadeira, com uma poça de água que pingava da bainha. – Desculpe as minhas maneiras, amigo – dirigiu-se a Farrell –, mas não vejo Victoria há dias. Deixe-me encontrá-la e, então, prometo me sentar e ter uma longa conversa com você. Ela deve estar lá em...

– Jason – Mike Farrell o interrompeu com voz tensa. – Houve um acidente...

A lembrança de uma noite como aquela atravessou a mente de Jason: uma noite em que ele chegara ansioso para ver o filho e Northrup agira de maneira estranha; uma noite em que Mike Farrell estivera a sua espera naquele mesmo salão. Como se quisesse afastar o terror e a dor que já o invadiam, ele recuou, sacudindo a cabeça.

– Não! – murmurou baixinho, para então gritar a plenos pulmões: – Não me diga...!

– Jason...

– Não se atreva a me dizer isso! – ele gritou em agonia.

Mike Farrell falou, mas Jason virou o rosto, sem querer olhar para a expressão atormentada do amigo.

– O cavalo a atirou no rio, a uns 25 quilômetros daqui. O'Malley mergulhou diversas vezes, mas não conseguiu encontrá-la. Ele...

– Saia – Jason ordenou com um fio de voz.

– Sinto muito, Jason, sinto mais do que posso dizer.

– Saia!

Quando Mike Farrell saiu, Jason estendeu o braço e agarrou a capa, puxando-a para si. Afundou o rosto na lã encharcada, invadido por ondas de dor lancinantes, que explodiram em uma torrente de lágrimas que ele se julgara incapaz de derramar.

– Não – soluçou, enlouquecido de agonia.

Então, gritou a negativa repetidas vezes, até não ter mais voz.

33

— Ora, minha querida – a duquesa de Claremont murmurou com um tapinha no ombro da bisneta. – Meu coração se parte ao vê-la tão arrasada.

Victoria continuou olhando pela janela, para o jardim bem-cuidado, sem dizer nada.

– Mal posso acreditar que seu marido ainda não tenha vindo se desculpar pela farsa encenada por ele e Atherton – a duquesa continuou, irritada. – Talvez ele não tenha chegado de viagem há duas noites, como era esperado. – Inquieta, caminhou pelo salão, apoiando-se na bengala e lançando olhares ansiosos para a janela, como se também esperasse que Jason Fielding chegasse a qualquer momento. – Quando ele finalmente aparecer, terei grande prazer em ver você obrigá-lo a se ajoelhar a seus pés!

Um sorriso maroto, embora triste, curvou os lábios de Victoria.

– Vai se decepcionar, vovó, pois garanto que Jason não fará isso. É mais provável que entre e me beije e... e...

– E a seduza para fazê-la voltar para casa? – a duquesa completou.

– Exatamente.

– E acha que ele pode conseguir isso?

Victoria suspirou, virou-se e se apoiou no batente da janela. Então, passou os braços em torno do próprio corpo.

– Provavelmente.

– Bem, com certeza ele está esperando você se acalmar. Tem certeza de que ele sabia das cartas de Bainbridge? Se sabia, foi mesmo uma total falta de princípios não contar a você.

– Jason não tem princípios – Victoria falou com raiva. – Ele não acredita nessas coisas.

A duquesa voltou a andar pelo salão, mas parou ao se aproximar de Lobo, deitado diante da lareira. Ela estremeceu e mudou de direção.

– Não sei que pecado cometi para merecer ter esse animal feroz como hóspede – queixou-se.

Victoria riu.

– Quer que eu o mantenha acorrentado, lá fora?

– Não! Ele arrancou um pedaço da calça de Michaelson, quando o pobre criado tentou alimentá-lo, pela manhã!

– Ele não confia em homens.

– É um animal muito sábio, embora seja feio.

– Acho que ele tem uma beleza selvagem e predatória – como Jason, Victoria pensou, tratando de afastar o pensamento depressa.

– Antes que eu mandasse Dorothy para a França, ela já havia adotado dois gatos e uma andorinha com a asa quebrada. Eu também não gostava deles, mas eles ao menos não me observavam com desconfiança, como este cachorro faz.

Acredite, ele tem planos de me comer. Neste exato momento, ele está ansioso para saber que gosto tenho.

– Ele está observando a senhora porque pensa que a está protegendo – Victoria explicou.

– Está me protegendo para a próxima refeição! Não, não – a duquesa ergueu uma das mãos em protesto, quando Victoria se adiantou para Lobo, na intenção de levá-lo para fora. – Eu lhe imploro que não ponha meus criados em risco. Além do mais, não me sinto tão segura nesta casa desde que seu bisavô era vivo – admitiu com certa relutância.

– Realmente, não precisa se preocupar com ladrões – Victoria concordou, voltando a olhar pela janela.

– Ladrões? Ninguém se atreveria a entrar neste salão!

Victoria permaneceu diante da janela por alguns minutos e, então, foi apanhar um livro que deixara sobre a mesa.

– Sente-se, Victoria, ou vamos acabar nos chocando uma contra a outra! O que pode estar fazendo aquele seu marido lindo demorar tanto para aparecer?

– É bom que Jason não tenha vindo até agora – Victoria falou, sentando-se em uma poltrona. – Só agora estou começando a me acalmar.

A duquesa tomou o lugar da bisneta diante da janela.

– Acredita que ele a ama?

– Eu achava que sim.

– Ora, é claro que ele a ama! – a duquesa afirmou, convicta. – Todos em Londres só falam nisso. O homem está apaixonado por você. Sem dúvida, foi por isso que ele colaborou com a farsa de Atherton e não lhe contou sobre as cartas de Andrew. Na primeira oportunidade, direi a Atherton o que penso de sua atitude! Embora – acrescentou, sem desviar os olhos da janela –, eu provavelmente tivesse feito o mesmo, diante de tais circunstâncias.

– Não acredito!

– É claro que eu faria. Se tivesse de escolher entre deixar você se casar com um colono que não conheço e no qual não confio, e vê-la casada com o melhor partido da Inglaterra, um homem de riqueza, título e beleza, eu teria feito o mesmo que Atherton fez.

Victoria achou melhor não comentar que fora exatamente esse tipo de pensamento que fizera de sua mãe e Charles Fielding duas pessoas tão infelizes.

A duquesa empertigou-se.

– Tem certeza que deseja retornar a Wakefield?

– Nunca tive a intenção de partir em caráter permanente. Acho que só queria punir Jason pelo modo como Andrew foi forçado a saber que eu tinha me casado. Se a senhora tivesse visto a expressão no rosto dele, compreenderia os meus sentimentos. Fomos os melhores amigos, quando éramos crianças. Andrew me ensinou a nadar, atirar e jogar cartas. Além disso, fiquei furiosa com Jason e Charles por terem me usado como um brinquedo, um objeto sem sentimentos, nem importância. A senhora não faz ideia de quanto me senti infeliz e sozinha, durante muito tempo, pensando que Andrew havia me esquecido.

– Bem, minha querida – a duquesa falou, pensativa –, acho que não vai ficar sozinha por muito tempo. Wakefield acaba de chegar... não, espere... ele mandou um emissário! Quem é aquele homem?

Victoria correu para a janela.

– Ora, é o capitão Farrell, o melhor amigo de Jason.

– Ah! Ele mandou outro em seu lugar! Eu jamais esperaria uma atitude como essa de Wakefield! – Virou-se para Victoria com expressão de urgência: – Esconda-se no salão menor e não apareça aqui, antes que eu mande chamá-la.

– O quê? Não, vovó!

– Sim! Agora! Se Wakefield pretende tratar a situação como se fosse um duelo, mandando um emissário para negociar os termos, que seja feita a sua vontade! Serei a sua emissária. E prometo não ceder um milímetro!

Victoria obedeceu com relutância, mas não permitiria que o capitão Farrell fosse embora sem falar com ela. Decidiu que se sua bisavó não mandasse chamá-la dentro de cinco minutos, ela voltaria ao salão.

Três minutos depois, as portas do salão menor se abriram e a duquesa ficou olhando fixamente para Victoria, com um misto de choque, divertimento e horror.

– Minha querida – falou –, ao que parece, você conseguiu, sem querer, deixar Wakefield de joelhos.

– Onde está o capitão Farrell? – Victoria perguntou, aflita. – Ele já foi embora?

– Não, está no salão. O cavalheiro está sentado no sofá, esperando pelo chá que eu, generosamente, ofereci. Deve me considerar a criatura mais insensível da face da Terra, pois quando me deu as notícias que trouxe, fiquei tão atordoada que lhe ofereci chá, em vez de condolências.

– Vovó! Não está dizendo coisa com coisa! Jason mandou o capitão Farrell para me pedir que volte para casa? É por isso que ele está aqui?

– Definitivamente, não. Charles Fielding o mandou com a triste notícia do seu falecimento.

– Meu o quê?

– Você se afogou – a duquesa explicou com objetividade. – No rio. Ao menos, parece que a sua capa de lã branca se afogou no rio. – Olhou para Lobo. – Esta fera deve ter fugido pelo bosque, onde vivia, antes de você domesticá-lo. Os criados de Wakefield estão de luto, Charles está acamado, merecidamente, e seu marido se trancou em seu escritório e não permite a entrada de ninguém.

Victoria foi tomada por uma forte vertigem, mas tratou de se controlar e saiu correndo.

– Victoria! – a duquesa chamou, tentando seguir a bisneta e Lobo.

Victoria abriu a porta do salão e gritou:

– Capitão Farrell!

Ele ergueu a cabeça e olhou para Victoria como se estivesse vendo um fantasma. Então, baixou os olhos para a outra "aparição" que derrapou nas quatro patas, antes de parar ao lado dela, rosnando para o capitão.

– Capitão, eu não sabia – Victoria declarou, chocada pelo modo como ele a fitava. – Lobo, quieto!

Farrell se levantou devagar. Em seu semblante, a incredulidade deu lugar à alegria e, então, à fúria.

– Isso é brincadeira que se faça, menina? Seu marido está à beira da loucura...

– Capitão Farrell! – a duquesa chamou com sua voz imperiosa. – Trate de baixar a voz quando se dirigir a minha bisneta. Ela não sabia, até este momento, que Wakefield ignorava o fato de ela estar aqui, como deixou claro, antes de partir.

– Mas a capa...

– Eu estava sendo seguida por alguém e achei que poderia ser um dos ladrões que o senhor mencionou. Então, atirei a capa sobre a sela do meu cavalo e mandei-o pela trilha ao longo do rio, achando que isso o despistaria.

Farrell sacudiu a cabeça.

– Quem a perseguia era O'Malley, que quase se afogou, tentando encontrá-la no rio, onde avistou a sua capa.

Victoria fechou os olhos, invadida pelo remorso. Então, voltou a abri-los e, frenética, abraçou a bisavó, falando apressada:

– Vovó, obrigada por tudo. Preciso partir. Vou para casa...

– Não vai a lugar nenhum sem mim! – a duquesa protestou com um sorriso. – Em primeiro lugar, eu não perderia a sua chegada em casa por nada. Não vivo uma aventura como essa desde... ora, não vem ao caso.

– Pode me seguir de carruagem, mas eu irei a cavalo. É mais rápido – Victoria declarou.

– Irá comigo, na carruagem – a duquesa ordenou. – Acho que não lhe ocorreu que, assim que se recuperar do choque e da alegria, seu marido vai reagir exatamente como esse seu emissário mal-educado! – Lançou um olhar de reprovação para Farrell, antes de continuar: – Talvez até com maior violência. Resumindo, querida, depois de beijá-la, o que tenho certeza de que ele vai fazer, é provável que tente matá-la, por pensar que tudo não passou de uma brincadeira monstruosa de sua parte. Por isso, devo estar por perto, a fim de socorrê-la e confirmar a sua explicação. – Batendo a bengala no chão, chamou o mordomo: – Norton! Mande atrelar os cavalos imediatamente!

Virou-se para o capitão Farrell e, em aparente mudança de sua opinião sobre ele, declarou:

– Pode vir conosco, em nossa carruagem... – Então, arruinou qualquer ilusão de que o havia perdoado, acrescentando: – ... para que eu possa ficar de olho em você. Não vou me arriscar a deixar que Wakefield seja informado da nossa chegada com antecedência e esteja esperando por nós, furioso.

O CORAÇÃO DE VICTORIA batia descompassado quando a carruagem finalmente parou diante da mansão, em Wakefield, pouco depois do anoitecer. Nenhum lacaio se apresentou para abrir a porta da carruagem e apenas algumas das inúmeras janelas se apresentavam iluminadas. O lugar parecia deserto, Victoria pensou e, com horror, avistou as faixas negras nas janelas e na porta.

– Jason detesta qualquer manifestação de luto – falou, aflita, abrindo ela mesma a porta da carruagem. – Mande Northrup tirar aquelas faixas!

Quebrando o seu silêncio ressentido pela primeira vez, Farrell segurou-a pelo braço e informou com voz gentil:

– Foi Jason quem mandou colocá-las, Victoria. Ele está enlouquecido de tristeza. Sua bisavó tem razão. Não sei como ele pode reagir ao vê-la.

Não importava a Victoria o que Jason pudesse fazer, desde que soubesse que ela estava viva. Saltou da carruagem, deixando o capitão para ajudar sua avó a sair. Então, subiu os degraus correndo. Como a porta estava trancada, bateu com violência. Depois do que lhe pareceu uma eternidade, Northrup abriu a porta devagar.

– Northrup! Onde está Jason?

O mordomo se limitou a fitá-la, piscando repetidas vezes.

– Por favor, não olhe para mim como se eu fosse um fantasma. Tudo não passou de um mal-entendido. Northrup, não estou morta! – Victoria afirmou, pousando a mão no braço dele.

– Ele... ele.. – um sorriso repentino iluminou as feições de Northrup. – Ele está no escritório, *milady*, e não tenho palavras para dizer como estou feliz e...

Victoria já não ouvia, pois corria na direção do escritório de Jason.

– Victoria? – Charles gritou do topo da escada. – Victoria!

– Vovó lhe explicará tudo, tio Charles – ela falou, apressada.

Ao chegar ao escritório, pousou a mão no trinco da porta, momentaneamente paralisada pela gravidade da confusão que havia provocado. Então, respirou fundo e entrou, fechando a porta atrás de si.

Jason estava sentado em uma poltrona, perto da janela, os cotovelos apoiados nos joelhos e o rosto escondido nas mãos. Na mesa a seu lado, encontravam-se duas garrafas vazias de uísque e a pantera de ônix que Victoria lhe dera.

Victoria engoliu o nó na garganta e se aproximou.

– Jason – chamou com voz suave.

Ele ergueu a cabeça devagar e, com as feições contorcidas pela dor, olhou através dela, como se ela fosse uma aparição.

– Tory – murmurou, angustiado.

Ela ficou petrificada ao vê-lo apoiar a cabeça na poltrona e fechar os olhos.

– Jason, olhe para mim – pediu, aflita.

– Posso ver você, querida – ele falou, sem abrir os olhos. Então, pousou a mão sobre a pantera. – Converse comigo – suplicou. – Nunca pare de conversar comigo, Tory. Não me importo de ficar louco, desde que possa ouvir a sua voz.

– Jason! – Victoria gritou, correndo para ele e segurando-lhe os ombros. – Abra os olhos. Não estou morta. Eu não me afoguei! Está me ouvindo?

Ele abriu os olhos, mas continuou a falar como se ela fosse um mero produto de sua imaginação, ao qual ele precisava desesperadamente dar uma explicação.

– Eu não sabia sobre as cartas de Andrew. Você sabe disso agora, não sabe, querida? Você tem de saber... – De repente, ele ergueu os olhos para o teto e arqueou o corpo, como se possuído por uma dor insuportável. – Diga a ela! Por favor, diga a ela que eu não sabia das cartas!

Victoria recuou, em pânico.

– Jason, pense! Sei nadar como um peixe, lembra-se? Eu percebi que alguém estava me seguindo, mas não sabia que era O'Malley. Achei que fosse um ladrão e, por isso, tirei a capa e a coloquei na sela do meu cavalo. Então, fui a pé até a casa de minha bisavó e... Ah, meu Deus!

Desesperada, Victoria olhou em volta, pensando no que poderia fazer. Então, correu até a escrivaninha de Jason e acendeu o lampião. Depois, acendeu as velas sobre a lareira e... Um par de mãos fortes seguraram seus ombros e a forçaram a virar-se, apertando-a contra o peito largo de Jason.

Ela reconheceu o retorno da sanidade nos olhos do marido, antes que ele a beijasse com ardor, deslizando as mãos urgentes por suas costas e quadris, apertando-a contra si, como se quisesse absorvê-la em seu próprio corpo. Victoria passou os braços em torno do pescoço de seu marido, estremecendo de prazer.

Um longo momento depois, Jason descolou os lábios dos dela, desenroscou os braços que o enlaçavam e fitou-a nos olhos. Imediatamente, Victoria recuou um passo, reconhecendo a fúria naqueles magníficos olhos verdes.

– Agora que está tudo esclarecido – ele falou com sua voz enganosamente calma –, vou surrá-la até você não poder se sentar.

Um som que era um misto de riso e alarme escapou da garganta de Victoria e ela pulou para trás, no momento em que Jason estendeu a mão para agarrá-la.

– Não vai, não – Victoria declarou com voz trêmula, tão feliz por vê-lo de volta ao seu normal que não conseguia deixar de sorrir.

– Quanto quer apostar? – ele indagou, avançando lentamente na direção dela.

– Não muito – Victoria respondeu, colocando-se atrás da escrivaninha.

– E, quando terminar, vou acorrentá-la ao meu lado.

– Isso você pode fazer.

– E nunca mais vou deixar que saia de minhas vistas.

– Não posso culpá-lo por querer isso – ela admitiu, lançando um olhar rápido para a porta.

– Nem pense nisso – ele advertiu.

Ignorando a advertência, Victoria se lançou para a porta. Um sentimento de profunda felicidade, misturado a um forte instinto de sobrevivência fez com que ela segurasse a saia e corresse para a escada. Jason a seguiu com suas passadas largas, quase alcançando-a, mesmo sem correr.

Rindo alto, ela percorreu o corredor em disparada, passando por Charles, Farrell e sua bisavó, que haviam saído do salão, a fim de assistir ao espetáculo de perto.

Victoria continuou correndo até chegar à metade da escada. Então, virou-se e continuou subindo, degrau por degrau, de costas, os olhos fixos em Jason, que avançava sem pressa para ela.

– Jason, por favor, seja razoável – pediu, embora continuasse sorrindo.

– Continue subindo, minha querida. Está indo na direção certa. Pode escolher: seu quarto ou o meu.

Victoria deu meia-volta e correu para o seu quarto. Já estava no meio da suíte, quando Jason abriu a porta, entrou e, então, voltou a fechar a porta e trancá-la.

Victoria o encarou com olhos repletos de amor e apreensão.

– Agora, meu anjo – ele murmurou, atento para a direção que ela tomaria.

Ela olhou para um lado e para o outro. Então, fitou o marido com olhos apaixonados e correu... diretamente para os braços dele.

Por um momento, Jason permaneceu imóvel, tentando controlar as emoções desenfreadas. De súbito, a tensão o abandonou e seus braços apertaram Victoria contra o seu corpo.

– Eu amo você – ele confessou mais uma vez. – Ah, como amo!

NO HALL DE ENTRADA, parados diante da escada, Charles, o capitão Farrell e a duquesa sorriam, aliviados, quando constataram que o silêncio reinava lá em cima.

A duquesa foi a primeira a falar:

– Bem, Atherton, agora você sabe como é se meter na vida dos jovens aos seus cuidados, e suportar as consequências, como eu suportei todos esses anos.

– Preciso conversar com Victoria – ele disse, preocupado. – Tenho de explicar a ela que fiz o que fiz por acreditar que ela seria mais feliz com Jason.

Deu um passo na direção da escada, mas a duquesa o impediu, barrando seu caminho.

– Não se atreva a interrompê-los! – ela ordenou com arrogância. – Estou ansiosa para ter um tataraneto e, ao menos que esteja redondamente enganada, é exatamente o que eles estão providenciando neste exato momento. – Então, acrescentou, magnânima: – Mas aceito a sua oferta de uma dose de licor.

Charles estudou a mulher que ele odiara por mais de duas décadas. Ele sofrera as consequências de seus atos por apenas dois dias. Ela sofrera por 22 anos. Hesitante, ofereceu-lhe o braço. Por um longo momento, a duquesa olhou para o braço a sua frente, sabendo tratar-se de uma oferta de paz. Então, pousou a mão frágil sobre a dele.

– Atherton – declarou, enquanto ele a conduzia para o salão, a fim de lhe servir o licor que jamais lhe oferecera –, Dorothy parece determinada a continuar solteira e seguir a carreira musical. Decidi que o melhor para ela seria se casar com Winston e até já tenho um plano...

fim

EDIÇÕES
BestBolso

Este livro foi composto na tipologia Minion Pro Regular, em corpo 10,5/13 e impresso em papel off-set 56g/m² no Sistema Cameron da Divisão Gráfica da Distribuidora Record.